WILLIAM S. BURROUGHS

V

WILLIAM S. BURROUGHS

V

Homo

Briefe an Allen Ginsberg 1953–1957

Herausgegeben und übersetzt
von Carl Weissner

Zweitausendeins

1. Auflage, Juni 1989.
2. Auflage, Februar 1992.
3. Auflage, August 1994.

Titel der Originalausgaben:
Queer. Letters to Allen Ginsberg (1953–1957).

Deutsche Erstausgaben.

Titelfoto Allen Ginsberg.
Herstellung Dieter Kohler & Bernd Leberfinger, Nördlingen.
Satz von LibroSatz, Kriftel.
Druck bei Gutmann + Co. GmbH, Talheim, Neckar.
Printed in Germany.

Dieses Buch gibt es nur bei Zweitausendeins
im Versand (Postfach, D-60381 Frankfurt am Main) oder
in den Zweitausendeins-Läden in Berlin, Essen, Frankfurt, Freiburg, Hamburg, Köln, München, Nürnberg, Saarbrücken, Stuttgart.

In der Schweiz über buch 2000,
Postfach 89, CH-8910 Affoltern a. A.

ISBN 3-86150-066-3

Homo

Titel der amerikanischen Originalausgabe:
QUEER
Erschienen bei Viking Penguin Inc., New York 1985.

VORWORT

Als ich Ende der vierziger Jahre in Mexico City lebte, hatte die Stadt eine Million Einwohner, die Luft war so rein wie Mineralwasser, und das Blau des Himmels hatte jene besondere Tönung, die so gut paßt zu kreisenden Geiern, Blut und Sand – das nackte, drohende, gnadenlose Blau von Mexiko. Ich mochte Mexiko City vom ersten Tag an. 1949 konnte man dort billig leben, es gab eine große Ausländerkolonie, sagenhafte Bordelle und Restaurants, Hahnenkämpfe und Stierkämpfe und jede erdenkliche Zerstreuung. Wenn man alleinstehend war, reichten zwei Dollar am Tag für ein angenehmes Leben. In New Orleans lief gegen mich ein Verfahren wegen Besitz von Heroin und Marihuana, und meine Aussichten waren so schlecht, daß ich beschloß, zur Hauptverhandlung nicht zu erscheinen. Ich mietete mir eine Wohnung in einem ruhigen gutbürgerlichen Viertel von Mexico City.

Ich wußte, daß an eine Rückkehr in die Vereinigten Staaten erst nach Eintritt der Verjährung in fünf Jahren zu denken war, also beantragte ich die mexikanische Staatsbürgerschaft und belegte am Mexico City College einige archäologische Kurse über Mexiko und die Mayas. Für Bücher und Studiengebühren sowie Lebenshaltungskosten von fünfundsiebzig Dollar pro Monat kam die G. I. Bill* auf. Ich dachte daran, mir vielleicht eine Farm zuzulegen oder an der amerikanischen Grenze eine Kneipe aufzumachen.

Die Stadt sagte mir zu. Ihre Slums hielten, was Armut und schieren Schmutz anging, jeden Vergleich mit denen von Asien aus. Die Leute schissen überall auf die Straße,

* Fortbildungsbeihilfe für ehemalige Angehörige der US-Streitkräfte.

legten sich in ihrem eigenen Dreck schlafen, und die Fliegen krabbelten ihnen in den Mund. Geschäftstüchtige Naturen, nicht selten Aussätzige, kochten an Straßenecken über offenem Feuer einen gräßlichen, stinkenden, unaussprechlichen Fraß, den sie an Passanten verkauften. Selbst auf den Bürgersteigen der Hauptstraße pennten Betrunkene, und kein Polizist behelligte sie. Mir schien, daß in Mexiko jeder die Kunst beherrschte, sich allein um seinen eigenen Kram zu kümmern. Wenn ein Mann sich ein Monokel oder einen Gehstock zulegen wollte, zögerte er nicht, es zu tun, und es erregte keinerlei Aufmerksamkeit. Knaben und junge Männer gingen Arm in Arm die Straße lang, und niemand hielt sich damit auf. Nicht daß den Menschen egal war, was andere dachten; es kam einem Mexikaner einfach nicht in den Sinn, Kritik von einem Fremden zu erwarten oder das Verhalten von anderen zu kritisieren.

Mexiko war im Grunde eine orientalische Kultur, geprägt von zwei Jahrtausenden Krankheit und Armut, Dummheit und Erniedrigung, Sklaverei und Brutalität, psychischer und physischer Gewalt. Das Land war düster, unheimlich und chaotisch auf jene eigentümliche Art, wie man es aus Träumen kennt. Kein Mexikaner war mit einem seiner Landsleute wirklich vertraut, und wenn ein Mexikaner einen anderen umbrachte (was oft geschah), so war es häufig sein bester Freund. Jeder, der Lust hatte, lief mit einer Waffe herum, und mehrmals las ich von betrunkenen Polizisten, die in einer Kneipe auf die Gäste schossen, worauf diese das Feuer erwiderten. Als Autoritätspersonen galten mexikanische Polizisten ungefähr soviel wie Straßenbahnschaffner.

Jeder Beamte ließ sich bestechen, die Einkommensteuer war sehr niedrig, und ärztliche Behandlung war äußerst preiswert, da die Ärzte in Anzeigen für sich warben und einander preislich unterboten. Einen Tripper bekam man für $2.40 kuriert, oder man kaufte Penicillin und injizierte es sich selbst. Jedem war freigestellt, sich selbst zu verarzten, und Spritzen und Kanülen gab es überall zu kaufen. Es war die Regierungszeit von Alemán, die *mordida* herrschte uneingeschränkt, und eine Pyramide von Bestechungsgeldern reichte vom Streifenpolizisten bis hinauf zum Presidente. Mexico City hatte auch, bezogen auf die Einwohnerzahl, die höchste Mordrate der Welt. Ich erinnere mich, daß die Zeitungen jeden Tag von Vorfällen wie den folgenden berichteten:

Ein Campesino, frisch vom Land, wartet auf den Bus. Leinenhose, Sandalen aus einem Stück Autoreifen, breitkrempiger Sombrero, eine Machete am Gürtel. An der Haltestelle wartet noch ein weiterer Mann. Er trägt einen Anzug, schaut auf seine Armbanduhr und murmelt ärgerlich vor sich hin. Der Campesino zückt seine Machete und schlägt dem Mann den Kopf ab. Später erklärte er der Polizei: »Er hat mich *muy feo* angestarrt, und nach einer Weile konnt' ich mich nicht mehr beherrschen.« Der Mann hatte Ausschau gehalten nach dem Bus und war offensichtlich verärgert, weil dieser sich verspätet hatte. Der Campesino faßte das falsch auf, und im nächsten Augenblick rollt ein Kopf in die Gosse und bleckt die Goldzähne zu einer schauerlichen Grimasse.

Zwei Campesinos hocken am Straßenrand und sind ganz unglücklich, weil sie kein Geld für ein Frühstück haben. Aber siehe da, es kommt ein Junge mit einigen Ziegen des Wegs. Der eine Campesino hebt einen Stein auf und schlägt dem Jungen den Schädel ein. Sie bringen die Ziegen ins nächste Dorf und verkaufen sie. Sie sitzen gerade beim Frühstück, als die Polizei kommt und sie festnimmt.

Ein Mann wohnt in einem kleinen Haus. Ein Fremder fragt ihn, wo die Straße nach Ayahuasca ist. »Ah, das ist hier lang, Señor.« Er führt den Mann ausdauernd durch die Gegend. »Die Straße ist gleich da vorne.« Plötzlich geht ihm auf, daß er keine Ahnung hat, wo die Straße ist, und warum soll er sich derart belästigen lassen? Also hebt er einen Stein auf und erschlägt den Quälgeist.

Campesinos zogen ihre blutige Spur mit Stein und Machete. Noch mörderischer waren die Politiker und Polizisten nach Dienstschluß, jeder mit seiner 45er Automatic. Man lernte, blitzartig in Deckung zu gehen. Hier ist noch so eine Geschichte, die sich wirklich zugetragen hat: Ein schießwütiger *político* erfährt, daß seine Freundin ihn betrügt und sich mit jemand in einer Cocktailbar trifft. Ein junger Amerikaner ist zufällig in die Bar gekommen und hat auf dem Barhocker neben ihr Platz genommen. In diesem Augenblick stürmt der Macho herein. »CHINGOA!« Er zieht seine 45er und ballert den Jungen glatt vom Hocker. Sie schleifen die Leiche hinaus und ein Stück die Straße runter. Als die Bullen eintreffen, wischt der Barmixer das Blut von der Bar und sagt achselzuckend: *»Malos, estos muchachos!«* (Schlimm, diese Jungs.)

Jedes Land hat seine eigenen Scheißtypen, wie der Südstaaten-Sheriff, der seine Niggerkerben zählt, und was schiere Widerwärtigkeit angeht, kann der mexikanische Macho da ohne weiteres mithalten. Und die mexikanische Mittelschicht ist größtenteils genauso schauderhaft wie die Bourgeoisie in sonst einem Teil der Welt. Ich erinnere mich, daß in Mexiko die Rezepte für Narkotika knallgelb waren, wie eine Tausend-Dollar-Note oder eine unehrenhafte Entlassung aus der US-Armee. Einmal versuchten Old Dave und ich, ein solches Rezept einzulösen. Er hatte es ganz legal vom staatlichen Gesundheitsamt bekommen. Der erste Apotheker, den wir damit anhauten, prallte davor zurück und fauchte: *»No prestamos servicio a los viciosos!«* (Wir bedienen kein süchtiges Gesindel.)

Wir gingen von einer *farmacía* zur nächsten, und mit jedem Schritt wurden unsere Entzugserscheinungen schlimmer. *»No, Señor . . .«* Wir müssen meilenweit gelatscht sein.

»Noch nie in dieser Gegend gewesen.«

»Na, machen wir noch 'n letzten Versuch.«

Schließlich betraten wir eine winzige *farmacía*. Ich zückte die *receta*, und eine grauhaarige Dame lächelte mich an. Sie nahm das Rezept entgegen und sagte: »Zwei Minuten, Señor.«

Wir setzten uns und warteten. Im Schaufenster standen Geranien. Ein kleiner Junge brachte mir ein Glas Wasser, und eine Katze rieb sich an meinem Bein. Nach einer Weile kam die Apothekerin mit unserem Morphium: *»Gracias, Señor.«*

Als wir draußen waren, schien das Viertel wie verzaubert: Kleine *farmacías*, ein Markt mit Kisten und Ständen, eine *pulquería* an der Ecke. Kioske, die geröstete Grashüpfer verkauften und Pfefferminzstangen, die schwarz von Fliegen waren. Boys vom Land, in makellos weißen Hosen und Hemden, geflochtene Sandalen an den Füßen, mit kupferbraunen Gesichtern und einer wilden Unschuld in ihren schwarzen Augen, von einer hinreißenden, geschlechtslosen Schönheit, wie exotische Tiere. Hier ist ein Boy mit scharf geschnittenen Gesichtszügen und schwarzer Haut, die nach Vanille riecht, eine Gardenie hinterm Ohr. Ja, du hast einen Johnson getroffen, aber du bist durch Shitville gewatet, um ihn zu finden. So ist es immer. Grade wenn du denkst, die Erde sei ausschließlich von Scheißtypen bevölkert, triffst du einen Johnson.

Eines Tages wurde ich um acht Uhr morgens von einem Klopfen an der Tür geweckt. Ich ging im Schlafanzug hin und machte auf, und da stand ein Inspektor von der Einwanderungsbehörde.

»Ziehen Sie sich an. Sie sind verhaftet.«

Wie es schien, hatte ihnen die Frau von nebenan einen langen Bericht über mein betrunkenes und ruhestörendes Verhalten geschickt, mit meinen Papieren war auch etwas nicht in Ordnung, und wo war im übrigen die Mexikanerin, mit der ich eigentlich verheiratet sein sollte? Die Beamten von der Einwanderungsbehörde waren entschlossen, mich ins Gefängnis zu werfen, wo ich auf meine Abschiebung als unerwünschter Ausländer warten sollte. Natürlich ließ sich alles mit etwas Geld wieder einrenken, aber mein Gegenüber war der Chef der für Abschiebung zuständigen Abteilung und ließ sich nicht mit Hühnerfutter abspeisen. Am Ende mußte ich mich von zweihundert Dollar trennen. Auf dem Nachhauseweg stellte ich mir vor, was ich hätte hinlegen müssen, wenn ich in Mexico City ein lohnendes Geschäft betrieben hätte.

Ich dachte an die ständigen Probleme der drei Amerikaner, denen das Ship Ahoy gehörte. Dauernd kamen Bullen wegen einer *mordida* herein, dann die Inspektoren vom Gesundheitsamt, dann weitere Bullen, die dem Laden etwas anzuhängen versuchten, so daß sie richtig zulangen konnten. Sie nahmen den Kellner mit aufs Revier und prügelten ihn windelweich. Wo habt ihr die Leiche von Kelly versteckt? wollten sie wissen. Wie viele Frauen sind bei euch schon vergewaltigt worden? Wer hat das Marihuana mitgebracht? Und so weiter. Kelly war ein amerikanischer Hipster, den jemand sechs Monate zuvor im Ship Ahoy angeschossen hatte. Er hatte sich davon erholt und war jetzt in der US-Armee. In dem Lokal war noch keine Frau vergewaltigt worden, und keiner hatte dort jemals Pot geraucht. Meinen Plan, in Mexiko eine Kneipe zu eröffnen, hatte ich inzwischen endgültig aufgegeben.

Ein Süchtiger hat für seine Erscheinung wenig übrig. Er trägt die schmutzigsten, schäbigsten Klamotten, und ihm ist nicht daran gelegen, auf sich aufmerksam zu machen. Während meiner Sucht in Tanger war ich für alle »El Hombre Invisible«, Der Unsichtbare Mann. Diese Auflösung der eigenen Erscheinung führt oft zu einem wahllosen Hunger nach Bildern. Billie Holiday sagte einmal, sie habe gewußt, daß sie von Junk runter war, als sie kein Bedürfnis nach Fernsehen mehr hatte.

In meinem ersten Roman, *Junkie*, macht der Protagonist Lee einen gefestigten und beherrschten Eindruck; er ist selbstsicher und weiß, was er tut. In *Homo* ist er gespalten, sucht verzweifelt nach Kontakt, hat kein Ziel und ist völlig verunsichert.

Der Unterschied ist natürlich leicht zu erklären: Als Süchtiger ist Lee gefragt, er ist geschützt und zugleich drastisch eingeschränkt. Junk schließt nicht nur den Sexualtrieb kurz, sondern läßt auch emotionale Regungen abstumpfen, so daß sie bei entsprechender Dosis praktisch auf Null schrumpfen. Der in *Homo* geschilderte Monat mit seinen Halluzinationen und akuten Entzugssymptomen bekommt für mich rückblickend eine schauerliche Aura von etwas Drohendem und Bösen, das herauswabert aus dem grellen Neonlicht von Cocktailbars und widerwärtiger Gewalttätigkeit – die 45er immer dicht unter der Oberfläche. Auf Junk war ich abgekapselt, trank nicht, ging nicht viel aus, setzte mir nur meinen Schuß und wartete auf den nächsten. Wenn diese Schutzhülle weg ist, quillt alles heraus, was vorher von Junk in Schach gehalten wurde. Der Süchtige im Entzug kann unabhängig von seinem Alter emotional über die Stränge schlagen wie ein Kind oder Halbwüchsiger. Und das Verlangen nach Sex kehrt mit ganzer Macht zurück. Männer von sechzig haben nasse Träume und spontane Orgasmen (ein äußerst unangenehmes Gefühl – *agaçant*, wie die Franzosen sagen; als würde man auf Glas beißen). Dem Leser, der dies nicht bedenkt, wird die Verwandlung von Lees Charakter unerklärlich oder psychotisch erscheinen. Im übrigen ist anzumerken, daß Entzugserscheinungen im Normalfall von selbst abklingen und nicht länger als einen Monat dauern. Lee jedoch hat eine Phase exzessiven Trinkens, wodurch die schlimmsten und gefährlichsten Erscheinungen der Entzugskrankheit potenziert werden: Das Verhalten wird riskant, liederlich, empörend, weinerlich – kurz: abstoßend.

Nach dem Entzug stellt sich der Organismus um und stabilisiert sich wieder dort, wo er sich vor der Sucht eingepegelt hatte. Im Buch wird diese Stabilisierung schließlich erreicht während des Aufenthalts in Südamerika. Junk ist nicht verfügbar und nach dem Paregoric von Panama auch sonst keine Droge. Lees Alkoholkonsum besteht nur noch aus ein paar steifen Drinks bei Sonnenuntergang. Er könnte der Lee aus der zweiten Hälfte von *Auf der Suche nach Yage* sein – wäre da nicht das Phantom Allerton an seiner Seite.

Ich hatte also *Junkie* geschrieben, und die Absicht dahinter war verhältnismäßig einfach: Meine Erfahrungen als Süchtiger möglichst genau und leicht verständlich zu Papier zu bringen. Ich hoffte auf Veröffentlichung, Geld, Anerkennung. Kerouac veröffentlichte seinen Roman *The Town and the City*, als ich mit *Junkie* gerade anfing. Ich erinnere mich, daß ich ihm nach Erscheinen seines Buchs in einem Brief schrieb, Geld und Ruhm seien nun garantiert. Wie man sieht, hatte ich damals vom literarischen Geschäft keine Ahnung.

Bei *Homo* war es komplexer, und mir ist bis heute nicht klar, warum ich es geschrieben habe. Warum sollte ich diese schmerzhaften, unangenehmen, quälenden Erinnerungen so penibel aufzeichnen wollen? *Junkie* schrieb ich aus eigenem Antrieb, während ich bei *Homo* das Gefühl habe, daß es unter Zwang entstanden ist. Gleichzeitig sicherte ich mir damit die Möglichkeit, weiter schreiben und einiges graderücken zu können: Schreiben als Immunisierung. Sobald etwas aufgeschrieben ist, verliert es die Macht, einem unverhofft zusetzen zu können; genau wie ein Virus seinen Vorteil einbüßt, sobald sich wachsame Antikörper gebildet haben als Reaktion auf ein geschwächtes Virus. Ich erlangte also eine gewisse Immunität gegen weitere riskante Abenteuer dieser Art, indem ich meine Erfahrungen aufschrieb.

Zu Anfang des Romanfragments ist Lee aus seiner Junk-Isolation wie ein gehetzter linkischer Lazarus ins Land der Lebenden zurückgekehrt und scheint entschlossen, zu seinem ›Schuß‹ zu kommen – diesmal sexuell. Seine Suche nach einem passenden Sexpartner hat etwas merkwürdig Systematisches und Unsexuelles: Auf einer imaginären Liste streicht er einen nach dem anderen durch, als hätte er von Anfang an erwartet, daß nichts daraus wird. Irgendwo in seinem Unterbewußtsein will er nicht Erfolg haben, aber er tut alles, um der Einsicht aus dem Wege zu gehen, daß er sexuellen Kontakt gar nicht wirklich sucht.

Doch Allerton *war* eindeutig ein Kontakt. Und wie stellte sich Lee einen Kontakt vor, an dem ihm gelegen war? Von heute aus gesehen war es eine sehr konfuse Vorstellung, die mit Allerton als Person nichts zu tun hatte. Während es einem Süchtigen gleichgültig ist, welchen Eindruck andere von ihm haben, kann er während des Entzugs ein zwanghaftes Bedürfnis nach einem Gegenüber verspüren, und unübersehbar ist es das, was Lee in Allerton sucht: einen Zuhörer, ein Publikum für seine Rolle, die natürlich eine Fassade ist, hinter der sich ein erschreckender Persönlichkeitszerfall verbirgt. Also denkt er sich etwas aus, das Aufmerksamkeit erregt; ›Nummern‹, wie er es nennt: anstößig, witzig, fesselnd. ›Er ist ein uralter Seemann, und jeden Dritten schlägt er in seinen Bann . . .‹

Die Performance wird zu einer Abfolge von Nummern: Phantasien über Schachspieler, den texanischen Ölmann, den schwulen Gus, der mit gebrauchten Sklaven handelt. In *Homo* agiert Lee mit seinen Nummern vor einem wirklichen Publikum. Später, als er sich zum Schriftsteller entwickelt, wird es ein imaginäres Publikum. Doch derselbe Mechanismus, derselbe kreative Impuls, der dann Figuren wie A. J. und Doktor Benway hervorbringt, ist hier auf Allerton gerichtet, der als wohlwollend urteilende Muse in Anspruch genommen wird und sich in dieser aufgezwungenen Rolle begreiflicherweise unbehaglich fühlt.

Lee sucht Kontakt, er will wahrgenommen werden wie ein Photon, das aus dem Dunst des Insubstantiellen heraustritt, um in Allertons Bewußtsein einen unauslöschlichen Eindruck zu hinterlassen. Ohne einen empfänglichen Zuhörer droht ihm der schmerzliche Zerfall eines Photons, das nicht wahrgenommen wird. Lee weiß noch nicht, daß er zwangsläufig zum Schreiben kommen muß, da er nur so eine bleibende Wirkung erzielen kann, ohne auf Allertons Aufnahmebereitschaft angewiesen zu sein. Es zieht ihn unweigerlich in die Welt der Fiktion. Er hat die Wahl zwischen Leben und Werk bereits getroffen.

In Puyo, einem gottverlassenen Ort, bricht das Manuskript ab. Die Suche nach Yage ist ergebnislos verlaufen. Der mysteriöse Dr. Cotter will seine ungebetenen Besucher nur noch loswerden. Er hat sie im Verdacht, Agenten seines verräterischen Partners Gill zu sein, der ihm das Geheimnis seiner genialen Arbeit stehlen will: Wie man aus dem Pfeilgift der Indianer das Curare gewinnt. Später hörte ich, daß die Arzneimittelhersteller einfach dazu übergingen, das Pfeilgift in ausreichender Menge aufzukaufen und das Curare dann in ihren Labors in Amerika zu extrahieren. Bald gelang auch die synthetische Herstellung, und die Substanz findet sich heute regelmäßig in zahlreichen krampflösenden Präparaten. Allem Anschein nach hatte Cotter also damals schon nichts mehr zu verlieren – sein Vorhaben war bereits überholt.

Alles aussichtslos. Und Puyo kann als Modell für den ›Ort der toten Straßen‹ dienen: Ein totes, sinnloses Konglomerat von Häusern mit Wellblechdächern, auf die unaufhörlich der Regen prasselt. Shell ist abgezogen und hat Fertigbungalows und rostendes Gerät hinterlassen. Und Lee hat das Ende seines Wegs erreicht, ein Ende, das im Anfang schon vorgezeichnet war. Er bleibt allein mit der niederschmetternden Erkenntnis, daß die Kluft unüberbrückbar ist, erschöpft und deprimiert von den Strapazen einer langen Reise, die er umsonst gemacht hat ... vom Weg abgekommen, die Spur verloren ... im Regen wartet ein Bus – zurück nach Ambato, Quito, Panama, Mexico City.

Bei meinem ersten Versuch, ein Vorwort zu *Homo* zu schreiben, lähmte mich ein heftiger Widerwille, eine Schreibhemmung, die mich einschnürte wie eine Zwangsjacke: »Ich werfe einen Blick auf das Manuskript von *Homo* und habe das Gefühl, daß ich nicht imstande bin, es zu lesen. Meine Vergangenheit war ein vergifteter Fluß, dem ich zu meinem Glück entkommen bin, und heute, Jahre nach den geschilderten Ereignissen, fühle ich mich sofort wieder davon bedroht. Die Erinnerungen sind so quälend, daß es mir schwerfällt, das Manuskript zu lesen oder gar etwas darüber zu schreiben. Jedes Wort, jede Geste läßt mich zusammenzucken.« Der Grund für diesen Widerwillen wird mir klarer, je mehr ich mich zur Lektüre zwinge: Das Buch ist motiviert und geprägt von einem Ereignis, das nie erwähnt, ja sogar bewußt verdrängt wird – der Unfall mit einer Schußwaffe, bei dem Joan, meine Frau, im September 1951 ums Leben kam.

Während ich *The Place of Dead Roads* schrieb, fühlte ich mich in geistigem Kontakt mit dem verstorbenen englischen Autor Denton Welch und machte ihn als Kim Carson zur Hauptfigur des Romans. Ganze Abschnitte schrieben sich wie von selbst, als würden sie mir in einer spiritistischen Sitzung diktiert.

Ich habe über den schicksalhaften Morgen geschrieben, als Denton den Unfall hatte, der ihn für den Rest seines kurzen Lebens zum Invaliden machte. Wäre er hier ein wenig länger geblieben und dort früher aufgebrochen, so wäre er nicht der Autofahrerin begegnet, die ihn ohne ersichtlichen Grund von hinten anfuhr, als er mit dem Fahrrad unterwegs war. Einmal war er irgendwo eingekehrt, um einen Kaffee zu trinken, und als er die schiefen Fensterläden des Lokals mit ihren teilweise abgebrochenen Messingbeschlägen sah, überkam ihn ein Gefühl von unendlicher Trauer und Trostlosigkeit. Jede Begebenheit dieses Morgens ist aufgeladen mit einer besonderen Bedeutung, wie durch Unterstreichung hervorgehoben. Dieses ominöse zweite Gesicht kennzeichnet alles, was Welch geschrieben hat: Ein Teegebäck, eine Tasse Tee, ein Tintenfaß, das er für ein paar Shilling erstanden hat – alles bekommt eine besondere und oft unheilvolle Bedeutung.

Genau dieses Gefühl setzt bei mir mit fast unerträglicher Heftigkeit ein, wenn ich das Manuskript von *Homo* lese. Das Ereignis, zu dem Lee sich unausweichlich getrieben fühlt, ist der Tod seiner Frau durch seine eigene Hand; das Wissen um eine Besessenheit, die darauf lauert, sich wie eine tote Hand über die seine zu stülpen. Etwas Drohendes und Bösartiges steigt wie ein Smog von diesen Seiten auf, und Lee, mehr ahnend als wissend, versucht ihm zu entgehen, indem er sich in verzweifelte Phantasien flüchtet – seine ›Nummern‹, die einen abstoßen und erschrecken, weil man die grausige Drohung, die sie umgibt, geradezu fühlen kann wie einen wabernden Dunst.

Brion Gysin sagte mir in Paris: »Ein böser Geist hat Joan erschossen, um damit –« So etwas wie eine spiritistische Botschaft, die unvollendet blieb – oder? Sie muß gar nicht vollends ausgesprochen werden, denn sie ist leicht zu ergänzen: ›– um damit sein Wirken als verhaßter Parasit zu festigen.‹ Meine Vorstellung von Besessenheit ist der des Mittelalters näher als neuzeitlichen psychologischen Erklärungen, die dogmatisch darauf beharren, daß solche Manifestationen grundsätzlich von innen kommen und niemals von außen. (Als gäbe es eine klare Trennung zwischen innen und außen.) Für mich handelt es sich eindeutig um ein Etwas, das von einem Besitz ergreift. In der Tat könnte das psychologische Erklärungsmodell geradezu von den besitzergreifenden Wesen selbst stammen, da für diese nichts gefährlicher ist, als wenn das Opfer sie als fremde Wesenheiten sieht, die sich ihm aufzwingen. Und das ist auch der Grund, weshalb sie sich nur zeigen, wenn es unbedingt nötig ist.

1939 begann ich mich für ägyptische Hieroglyphen zu interessieren. Ich traf mich mit einem Ägyptologen an der Universität von Chicago, und dort schrie mir etwas ins Ohr: *»Du gehörst nicht hierher!«* Wahrhaftig, die Hieroglyphen lieferten einen Hinweis darauf, wie Besessenheit funktioniert. Das besitzergreifende Wesen muß wie ein Virus einen Punkt finden, wo es eindringen kann.

Dieser Vorfall zeigte mir zum erstenmal ganz deutlich, daß ich etwas in mir hatte, das nicht ich war und das ich nicht kontrollieren konnte. Ich erinnere mich an einen Traum aus jener Zeit, Ende der dreißiger Jahre. Ich arbeitete damals als Kammerjäger und wohnte in einer Pension auf der Near North Side von Chicago. In dem Traum schwebe ich mit einem entsetzlichen Gefühl von Tod und Verzweiflung dicht unter der Zimmerdecke, und als ich hinunterschaue, sehe ich meinen Körper mit tödlicher Entschlossenheit aus der Tür gehen.

Wer weiß, ob nicht Yage vielleicht zu einer jähen Einsicht verholfen hätte, die meine Rettung gewesen wäre.

Ich erinnere mich an ein Cut-up, das ich Jahre später in Paris machte: »Die rauhen Winde bringen Haß und Unglück (Ich verpatzte den Schuß).« Jahrelang dachte ich, dies beziehe sich auf eine verpatzte Injektion, wenn der Junk wegen eines Hindernisses seitwärts aus der Spritze oder dem Tropfer schießt. Brion Gysin wies mich auf die wirkliche Bedeutung hin: Es war der Schuß, der Joan tötete.

In Quito hatte ich mir ein Fahrtenmesser gekauft. Es hatte einen Metallgriff und sah seltsam alt und angelaufen aus, als käme es aus einem Trödelladen der Jahrhundertwende. Ich sehe es noch vor mir, auf einem Tablett mit alten Messern und Ringen, von denen die Versilberung abblättert. Ich war vor ein paar Tagen wieder in Mexico City eingetroffen, und eines Nachmittags so gegen drei Uhr beschloß ich, das Messer schleifen zu lassen. Der Scherenschleifer hatte eine gleichbleibende Route und machte sich mit einer kleinen Trillerpfeife bemerkbar. Schon seit dem Morgen hatte ich ein beklemmendes Gefühl von Trauer und Trostlosigkeit, so daß ich kaum atmen konnte, und als ich jetzt die Straße runter und auf seinen Karren zuging, wurde es so übermächtig, daß mir plötzlich Tränen übers Gesicht liefen.

›Was ist nur mit mir los?‹ fragte ich mich.

Diese schweren Depressionen, verbunden mit einem Gefühl von drohendem Unheil, finden sich im Text immer wieder. Lee führt es gewöhnlich auf seine erfolglosen Bemühungen um Allerton zurück: »Ein lastender Druck verlangsamte Bewegungen und Gedanken. Lees Gesicht war starr, seine Stimme tonlos.« Allerton hat gerade eine Einladung zum Essen abgelehnt und ist abrupt gegangen: »Lee starrte auf den Tisch, und seine Gedanken wurden schleppend, als wäre ihm sehr kalt.« (Mir *ist* kalt und ich fühle mich deprimiert, während ich die Stelle lese.)

Hier ist eine Vorahnung aus einem Traum, den ich in Cotters Hütte in Ecuador hatte: »Er stand vor dem Ship Ahoy. Das Lokal wirkte verlassen. Er hörte ein Schluchzen. Er sah seinen kleinen Sohn, kniete nieder und nahm das Kind in die Arme. Das Schluchzen kam näher. Eine Welle von Traurigkeit . . . Er drückte den kleinen Willy fest an sich. Einige Leute in Sträflingskleidung standen da. Lee fragte sich, was sie hier machten, und warum er schuchzte.«

Ich habe mich gezwungen, den Tag von Joans Tod zu

erinnern, das niederschmetternde Gefühl von Unheil und Verderben ... wie ich auf der Straße plötzlich merkte, daß mir Tränen übers Gesicht liefen. ›Was ist mit mir‹? Das kleine Fahrtenmesser mit dem Metallgriff, die abblätternde Beschichtung, den Geruch von alten Münzen, die Pfeife des Scherenschleifers. Was ist geworden aus diesem Messer, das ich nie mehr abholte?

Die erschreckende Schlußfolgerung drängt sich auf, daß ich ohne Joans Tod niemals zum Schriftsteller geworden wäre, und ich muß erkennen, wie sehr dieses Ereignis mein Schreiben motiviert und geprägt hat. Ich lebe mit der ständigen Drohung, von etwas besessen zu werden, und mit der ständigen Notwendigkeit, mich dieser Kontrolle zu entziehen. Joans Tod brachte mich in Kontakt mit dem Besatzer, dem Bösen Geist, und zwang mich in einen lebenslangen Kampf, in dem ich keine andere Wahl hatte, als mich daraus freizuschreiben.

Ich habe mich gezwungen, dem Tod zu entgehen – Denton Welch ist beinahe mein Gesicht – Geruch von alten Münzen – Was ist geworden aus diesem Messer namens Allerton – Zurück zur erschreckenden Margaras Inc. – Die Erkenntnis ist elementar: vorbestimmtes Handeln? – Der Tag von Joans Unheil und Verderben – Stellte fest, daß Allerton die Tränen herunterliefen und er pellte sich aus der Haut eines Revolverhelden aus dem Wilden Westen – Was schreibst du dauernd um? Eine lebenslange Beschäftigung mit Kontrolle und Virus – Sobald das Virus sich Zugang verschafft hat, reproduziert es sich mit dem Fleisch und Blut, den Knochen und der Lebensenergie des Opfers – Modell eines dogmatischen Beharrens, niemals von außen, schrie mir ins Ohr: »Du gehörst nicht hierher!«

Eine Zwangsvorstellung, penibel gelähmt von heftigem Widerwillen – Um dem Diktat ihrer Sätze zu entgehen, Jahre nach den geschilderten Ereignissen – Eine

Schreibhemmung verdrängte Joans Tod – Denton Welch ist Kim Carsons Stimme aus einer Wolke, eine unterbrochene spiritistische Botschaft, durch Unterstreichung hervorgehoben.

William S. Burroughs
Februar 1985

I

Lee wandte seine Aufmerksamkeit einem jüdischen Boy namens Carl Steinberg zu, den er seit einem Jahr flüchtig kannte. Als er Carl das erste Mal begegnet war, hatte er gedacht: ›Das wäre was für mich. Wenn ich den Familienschmuck nicht bei Onkel Junk im Pfandhaus hätte.‹

Der Boy war blond, sein schmales, gut konturiertes Gesicht wies ein paar Sommersprossen auf, Ohren und Nase waren immer leicht gerötet, als hätte er sich gerade gewaschen. Lee hatte noch nie einen getroffen, der einen so sauberen Eindruck machte. Mit seinen kleinen, runden braunen Augen und den blonden Wuschelhaaren erinnerte er Lee an einen jungen Vogel. Carl war in München geboren und in Baltimore aufgewachsen. Seine Manieren und Ansichten waren die eines Europäers. In seinem Händedruck lag eine Andeutung, als würde er dabei die Hacken zusammenschlagen. Lee fand, daß man sich mit europäischen Jugendlichen im allgemeinen leichter unterhalten konnte als mit Amerikanern. Die schlechten Manieren vieler Amerikaner waren für ihn deprimierend. Sie hatten keine Ahnung von Benehmen, und dahinter steckte die Theorie, daß es für den täglichen Umgang am zweckmäßigsten ist, wenn man alle Menschen mehr oder weniger als gleich und austauschbar betrachtet.

Was Lee in einer Beziehung suchte, war ein Gefühl von Einvernehmen. Bei Carl empfand er so etwas. Der Junge hörte höflich zu und schien ihn auch richtig zu verstehen. Nach anfänglichem Widerstreben fand er sich damit ab, daß Lee ein sexuelles Interesse an ihm hatte. »Meine Einstellung zu dir kann ich nicht ändern«, sagte er zu Lee, »also muß ich mich eben bei ein paar anderen Sachen umstellen.«

Doch Lee stellte bald fest, daß er nicht weiterkam. ›Einen Amerikaner, den ich schon so weit hätte, würde ich auch vollends rumkriegen‹, sagte er sich. ›Also gut, er ist nicht schwul. Aber man kann doch entgegenkommend sein. Was hindert ihn daran?‹ Schließlich dämmerte es ihm. ›Es wäre seiner Mutter nicht recht. Das macht es unmöglich.‹ Und er wußte, daß es Zeit zum Einpacken war. Er erinnerte sich an einen homosexuellen jüdischen Freund in Oklahoma City, den er gefragt hatte: »Warum lebst du hier? Du hast genug Geld, um sonstwo leben zu können.« Die Antwort war: »Für meine Mutter wäre es der Tod, wenn ich von hier wegziehe.« Lee war sprachlos gewesen.

An einem Nachmittag ging Lee mit Carl die Amsterdam Avenue in Höhe des Parks entlang. Plötzlich gab ihm Carl mit einer leichten Verbeugung die Hand, sagte »Viel Glück« und rannte zu einer Straßenbahn.

Lee stand da und sah ihm nach. Dann ging er in den Park und setzte sich auf eine Bank aus Zement in Form von imitierten Holzbohlen. Blaue Blüten von einem Baum waren auf die Bank und den Spazierweg davor gefallen. Lee saß da und sah zu, wie der warme Frühlingswind die Blütenblätter über den Pfad wehte. Am Himmel zogen Regenwolken auf. Lee fühlte sich einsam und niedergeschlagen. ›Ich werde mir einen anderen suchen müssen‹, dachte er. Er bedeckte das Gesicht mit den Händen. Er war sehr müde.

Er sah eine Reihe schemenhafter Boys. Einer nach dem anderen trat vor, sagte »Viel Glück« und rannte zu einer Straßenbahn.

›Sorry ... falsch verbunden ... versuch es nochmal ... woanders ... irgendwo ... nicht hier ... nicht ich ... ist nichts für mich, brauch es nicht, will es nicht. Warum ausgerechnet ich?‹ Das letzte Gesicht war so real und derart häßlich, daß Lee laut sagte: »Wer hat denn dich gefragt, du häßlicher Hundsknochen?«

Lee schlug die Augen auf und schaute sich um. Zwei

halbwüchsige Mexikaner kamen vorbei, jeder den Arm um die Schulter des anderen. Er sah ihnen nach und leckte seine trockenen aufgesprungenen Lippen.

Lee traf sich danach noch einige Male mit Carl, bis dieser zum letztenmal »Viel Glück« sagte und verschwand. Lee hörte später, daß er mit seinen Eltern nach Uruguay gegangen war.

Lee saß mit Winston Moor im Rathskeller. Sie tranken doppelte Tequilas. Kuckucksuhren und mottenzerfressene Hirschköpfe verliehen dem Restaurant einen abgeschmackten, deplazierten tiroler Anstrich. Der Geruch von verschüttetem Bier, überquellenden Toiletten und saurem Unrat hing wie ein dichter Nebel in der Luft und driftete durch die engen unbequemen Schwingtüren hinaus auf die Straße. Ein Fernseher, der die halbe Zeit defekt war und ein schauderhaft gutturales Gequäke von sich gab, machte den unangenehmen Eindruck komplett.

»Ich war gestern abend hier«, sagte Lee zu Moor. »Kam mit einem schwulen Arzt und seinem Boyfriend ins Gespräch. Der Arzt ist Major im Sanitätskorps und der Boyfriend irgendwas in Richtung Ingenieur. Ein ekelhaftes Miststück, häßlich wie nur was. Der Doktor lädt mich also zu einem Glas ein, und der Boyfriend wird eifersüchtig, und ich will mir kein Bier andrehen lassen, was der Doktor so versteht, daß ich gegen ihn und sein Land was habe. Er kommt mir mit der alten Leier – ›Gefällt es Ihnen in Mexiko?‹ Also sag ich ihm, Mexiko wäre ganz in Ordnung, zum Teil wenigstens, aber ihn fände ich zum Kotzen. Hab es ihm ganz auf die nette Art gesagt, verstehst du. Außerdem müßte ich sowieso nach Haus zu meiner Frau. Da sagt er: ›Sie haben gar keine Frau, Sie sind genauso schwul wie ich.‹ Ich sag: ›Ich weiß nicht, wie schwul Sie sind, Doc, und ich will's auch gar nicht rauskriegen. Es ist durchaus nicht so, als wären Sie 'n gutaussehender Mexikaner. Sie sind 'n gottverdammt alter, häßlicher Mexikaner. Und das gilt erst recht für Ihren angefressenen Boyfriend.‹ Ich hoffte natürlich, daß es nicht zum Äußersten kommt ... Hast du Hatfield gekannt? Nein, natürlich nicht. War vor deiner Zeit. Er hat einen *cargador* übern Haufen geschossen, in einer *pulquería*. Die Geschichte hat ihn fünfhundert Dollar gekostet. Also wenn man mal davon ausgeht, daß ein *cargador* der absolute Bodensatz ist, da stell dir mal vor, was es dich kosten würde, einen Major der mexikanischen Armee zu erschießen.«

Moor rief den Kellner an den Tisch. *»Yo quiero un sandwich«*, sagte er und lächelte den Kellner an. *»Quel sandwiches tiene?«*

»Was für einen willst du denn?« fragte Lee, den die Unterbrechung ärgerte.

»Ich weiß nicht recht«, sagte Moor und sah die Speisekarte durch. »Ob man mir hier einen Sandwich mit gegrilltem Käse auf Weizenkeim-Toast machen kann?« Mit einem Lächeln, das jungenhaft wirken sollte, wandte sich Moor wieder dem Kellner zu.

Lee schloß die Augen, als Moor einen Versuch startete, das Konzept von gegrilltem Käse auf Weizenkeim-Toast zu vermitteln. Moor mit seinem unzureichenden Spanisch war ganz der sympathische, hilflose kleine Junge, der allein in einem fremden Land zurechtkommen muß. Er lächelte in einen inneren Spiegel, ein Lächeln ohne eine Spur von Wärme, doch kein kaltes Lächeln – das inhaltslose Lächeln von Senilität und Zerfall, ein Lächeln, das einhergeht mit einem schlechtsitzenden Gebiß, das Lächeln eines Mannes, der in der Abgeschiedenheit seiner sturen Selbstverliebtheit alt und einfältig geworden ist.

Moor war ein magerer junger Mann mit blonden Haaren, die er aus Gewohnheit etwas lang trug. Er hatte blaßblaue Augen und sehr weiße Haut. Unter den Augen hatte er dunkle Schatten und um den Mund zwei tiefe Falten. Er wirkte wie ein Kind und zugleich wie ein frühzeitig gealterter Mann. In seinem Gesicht sah man schon die Spuren eines langsamen Sterbens, das verheerende Wirken des Zerfalls in einem Fleisch, das abgeschnitten war von jedem lebensspendenden Kontakt. Was Moor antrieb, was ihn buchstäblich am Leben und auf den Beinen hielt, war Haß. Doch es war ein Haß ohne Leidenschaft und Heftigkeit. Moors Haß war ein langsamer, stetiger Drang – schwach, aber unendlich hartnäckig – der darauf wartete, sich jede Schwäche eines anderen zunutze zu machen. Das stete Tropfen dieses Hasses hatte die Furchen des Zerfalls in Moors Gesicht gekerbt. Er war gealtert, ohne etwas durchlebt zu haben. Wie ein Stück Fleisch, das auf einem Küchenbord vor sich hinfault.

Wenn Moor eine Geschichte erzählte, unterbrach er sie regelmäßig an dem Punkt, wo es spannend wurde. Oft fing er mit dem Kellner oder sonst einem, der in der Nähe war, eine lange Unterhaltung an; oder er wurde zerstreut und abwesend, gähnte dann und sagte: »Wie war das?«, als wäre er aus tiefen Gedanken, die andere gar nicht ermessen konnten, aufgeschreckt und in die öde Wirklichkeit zurückversetzt worden.

Moor fing jetzt an, von seiner Frau zu reden. »Weißt du, Bill, anfangs war sie so abhängig von mir, daß sie richtig hysterisch wurde, wenn ich ins Museum zur Arbeit mußte. Es ist mir gelungen, ihr Selbstbewußtsein soweit hochzupäppeln, daß sie mich nicht mehr brauchte. Danach konnte ich nur noch gehen. Es gab nichts mehr, was ich für sie tun konnte.«

Moor und seine aufrichtige Masche. ›Mein Gott‹, dachte Lee, ›und er glaubt es auch noch.‹

Lee bestellte sich noch einen doppelten Tequila. Moor stand auf. »Tja, ich muß wieder los«, sagte er. »Ich hab noch eine Menge zu tun.«

»Paß auf«, sagte Lee, »wie wärs, wenn wir uns heute abend zum Essen treffen?«

»Naja, meinetwegen«, sagte Moor.

»Um sechs im K.C. Steak House.«

»Is gut.« Moor ging.

Lee trank die Hälfte des Tequila, den der Kellner ihm hinstellte. Er hatte Moor vor einigen Jahren in New York kennengelernt und sich dann und wann mit ihm getroffen, obwohl er ihn nicht mochte. Moor hatte eine Abneigung gegen Lee. Aber das hieß nicht viel, denn er konnte ja überhaupt keinen leiden. Lee sagte sich: ›Du mußt verrückt sein, daß du es bei dem versuchst. Wo du doch weißt, was für ein Luder er ist. Diese Grenzfälle können ekelhafter sein als jede Schwuchtel.‹

Als Lee ins K.C. Steak House kam, war Moor schon da. Er hatte Tom Williams dabei, der wie er selbst aus Salt Lake City stammte. Lee dachte: ›Er hat eine Anstandsdame mitgebracht . . .‹

›Ich mag den Kerl, Tom, aber ich kanns nicht ertragen, mit ihm allein zu sein. Er versucht dauernd, mich ins Bett zu kriegen. Das ist es, was mich an Schwulen so stört – daß sie's bei einer rein freundschaftlichen Basis nicht belassen können . . .‹ Ja, Lee konnte sich die Unterhaltung der beiden gut vorstellen.

Beim Essen redeten sie davon, daß sie in Ziuhuatenejo ein Boot bauen wollten. Lee fand das Vorhaben lächerlich. »Ein Boot bauen, ist das nicht ein Job für einen, der es gelernt hat?« fragte er. Moor überging die Bemerkung.

Nach dem Essen ging Lee mit den beiden zurück zu Moors Pension. An der Tür fragte er: »Hätten die Gentlemen Lust auf einen Drink? Ich besorge uns eine Flasche . . .« Er schaute vom einen zum anderen.

Moor sagte: »Ach nein. Weißt du, wir wollen an den Plänen für das Boot arbeiten, das wir bauen werden.«

»Oh«, sagte Lee. »Na, dann seh ich dich morgen. Wie wärs, wenn wir uns auf einen Drink im Rathskeller treffen? Sagen wir, so gegen fünf.«

»Tja, morgen werde ich wohl den ganzen Tag beschäftigt sein.«

»Gut, aber du mußt ja auch was essen und trinken.«

»Ja weißt du, dieses Boot ist mir im Augenblick wichtiger als alles andere. Das wird meine ganze Zeit beanspruchen.«

»Wie du willst«, sagte Lee und ging.

Lee war tief gekränkt. Er konnte sich denken, was Moor jetzt sagte: ›Danke, daß du mitgekommen bist, Tom. Na, ich hoffe, er hat begriffen. Natürlich, Lee ist ein interessanter Bursche und alles ... aber diese schwule Situation ist mir einfach zuviel.‹ Toleranter Mensch, der beide Seiten sieht und bis zu einem gewissen Punkt auch Verständnis aufbringt, schließlich jedoch – taktvoll, aber bestimmt – deutlich machen muß: Nicht mit mir. ›Und er glaubt es tatsächlich‹, dachte Lee. ›Genau wie den Stuß, von wegen daß er das Selbstbewußtsein seiner Frau hochgepäppelt hat. Er bringt es fertig, mit Genuß das eklige Luder rauszukehren und sich gleichzeitig wie ein Heiliger vorzukommen. Schon allerhand.‹

Moors gezielte Abfuhr sollte ihm in Wirklichkeit die schwerste Kränkung zufügen, die unter den Umständen möglich war. Sie verwies Lee in die Position eines unerträglich aufdringlichen Schwulen, der zu dumm und unsensibel ist, um zu merken, daß seine Annäherungsversuche unerwünscht sind – so daß Moor die unangenehme Aufgabe zufällt, ihn mit der Nase draufstoßen zu müssen.

Lee lehnte sich minutenlang an einen Laternenpfahl. Der Schock hatte ihn so ernüchtert, daß seine beschwipste Stimmung im Nu verflogen war. Er merkte, wie müde und ausgepumpt er war. Doch nach Hause wollte er noch nicht.

2

›Alles, was sie in diesem Land machen, geht futsch‹, dachte Lee. Er hatte sein Taschenmesser aufgeklappt und betrachtete die Klinge aus rostfreiem Stahl. Die Chromschicht ging ab wie Silberpapier. ›Würde mich nicht wundern, wenn ich in der Alameda einen Boy aufgable, und sein ... Ah, da kommt der ehrliche Joe.‹

Joe Guidry setzte sich zu Lee an den Tisch. Er ließ mehrere Bündel auf den Tisch und den freien Stuhl fallen, wischte die Öffnung einer Bierflasche mit dem Hemdsärmel ab und trank auf einen Zug die halbe Flasche aus. Er war ein beleibter Mensch und hatte das gerötete Gesicht eines irischen Politikers.

»Was tut sich so?« fragte Lee.

»Nicht viel, Lee. Außer daß mir jemand die Schreibmaschine gestohlen hat. Ich weiß auch, wer. Es war dieser Brasilianer, oder was immer er ist. Du kennst ihn. Maurice.«

»Maurice? Ist das der, den du letzte Woche hattest? Der Ringer?«

»Nein, das ist ein anderer. Du meinst Louie, den Turnlehrer. Louie hat entschieden, daß verschiedenes total verwerflich ist, und er sagt mir, ich müßte in der Hölle schmoren, aber *er* käme in den Himmel.«

»Im Ernst?«

»Oh sicher. Tja, Maurice ist so schwul wie ich.« Joe rülpste. »Entschuldigung. Wenn nicht noch schwuler. Aber er will es nicht akzeptieren. Ich denke, mit der geklauten Schreibmaschine will er mir und sich selbst demonstrieren, daß ers nur macht, um sich möglichst viel zu krallen. Tatsache ist, er ist so schwul, daß ich das Interesse an ihm verloren habe. Natürlich nicht ganz. Wenn ich den kleinen Bastard sehe, werd' ich ihn höchstwahrscheinlich zu mir in die Wohnung einladen, statt ihn zu verprügeln, wie ers verdient hätte.«

Lee kippte seinen Stuhl nach hinten an die Wand und schaute sich im Lokal um. Am Tisch nebenan schrieb jemand einen Brief. Falls er die Unterhaltung mitbekommen hatte, ließ er es sich jedenfalls nicht anmerken. Der Wirt hatte die Zeitung vor sich auf dem Tresen ausgebreitet und las die Stierkampfberichte. Eine für Mexiko typische Stille breitete sich im Lokal aus – ein lautloses, vibrierendes Summen.

Joe trank sein Bier aus, wischte sich mit dem Handrücken über den Mund und starrte mit seinen wäßrigen, blutunterlaufenen blauen Augen an die Wand. Die Stille sickerte in Lees Körper, und sein Gesicht wurde schlaff und ausdruckslos. Es war ein eigenartig gespenstischer Effekt, als könnte man durch sein Gesicht hindurchsehen. Das Gesicht war verwüstet, gehässig und alt, doch die klaren grünen Augen waren verträumt und unschuldig. Sein hellbraunes Haar war so fein, daß es nicht liegenblieb, wenn er es kämmte. Meist fielen ihm die Haare in die Stirn, und gelegentlich hingen sie ihm in den Teller oder in seinen Drink.

»Tja, ich muß wieder los«, sagte Joe. Er raffte seine Bündel zusammen, verabschiedete sich von Lee mit einem Nicken und seinem süßlichen Politikerlächeln und ging hinaus. Sein halb kahler Schädel mit dem schütteren Kraushaar zeichnete sich noch einen Augenblick im grellen Sonnenlicht ab, ehe er verschwand.

Lee gähnte und nahm sich vom Nachbartisch den Comic-Teil der Zeitung. Er war schon zwei Tage alt. Er legte ihn weg und gähnte erneut. Er stand auf, bezahlte seinen Drink und ging in den sonnigen Spätnachmittag hinaus. Er hatte nichts weiter vor, also ging er rüber zum Zeitungsstand von Sears und las die neuen Zeitschriften für umsonst.

Auf dem Rückweg ging er am K.C. Steak House vorbei. Moor winkte ihm von drinnen zu. Lee ging hinein und setzte sich zu ihm. »Du siehst schrecklich aus«, sagte er. Er wußte, daß Moor das gern hörte. Tatsächlich sah Moor auch schlechter aus als sonst. Er war schon immer blaß gewesen, doch nun hatte er eine gelbliche Farbe.

Das Projekt mit dem Boot war geplatzt. Moor sowie Williams und dessen Frau Lil waren aus Ziuhuatenejo zurück. Moor hatte von dem Ehepaar Williams die Nase voll.

Lee bestellte eine Kanne Tee. Moor erzählte ihm von Lil. »Weißt du, Lil hat den Käse da unten gegessen. Sie hat alles gegessen, ohne daß ihr ein einziges Mal schlecht wurde. Sie geht nie zum Arzt. Eines Morgens stellte sie beim Aufwachen fest, daß sie auf dem einen Auge blind war und mit dem anderen kaum noch was sah. Trotzdem wollte sie keinen Arzt kommen lassen. Nach ein paar Tagen sah sie wieder so gut wie zuvor. Ich hatte gehofft, daß sie blind wird.«

Lee merkte, daß es Moor vollkommen ernst damit war. ›Er ist wahnsinnig‹, dachte er.

Moor redete weiter von Lil. Daß sie ihm natürlich Avancen gemacht hatte. Daß er mehr als seinen Anteil für Essen und Miete gezahlt hatte. Daß sie fürchterlich schlecht kochte. Daß sie ihn dort krank zurückgelassen hatten. Dann kam er auf seinen Gesundheitszustand zu sprechen. »Komm, ich zeig dir mal meinen Urintest«, sagte Moor mit jungenhaftem Enthusiasmus. Er faltete das Blatt Papier auf dem Tisch auseinander. Lee sah es ohne Interesse an.

»Schau, hier.« Moor zeigte auf eine Zeile. »Harnstoff dreizehn. Normal ist fünfzehn bis zweiundzwanzig. Was meinst du, ist das was Ernstes?«

»Ich hab nicht die geringste Ahnung.«

»Und Spuren von Zucker. Was bedeutet das Ganze?« Für Moor war es offensichtlich eine Frage von größtem Interesse.

»Warum zeigst du es nicht einem Arzt?«

»Hab ich schon. Er sagte, er müßte einen Vierundzwanzig-Stunden-Test machen, das heißt, Urinproben über einen Zeitraum von vierundzwanzig Stunden, bevor er was Näheres sagen kann . . . Weißt du, ich hab einen dumpfen Schmerz in der Brust, direkt da – ob das Tuberkulose sein könnte?«

»Laß dich röntgen.«

»Hab ich schon. Der Arzt will noch einen Allergietest bei mir machen. Oh, und noch was: Ich glaube, ich hab Maltafieber . . . Meinst du, ich habe jetzt Temperatur?« Er beugte sich vor, damit Lee ihm die Stirn fühlen sollte. Lee faßte ihn ans Ohrläppchen. »Ich glaub nicht«, sagte er.

Moor quasselte weiter und absolvierte den Rundkurs des wahren Hypochonders, über Tuberkulose zurück zu seinem Urintest. Lee fand, daß er noch nie etwas gehört hatte, das so ermüdend und deprimierend war. Moor hatte keine Tb, keinen Nierenschaden und kein Maltafieber. Er litt an einer Krankheit, die Tod hieß. In jeder Zelle seines Körpers hauste der Tod. Er verströmte einen schwachen, grünlichen Dunst von Zerfall. Lee stellte sich vor, daß er im Dunkeln schimmerte.

Moor redete mit jungenhaftem Eifer weiter. »Ich glaube, ich muß mich operieren lassen.«

Lee sagte, er müsse jetzt wirklich gehen.

Lee ging die Coahuila hinunter. Er ging rasch und setzte zielstrebig einen Fuß vor den anderen, als entferne er sich vom Ort des Überfalls. Er kam an einer Gruppe von Landsleuten vorbei – heraushängendes rotkariertes Hemd, Bluejeans und Bart – und gleich darauf an einigen jungen Männern in normaler, wenn auch vernachlässigter Kleidung. Unter diesen erkannte er einen Jungen namens Eugene Allerton.

Allerton war groß und sehr schlank, hatte hohe Backenknochen, einen kleinen tiefroten Mund und bernsteinfarbene Augen, die eine leicht violette Tönung bekamen, wenn er betrunken war. Sein goldbraunes Haar war von der Sonne verschieden stark gebleicht, so daß es aussah wie schlecht gefärbt. Er hatte gleichmäßige, schwarze Augenbrauen und schwarze Wimpern. Ein schwer einzuschätzendes Gesicht, sehr jung, frisch und jungenhaft, das jedoch gleichzeitig geschminkt wirkte, zart und exotisch und orientalisch. Allerton war nie ganz ordentlich oder sauber, doch einen schmutzigen Eindruck hatte man von ihm nicht. Er war nur nachlässig und so träge, daß er manchmal halb eingeschlafen wirkte. Oft hörte er nicht, was jemand dicht neben ihm sagte. ›Vermutlich Vitaminmangel‹, dachte Lee verdrießlich. Er nickte Allerton zu und lächelte. Allerton schien überrascht und nickte ebenfalls. Das Lächeln erwiderte er nicht.

Ein wenig enttäuscht ging Lee weiter. ›Vielleicht kann ich in der Richtung was erreichen. Naja – *a ver* . . .‹ Vor einem Restaurant verharrte er wie ein Hühnerhund. ›Muß was essen . . . geht hier schneller, als wenn ich was einkaufe und zuhause koche.‹ Wenn Lee Hunger oder Durst hatte oder einen Schuß Morphium wollte, war ihm jede Verzögerung unerträglich.

Er ging hinein, bestellte sich ein Steak *à la Mexicana* und ein Glas Milch, und während er darauf wartete, lief ihm das Wasser im Mund zusammen. Ein junger Mann mit rundem Gesicht und schlaffem Mund kam ins Restaurant. Lee sagte laut und deutlich: »Hallo, Horace.« Horace nickte nur und setzte sich so weit von Lee entfernt, wie es in dem kleinen Lokal nur irgend ging. Lee lächelte. Sein Essen kam, und er schlang es herunter wie ein Tier, stopfte sich Steak und Brot in den Mund und trank die Milch in großen Schlucken. Er lehnte sich zurück und steckte sich eine Zigarette an.

»Un café sólo«, rief er der Kellnerin zu, als sie an ihm vorbeikam. Auf ihrem Tablett hatte sie Ananaslimonade für zwei junge Mexikaner, die Zweireiher mit Nadelstreifen trugen. Der eine hatte sentimentale braune

Glubschaugen und einen dürftigen Schnurrbart aus fettigen schwarzen Haaren. Er sah Lee pointiert an, und Lee schaute weg. ›Sieh dich vor‹, sagte er sich, ›oder er steht im nächsten Moment am Tisch und will wissen, wie dir Mexiko gefällt.‹ Er ließ seine halbgerauchte Zigarette in die Tasse mit dem kaltgewordenen Rest Kaffee fallen, ging an den Tresen, bezahlte seine Rechnung und war aus dem Lokal, bevor der Mexikaner zu einer Eröffnung ansetzen konnte. Wenn sich Lee einmal zum Gehen entschlossen hatte, verschwand er immer abrupt.

Das Ship Ahoy versuchte mit ein paar nachgemachten Sturmlaternen den Eindruck einer Hafenkneipe zu erwecken. Zwei kleine Räume mit Tischen, in dem einen die Bar mit vier hohen wackeligen Hockern davor. Die stets schummrige Beleuchtung gab dem Lokal eine finstere Note. Die Gäste waren tolerant, doch keineswegs Bohemiens. Die bärtige Clique kam nie ins Ship Ahoy. Das Lokal existierte von einem Tag zum nächsten, hatte keine Lizenz für den Alkoholausschank und wechselte häufig den Besitzer. Im Augenblick wurde es geführt von einem Amerikaner namens Tom Weston und einem in Amerika geborenen Mexikaner.

Lee ging stracks an die Bar und bestellte sich einen Drink. Er stürzte ihn herunter und bestellte einen zweiten, ehe er sich umschaute, um zu sehen, ob Allerton da war. Allerton saß allein an einem Tisch – den Stuhl nach hinten an die Wand gekippt, das eine Bein halb überm anderen, und auf dem Knie hielt er eine Bierflasche fest. Er nickte Lee zu. Lee versuchte einen zugleich freundlichen und beiläufigen Gruß, der Interesse zeigen sollte, ohne die kurze Bekanntschaft zu forcieren. Das Ergebnis war grausig.

Als Lee einen Schritt zur Seite trat und eine gemessene Verbeugung andeuten wollte, wie er sie sich in Europa angewöhnt hatte, drückte seine Miene eine nackte Lüsternheit aus, die sich dem angestauten Schmerz und

Haß seines ausgehungerten Körpers entrang, und gleichzeitig, wie in Doppelbelichtung, ein liebenswertes und vertrauensvolles Kinderlächeln, das fürchterlich deplaziert, verstümmelt und hoffnungslos war.

Allerton war entsetzt. ›Vielleicht hat er einen nervösen Tick‹, dachte er. Er beschloß, sich jedem Kontakt mit Lee zu entziehen, ehe der Mann womöglich noch abscheulicher wurde. Der Effekt war so, als würde ein Telefongespräch unterbrochen. Allerton war nicht kalt oder abweisend: Lee war für ihn einfach nicht mehr da. Lee schaute ihn einen Augenblick hilflos an. Dann wandte er sich, geknickt und schwer mitgenommen, wieder der Bar zu.

Lee trank sein zweites Glas aus. Als er sich wieder umdrehte, spielte Allerton eine Partie Schach mit Mary, einer jungen Amerikanerin mit rot gefärbten Haaren und sorgfältig aufgetragenem Make-up, die inzwischen hereingekommen war. ›Was soll ich hier meine Zeit verschwenden?‹ dachte Lee. Er bezahlte seine beiden Drinks und ging.

Er nahm sich ein Taxi zur Chimu Bar, einer Schwulenpinte, die von Mexikanern frequentiert wurde. Dort lernte er einen Jungen kennen und verbrachte mit ihm die Nacht.

Damals gingen die G.I. Studenten tagsüber in Lolas Kneipe und abends ins Ship Ahoy. Lolas Kneipe war keine richtige Bar, sondern eine kleine Pinte, in der es nur Bier und Limonade gab. Links vom Eingang stand ein Coca-Cola-Kasten voll Bier, Limo und Stangeneis. Auf der einen Seite gab es einen Tresen mit Barhockern aus Metallrohr und gelben Kunstledersitzen, der bis nach hinten zur Musikbox reichte. An der Wand gegenüber standen Tische. Die Barhocker hatten längst ihre Gummikappen verloren und machten einen grauenhaften Lärm, wenn das Dienstmädchen sie beim Ausfegen zur Seite schob. Hinten gab es eine Küche, in der ein schlampiger Koch alles im gleichen ranzigen Fett briet. Lolas Kneipe hatte weder Vergangenheit noch Zukunft. Es war ein Wartesaal, in den gewisse Leute zu gewissen Zeiten eincheckten.

Mehrere Tage nach seinem Pickup in der Chimu Bar saß Lee in Lolas Kneipe und las Jim Cochan laut aus der Zeitung *Ultimas Noticias* vor. Sie enthielt einen Bericht über einen Mann, der seine Frau und Kinder umgebracht hatte. Cochan schaute sich um und suchte nach einem Vorwand, um gehen zu können, doch so oft er dazu ansetzte, nagelte Lee ihn fest mit einem »Das mußt du hören ...: ›Als seine Frau vom Markt nach Hause kam, war der Ehemann bereits stark angetrunken und fuchtelte mit seiner 45er herum.‹ Warum müssen sie eigentlich dauernd damit fuchteln?«

Lee las einen Augenblick stumm weiter. Cochan rutschte unbehaglich hin und her. »Menschenskind«, sagte Lee und schaute hoch. »Als er Frau und drei Kinder umgebracht hat, nimmt er ein Rasiermesser und versucht 'n Selbstmord.« Er zitierte wieder aus dem Bericht: »›Doch die Haut war nur geritzt, und ärztliche Versorgung war nicht notwendig.‹ Was für eine schlappe Nummer!« Er blätterte die Seite um und gab eine halblaute Zusammenfassung weiterer Meldungen: »Sie strecken die Butter mit Vaseline. Feine Sache. Hummer mit gestrecktem K.Y. ... Hier ist was von einem Mann, den sie in seiner Taco-Bude mit einem verprügelten Hund erwischt haben ... und es war auch noch ein großer klapperdürrer Jagdhund. Da ist ein Foto von ihm, wie er mit dem Hund vor seiner Taco-Bude posiert ... Einer hat einen Passanten um Feuer gebeten. Der Passant hatte kein Feuer, da zieht er 'n Eispickel raus und killt ihn. Mord ist die nationale Neurose von Mexiko.«

Cochan stand auf. Lee war sofort auf den Beinen. »Setz dich auf deinen Arsch – oder was davon noch übrig ist nach vier Jahren in der Navy«, sagte er.

»Ich muß gehn.«

»Was ist, hast du Schiß vor deiner Frau?«

»Nee, im Ernst. Ich war in letzter Zeit zu oft weg. Meine Alte . . .«

Lee hörte nicht hin. Er hatte gerade gesehen, wie Allerton draußen vorbeikam und kurz zur Tür hereinschaute. Allerton hatte Lee nicht gegrüßt, sondern war gleich darauf weitergegangen. ›Ich war im Schatten‹, dachte Lee. ›Er konnte mich von der Tür aus nicht sehen.‹ Lee bekam nicht mit, daß Cochan sich verdrückte.

Einem plötzlichen Impuls folgend rannte er zur Tür hinaus. Allerton war einen halben Häuserblock entfernt. Lee holte ihn ein. Allerton wandte sich zu ihm um und zog seine Augenbrauen hoch, die schwarz und so gerade wie ein Bleistiftstrich waren. Er wirkte überrascht und ein wenig alarmiert, da er annahm, Lee sei nicht ganz bei Trost. Lee improvisierte verzweifelt drauflos:

»Ich wollte dir nur sagen, daß Mary vor einer Weile in Lolas Kneipe war. Sie hat mich gebeten, dir zu sagen, daß sie später im Ship Ahoy sein wird, so gegen fünf.« Das stimmte zum Teil. Mary war hereingekommen und hatte Lee gefragt, ob er Allerton gesehen habe.

Allerton war erleichtert. »Oh, danke«, sagte er ganz freundlich. »Bist du heute abend auch da?«

»Ja, ich denke schon.« Lee nickte ihm lächelnd zu. Dann wandte er sich rasch zum Gehen.

Lee verließ seine Wohnung kurz vor fünf. Als er ins Ship Ahoy kam, saß Allerton an der Bar. Lee setzte sich auf einen Barhocker und bestellte einen Drink, dann wandte er sich mit einer lässigen Begrüßung an Allerton, als wären sie schon gute Bekannte. Allerton erwiderte den Gruß automatisch, und erst dann wurde ihm bewußt, daß Lee irgendwie vollendete Tatsachen geschaffen hatte – während er doch beschlossen hatte, daß er mit Lee möglichst wenig zu tun haben wollte. Allerton hatte ein Talent für das Ignorieren von anderen, doch er verstand es nicht, jemanden aus einer bereits eingenommenen Position zu verdrängen.

Lee begann zu reden – beiläufig, unprätentiös intelligent, mit trockenem Humor. Allmählich verwischte er Allertons Eindruck, daß er ein eigenartiger und unangenehmer Mensch sei. Als Mary hereinkam, begrüßte er sie mit beschwipster altmodischer Galanterie, dann entschuldigte er sich und überließ die beiden ihrem Schachspiel.

»Wer ist das?« fragte Mary, als Lee draußen war.

»Keine Ahnung«, sagte Allerton. War er Lee schon einmal vorgestellt worden? Er war sich nicht sicher. Eine formelle Vorstellung war bei den G. I. Studenten nicht üblich. War Lee Student? Allerton hatte ihn im College noch nie gesehen. Es war nicht ungewöhnlich, sich mit einem zu unterhalten, den man nicht kannte. Doch Lee machte Allerton mißtrauisch. Es war, als würde er den Mann kennen. Wenn Lee etwas sagte, schien darin immer noch etwas mitzuschwingen. Eine besondere Betonung auf einem Wort oder einem Gruß war wie eine Anspielung auf eine Periode der Vertrautheit an einem anderen Ort und zu einer anderen Zeit. Als würde Lee sagen: »Du weißt, was ich meine. Du erinnerst dich.«

Allerton zuckte ärgerlich die Schultern und fing an, die Schachfiguren aufzustellen. Er wirkte wie ein mürrisches Kind, das den Grund für seine Unzufriedenheit nicht orten kann. Nach einer Reihe von Zügen kehrte seine alte Gelassenheit zurück, und er summte vor sich hin.

Es war nach Mitternacht, als Lee ins Ship Ahoy zurückkam. Betrunkene drängten sich an der Bar, und jeder redete so laut, als wären alle anderen stocktaub. Allerton stand am Rand dieser Gruppe und konnte sich anscheinend kein Gehör verschaffen. Er rief Lee einen freundschaftlichen Gruß zu, boxte sich zur Bar durch und tauchte mit zwei Cola-Rum wieder aus dem Gewühl auf. »Setzen wir uns hier drüben hin«, sagte er.

Allerton war betrunken. Seine Augen waren leicht violett angelaufen, seine Pupillen stark geweitet. Er redete sehr schnell, in einer hohen dünnen Stimme, gespenstisch und körperlos wie die eines kleinen Kindes. Lee hatte Allerton noch nie so reden hören. Es erinnerte an die besessene Stimme eines spiritistischen Mediums. Die Fröhlichkeit und Unschuld des Jungen hatten kaum noch etwas Menschenähnliches.

Allerton erzählte eine Geschichte aus seiner Zeit beim Counter-Intelligence Corps in Deutschland. Ein Informant hatte die Abteilung mit falschen Angaben in die Irre geführt.

»Wie habt ihr nachgeprüft, ob Informationen auch wirklich stimmen?« fragte Lee. »Wie konntet ihr wissen, ob nicht neunzig Prozent von den Angaben eurer Informanten frei erfunden waren?«

»Tja, wir wußten es nicht, und wir wurden in allerhand getürkte Sachen verwickelt. Natürlich haben wir alles mit den Berichten anderer Informanten verglichen, und wir hatten auch unsere eigenen Agenten draußen. Unsere Informanten lieferten immer mal ein paar falsche Angaben, aber dieser hier hat buchstäblich *alles* erfunden. Er hat unsere Agenten nach einem russischen Spionagenetz suchen lassen, das reine Erfindung war. Schließlich kommt aus Frankfurt der Bericht, daß alles ein Haufen Quatsch ist. Aber statt zu verschwinden, ehe die Information geprüft werden konnte, hat er uns noch mehr aufgetischt. Mittlerweile hatten wir wirklich genug von seinem Blödsinn. Also sperrten wir ihn in einen Keller. Der Raum war ziemlich kalt und ungemütlich, aber was Besseres hatten wir nicht. Wir mußten mit Gefangenen sehr vorsichtig umgehen. Er tippte ellenlange Geständnisse. Eins nach dem anderen.«

Die Geschichte machte Allerton sichtlich Spaß, und während er sie erzählte, mußte er immer wieder lachen. Lee war beeindruckt von seiner Mischung aus Intelligenz und kindlichem Charme. Allerton war jetzt ganz umgänglich, ohne Zurückhaltung oder Abwehr, wie ein Kind, das noch nie eine Kränkung erlitten hat. Er begann mit einer weiteren Geschichte.

Lee betrachtete die schmalen Hände, die wunderschön violett getönten Augen, das vor Aufregung leicht gerötete Gesicht des Jungen. Er verspürte einen so unwiderstehlichen Drang, die Hand auszustrecken, daß es ihm schien, als müsse Allerton die Berührung ektoplasmischer Finger spüren, die sein Ohr streichelten, ihm die Augenbrauen glätteten und die Haare aus der Stirn strichen. Lees imaginäre Hände glitten jetzt am Brustkorb herunter und über den Bauch. Lee spürte den ziehenden Schmerz des Verlangens in seiner Lunge. Sein Mund war leicht geöffnet, so daß die Zähne sichtbar wurden – es wirkte wie das unschlüssige Zähnefletschen eines verunsicherten Tieres. Er leckte sich die Lippen.

Lee ließ sich nicht gern frustrieren. Die Begrenzungen seines Verlangens waren wie die Gitterstäbe eines Käfigs, wie ein Halsband mit Kette; etwas, das er gelernt hatte, wie ein Tier etwas lernen muß, über Tage und Jahre hinweg – immer wieder die Straffung der Kette, die Unnachgiebigkeit der Gitterstäbe. Er hatte sich nie damit abgefunden, und seine Augen spähten wachsam zwischen den unsichtbaren Stäben hindurch und warteten auf einen vergeßlichen Wärter, der die Tür nicht abschloß, das schadhafte Halsband, den gelockerten Gitterstab . . . stumm leidend, gegen seinen Willen, aber ohne Verzweiflung.

»Ich ging zur Tür, und da stand er und hatte einen Ast im Mund«, sagte Allerton gerade.

Lee hatte nicht zugehört. »Einen Ast im Mund?« sagte Lee und fügte unsinnigerweise hinzu: »Einen großen Ast?«

»Ungefähr zwei Fuß lang. Ich sagte ihm, er soll sich zum Teufel scheren. Ein paar Augenblicke später taucht er vor dem Fenster auf. Also warf ich einen Stuhl nach ihm, und er sprang vom Balkon in den Hof runter. Etwa sechs Meter tief. Er war sehr gelenkig. Beinahe unmenschlich. Es war irgendwie unheimlich, und deshalb warf ich den Stuhl – er machte mir angst. Wir dachten alle, er würde nur ein Affentheater aufführen, um aus der Armee entlassen zu werden.«

»Wie sah er aus?« fragte Lee.

»Wie er aussah? Ich weiß nicht mehr so recht. Er war ungefähr achtzehn. Machte einen ganz ordentlichen Eindruck. Wir kippten einen Eimer kaltes Wasser über ihn und ließen ihn im Erdgeschoß auf einem Feldbett liegen. Er bekam Zuckungen, aber gesagt hat er nichts. Wir fanden alle, daß er die Strafe verdient hatte. Ich glaube, am nächsten Tag schafften sie ihn ins Hospital.«

»Lungenentzündung?«

»Ich weiß nicht. Vielleicht hätten wir ihn nicht einweichen sollen.«

Allerton blieb vor seiner Haustür stehen.

»Gehst du hier rein?« fragte Lee.

»Ja, ich penne hier.«

Lee sagte gute Nacht und ging nach Hause.

Danach traf er sich mit Allerton jeden Nachmittag um fünf im Ship Ahoy. Allerton war es gewöhnt, Freunde zu haben, die älter waren als er, und er freute sich auf jedes Treffen mit Lee. Lee hatte unterhaltsame Nummern auf Lager, wie sie Allerton noch nie gehört hatte. Doch manchmal fühlte er sich von Lee wie erdrückt, als würde dessen Anwesenheit alles andere verdrängen. Er fand, daß er sich zu oft mit Lee traf.

Allerton hatte etwas gegen Bindungen. Er hatte noch nie eine enge Freundschaft geschlossen oder sich verliebt. Jetzt mußte er sich die Frage stellen: »Was will er von mir?« Es kam ihm nicht in den Sinn, daß Lee schwul sein könnte, da er Homosexualität zumindest mit einem gewissen Grad von sichtbarer Verweichlichung assoziierte. Schließlich entschied er, daß Lee ihn als guten Zuhörer schätzte.

3

Es war ein wunderschöner klarer Nachmittag im April. Pünktlich um fünf kam Lee ins Ship Ahoy. Allerton stand an der Bar mit Al Hyman, der in Abständen zum Alkoholiker wurde und dann einer der ekelhaftesten, dümmsten und langweiligsten Säufer war, die Lee jemals begegnet waren. Andererseits war er intelligent und bescheiden und konnte ganz umgänglich sein, wenn er nüchtern war. Im Augenblick war er nüchtern.

Lee hatte einen gelben Schal um den Hals und eine billige Sonnenbrille auf der Nase. Er legte beides auf der Bar ab. »Ein harter Tag im Studio«, sagte er wie ein affektierter Schauspieler. Er bestellte sich eine Cola mit Rum. »Wißt ihr, es sieht so aus, als ob wir zu einer Ölquelle kommen. Sie bohren jetzt im Quadrat vier, und von ihrem Bohrturm kann man fast rüber nach Tex-Mex spucken, wo ich meine Vierzig-Hektar-Baumwollfarm habe.«

»Ich wollte immer Ölmann werden«, sagte Hyman.

Lee musterte ihn und schüttelte den Kopf. »Nein, bedaure. Nicht jeder eignet sich dafür, verstehst du. Du mußt die Berufung haben. Zunächst mal mußt du aussehen wie ein Ölmann. Es gibt keine jungen Ölmänner. Ein Ölmann sollte so um die fünfzig sein. Seine Haut ist rissig und runzelig wie Schlamm, der in der Sonne getrocknet ist. Vor allem sein Nacken ist runzelig, und die Runzeln sind im allgemeinen voller Staub von seinen langen Erkundungsfahrten. Er trägt Gabardine-Hosen und weiße kurzärmelige Sporthemden. Seine Schuhe haben eine feine Staubschicht, und ein leichter Hauch von Staub folgt ihm überall wie seine persönliche Staubwolke.

Du hast also die Berufung und das richtige Äußere. Jetzt gehst du Pachtverträge abschließen. Du greifst dir fünf oder sechs Leute, die dir ihr Land verpachten, damit du nach Öl bohren kannst. Du gehst zur Bank und redest mit dem Direktor: ›Also Clem Farris, einer der Besten hier im Tal und 'n schlauer Kerl dazu, ist mit drin bis zu den Eiern, und der alte Scranton und Fred Crockly und Roy Spigot und Ted Bane, auch alles prächtige alte Burschen. Jetzt lassen Sie mich mal 'n paar Fakten auf den Tisch legen. Ich könnte hier den ganzen Morgen rumsitzen und quatschen und Ihnen die Zeit stehlen, aber ich weiß, Sie sind 'n Mann, der gewöhnt ist, mit Fakten und Zahlen umzugehn, und genau das hab ich für Sie.‹

Er geht raus zu seinem Wagen – es ist immer ein Coupé oder ein Roadster; man hat noch nie einen Ölmann mit einer Limousine gesehen – und greift hinter den Sitz und holt seine Karten raus, groß wie Teppiche, eine enorme Rolle. Er breitet sie auf dem Schreibtisch des Bankdirektors aus, und dicke Staubwolken steigen von den Karten auf und füllen die ganze Bank.

›Sehn Sie das Quadrat da? Das ist Tex-Mex. Und hier ist ne Verwerfung, die geht direkt durch Jed Marvins Farm. Ich hab den alten Jed grad neulich gesehn, als ich da draußen war. Ein prima Kerl. Gibt keinen besseren hier im Tal als Jed Marvin. Tja, und gleich hier drüben hat Socony gebohrt.‹

Er breitet weitere Karten aus. Er rückt einen zweiten Schreibtisch heran und beschwert die Karten mit Spucknäpfen. ›Tja, die haben ein trockenes Loch erwischt. Und diese Karte hier . . .‹ Er rollte noch eine aus. ›Also, wenn Sie sich freundlicherweise aufs andere Ende setzen, damit sie uns nicht zusammenrollt, dann zeig ich Ihnen genau, warum es ein trockenes Loch war und warum sie dort besser erst gar nicht gebohrt hätten, weil, Sie können da genau sehen, wie die Verwerfung direkt zwischen Jeds artesischem Brunnen und der Grenze von Tex-Mex durch und rein ins Quadrat vier geht. Das Gebiet da wurde zum letztenmal 1922 vermessen, ich nehme an, Sie kennen den alten Burschen, der den Job gemacht hat, Earl Hoot hieß er, auch 'n richtiger Prachtkerl. Er hat oben in Nacogdoches gewohnt, aber sein Schwiegersohn hatte hier unten ne Farm, die alte Brooks-Farm, nördlich von Tex-Mex, grad gegenüber von . . .‹

Mittlerweile ist der Direktor ganz benommen vor Langeweile, und der Staub kriecht ihm in die Lunge – Ölmänner sind von Natur aus immun gegen Staub – also sagt er: ›Na, wenn es für diese Jungs gut genug ist, dann wird's auch gut genug für mich sein. Ich bin dabei.‹

Jetzt geht der Ölmann zu seinen künftigen Geschäftspartnern und serviert ihnen die gleiche Masche. Dann läßt er aus Dallas oder sonstwoher einen Geologen kommen. Der faselt etwas von Verwerfungen und Sickerstellen und Intrusionen und Schiefer und Sand und bestimmt mehr oder weniger übern Daumen gepeilt einen Platz, wo gebohrt werden soll.

Jetzt zum Leiter der Bohrmannschaft. Das muß ein richtiger Draufgänger sein. Sie suchen ihn in Boy's Town – das ist das Nuttenviertel in Grenzstädten – und finden ihn in einem Zimmer mit drei Nutten, umgeben von leeren Flaschen. Also schlagen sie ihm eine Flasche übern Kopf und schleifen ihn raus und machen ihn nüchtern, und er schaut sich die Bohrstelle an, spuckt aus und sagt: ›Tja, es ist euer Loch.‹

Und wenn das Bohrloch trocken bleibt, sagt der Ölmann: ›Naja, so gehts halt. Manche Löcher haben Schmierung und manche sind so trocken wie die Fotze von ner Hure am Sonntagmorgen.‹ Da gab es einen, Dry Hole Dutton nannten sie ihn – all right, Allerton, keine Kalauer jetzt von wegen Vaseline – der brachte es auf zwanzig trockene Löcher, eh er sich saniert hat. Das bedeutet ›reich werden‹ im kernigen Jargon der Ölbrüder.«

Joe Guidry kam herein, und Lee rutschte vom Barhocker, um ihm die Hand zu schütteln. Er hoffte, Joe würde das Thema Homosexualität ansprechen, so daß er Allertons Reaktion beobachten konnte. Er sagte sich, daß es Zeit war, Allerton klarzumachen, was Sache war. Es hatte keinen Sinn, zu lange in der Reserve zu bleiben.

Sie setzten sich an einen Tisch. Jemand hatte Guidry das Radio gestohlen, die Armbanduhr und seine Reitstiefel. »Mein Problem ist«, sagte Guidry, »ich mag die Typen, die mich beklauen.«

»Dein Fehler ist, daß du sie mit in die Wohnung nimmst«, sagte Lee. »Gibt schließlich Hotels für so was.«

»Da hast du recht. Aber die halbe Zeit hab ich nicht das Geld für ein Hotelzimmer. Außerdem hab ich gern jemand da, der Frühstück macht und die Bude ausfegt.«

»Ja, ausmistet.«

»Das mit der Uhr und dem Radio macht mir nichts, aber daß die Stiefel weg sind, geht mir richtig nah. Sie waren Prachtexemplare und eine reine Freude.« Guidry beugte sich vor und warf Allerton einen Seitenblick zu. »Ich weiß nicht, ob ich das jetzt vor Junior hier sagen soll. Nichts für ungut, Kid.«

»Nur zu«, sagte Allerton.

»Hab ich euch schon erzählt, wie ichs dem Streifenbullen besorgt habe? Er ist der *vigilante*, der in meinem Viertel die Runde macht. Wenn er bei mir noch Licht sieht, kommt er immer auf ein Glas Rum herein. Tja, an dem Abend vor fünf Tagen oder so hat er mich betrunken und spitz angetroffen, und eins kam zum anderen, und es endete damit, daß ich ihm zeigte, wie die Kuh den Kohl gefressen hat . . . Am folgenden Abend geh ich an der Bierkneipe an der Ecke vorbei, da kommt er *borracho* heraus und sagt: ›Trink was.‹ Ich sagte: ›Ich will nichts trinken.‹ Da zieht er seine *pistola* und sagt: ›Du trinkst was!‹ Ich nahm ihm die *pistola* weg, und er ging in die Kneipe, um nach Verstärkung zu telefonieren. Also mußte ich hinterher und das Telefon von der Wand reißen. Prompt verlangten sie, daß ich für die Reparatur aufkomme. Als ich nach Hause kam – ich wohne im

Erdgeschoß – hatte er mit Seife aufs Fenster geschrieben: ›*El Puto Gringo*‹. Statt es abzuwischen, hab ich es einfach drangelassen. Werbung macht sich immer bezahlt.«

Es wurde reichlich getrunken. Allerton ging auf die Toilette und blieb anschließend an der Bar hängen, wo er sich mit jemand unterhielt. Guidry warf Hyman vor, daß er schwul sei und es nicht zugeben wolle. Lee versuchte, Guidry zu erklären, daß Hyman nicht wirklich schwul war, und Guidry sagte zu ihm: »Er ist schwul. Und du bist es nicht, Lee. Du tust nur so, damit du mitmischen kannst.«

»Wer möchte schon mitmischen bei deiner öden Show?« sagte Lee. Er sah, daß Allerton an der Bar mit John Dumé sprach. Dumé gehörte zu einer kleinen Clique von Homos, deren Stammlokal eine Bierkneipe namens Green Lantern an der Campeche war. Dumé merkte man nicht an, daß er einer war, doch die anderen Green Lantern Boys waren überkandidelte Schwuchteln, die im Ship Ahoy nicht willkommen gewesen wären.

Lee ging an den Tresen und fing mit dem Barkeeper eine Unterhaltung an. ›Ich hoffe, Dumé klärt ihn über mich auf‹, dachte er. Er fühlte sich unbehaglich, wenn er einem mit der dramatischen Tour kommen mußte – »Du, ich muß dir mal was sagen« – und er wußte aus enervierender Erfahrung, wie schwierig es war, so etwas beiläufig anzubringen: »Übrigens, ich bin schwul, weißt du.« Manchmal bekommen sie es nicht mit und schreien zurück: »Was?« Oder man wirft ein: »Wenn du so schwul wärst wie ich«, und der andere gähnt und wechselt das Thema, und man weiß nicht, ob er begriffen hat oder nicht.

Der Barkeeper sagte gerade: »Sie fragt mich, warum ich trinke. Was soll ich ihr sagen? Ich weiß nicht, warum. Warum hast du an der Nadel gehangen? Weißt du, warum? Es gibt kein Warum, aber versuch das mal jemand wie Jerry zu erklären. Versuch das irgendeiner Frau zu erklären.« Lee nickte verständnisvoll. »Sie sagt zu mir: Warum schläfst du nicht mehr und ißt regelmäßig? Sie begreift nicht, daß ichs nicht erklären kann. Niemand kann es erklären.«

Der Barkeeper entfernte sich, um einige Gäste zu bedienen. Dumé kam zu Lee herüber. »Wie findest du den Typ?« sagte er und wies mit seiner Bierflasche auf Allerton, der auf der anderen Seite des Raums stand und sich mit Mary und einem Schachspieler aus Peru unterhielt. »Er kommt zu mir und sagt: ›Ich dachte, Sie wären einer von den Green Lantern Boys.‹ Also sag ich: ›Na, bin ich ja auch.‹ Er möchte, daß ich mit ihm eine Tour durch ein paar schwule Lokale mache.«

Lee und Allerton sahen sich Cocteaus *Orphée* an. Im dunklen Kino spürte Lee, wie sein Körper zu Allerton hindrängte, eine Projektion von amöbenhaftem Protoplasma, das mit dem Hunger eines blinden Wurms in den Körper des anderen eindringen wollte, um mit seinen Lungen zu atmen, mit seinen Augen zu sehen und sich in seine Eingeweide und Genitalien zu tasten. Allerton rückte von ihm weg. Lee spürte einen Stich, ein inneres Reißen, als hätte sich in seinem Kopf etwas verlagert. Seine Augen schmerzten. Er nahm die Brille ab und strich mit der Hand über seine geschlossenen Augen.

Als sie das Kino verließen, fühlte er sich erschöpft. Sein Gang war so unsicher, daß er da und dort anstieß. Seine Stimme war vor Anspannung flach und tonlos. Von Zeit zu Zeit griff er sich in einer unbeholfenen, leidenden Geste automatisch an den Kopf. »Ich brauche was zu trinken«, sagte er. Er zeigte auf eine Bar auf der anderen Straßenseite. »Dort drüben«, sagte er.

Sie setzten sich in eine Nische. Lee bestellte einen doppelten Tequila, Allerton eine Cola mit Rum. Lee trank den Tequila auf einen Zug aus und saß abwartend da. Als er keine Wirkung spürte, bestellte er noch einen.

»Wie hat dir der Film gefallen?« fragte Lee.

»Manche Teile fand ich ganz gut.«

»Ja.« Lee nickte, kräuselte die Lippen und schaute in sein leeres Glas. »Ich auch.« Er artikulierte die Worte mit der Sorgfalt eines Lehrers für Sprecherziehung.

»Ein paar interessante Effekte gelingen ihm immer.« Lee lachte. Ein euphorisches Gefühl stieg aus seinem Magen auf. Er trank die Hälfte seines zweiten Tequila. »Das Interessante an Cocteau ist, daß er es fertigbringt, den Mythos in heutige Bilder zu übersetzen.«

»Ja, wahrhaftig, nicht?« sagte Allerton.

Zum Abendessen gingen sie in ein russisches Restaurant. Lee studierte die Speisekarte. »Übrigens«, sagte er, »die Polizei hat im Ship Ahoy wieder zugelangt. Sittendezernat. Zweihundert Pesos. Ich kann sie mir in ihrer Revierwache vorstellen, nach einem harten Arbeitstag, wenn sie die Bürger des Bundesdistrikts mal wieder ausgenommen haben. Einer von den Bullen sagt: ›Ah, Gonzalez, du solltest mal sehn, was ich heute abgesahnt hab. O la la, hat sich das gelohnt!‹

›Aach, du hast einem schwulen *puto* im Scheißhaus vom Busbahnhof zwei Pesetas abgenommen. Wir kennen dich und deine billigen Tricks, Hernandez. Du bist der piefigste Cop im ganzen Distrikt.‹«

Lee winkte den Kellner heran. »Hey, Jack. *Dos* Martinis, sehr trocken. *Seco*. Und *dos* Shiiska Babe. *Sabe*?«

Der Kellner nickte. »Das wären zwei trockene Martini und zweimal Shishkebab. Richtig, Gentlemen?«

»Fabelhaft, Pops . . . Und? Wie war dein Abend mit Dumé?«

»Wir waren in mehreren Bars voller Schwuchteln. In einer hat mich ein Typ zum Tanzen aufgefordert und wollte sich an mich ranmachen.«

»Hast du ihn gelassen?«

»Nein.«

»Dumé ist ein netter Kerl.«

Allerton lächelte. »Ja, aber er ist kein Mensch, dem ich allzuviel anvertrauen würde. Ich meine Sachen, die nicht jeder wissen soll.«

»Spielst du auf eine bestimmte Indiskretion an?«

»Ehrlich gesagt, ja.«

»Verstehe«, sagte Lee. ›Dumé läßt keine Gelegenheit aus‹, dachte er.

Der Kellner stellte zwei Martinis auf den Tisch. Lee hielt seinen ans Licht und betrachtete ihn angewidert. »Der unvermeidlich verwässerte Martini mit einer angefaulten Olive«, sagte er.

Einem Jungen von etwa zehn Jahren, der hereingehuscht war, als der Kellner in die Küche ging, kaufte Lee ein Lotterie-Los ab. Der Junge machte es mit der Masche vom angeblich ›letzten‹ Los. Lee, in der typischen Manier des betrunkenen Amerikaners, bezahlte ihn großzügig. »Geh und kauf dir 'n bißchen Marihuana, Kleiner«, sagte er. Der Junge lächelte und wandte sich zum Ausgang. »Komm in fünf Jahren wieder und verdien dir zehn leichte Pesos«, rief Lee ihm nach.

Allerton lächelte. ›Gottseidank‹, dachte Lee. ›Wenigstens muß ich mich nicht mit bürgerlichen Moralvorstellungen rumplagen.‹

»Bittesehr, Sir«, sagte der Kellner und stellte das Shishkebab auf den Tisch.

Lee bestellte zwei Gläser Rotwein. »Dumé hat dir also von meinen äh Neigungen erzählt?« sagte er unvermittelt.

»Ja«, sagte Allerton mit vollem Mund.

»Ein Fluch. Lastet schon seit Generationen auf unserer Familie. Die Lees sind immer pervers gewesen. Nie werde ich das unaussprechliche Entsetzen vergessen, das mir die Lymphflüssigkeit in den Drüsen gefrieren ließ – in den Lymphdrüsen, meine ich natürlich – als mir das schauerliche Wort wie eine sengende Flamme durchs betäubte Hirn zuckte: Ich bin ein Homo! Ich dachte an die geschminkten, trällernden Transvestiten, die ich in einem Nachtklub in Baltimore gesehen hatte. Konnte es sein, daß ich ein Untermensch wie diese war? Ich ging benommen durch die Straßen, wie ein Mann mit einer leichten Gehirnerschütterung – Augenblick, Dr. Kildare, das ist nicht Ihr Skript. Es hätte dazu kommen können, daß ich mich umbringe und einer Existenz ein Ende mache, die nichts als groteskes Elend und Erniedrigung zu bieten schien. Ich fand es ehrenhafter, als Mann zu sterben, statt als Sexmonster weiterzuleben. Schließlich war es eine weise alte Schwuchtel – Bobo nannten wir sie – die mich lehrte, daß ich die Pflicht hatte, weiterzuleben und meine Bürde stolz und vor aller Augen zu tragen und Vorurteile, Ignoranz und Haß zu überwinden durch Wissen und Aufrichtigkeit und Liebe. Wenn dich jemand mit seiner Feindseligkeit bedroht, verbreitest du eine dicke Wolke von Liebe. Wie ein Krake, der Tinte verspritzt ...

Mit dem armen Bobo nahm es ein schlimmes Ende. Er fuhr im Hispano-Suiza des Duc de Ventre, als ihm die Hämorrhoiden seitlich rausquollen und sich um das Hinterrad wickelten. Er wurde komplett ausgeweidet, und auf dem Polstersitz aus Giraffenleder saß nur noch eine leere Hülle. Selbst die Augen und das Gehirn flutschten mit einem gräßlichen ›Schlup‹ heraus. Der Duc sagt, dieses grauenvolle Schlup wird ihn verfolgen bis in sein Mausoleum ...

Da wußte ich, was es hieß, einsam zu sein. Doch Bobos Worte drangen zu mir aus dem Grab und säuselten mir sanft ins Ohr: ›Keiner ist jemals wirklich allein. Du bist Teil von allem Lebenden.‹ Die einzige Schwierigkeit ist, den anderen zu überzeugen, daß er wirklich ein Teil von dir ist. Na und? Wir Teile müssen zusammenhalten, hab ich recht?«

Lee machte eine Pause und sah Allerton prüfend an. ›Wo steh ich eigentlich mit dem Kid?‹ fragte er sich. Allerton hatte höflich zugehört und an manchen Stellen gelächelt. »Ich meine damit, wir alle sind Teile eines riesengroßen Ganzen, Allerton. Hat keinen Sinn, sich dagegen zu wehren.« Lee bekam die Nummer allmählich satt. Er wollte sie loswerden und schaute sich unruhig um. »Findest du diese Schwulenpinten nicht deprimierend? Natürlich, die schwulen Bars hier halten keinen Vergleich mit denen in den Staaten aus.«

»Kann ich nicht beurteilen«, sagte Allerton. »Ich war noch in keinen. Bis auf die, in die mich Dumé mitgenommen hat. Ich nehme an, jeder hat eben so seine Vorlieben.«

»Wirklich? Du warst noch in keinen?«

»Nein, noch nie.«

Lee bezahlte die Rechnung, und sie gingen hinaus in die kühle Nacht. Eine grünliche Mondsichel stand am klaren Himmel. Sie gingen ziellos durch die Straßen.

»Sollen wir auf einen Drink zu mir nach Hause? Ich habe einen Napoleon Brandy.«

»Meinetwegen«, sagte Allerton.

»Es ist ein völlig unprätentiöser kleiner Brandy, verstehst du. Nichts von diesem süßlichen Touristengesöff mit eindeutigen Geschmackszusätzen, die der großen Masse zusagen. Mein Brandy braucht keine schäbigen Tricks, die den Gaumen schockieren und überwältigen. Komm mit.« Lee hielt ein Taxi an.

»Drei Pesos, bis zur Ecke Insurgentes und Monterrey«, sagte er in seinem schauderhaften Spanisch zum Fahrer. Der Fahrer wollte vier. Lee winkte ab. Der Fahrer maulte etwas und hielt die Tür auf.

Als sie im Fond saßen, wandte sich Lee an Allerton. »Der Mann hegt eindeutig subversive Gedanken. Weißt du, als ich in Princeton war, galt Kommunismus als der letzte Schrei. Wer sich für Privateigentum und eine Klassengesellschaft aussprach, entlarvte sich als stupider Lümmel oder geriet in den Verdacht, ein Päderast der episkopalischen Hochkirche zu sein. Aber ich ließ mich nicht infizieren – vom Kommunismus, meine ich natürlich.«

»Aquí.« Lee gab dem Fahrer drei Pesos, und dieser maulte wieder etwas und haute krachend den Gang rein.

»Manchmal denke ich, sie können uns nicht leiden«, sagte Allerton.

»Mir macht es nichts aus, wenn sie mich nicht leiden können«, sagte Lee. »Die Frage ist, was können sie tun? Im Moment anscheinend gar nichts. Sie haben kein grünes Licht. Dieser Fahrer, zum Beispiel, haßt Gringos. Aber wenn er einen umbringt – und das wird er höchstwahrscheinlich – dann keinen Amerikaner, sondern einen mexikanischen Landsmann. Vielleicht einen guten Freund. Bei Freunden hat man weniger Angst als bei Fremden.«

Lee schloß seine Wohnungstür auf und machte Licht. In der Wohnung schien hoffnungslose Unordnung zu herrschen. Da und dort war der unzulängliche Versuch unternommen worden, die Sachen in Haufen zu schichten. Nirgends eine Spur von Wohnlichkeit. Keine Bilder, nichts. Es war eindeutig, daß keines der Möbelstücke von ihm angeschafft worden war. Dennoch war die ganze Wohnung geprägt von Lees Anwesenheit. Einer Jacke über einer Stuhllehne oder einem Hut auf dem Tisch sah man sofort an, daß sie Lee gehörten.

»Ich mach dir einen Drink.« Lee holte zwei Wassergläser aus der Küche und goß in jedes zwei Fingerbreit mexikanischen Brandy.

Allerton probierte den Brandy. »Großer Gott«, sagte er. »In den muß Napoleon reingepinkelt haben.«

»Das habe ich befürchtet. Ein ungebildeter Geschmack. Deine Generation hat nie gelernt, die Genüsse wahrzunehmen, die ein verfeinerter Geschmacksnerv den disziplinierten Wenigen verschafft.«

Lee trank einen kräftigen Schluck. Er versuchte ein ekstatisches ›Aah‹, bekam etwas Brandy in die Luftröhre und fing an zu husten. »Es *ist* gottserbärmliches Zeug«, sagte er, als er wieder sprechen konnte. »Trotzdem, besser als kalifornischer Brandy. Es schmeckt wenigstens leicht nach Cognac.«

Ein längeres Schweigen trat ein. Allerton saß auf der Couch und hatte den Kopf auf der Rückenlehne. Seine Augen waren halb geschlossen.

»Kann ich dir die Wohnung zeigen?« sagte Lee und stand auf. »Hier gehts ins Schlafzimmer.«

Allerton kam langsam auf die Beine. Sie gingen ins Schlafzimmer. Allerton legte sich aufs Bett und zündete sich eine Zigarette an. Lee setzte sich auf den einzigen Stuhl.

»Noch Brandy?« fragte Lee. Allerton nickte. Lee setzte sich auf die Bettkante, goß ihm nach und reichte ihm das Glas. Er berührte seinen Pullover. »Ein hübsches Stück, Süßer«, sagte er. »Der stammt nicht aus Mexiko.«

»Ich hab ihn in Schottland gekauft«, sagte Allerton. Er bekam einen heftigen Schluckauf, stand auf und rannte ins Badezimmer.

Lee ging ihm nach. »Zu dumm«, sagte er. »Was kann das sein? Du hast nicht viel getrunken.« Er füllte ein Glas mit Wasser und reichte es Allerton. »Gehts wieder?« fragte er.

»Ja, ich glaub schon.« Allerton legte sich wieder aufs Bett.

Lee streckte die Hand aus, berührte Allerton am Ohr, strich ihm über die Wange. Allerton griff nach oben, legte seine Hand auf die von Lee und drückte sie.

»Ziehn wir doch den Pullover da aus.«

»Okay«, sagte Allerton. Er zog sich den Pullover über den Kopf und legte sich wieder lang. Lee streifte die Schuhe von den Füßen und zog sein Hemd aus. Er knöpfte Allerton das Hemd auf und strich ihm über den Brustkorb und den Bauch, der sich unter seinen Fingern straffte. »Gott, bist du mager«, sagte er.

»Ich bin ziemlich schmächtig.«

Lee zog Allerton die Schuhe und Socken aus. Er

lockerte ihm den Gürtel und knöpfte die Hose auf. Allerton bog den Körper durch, und Lee streifte ihm Hose und Unterhose herunter. Dann schlüpfte er selbst aus Hose und Shorts und legte sich neben ihn. Allerton reagierte ohne Feindseligkeit oder Widerwillen, doch in seinen Augen sah Lee einen eigenartig unbeteiligten Ausdruck, die unpersönliche Ruhe eines Tieres oder Kindes.

Als sie hinterher Seite an Seite dalagen und eine Zigarette rauchten, sagte Lee: »Oh übrigens, hast du nicht gesagt, daß du einen Fotoapparat im Pfandhaus hast und der Schein bald verfällt?« Lee kam zwar der Gedanke, daß es nicht taktvoll war, die Angelegenheit gerade jetzt zu erwähnen, doch er entschied, daß der andere nicht der Typ war, so etwas als kränkend zu empfinden.

»Ja. Für vierhundert Pesos. Der Pfandschein verfällt nächsten Mittwoch.«

»Na, dann laß uns morgen hingehn und den Apparat auslösen.«

Allerton hob seine nackte Schulter vom Laken. »Okay«, sagte er.

4

Freitagabend ging Allerton arbeiten. Er sprang für seinen Zimmergenossen ein, der bei einer englischsprachigen Zeitung einen Job als Korrektor hatte.

Am Samstagabend traf sich Lee mit Allerton in der Cuba Bar. Die Innenausstattung des Lokals erinnerte an das Bühnenbild für ein surrealistisches Ballett: Wandgemälde, die Unterwasserszenen darstellten; Meerjungfrauen und Meermänner, mit riesigen Goldfischen kunstvoll arrangiert, starrten die Gäste mit einem einheitlichen Ausdruck jammervollen Unbehagens an. Selbst die Fische wirkten auf hilflose Weise alarmiert. Der Effekt war beunruhigend. Es war, als würden die androgynen Wesen von etwas erschreckt, das hinter oder neben den Gästen zu sehen war, und dieses vermutete Etwas wiederum gab den Gästen ein ungutes Gefühl. Die meisten ließen sich in der Bar nicht mehr blicken.

Allerton war mürrisch, und Lee fühlte sich unwohl und deprimiert, bis er zwei Martini getrunken hatte. »Weißt du, Allerton . . .«, setzte er nach längerem Schweigen an. Allerton summte vor sich hin, trommelte mit den Fingern auf den Tisch und sah sich ungeduldig um. Jetzt unterbrach er das Summen und zog eine Augenbraue hoch.

›Das Früchtchen wird mir zu überheblich‹, dachte Lee. Er wußte, daß er keine Möglichkeit hatte, ihn für seine Gleichgültigkeit oder Arroganz zu strafen.

»In Mexiko haben sie die unfähigsten Schneider, die mir auf meinen Reisen je begegnet sind. Hast du hier schon was machen lassen?« Lee streifte Allertons schlampige Kleidung mit einem beziehungsvollen Blick. Der Junge kleidete sich so nachlässig wie Lee. »Offenbar nicht. Nimm zum Beispiel den Schneider, an den ich geraten bin. Ganz einfacher Job. Ich hab mir eine Hose von der Stange gekauft. Ich nehme mir nie die Zeit zum Anprobieren. In die Hose würden wir beide reinpassen.«

»Das würde nicht gut aussehen«, meinte Allerton.

»Man würde uns für Siamesische Zwillinge halten. Hab ich dir mal von dem Siamesischen Zwilling erzählt, der seinen Bruder bei der Polizei verpetzt hat, um ihn von Junk runterzubringen? Aber um auf diesen Schneider zurückzukommen. Ich hab ihm die Hose gebracht und noch ein anderes Paar mitgenommen. ›Die Hose ist mir zu weit‹, sag ich zu ihm. ›Ich will sie enger gemacht haben. So wie die hier.‹ Er hat mirs in zwei Tagen versprochen. Das ist jetzt mehr als zwei Monate her. *›Mañana‹, ›más tarde‹, ›ahora‹, ›ahorita‹*, und so oft ich hinkomme und die Hose abholen will, heißt es *›todavía no‹* – noch nicht. Gestern hatte ich von seinem *›ahora‹* endgültig die Nase voll. Also sagte ich: ›Ob fertig oder nicht – geben Sie die Hose wieder her.‹ Er hatte sämtliche Nähte aufgetrennt. ›Zwei Monate‹, sagte ich zu ihm, ›bloß um meine Hose in ihre Bestandteile zu zerlegen!‹ Ich bin damit zu einem anderen Schneider und habe gesagt: ›Nähen Sie das wieder zusammen.‹ Hast du Hunger?«

»Also eigentlich . . . ja.«

»Wie wärs mit Pat's Steak House?«

»Gute Idee.«

Bei Pat gab es hervorragende Steaks. Lee mochte das Restaurant, weil es nie überfüllt war. Er bestellte sich einen doppelten Martini dry. Allerton nahm eine Cola mit Rum. Lee fing an, von Telepathie zu reden.

»Ich weiß, daß es Telepathie gibt, weil ich es selbst erlebt habe. Mir liegt nicht daran, es zu beweisen. Ich will überhaupt niemand was beweisen. Mich interessiert nur, was ich damit anfangen kann. In Südamerika, im Quellgebiet des Amazonas, wächst eine Pflanze namens Yage, die angeblich telepathische Fähigkeiten verstärkt. Die Medizinmänner verwenden sie bei ihrer

Arbeit. Ein kolumbianischer Wissenschaftler, dessen Name mir entfallen ist, hat aus Yage eine Substanz gewonnen, die er Telepathin nennt. Ich hab das alles in einer Zeitschrift gelesen.

Später las ich in einem anderen Artikel, die Russen würden Yage bei Experimenten mit Sklavenarbeit verwenden. Anscheinend wollen sie damit automatischen Gehorsam erreichen und am Ende natürlich Gedankenkontrolle. Der elementare Schwindel. Kein langes Weichmachen, keine aufwendige Masche – einfach in die Psyche eines anderen einmarschieren und Befehle geben. Ich habe eine Theorie, daß die Priester der Mayas eine Art Einbahn-Telepathie entwickelten und die Bauern damit drankriegten, die ganze Arbeit zu machen. Es ist ein Schuß, der irgendwann nach hinten losgehen muß, weil Telepathie ihrem Wesen nach keine einseitige Sache von Sender zu Empfänger ist.

Inzwischen experimentieren sie auch in den USA mit Yage, falls sie nicht noch dümmer sind, als ich sowieso schon glaube. Über Yage kommt man vielleicht an praktische Erkenntnisse in Sachen Telepathie heran. Wenn man auf chemischem Weg etwas auslösen kann, dann kann mans auch anders erreichen.« Lee merkte, daß Allerton nicht besonders interessiert war, und ließ das Thema fallen.

»Hast du das von dem alten Juden gelesen, der zehn Pfund Gold – in seinen Mantel eingenäht – rausschmuggeln wollte?«

»Nein. Was ist damit?«

»Naja, der alte Jude wollte nach Kuba und wurde am Flughafen geschnappt. Soviel ich höre, haben sie dort sowas wie ein Minensuchgerät, da schrillt eine Glocke, wenn jemand durch die Schleuse geht und eine außergewöhnliche Menge Metall bei sich hat. Nach dem Bericht in der Zeitung wurde der Jude also gefilzt, und sie fanden das Gold, und es wurde beobachtet, daß allerhand jüdisch wirkende Ausländer durch die Glasscheiben der

Abfertigungshalle reinschauten und ganz aus dem Häuschen gerieten. ›Oy, gefilte Fisch! Sie nehmen den alten Abe hopps!‹ Zur Zeit der alten Römer machten die Juden einen Aufstand – in Jerusalem, glaube ich – und killten fünfzigtausend Römer. Die Judenweiber – beziehungsweise die jungen jüdischen Damen, man soll mir schließlich keinen Antisemitismus vorwerfen – haben mit römischen Eingeweiden einen Striptease gemacht.

Apropos Eingeweide, hab ich dir schon von meinem Freund Reggie erzählt? Einer der unbesungenen Helden des britischen Geheimdiensts. Verlor im Dienst seinen Arsch und zehn Fuß Darm. Hat sich danach jahrelang als Araberjunge ausgegeben. Im Hauptquartier nannten sie ihn nur ›Nummer 69‹. Was allerdings reines Wunschdenken war, denn die Araber sind strikt eingleisig. Tja, dann erwischte den armen Reggie eine seltene orientalische Krankheit, und er büßte auch noch den Rest seiner Kutteln ein. Für Gott und Vaterland, was? Er wollte keine Gedenkreden und keine Medaillen. Es genügte ihm zu wissen, daß er brav gedient hatte. Und die Erinnerung an all die Jahre, die er geduldig gewartet hatte, bis sich dem Puzzle wieder ein passendes Stück einsetzen ließ.

Man hört nie was von Agenten wie Reggie, aber es sind ihre Informationen, unter Gefahren und schmerzlichen Umständen beschafft, die einem General an der Front den Plan für eine brillante Gegenoffensive ermöglichen und die Brust mit Medaillen dekorieren. Als zum Beispiel die Vaseline ausging, war Reggie der erste, der darauf kam, daß beim Feind das Benzin knapp wurde. Und das war nur einer seiner brillanten Coups. Wie wärs mit dem T-Bone Steak für zwei?«

»Mir recht.«

»Durchgebraten?«

»Medium.«

Lee sah die Speisekarte durch. »Sie haben Baked Alaska«, sagte er. »Schon mal gegessen?«

»Nein.«

»Wirklich gut. Außen heiß und innen kalt.«

»Daher auch der Name, nehme ich an.«

»Ich hab eine Idee für eine neue Delikatesse. Nimm ein lebendes Schwein und steck es in einen sehr heißen Ofen, so daß es außen geröstet wird, aber wenn du reinschneidest, ist es innen immer noch lebendig und zuckt. Oder, um dem Lokal ne dramatische Note zu geben: Ein Schwein wird mit Brandy übergossen und angezündet, und es kommt quiekend aus der Küche gerannt und krepiert direkt neben deinem Stuhl. Du kannst runterlangen und dir die knusprigen Ohren pflücken und sie zu deinem Cocktail knabbern.«

Als sie das Restaurant verließen, lag die Stadt unter einem violetten Dunst. Ein warmer Frühlingswind wehte durch die Bäume im Park. Sie gingen durch den Park zurück zu Lees Wohnung. Erschöpft von unbändigem Gelächter blieben sie ab und zu stehen und lehnten sich aneinander. Ein Mexikaner sagte *»Cabrones«*, als sie an ihm vorbeikamen. Lee rief ihm nach: *»Chinga tu madre!«* Dann fügte er auf Englisch hinzu: »Da komm ich in dein mickriges Hinterwäldlerland und geb meine guten amerikanischen Dollars aus, und was passiert? Man beleidigt mich auf offener Straße.« Der Mexikaner drehte sich um und blieb unschlüssig stehen. Lee knöpfte seine Jacke auf und hakte den Daumen hinter die Pistole, die er im Hosenbund stecken hatte. Der Mexikaner ging weiter.

»Eines Tages gehn sie nicht einfach weiter«, sagte Lee.

In seiner Wohnung tranken sie einen Schluck Brandy. Lee legte Allerton den Arm um die Schulter.

»Naja, wenn du darauf bestehst«, sagte Allerton.

Am Sonntag war Allerton bei Lee zum Abendessen eingeladen. Lee machte Hühnerleber, weil Allerton in Restaurants immer Hühnerleber bestellen wollte, die dort allerdings meist nicht frisch zubereitet wurde. Nach dem Essen wollte Lee intim werden, doch Allerton wehrte ab und sagte, er wolle ins Ship Ahoy und eine Cola mit Rum trinken. Lee knipste das Licht aus und umarmte Allerton, ehe sie aus der Tür gingen. Allertons Körper war starr vor Ärger.

Als sie ins Ship Ahoy kamen, ging Lee an die Bar und bestellte zwei Cola-Rum. »Mach sie extra stark«, sagte er zum Barkeeper.

Allerton saß mit Mary an einem Tisch. Lee brachte ihm die Cola mit Rum und stellte sie ihm hin. Dann setzte er sich zu Joe Guidry an den Tisch. Joe hatte einen jungen Mann dabei, der gerade von einer psychiatrischen Behandlung während seiner Armeezeit erzählte. »Und was hast du bei deinem Psychiater herausgefunden?« sagte Guidry mit einem triezenden, abschätzigen Unterton.

»Ich fand raus, daß ich ein Ödipus bin. Ich fand raus, daß ich meine Mutter liebe.«

»Na, aber jeder liebt doch seine Mutter«, meinte Guidry.

»Nein, ich meine physisch.«

»Das nehm ich dir nicht ab, Kleiner«, sagte Guidry. Lee fand das so komisch, daß er lachen mußte.

»Ich höre, Jim Cochan ist zurück in die Staaten«, sagte Guidry. »Er hat vor, in Alaska zu arbeiten.«

»Gott sei Dank, daß ich ein finanziell unabhängiger Gentleman bin und mich nicht den Unbilden von quasi arktischen Verhältnissen aussetzen muß«, sagte Lee. »Übrigens, hast du mal Jims Frau getroffen? Meine Güte, diese Alice ist ein amerikanisches Luder, das nie locker läßt. So was wie die gibts nicht nochmal. Jim hat nicht einen Freund, den er nach Hause mitbringen kann. Sie hat ihm verboten, woanders was zu essen. Sie will nicht, daß er sich Nahrung zuführt, ohne daß sie dabei ist und aufpassen kann. Hast du so was schon mal gehört? Es versteht sich von selbst, daß meine Bude für

Jim tabu ist, und er hat jedesmal so einen gehetzten Blick, wenn er bei mir vorbeischaut. Ich weiß nicht, warum sich amerikanische Männer so einen Scheißdreck von einer Frau gefallen lassen. Natürlich bin ich kein Experte, was die Beurteilung von Weiberfleisch angeht, aber bei Alice drückt die ganze dürre unappetitliche Person aus, daß sie ne lausige Nummer im Bett ist.«

»Du gibst dich heute abend ja verdammt giftig, Lee«, sagte Guidry.

»Und mit gutem Grund. Hab ich dir schon von diesem Wigg erzählt? Ist ein amerikanischer Hipster, der sich hier in der Stadt rumtreibt. Ein Junkie, der angeblich einen gepflegten Kontrabaß zupft. Durch und durch verlogen. Obwohl er Knete hat, schnorrt er dauernd Junk. ›Nein‹, sagt er, ›ich will keinen *kaufen*. Ich versuch runterzukommen. Ich will bloß 'n halben Fix.‹ Von dem Typ hab ich langsam genug. Fährt einen neuen 3000-Dollar-Chrysler und ist zu knickerig, um seinen eigenen Junk zu kaufen. Herrgottnochmal, bin ich vielleicht die Junkie-Caritas? Dieser Wigg ist ein selten widerwärtiges Exemplar.«

»Treibst du's mit ihm?« fragte Guidry. Sein junger Freund schien das schockierend zu finden.

»Nicht mal. Ich bin auf 'n größeren Fisch aus«, sagte Lee. Er schaute zu Allerton hinüber, der gerade über eine Bemerkung von Mary lachte.

»Fisch ist das richtige Wort«, gab Guidry zurück. »Kalt, schlüpfrig und schwer zu fangen.«

5

Lee hatte sich mit Allerton für Montag früh um elf verabredet. Sie wollten zum National Pawn Shop gehen und den Fotoapparat auslösen. Punkt elf erschien Lee bei Allerton und weckte ihn. Allerton hatte keine Lust. Es sah so aus, als würde er gleich wieder einschlafen. Lee sagte schließlich: »Also stehst du jetzt auf, oder . . .«

Allerton machte die Augen auf und blinzelte wie eine Schildkröte. »Ich steh auf«, sagte er.

Lee setzte sich und las Zeitung. Er vermied es, Allerton beim Anziehen zuzuschauen. Er versuchte seinen Unmut und Zorn zu beherrschen, und die Anstrengung zehrte an seinen Kräften. Ein lastender Druck verlangsamte Bewegungen und Gedanken. Lees Gesicht war starr, seine Stimme tonlos. Die Anspannung hielt auch während des Frühstücks an. Allerton nippte schweigend an einem Tomatensaft.

Es dauerte den ganzen Tag, bis sie den Fotoapparat hatten. Allerton hatte den Pfandschein verloren. Sie gingen von einem Büro zum anderen, und jeder Angestellte schüttelte den Kopf und trommelte erwartungsvoll mit den Fingern auf den Schreibtisch. Lee mußte insgesamt zweihundert Pesos an Schmiergeld lockermachen. Schließlich bezahlte er die Pfandgebühr von vierhundert Pesos plus Zinsen und diverse Bearbeitungsgebühren. Er gab Allerton den Fotoapparat, und dieser nahm ihn kommentarlos an sich.

Schweigend gingen sie zurück zum Ship Ahoy. Lee ging hinein und bestellte sich einen Drink. Allerton verschwand. Etwa eine Stunde später kam er herein und setzte sich zu Lee.

»Wie wär's mit Dinner heute abend?« fragte Lee.

»Nein«, sagte Allerton, »ich denke, heute abend werd' ich arbeiten.«

Lee war enttäuscht und fühlte sich vor den Kopf gestoßen. Die Wärme und das Gelächter vom Samstagabend waren wie weggewischt, und er wußte nicht warum. Bei einer Beziehung, ob zu einem Freund oder einem Lover, versuchte Lee immer ein wortloses Einvernehmen zu erreichen, einen stummen Austausch von Gedanken und Gefühlen. Jetzt hatte Allerton den Kontakt jäh unterbrochen, und Lee empfand einen körperlichen Schmerz, als hätte ihm der andere die zögernd ausgestreckte Hand abgehackt und er könnte nur noch in ungläubigem Entsetzen den blutenden Stumpf anstarren.

Lee sagte: »Ich halte es mit dem Programm von Wallace und subventioniere den Verzicht auf Produktion. Ich zahle dir zwanzig Pesos, wenn du heute abend nicht arbeitest.« Er hätte aus dem Einfall noch mehr herausholen können, doch Allertons ungeduldige, abweisende Art ließ ihn verstummen. Er sah Allerton schockiert und gekränkt an.

Allerton war nervös und gereizt. Er trommelte auf den Tisch und schaute sich um. Er verstand selbst nicht, warum Lee ihm plötzlich so lästig war.

»Einen Drink?« sagte Lee.

»Nein. Nicht jetzt. Ich muß sowieso gehen.«

Lee stand verklemmt auf. »Na dann«, sagte er. »Bis morgen.«

»Ja. Gute Nacht«, sagte Allerton und ließ Lee stehen, während dieser noch überlegte, wie er ihn vom Gehen abhalten und eine Verabredung für den nächsten Tag treffen könnte, um die Kränkung zu mildern.

Allerton war fort. Lee tastete nach der Stuhllehne und ließ sich auf den Sitz sinken wie ein Mann, den eine Krankheit geschwächt hat. Er starrte auf den Tisch, und seine Gedanken wurden schleppend, als wäre ihm sehr kalt.

Der Barkeeper servierte ihm einen Sandwich. »Hm?« sagte Lee. »Was ist das?«

»Der Sandwich, den du bestellt hast.«

»Ach ja.« Lee aß ein paar Bissen und trank Wasser dazu. »Setz es auf meine Rechnung, Joe«, rief er dem Barkeeper zu.

Er stand auf und verließ das Lokal. Er ging langsam, und mehrmals lehnte er sich an einen Baum und schaute zu Boden, als hätte er Magenschmerzen. In seiner Wohnung zog er Mantel und Schuhe aus und setzte sich aufs Bett. Er hatte ein Würgen in der Kehle, Tränen quollen ihm aus den Augen, und er ließ sich hemmungslos schluchzend auf das Bett fallen. Er zog die Knie an und preßte die geballten Fäuste auf sein Gesicht. Gegen Morgen drehte er sich auf den Rücken und streckte sich aus. Das Schluchzen hörte auf, und sein Gesicht entspannte sich, während es draußen Tag wurde.

Lee erwachte gegen Mittag. Lange Zeit saß er auf der Bettkante und hielt einen Schuh in der schlaffen Hand. Er tupfte sich mit einem nassen Lappen die Augen ab, zog den Mantel an und ging hinaus.

Lee ging hinunter zum Zócalo und wanderte dort mehrere Stunden herum. Sein Mund war ausgetrocknet. Er ging in ein chinesisches Restaurant, setzte sich in eine Nische und bestellte eine Cola. Jetzt, da er saß und keine Bewegung ihn ablenkte, fühlte er sich durch und durch elend. ›Was ist passiert?‹ fragte er sich.

Er zwang sich, die Tatsachen zu sehen. Allerton war nicht schwul genug für eine beiderseitige Beziehung. Lees Zuneigung irritierte ihn. Wie viele Menschen, die nichts zu tun haben, fand er es störend, wenn man seine Zeit in Anspruch nahm. Er hatte keine nahen Freunde. Er hatte etwas gegen feste Verabredungen. Er wollte nicht das Gefühl haben, daß man etwas von ihm erwartete. Er wollte möglichst ohne Druck von außen leben. Es war ihm nicht recht, daß Lee für den Fotoapparat bezahlt hatte. Er empfand es so, daß er in einen ›gezinkten Deal‹ hineingezogen wurde; daß er sich verpflichtet fühlen sollte, ohne es zu wollen.

Allerton konnte eine Gefälligkeit, die einem Freund sechshundert Pesos wert war, nicht anerkennen. Doch er fühlte sich auch nicht wohl, wenn er Lee ausnützte. Er machte keinen Versuch, die Situation zu klären. Er wollte nicht den Widerspruch sehen, der darin lag, daß er eine Gefälligkeit annahm und sich gleichzeitig darüber ärgerte. Lee fand, daß er Allertons Haltung verstehen konnte, doch es schmerzte ihn, weil es ihm das ganze Ausmaß von Allertons Gleichgültigkeit bewußt machte. ›Ich mochte ihn‹, dachte Lee, ›und wollte nur, daß er mich auch mag. Ich wollte mir damit nichts erkaufen.‹

›Ich muß raus aus der Stadt‹, entschied er. ›Irgendwohin. Nach Panama, Südamerika.‹ Er ging zum Bahnhof, um nachzusehen, wann der nächste Zug nach Veracruz abfuhr. Es gab einen Nachtzug, doch er kaufte keine Fahrkarte. Ein kaltes Gefühl von Trostlosigkeit beschlich ihn bei der Vorstellung, in einem anderen Land zu sein, weit weg von Allerton.

Lee nahm sich ein Taxi zum Ship Ahoy. Allerton war nicht da, und Lee saß drei Stunden an der Bar und trank. Schließlich schaute Allerton zur Tür herein, winkte Lee flüchtig zu und ging mit Mary nach oben. Lee vermutete, daß sie in die Wohnung des Besitzers gegangen waren, wo sie oft zu Abend aßen.

Er ging hinauf in Tom Westons Wohnung. Mary und Allerton waren da. Lee setzte sich und versuchte Allertons Interesse zu wecken, doch er war zu betrunken. Es war peinlich, ihm dabei zuzusehen, wie er sich bemühte, normale humorige Konversation zu machen.

Er mußte eingenickt sein. Mary und Allerton waren gegangen. Tom Weston brachte ihm einen heißen Kaffee. Er trank den Kaffee, stand auf und wankte hinaus.

Als er zuhause war, schlief er vor Erschöpfung bis zum nächsten Morgen.

Szenen aus dem betrunkenen Chaos des vergangenen Monats huschten an ihm vorüber. Er sah ein Gesicht, das er nicht erkannte – ein gutaussehender Junge mit bernsteinfarbenen Augen, blonden Haaren und wunderschönen schnurgeraden Augenbrauen. Er sah sich in einer Bar an der Insurgentes, wo er sich von einem, den der kaum kannte, ein Bier schnorren wollte und sich eine barsche Abfuhr holte. Er sah sich, wie er jemanden mit der Waffe bedrohte, als dieser ihm aus einem Bumslokal an der Coahuila folgte und ihn ausmisten wollte. Er spürte die freundlichen Hände von Leuten, die ihn gestützt und nach Hause gebracht hatten. ›Immer mit der Ruhe, Bill.‹ Er sah die solide männliche Erscheinung seines Jugendfreundes Rollins, der seinen schwedischen Elchhund ausführte. Carl, der nach einer Straßenbahn rannte. Moor mit seinem maliziösen biestigen Lächeln. Die Gesichter verschwammen zu einem Alptraum und redeten auf ihn ein in einer merkwürdig greinenden Idiotensprache, die er nicht verstehen und bald auch nicht mehr hören konnte.

Lee stand auf, und als er sich rasiert hatte, fühlte er sich wieder besser. Er stellte fest, daß er ein Brötchen essen und etwas Kaffee trinken konnte. Er rauchte eine Zigarette, las die Zeitung und versuchte, nicht an Allerton zu denken. Dann ging er in die Innenstadt und sah sich in einem Waffengeschäft um. Er entdeckte eine günstige Gelegenheit, einen Colt Frontier, den er für zweihundert Pesos erstand. Kaliber 32-20, in bestem Zustand, Seriennummer in den Dreihunderttausend. In den Staaten mindestens hundert Dollar wert.

In der amerikanischen Buchhandlung kaufte er sich ein Schachbuch. Er ging damit in den Chapultepec Park, setzte sich in eine Limonadenbude an der Lagune und begann zu lesen. Vor ihm lag eine Insel mit einer riesigen

Zypresse. Hunderte von Geiern hockten auf dem Baum. Lee fragte sich, wovon sie lebten. Er warf ein Stück Brot auf die Insel hinüber. Die Geier nahmen keine Notiz davon.

Lee interessierte sich für Spieltheorie und Zufallsstrategie. Wie er vermutet hatte, war Spieltheorie auf Schach nicht anwendbar, da Schach das Element des Zufalls ausschließt und den unberechenbaren menschlichen Faktor weitgehend ausschaltet. Sobald sich das Schachspiel voll durchschauen ließe, würde man das Ergebnis nach jedem Eröffnungszug schon vorhersagen können. ›Ein Spiel für Denkmaschinen‹, sagte sich Lee. Er las weiter, und manche Stellen entlockten ihm ein Lächeln. Schließlich stand er auf, warf das Buch in die Lagune und ging.

Lee wußte, daß er bei Allerton nicht finden konnte, was er suchte. Das Gericht der Tatsachen hatte seine Eingabe abgewiesen. Doch Lee konnte sich nicht geschlagen geben. ›Vielleicht finde ich einen Weg, wie ich die Tatsachen ändern kann‹, dachte er. Er war bereit, jedes Risiko auf sich zu nehmen und in seinem Handeln bis zum Äußersten zu gehen. Wie ein Heiliger oder ein steckbrieflich gesuchter Verbrecher, der nichts mehr zu verlieren hat, hatte Lee die Fesseln seines alternden, vorsichtigen, lästigen, ängstlichen Körpers abgestreift.

Er fuhr mit einem Taxi zum Ship Ahoy. Allerton stand vor dem Eingang und blinzelte träge in die Sonne. Lee sah ihn an und lächelte. Allerton erwiderte das Lächeln.

»Wie fühlst du dich?«

»Müde. Bin grade aufgestanden.« Allerton gähnte und drehte sich um. Ehe er ins Lokal ging, machte er eine Handbewegung – ›Bis später‹ – dann setzte er sich an die Bar und bestellte einen Tomatensaft. Lee ging ihm nach, setzte sich neben ihn und bestellte eine doppelte Cola-Rum. Allerton rutschte vom Hocker und setzte sich zu Tom Weston an den Tisch. »Joe«, rief er dem

Barkeeper zu, »bringst du mir bitte den Tomatensaft hier rüber?«

Lee setzte sich an den Tisch daneben. Tom Weston stand gerade auf und ging. Allerton folgte ihm nach draußen. Er kam zurück, setzte sich in den anderen Raum und las die Zeitung. Mary kam herein und setzte sich zu ihm. Sie unterhielten sich ein paar Minuten, dann bauten sie ihr Schachspiel auf.

Lee hatte drei Drinks heruntergestürzt. Er ging zu Mary und Allerton an den Tisch und zog sich einen Stuhl heran. »Howdy«, sagte er. »Was dagegen, wenn ich zuschaue?«

Mary sah verärgert hoch, lächelte aber, als sie Lees stetigen, unbekümmerten Blick sah.

»Ich hab gerade ein Schachbuch gelesen. Die Araber haben das Spiel erfunden, und das wundert mich auch nicht. Niemand hat so ein Sitzfleisch wie ein Araber. Das klassische arabische Schachspiel war ganz einfach ein Wettbewerb im Aussitzen. Wenn beide Spieler dabei verhungerten, war es ein Remis.« Lee machte eine Pause und trank einen ordentlichen Schluck.

»In der Barockzeit des Schachs wurde es allgemein üblich, den Gegner mit lästigen Manierismen zu verunsichern. Manche Spieler machten es mit Zahnseide, andere knackten mit den Fingerknöcheln oder bliesen Spuckeblasen. Die Methode wurde ständig weiterentwickelt. 1917, bei der Veranstaltung in Bagdad, hat der Araber Arachnid Khayam den deutschen Meister Kurt Schlemiel besiegt, indem er vierzigtausendmal ›I'll Be Around When You're Gone‹ summte und jedesmal die Hand zum Brett ausstreckte, als wollte er einen Zug machen. Schlemiel verfiel schließlich in Zuckungen. Hattet ihr mal das Glück, eine Vorstellung des italienischen Meisters Tetrazzini zu sehen?« Lee gab Mary Feuer für ihre Zigarette. »Ich sage bewußt ›Vorstellung‹, denn er war ein großer Showmann, und wie alle Showleute scheute er auch vor Scharlatanerie und gelegentlich sogar ausgesprochenen Tricks nicht zurück. Manchmal setzte er Rauchschleier ein, damit der Gegner seine Machenschaften nicht mitbekam – ich meine natürlich Schleier aus richtigem Rauch. Er hatte eine Meute von abgerichteten Idioten, die auf ein gegebenes Zeichen hereinstürzten und sämtliche Schachfiguren verschlangen. Wenn ihm die Niederlage drohte – was oft der Fall war, weil er von Schach eigentlich nichts als die Regeln kannte und auch die nicht allzu gut – sprang er auf und schrie: ›Du billiger Bastard! Du hast die Königin verschwinden lassen! Ich habs genau gesehn!‹ Und dann rammte er dem Gegner eine zerbrochene Teetasse ins Gesicht. 1922 wurde er aus Prag geschaßt. Am oberen Ubangi sah ich ihn wieder. Er war ein totales Wrack. Verhökerte unlizenzierte Präservative. Das war im Jahr der Rinderpest, als alles krepierte, sogar die Hyänen.«

Lee legte eine Pause ein. Die Nummer kam ihm, als würde sie ihm diktiert. Er wußte nicht, was er als nächstes sagen würde, doch er hatte den Verdacht, daß es gleich zotig wurde. Er sah Mary an. Sie und Allerton tauschten beziehungsvolle Blicke. ›Sowas wie ein Geheimcode von Liebenden‹, entschied Lee. ›Sie gibt ihm zu verstehen, daß sie jetzt gehen müssen.‹ Allerton stand auf und sagte, er müsse sich vor der Arbeit noch die Haare schneiden lassen. Mary und Allerton gingen. Lee war allein in der Bar.

Der Monolog ging weiter. »Ich war Aide-de-camp von General v. Klutsch. Knochenarbeit. Schwer zufriedenzustellen, der Mann. Nach der ersten Woche gab ich auf. Wir hatten einen Spruch im Ordonnanzzimmer: ›Biete dem alten Klutschie nie die ungeschützte Flanke.‹ Tja, ich konnte Klutschie keine weitere Nacht mehr ertragen, also stellte ich eine bescheidene Karawane zusammen und machte mich auf die Socken mit Abdul, dem lokalen Adonis. Zehn Meilen hinter Tanhajaro wurde Abdul von der Rinderpest erwischt, und ich mußte ihn seinem Schicksal überlassen. Sein gutes Aussehen war restlos im Eimer, versteht ihr. Im Quellgebiet des Sambesi stieß ich auf einen alten holländischen Händler. Nach beträchtlichem Feilschen handelte ich ihm für ein Fäßchen Paregoric einen Boy ab, halb Effendi und halb Lulu. Ich nahm an, der Boy würde mir bis Timbuktu halten, vielleicht sogar die ganze Strecke bis Dakar. Aber schon vor Timbuktu zeigte der Lulu-Effendi deutliche Verschleißerscheinungen, und ich beschloß, ihn gegen ein normales Beduinenmodell einzutauschen. Mischlinge machen zwar äußerlich was her, aber sie halten nicht lange. In Timbuktu ging ich auf den Gebrauchtsklavenmarkt vom schwulen Gus, um zu sehen, für wieviel er ihn in Zahlung nehmen würde.

Gus kommt rausgewuselt und legt mit seiner Masche los: ›Ah, Sahib Lee! Euch hat Allah geschickt! Ich habe etwas da, das ist genau Eure Arsch-, äh, Kragenweite. Frisch hereingekommen. Nur ein Vorbesitzer, und das war ein Doktor, der ihn nur zweimal die Woche kurz rangenommen hat. Er ist jung und zart. Tatsache ist, er redet sogar in Babysprache . . . hört nur!‹

›Dieses senile Gesabber nennst du Babysprache? Der hat ja schon meinem Großvater 'n Tripper angehängt. Also komm, Gussie.‹

›Er gefällt Euch nicht? Schade. Nun ja, jedem Tierchen sein Pläsierchen, wie man so schön sagt. Also hier hätte ich einen hundertprozentigen Beduinen aus der Wüste. Sein Stammbaum läßt sich zurückverfolgen bis zum Propheten. Seht Euch mal an, wie er dasteht. Dieser Stolz! Dieses Feuer!‹

›Gut zurechtgeschminkt, Gus, aber nicht gut genug. Er ist ein verblödeter mongolischer Albino. Schau her, Gussie, du hast es hier mit dem dienstältesten Homo vom oberen Ubangi zu tun, also komm auf den Teppich, ja? Stocher mal in deiner schmierigen Grube und fisch mir den bestaussehenden Punk raus, den dein abgetakelter Basar zu bieten hat.‹

›Also schön, Sahib Lee, Ihr wollt Qualität, ja? Folgt mir bitte. Hier, bittesehr. Was soll ich sagen? Qualität spricht für sich selbst. Ich erlebe hier allerhand geizige Kunden, die Qualitätsware sehen wollen und losschreien, sobald sie den Preis hören. Aber wir beide wissen, daß Qualität nun mal ihren Preis hat. Tatsache ist – und das schwöre ich beim Schwanz des Propheten – ich mache nichts als Verlust mit dieser Qualitätsware.‹

›Mhm. Hast ihm zwar den Tacho zurückgedreht, aber er wird's tun. Wie wärs mit ner Probefahrt?‹

›Lee, um himmelswillen! Ich führe hier kein Bordell. Die Ware geht hier nur übern Tisch. Kein Verzehr. Das könnte mich die Lizenz kosten.‹

›Ich will nicht hundert Meilen vom nächsten Souk eine Panne erleben mit einem von deinen hausmacher Jobs, die du mit Heftpflaster und Pattex zusammenflickst. Außerdem, woher weiß ich, daß es nicht ne Liz ist?‹

›Sahib Lee! Ich führe einen anständigen Betrieb!‹

›In Marrakesch bin ich schon mal so reingefallen. Da hat mir einer ne jüdische Transvestiten-Lizzie als abessinischen Prinzen angedreht.‹

›Ha ha ha, immer zu Scherzen aufgelegt, wie? Wie wärs denn damit: Bleibt über Nacht in der Stadt und probiert ihn aus. Wenn Ihr ihn morgen früh nicht mehr haben wollt, bekommt Ihr den Kaufpreis bis zum letzten Piaster von mir zurück. Fair genug?‹

›Okay. Jetzt zu diesem Lulu-Effendi hier. Für wieviel kannst du ihn in Zahlung nehmen? Einwandfreier Zustand. Frisch überholt. Ißt nicht viel und hält den Mund.‹

›Meine Güte, Lee! Ihr wißt, ich würde mir das rechte Ei für Euch abschneiden, aber ich schwöre bei der Fotze meiner Mutter und ich will umfallen und gelähmt sein und der Schwanz soll mir abfallen, wenn diese Mischlinge nicht schwerer zu bewegen sind als der Stuhlgang eines Junkie.‹

›Spar dir das Gefasel. Wieviel?‹

Gus stellt sich vor den Lulu-Effendi und stemmt die Hände in die Hüften. Er lächelt und schüttelt den Kopf. Er geht einmal um den Boy herum. Er zeigt auf eine Andeutung von Krampfader in der Kniekehle. ›Schaut Euch das an‹, sagt er, immer noch lächelnd und kopfschüttelnd. Er geht noch einmal herum . . . ›Hämorrhoiden hat er auch.‹ Nachdenkliches Kopfschütteln. ›Ich weiß nicht. Ich weiß wirklich nicht, was ich sagen soll. Mach den Mund auf, Junge . . . Da fehlen zwei Zähne.‹ Gus ist das Lächeln vergangen. Er spricht in dem leisen, rücksichtsvollen Tonfall eines Bestattungsunternehmers.

›Ich will ehrlich mit Euch sein, Lee. Von diesem Zeug habe ich schon eine ganze Baracke voll. Also den da würde ich am liebsten vergessen und bei dem anderen einen Mitnahmepreis vereinbaren.‹

›Was soll ich denn mit ihm? Ihn auf offener Straße verhökern?‹

›Ihr könntet ihn als Ersatzreifen mitnehmen. Ha, ha . . .‹

›Ha, ha. Also, was kannst du mir für ihn geben?‹

›Na ja . . . aber seid mir jetzt nicht böse . . . zweihundert Piaster.‹ Gus wuselt ein paar Schritte weg, als wollte er meinem Zorn entgehen, und wirbelt im Hof eine gewaltige Staubwolke auf.«

Die Nummer brach plötzlich ab, und Lee sah sich um. Das Lokal war fast leer. Er bezahlte seine Drinks und ging hinaus in die Nacht.

6

Am Donnerstag ging Lee auf Anraten von Tom Weston zum Pferderennen. Weston war Amateur-Astrologe und versicherte Lee, die Zeichen stünden gut. Lee verlor fünf Rennen hintereinander und nahm sich ein Taxi zurück zum Ship Ahoy.

Mary und Allerton saßen mit dem peruanischen Schachspieler an einem Tisch. Allerton rief ihm zu, er solle sich zu ihnen setzen.

»Wo ist dieser verhurte Wahrsager?« fragte Lee und schaute sich um.

»Hat dich Tom verladen?« fragte Allerton.

»Allerdings.«

Als der Peruaner aufbrach, ging Mary mit. Lee trank sein drittes Glas aus und wandte sich an Allerton. »Ich habe vor, demnächst nach Südamerika zu gehn. Warum kommst du nicht mit? Kostet dich keinen Cent.«

»Vielleicht nicht in Geld.«

»Ich bin kein schwieriger Mensch. Wir könnten eine Vereinbarung treffen, von der jeder was hat. Was hast du zu verlieren?«

»Meine Unabhängigkeit.«

»Wer will dir deine Unabhängigkeit beschneiden? Du kannst sämtliche Weiber in Südamerika flachlegen, wenn du willst. Ich möchte nur, daß du nett zu Papa bist – sagen wir, zweimal die Woche. Das ist nicht übertrieben, oder? Außerdem, ich kauf dir ein Ticket für Hin- und Rückflug, dann kannst du jederzeit wieder weg.«

Allerton zuckte die Schultern. »Ich überleg mirs«, sagte er. »Mein Job geht noch zehn Tage. Wenn er zu Ende ist, geb ich dir definitiv Bescheid.«

»Dein Job . . .« Lee war im Begriff zu sagen: »Ich zahl dir, was du in den zehn Tagen verdient hättest.« Statt dessen sagte er: »Ist gut.«

Allerton machte in der Redaktion nur Vertretung für einen anderen, und er war in jedem Fall zu faul, um selbst einen befristeten Job durchzuhalten. Folglich bedeutete seine Antwort ›nein‹. Lee sagte sich, daß er ihn im Lauf der zehn Tage überreden konnte. ›Besser, wenn ich es jetzt nicht forciere‹, dachte er.

Allerton wollte mit seinen Kollegen von der Zeitung einen dreitägigen Ausflug nach Morelia machen. Am Abend vor seiner Abreise war Lee in einem Zustand manischer Erregung. An einem Tisch versammelte er eine ausgelassene Runde um sich. Allerton spielte mit Mary eine Partie Schach, und Lee machte an seinem Tisch nach Kräften Stimmung. Er sorgte dafür, daß seine Zuhörer aus dem Lachen nicht herauskamen, doch alle rutschten unbehaglich hin und her, als wären sie lieber woanders. Sie hatten den Eindruck, daß Lee ein bißchen verrückt war. Doch so oft er im Begriff schien, sich zu einem skandalösen Exzeß zu versteigen, beherrschte er sich wieder und sagte statt dessen etwas vollkommen Banales.

Lee sprang auf, um einen Neuankömmling zu umarmen. »Ricardo! *Amigo mío!*«, sagte er. »Hab dich eine Ewigkeit nicht gesehn. Wo hast du gesteckt? Hast du 'n Baby gekriegt? Hock dich auf den Arsch – oder was davon noch übrig ist nach vier Jahren in der Navy. Was macht dir Kummer, Richard? Sind es die Weiber? Ich bin froh, daß du damit zu mir gekommen bist statt zu den Quacksalbern im oberen Stockwerk.«

Allerton und Mary, die sich einen Augenblick leise beraten hatten, gingen jetzt. Lee sah ihnen schweigend nach. ›Jetzt spiele ich vor leerem Haus‹, dachte er. Er bestellte sich noch einen Rum und schluckte vier Benzedrin-Tabletten. Dann ging er ins Klo und rauchte den Rest eines Joints. ›Jetzt werde ich mein Publikum in Raserei versetzen‹, dachte er.

Der Küchenjunge hatte eine Maus gefangen und hielt

sie am Schwanz hoch. Lee zog den alten 22er Revolver, den er manchmal bei sich hatte. »Halt das Mistviech seitlich raus, und ich knall es ab«, sagte er und warf sich in eine napoleonische Pose. Der Junge band eine Schnur an den Schwanz der Maus und hielt sie auf Armeslänge von sich. Lee feuerte aus einer Entfernung von drei Fuß. Die Kugel riß der Maus den Kopf ab.

»Wenn du noch näher rangegangen wärst, hätte dir die Maus das Rohr verstopft«, sagte Richard.

Tom Weston kam herein.

»Da kommt er ja, der alte Falschsager«, sagte Lee. »Zieht dir der rückläufige Saturn den Arsch runter, Mann?«

»Mir hängt der Arsch durch, weil ich ein Bier brauche«, sagte Weston.

»Na, da bist du hier richtig. Ein Bier für meinen Freund, den Sterndeuter . . . Was sagst du?« Lee drehte sich zu Weston um: »Bedaure, altes Haus, aber der Barkeeper sagt, die Venus ist mit einem läufigen Neptun im neunundsechzigsten Haus, und unter solchen Vorzeichen kann er dir unmöglich ein Bier geben.« Lee spülte ein kleines Stück Opium mit schwarzem Kaffee herunter.

Horace kam herein und beehrte Lee mit seinem knappen, abweisenden Kopfnicken. Lee rannte zu ihm hin und nahm ihn in die Arme. »Das Ding ist größer als wir beide, Horace«, sagte er. »Wozu also deine Liebe verstecken?«

Horace drückte ihn mit steifen Armen von sich. »Hör auf«, sagte er. »Hör bloß auf.«

»Nur ein mexikanischer *abrazo*, Horace. Allgemeiner Brauch in diesem Land. Jeder tut das hier.«

»Mir egal, was hier Brauch ist. Bleib du mir nur weg.«

»Horace! Warum bist du so frostig?«

Horace sagte »Laß mich in Ruhe, ja?« und ging hinaus. Nach einer Weile kam er wieder herein, stellte sich ans Ende der Bar und trank ein Bier.

Weston, Al und Richard standen auf und stellten sich zu Lee. »Wir sind auf deiner Seite, Bill«, sagte Weston. »Wenn er sich an dir vergreift, hau ich ihm ne Bierflasche übern Schädel.«

Lee wollte die komische Nummer nicht übertreiben. Er sagte: »Ach, Horace ist schon in Ordnung, nehm ich an. Nur, meine Duldsamkeit hat Grenzen. Seit zwei Jahren nervt er mich mit seinem knappen Kopfnicken. Seit zwei Jahren kommt er in Lolas Kneipe und schaut sich um – ›Nichts als Tunten hier drin‹, sagt er, und dann geht er mit seinem Bier raus und trinkt es auf der Straße. Wie gesagt, alles hat seine Grenzen.«

Als Allerton von seinem Ausflug nach Morelia zurückkam, war er reizbar und verdrossen. »Wie war der Trip?« erkundigte sich Lee. »Ach, es geht«, murmelte Allerton und ging in den anderen Raum, um mit Mary eine Partie Schach zu spielen. Lee spürte, wie der Zorn in ihm aufstieg. ›Das werde ich ihm irgendwie heimzahlen‹, nahm er sich vor.

Er überlegte, ob er sich mit fünfzig Prozent im Ship Ahoy einkaufen sollte. Allerton ließ im Ship Ahoy anschreiben und stand bereits mit vierhundert Pesos in der Kreide. Wenn Lee die Hälfte des Ladens gehörte, würde Allerton sich nicht mehr leisten können, ihn zu ignorieren. Doch in Wirklichkeit ging es Lee gar nicht um Vergeltung. Er hatte das verzweifelte Bedürfnis, die besondere Beziehung zu Allerton nicht abreißen zu lassen.

Es gelang ihm, den Kontakt wieder herzustellen. An einem Nachmittag machte er mit Allerton einen Krankenbesuch bei Al Hyman, der mit einer Gelbsucht in der Klinik lag. Auf dem Rückweg gingen sie auf einen Cocktail ins Bottoms Up.

»Was ist jetzt mit dem Trip nach Südamerika?« sagte Lee abrupt.

»Naja, es ist immer schön, wenn man Gegenden sieht, wo man noch nicht war.«

»Kannst du jederzeit los?«
»Jederzeit.«

Am nächsten Tag kümmerte sich Lee um die Tickets und die nötigen Einreisegenehmigungen. »Besser, wenn wir hier schon einige Camping-Artikel kaufen«, sagte er. »Es kann sein, daß wir zu Fuß in den Dschungel müssen, um das Yage zu finden. Wenn wir in das Gebiet kommen, wo es Yage gibt, hauen wir einen aufgeweckten Typ an und fragen ihn: ›Wo kommen wir hier an Yage ran?‹«

»Wie willst du wissen, wo du nach Yage suchen sollst?«

»Das will ich in Bogotá rauskriegen. In Bogotá gibts einen kolumbianischen Wissenschaftler, der aus Yage dieses Telepathin gewonnen hat. Den müssen wir finden.«

»Und wenn er nicht redet?«

»Sie reden alle, wenn Boris sie in die Mangel nimmt.«

»Bist du Boris?«

»Keineswegs. Boris wird in Panama zu uns stoßen. Hat hervorragende Arbeit geleistet, für die Roten in Barcelona und die Gestapo in Polen. Ein talentierter Mann. Seine ganze Arbeit hat den typischen Boris-Touch. Leicht, aber überzeugend. Ein unscheinbarer kleiner Bursche mit Brille. Sieht aus wie ein Buchhalter. Ich habe ihn in einer Sauna in Budapest kennengelernt.«

Ein blonder mexikanischer Junge schob einen Karren vorbei. »Großer Gott!« sagte Lee. »Einer von diesen mexikanischen Blondschöpfen! Das hat nichts mit schwul zu tun, Allerton. Sind schließlich nur Mexikaner. Gehn wir was trinken.«

Ein paar Tage danach nahmen sie den Bus, und als sie nach Panama City kamen, beschwerte sich Allerton schon über zuviel Zuwendung von Lee. Ansonsten kamen sie sehr gut miteinander aus. Lee konnte jetzt Tage und Nächte mit dem Objekt seiner Wünsche verbringen und war von seinen Ängsten und dem quälenden Gefühl innerer Leere befreit. Und Allerton mit seiner vernünftigen, ruhigen Art war ein guter Reisegefährte.

7

Von Panama nach Quito flogen sie in einem kleinen Passagierflugzeug, das Mühe hatte, eine Regenfront zu überwinden. Der Stewart stöpselte die Sauerstoffmasken ein. Lee schnupperte daran. »Gepanscht!« sagte er angewidert.

Als sie in der Abenddämmerung nach Quito hineinfuhren, war es windig und kalt. Das Hotel sah aus, als wäre es hundert Jahre alt. Das Zimmer hatte eine hohe Decke, schwarze Balken und weiß getünchte Wände. Frierend saßen sie auf ihren Betten. Lee litt an leichten Entzugserscheinungen.

Sie gingen um den großen Platz im Stadtzentrum. Lee versuchte einen Apotheker anzuhauen – kein Paregoric ohne Rezept. Ein kalter Wind aus dem Hochgebirge wehte Abfälle durch die verschmutzten Straßen. Die Leute gingen in düsterem Schweigen an ihnen vorbei. Manche hatten sich grobe Schals um das Gesicht gewickelt. An der Mauer einer Kirche standen gräßliche alte Vetteln, in schmutzige Decken gehüllt, die wie alte Kartoffelsäcke aussahen.

»Also, mein Sohn, du sollst wissen, daß ich nicht so bin wie andere Zeitgenossen, die dir vielleicht begegnen. Manche werden dir kommen mit der alten Tour, daß Frauen schlecht für dich sind. Da bin ich ganz anders. Du kannst dir ruhig eine von den *Señoritas* hier aufgabeln und gleich mit ins Hotel nehmen.«

Allerton sah ihn an. »Ich glaube, ich tu mir heute abend was auf«, sagte er.

»Klar«, meinte Lee. »Nur zu. Viel Schönheit wird zwar nicht geboten in diesem elenden Kaff, aber das sollte junge Burschen wie dich nicht abschrecken. War es nicht Frank Harris, der gesagt hat, er hätte nie eine häßliche Frau gesehen, bis er dreißig war? Ja, richtig, das stammt von ihm ... Komm, wir gehn zurück ins Hotel und trinken was.«

Die Bar war zugig. Die Stühle waren aus Eiche, ihre Sitzflächen mit schwarzem Leder bezogen. Sie bestellten Martinis. Am Nebentisch redete ein rotgesichtiger Amerikaner in einem teuren braunen Gabardine-Anzug von einem Geschäft, bei dem es um achttausend Hektar Land ging. Schräg gegenüber von Lee saß ein Ecuadorianer mit einer langen Nase und einem roten Fleck auf jedem Backenknochen. Er trug einen europäisch geschnittenen schwarzen Anzug, trank Kaffee und aß süßes Gebäck dazu.

Lee trank mehrere Cocktails. Seine Suchtkrankheit wurde von Minute zu Minute schlimmer. »Warum rauchst du nicht ein bißchen Pot?« schlug Allerton vor. »Das hilft vielleicht.«

»Guter Gedanke. Gehn wir aufs Zimmer.«

Lee rauchte auf dem Balkon einen Joint. »Mein Gott, ist das kalt da draußen«, sagte er, als er wieder hereinkam.

»›. . . und wenn es Abend wird in der schönen alten Kolonialstadt Quito und die kühlen Lüfte sich von den Anden herunterstehlen, machen Sie einen erfrischenden Abendspaziergang und betrachten sich die wunderschönen *Señoritas*, die in farbenprächtiger Landestracht an der Mauer der Kirche aus dem 16. Jahrhundert sitzen, die den zentralen Platz beherrscht . . .‹ Der Kerl, der das verzapft hat, wurde gefeuert. Auch für Touristenbroschüren gibt es eine Grenze.

Tibet muß so ähnlich sein wie das hier. Hoch und kalt und voll von häßlichen Menschen und Lamas und Yaks. Yakmilch zum Frühstück, Yak-Quark zu Mittag, und zum Abendessen ein Yak, das man in seiner eigenen Butter geschmort hat – und das wär auch die verdiente Strafe für ein Yak, wenn du mich fragst.

An einem klaren Tag riecht man einen von diesen

heiligen Männern zehn Meilen gegen den Wind. Hockt da und zerrt widerlich an seiner alten Gebetsmühle herum. Er hat sich in dreckige alte Kartoffelsäcke gewickelt, und oben, wo sein Hals rauskommt, krabbeln Wanzen herum. Seine Nase ist total abgefault, und seinen Betelsaft spuckt er durch die blanken Nasenlöcher wie eine geifernde Kobra ... Das bringt mich auf eine Idee: Ein Sketch zum Thema ›Die Weisheit des Ostens‹ ...

Wir haben da einen heiligen Mann, zu dem eine Reporterin kommt, um ein Interview zu machen. Er hockt da und kaut auf seiner Betelnuß. Nach einer Weile sagt er zu einem von seinen Jüngern: ›Geh runter zur Heiligen Quelle und hol mir ne Tasse Paregoric, ich will ne Portion Weisheit des Ostens lockermachen. Und schlenker das Blei aus deinem Lendenschurz!‹ Er trinkt also das P. G. und verfällt in eine leichte Trance und kriegt Kontakt zum Kosmos – wir in der Branche nennen es ›auf Tran gehen‹. Die Reporterin fragt: ›Wird es Krieg mit Rußland geben, Mahatma? Wird der Kommunismus die zivilisierte Welt zerstören? Ist die Seele unsterblich? Gibt es einen Gott?‹

Der Mahatma macht die Augen auf, kneift die Lippen zusammen und spritzt aus jedem Nasenloch einen langen roten Strahl Betelsaft. Das Zeug läuft ihm über den Mund und er leckt es mit einer langen belegten Zunge wieder rein und sagt: ›Scheiße, woher soll ich das wissen?‹ Der Jünger sagt: ›Du hast gehört, was der Mann gesagt hat. Jetzt schieb ab. Der Swami will nicht gestört werden, wenn er seine Medizin nimmt.‹ Wenn ich mirs recht überlege – das *ist* die Weisheit des Ostens. Der Westler denkt, es gäbe da irgendein Geheimnis zu entdecken, und der Osten sagt: ›Scheiße, woher soll ich das wissen?‹«

In der Nacht träumte Lee, er sei in einer Strafkolonie. Ringsum waren hohe kahle Berge. Er hauste in einer

Pension, in der nie geheizt wurde. Er machte einen Spaziergang, und als er an einer Ecke vom Bordstein auf das schmutzige Kopfsteinpflaster der Straße trat, traf ihn der kalte Wind von den Bergen. Er zurrte den Gürtel seiner Lederjacke enger und spürte die Eiseskälte der endgültigen Verzweiflung.

Lee wachte auf und rief Allerton halblaut zu: »Bist du wach, Gene?«

»Ja.«

»Ist dir kalt?«

»Ja.«

»Kann ich zu dir ins Bett?«

»Aach, naja, meinetwegen.«

Lee kroch zu Allerton ins Bett. Er bibberte vor Kälte und Suchtkrankheit.

»Du zitterst am ganzen Leib«, sagte Allerton. Lee, überwältigt von einem jünglingshaften Lustverlangen, wie es im Entzug auftritt, drückte sich an ihn.

»Menschenskind, hast du kalte Hände.«

Als Allerton eingeschlafen war, drehte er sich herum, so daß sein angewinkeltes Bein auf Lees Unterleib zu liegen kam. Lee lag still, damit der andere nicht aufwachte und von ihm wegrückte.

Am nächsten Tag fühlte sich Lee vollends elend. Sie gingen durch die Stadt. Je mehr Lee von Quito sah, desto stärker deprimierte es ihn. Die Stadt lag auf hügeligem Terrain, und ihre Straßen waren eng. Als Allerton mit einem Fuß vom Bordstein abrutschte, wurde er von einem Auto gestreift. »Gott sei Dank, daß dir nichts passiert ist«, sagte Lee. »In dieser Stadt möchte ich nicht festgenagelt sein.«

Sie setzten sich in ein kleines Café, wo sie einige deutsche Flüchtlinge antrafen, die über Aufenthalts- und Arbeitsgenehmigungen und Verlängerungen redeten. Mit einem Mann am Nebentisch kamen sie ins Gespräch. Der Mann war abgemagert, hatte blondes Haar und eingedellte Schläfen. Lee sah die pulsierenden blauen Adern in den kalten Strahlen der Sonne, die das von Auszehrung geschwächte Gesicht des Mannes überfluteten und sich über den schrundigen Eichentisch auf den abgelatschten Dielenboden ergossen. Lee fragte den Mann, ob es ihm in Quito gefalle.

»Es ist eine Frage von Sein oder Nichtsein. Es muß mir hier gefallen.«

Sie verließen das Café und gingen die Straße hinauf zu einem Park. Die Bäume waren von Wind und Kälte verkümmert. Auf einem kleinen Teich ruderten ein paar Knaben ständig im Kreis. Lee beobachtete sie, von Neugier und Lustgefühlen gequält. Er sah sich in einem wiederkehrenden Alptraum, wie er sich auf einer hektischen Suche durch Leiber und Räume und Schränke wühlte. Die Suche endete jedesmal in einem leeren Zimmer. Er fröstelte im kalten Wind.

Allerton sagte: »Laß dir doch im Café die Adresse eines Arztes geben.«

»Guter Gedanke.«

Der Arzt wohnte in einer Villa mit gelber Stuckfront, die in einer ruhigen Seitenstraße lag. Er war Jude, hatte ein glattes, gerötetes Gesicht und sprach gut Englisch. Lee erzählte ihm etwas von Ruhr. Der Arzt stellte ihm ein paar Fragen. Er begann ein Rezept auszustellen. Lee sagte: »Am besten hilft mir immer Paregoric mit Wismut.«

Der Arzt lachte. Er sah Lee eindringlich an. Schließlich sagte er: »Jetzt seien Sie mal ehrlich.« Er hob den Zeigefinger und lächelte. »Sind Sie abhängig von Opiaten? Es wäre besser, Sie sagen es mir. Sonst kann ich Ihnen nicht helfen.«

Lee sagte ja.

»Aha«, sagte der Arzt. Er zerknüllte das Rezept und warf es in den Papierkorb. Er fragte Lee, wie lange er schon süchtig sei. Dann sah er ihn kopfschüttelnd an.

»Ach«, sagte er, »Sie sind ein junger Mensch. Sie müssen damit aufhören. Sonst verlieren Sie Ihr Leben. Lieber jetzt leiden, als weiter süchtig bleiben.« Er widmete Lee einen langen humanitätsduseligen Blick.

›Mein Gott‹, dachte Lee, ›was man in diesem Geschäft alles ertragen muß.‹ Er nickte und sagte: »Natürlich, Doktor, und ich will auch aufhören. Aber ich muß ein bißchen Schlaf finden. Ich reise morgen weiter an die Küste, nach Manta.«

Der Arzt lehnte sich zurück und lächelte. »Sie müssen damit aufhören.« Er hielt ihm den gleichen Vortrag nochmal. Lee nickte abwesend. Schließlich griff der Arzt zu seinem Rezeptblock. Drei Kubik Tinktur.

In der Apotheke gab man Lee Paregoric statt Tinktur. Drei Kubik P. G., das war weniger als ein Teelöffel voll. So gut wie nichts. Lee kaufte ein Fläschchen Antihistamintabletten und schluckte ein halbes Dutzend. Sie schienen ein wenig zu helfen.

Am nächsten Tag flog er mit Allerton nach Manta.

Das Hotel Continental in Manta bestand aus groben Holzbohlen und gespaltenem Bambusrohr. Lee entdeckte einige Astlöcher in der Wand des Zimmers und verstopfte sie mit Papier. »Wir wollen nicht, daß man uns heimlich deportiert«, sagte er zu Allerton. »Ich bin ein bißchen suchtkrank, weißt du, und das macht mich sooo spitz. Die Zimmernachbarn könnten ein paar interessante Dinge beobachten.«

»Ich möchte Beschwerde einlegen wegen Vertragsbruch«, sagte Allerton. »Du hast gesagt zweimal die Woche.«

»Richtig, das hab ich. Naja, die Vereinbarung ist natürlich mehr oder weniger flexibel, könnte man sagen. Aber du hast recht. Zweimal die Woche. Dabei soll es bleiben, Sire. Natürlich, wenns dich zwischendurch juckt, laß es mich unbedingt wissen.«

»Ich geb dir Bescheid.«

Die Wassertemperatur war gerade richtig für Lee, der kaltes Wasser nicht ausstehen konnte. Es war kein Schock, wenn er eintauchte. Sie schwammen ungefähr eine Stunde, setzten sich dann an den Strand und schauten aufs Meer hinaus. Allerton konnte stundenlang vollkommen untätig herumsitzen. »Das Schiff da draußen«, sagte er, »läßt jetzt schon seit einer Stunde die Maschinen warmlaufen.«

»Ich geh in die Stadt«, sagte Lee. »Will mir die lokalen Bodegas zu Gemüte führen und ne Flasche Cognac kaufen.«

Die Stadt wirkte alt, mit dem Kalksteinpflaster ihrer Straßen und den schmutzigen Kneipen, in denen sich Seeleute und Hafenarbeiter drängten. Ein Schuhputzjunge fragte Lee, ob er Lust habe auf ein »nettes Girl«. Lee sah den Jungen an und sagte auf englisch: »Nein, und dich will ich auch nicht.«

Bei einem türkischen Händler erstand er eine Flasche Cognac. Der Laden hatte alles: Bootsausrüstung, Eisenwaren, Waffen, Lebensmittel, Spirituosen. Lee sah sich die Preisschilder der Waffen an. Dreihundert Dollar für eine 30-30 lever-action Winchester, die es in den Staaten für zweiundsiebzig Dollar gab. Der Türke sagte, der Einfuhrzoll auf Waffen sei hoch. Daher der Preis.

Auf dem Rückweg ging Lee am Strand entlang. Die Häuser bestanden alle aus Holzbalken und gespaltenem Bambus, und die vier Eckpfosten waren einfach in den Boden gerammt. Die denkbar einfachste Konstruktion für ein Haus: Man versenkt vier wuchtige Pfosten tief in die Erde und nagelt das Haus an die Pfosten. Die Häuser hatten eine Bodenfreiheit von etwa sechs Fuß. Die Straßen waren ungepflastert. Tausende von Aasgeiern hockten auf den Dächern oder liefen auf den Straßen herum und pickten an Abfällen. Lee gab einem Geier einen Tritt, und der Vogel flatterte mit einem empörten Krächzen weg.

Lee kam an einer Bar vorbei – ein großes, ebenerdiges

Gebäude – und er beschloß, auf einen Drink hineinzugehen. Drinnen herrschte ein Lärm, daß die Bambuswände vibrierten. Zwei drahtige kleine Männer in mittlerem Alter tanzten unter obszönen Verrenkungen einen Mambo. Das zerknitterte Grinsen ihrer zahnlosen Münder setzte sich in den Falten ihrer ledrigen Gesichter fort. Der Kellner kam lächelnd auf Lee zu. Auch er hatte keine Schneidezähne mehr. Lee setzte sich auf eine kurze Holzbank und bestellte einen Cognac.

Ein Junge von etwa sechzehn Jahren setzte sich zu ihm und lächelte ihn zutraulich an. Lee erwiderte das Lächeln und bestellte ihm ein *refresco*. Der Junge legte ihm die Hand auf den Schenkel und drückte ihn, um seine Dankbarkeit zu zeigen. Er hatte schiefe Zähne, die teilweise übereinander standen. Immerhin, er war jung. Lee sah ihn prüfend an. Er konnte sich nicht klarwerden, woran er mit ihm war. Wollte der Junge ihn anmachen, oder war er nur zutraulich? Lee wußte, daß man in Lateinamerika keine Scheu vor körperlichem Kontakt hatte. Boys liefen eng umschlungen durch die Straßen. Er beschloß, vorsichtig zu sein. Er trank sein Glas aus, schüttelte dem Jungen die Hand und ging zurück zum Hotel.

Allerton saß in Badehose und einem gelben T-Shirt auf der Veranda. Das Hemd flatterte im Abendwind um seinen mageren Körper. Lee ging in die Küche und orderte Eiswürfel, Wasser und Gläser. Er erzählte Allerton von dem Türken, der Bar und dem Jungen. »Nach dem Abendessen sollten wir einen Abstecher in diese Bar machen«, sagte er.

»Und uns von den kleinen Jungs abfummeln lassen? Nicht mit mir«, sagte Allerton.

Lee lachte. Er fühlte sich überraschend gut. Das Antihistamin hatte seine Suchtkrankheit auf ein vages Unwohlsein reduziert, das ihm kaum aufgefallen wäre, wenn er nicht gewußt hätte, was es war. Er schaute hinaus auf die Bucht, die in den roten Strahlen der untergehenden Sonne glänzte. Schiffe aller Größen lagen vor Anker. Lee sagte, er würde am liebsten ein Boot kaufen und an der Küste nach Süden segeln. Allerton gefiel der Gedanke.

»Wenn wir in Ecuador sind, müssen wir uns unbedingt Yage besorgen«, sagte Lee. »Stell dir vor: Gedankenkontrolle. Nimmst einen auseinander und baust ihn dir nach deinem Geschmack wieder zusammen. Wenn dich an jemand was stört, sagst du: ›Yage! Ich will, daß diese Flausen aus seinem Hirn verschwinden.‹ Ich könnte mir auch an dir ein paar Korrekturen vorstellen, Süßer. Du bist natürlich schon ganz nett, aber du hast so irritierende kleine Eigenheiten. Ich meine, du willst nicht immer so, wie ichs gern hätte.«

»Meinst du, da ist wirklich was dran?« fragte Allerton.

»Die Russen denken es anscheinend. Soviel ich höre, ist Yage eine wirksame Geständnisdroge. Sie verwenden auch Peyote. Schon mal genommen?«

»Nein.«

»Grauenhaftes Zeug. Mir wurde sterbenselend davon. Ich muß kotzen, und es geht nicht. Nur fürchterliche Krämpfe im Asparagras, oder wie man das Ding nennt. Schließlich kommt mir das Peyote als solider Klumpen hoch, wie eine Haarkugel, und bleibt mir im Hals stecken. Hab selten sowas Widerliches mitgemacht. Das High ist interessant, aber kaum lohnend nach dieser Übelkeit. Dein Gesicht schwillt um die Augen an, die Lippen werden dick, und du siehst aus und fühlst dich wie ein Indianer. Oder wie du glaubst, daß sich ein Indianer fühlt. Primitiv, verstehst du. Farben sind intensiver, aber irgendwie platt und zweidimensional. Alles sieht aus wie ein Peyote-Kaktus. Es hat etwas Alptraumhaftes.

Als ich es genommen hatte, kriegte ich jedesmal, wenn ich einschlief, einen Alptraum. In einem Traum hatte ich Tollwut und schaute in den Spiegel, und mein Gesicht verzerrte sich und ich fing an zu jaulen. In einem anderen Traum hatte ich eine Chlorophyll-Sucht. Ich stand mit fünf anderen Chlorophyll-Junkies herum und wartete auf unsere Connection. Wir werden grün von Kopf bis Fuß und können die Sucht nicht mehr loswerden. Ein Schuß, und du bist süchtig für den Rest deines Lebens. Wir verwandeln uns in Pflanzen. Weißt du was von Psychiatrie? Schizophrenie?«

»Nicht viel.«

»In manchen Fällen von Schizophrenie tritt ein Phänomen auf, das als automatischer Gehorsam bekannt ist. Ich sage: ›Streck die Zunge raus!‹, und du mußt unwillkürlich gehorchen. Du mußt alles tun, was ich sage oder was sonst einer sagt. Kapierst du? Eine attraktive Vorstellung, nicht? Solange man selber derjenige ist, dessen Befehle automatisch befolgt werden. Automatischer Gehorsam, synthetische Schizophrenie, massenhaft und nach Wunsch erzeugbar. Das ist der Traum der Russen, und Amerika ist nicht weit dahinter. Die Bürokraten beider Länder wollen dasselbe: Kontrolle. Das Über-Ich, die Kontrollinstanz, verkrebst und von Sinnen. Übrigens, es gibt eine Verbindung zwischen Schizophrenie und Telepathie. Schizos sind telepathisch sehr empfänglich, aber als reine *Empfänger*. Siehst du den Bezug?«

»Aber du hast keine Ahnung, wie Yage aussieht, nicht?«

Lee dachte einen Augenblick nach. »So sehr mir der Gedanke mißfällt, ich muß zurück nach Quito und dort mit einem Fachmann vom botanischen Institut reden.«

»Mich bringen keine zehn Pferde nach Quito zurück«, sagte Allerton.

»Ich geh nicht sofort. Muß mich erst erholen und mir den Chinesen vollends vom Hals schaffen. Ist nicht nötig, daß du mitgehst. Bleib du nur hier am Strand. Papa wird gehn und die Information besorgen.«

8

Von Manta flogen sie nach Guayaquil. Die Straße war überschwemmt, und die Stadt war nur per Flugzeug oder Schiff zu erreichen.

Guayaquil liegt an einem Fluß und verfügt über zahlreiche Parks und Plätze mit Standbildern. Die Parks sind voll von tropischen Bäumen, Sträuchern und Ranken. Ein Baum mit einem schirmförmigen Blätterdach, ebenso breit wie hoch, spendet Schatten für die steinernen Sitzbänke. Die Einwohner verbringen viel Zeit mit Sitzen.

An einem Morgen stand Lee früh auf und ging auf den Markt. Unter den Menschen, die sich auf dem Platz drängten, waren die seltsamsten Rassenmischungen anzutreffen. Abwechselnd dominierte ein negroider, chinesischer, indianischer, europäischer oder arabischer Einschlag, und manche waren schwer einzuordnen. Lee sah einige märchenhafte Boys, halb schwarz und halb chinesisch, schlank und grazil, mit strahlend weißen Zähnen.

Ein Buckliger mit verkümmerten Beinen spielte auf einer primitiv zusammengebastelten Panflöte aus Bambus eine wehmütige orientalische Melodie, in der die traurige Stimmung der hohen Anden mitschwang. Tiefe Trauer läßt keinen Platz für Selbstmitleid, sie ist so endgültig wie die Berge – eine Tatsache, die einfach da ist. Wenn sie einem bewußt wird, kann man sich nicht mehr bemitleiden.

Leute drängten sich um den Musikanten, hörten einige Minuten zu und gingen weiter. Lee fiel ein junger Mann auf, dessen Haut über dem kleinen Gesicht so spannte, daß man glaubte, einen Schrumpfkopf zu sehen. Er konnte nicht mehr als vierzig Kilo wiegen.

Der Flötenspieler hustete von Zeit zu Zeit. Einmal knurrte er, als jemand seinen Buckel berührte, und bleckte dabei seine schwarzen angefaulten Zähne. Lee gab dem Mann ein paar Münzen. Er ging weiter, sah in jedes Gesicht, das ihm begegnete, schaute an den Fensterfronten billiger Hotels hoch. Ein eisernes, rosarot gestrichenes Bettgestell, ein Hemd an einer Wäscheleine ... Bruchstücke von Leben, nach denen Lee schnappte wie ein gieriger Raubfisch, den eine Glaswand von seiner Beute trennt. Er konnte nicht anders – immer wieder rammte er die Nase gegen das Glas, auf der gespenstischen Suche aus seinen Alpträumen. Und am Ende stand er in den schrägen Strahlen der untergehenden Sonne in einem staubigen Zimmer und hielt einen alten Schuh in der Hand.

Die Stadt, wie ganz Ecuador, hinterließ einen merkwürdig verwirrenden Eindruck. Lee hatte das Gefühl, daß sich hier in tieferen Schichten noch etwas abspielte, das ihm verborgen blieb. Dies war das Gebiet, in dem man die Töpferwaren der alten Chimu gefunden hatte. Salzstreuer und Wasserkrüge mit Darstellungen unaussprechlicher Obszönitäten. Der Griff eines Deckels auf einem Vorratskrug, gebildet von zwei Männerfiguren auf allen vieren, mitten im Akt der Sodomie.

Was geschieht, wenn alles ausufert? Was ist das Schicksal eines Landes, das kein Tabu kennt? Menschen, die sich in riesige Tausendfüßler verwandeln ... Tausendfüßler, die Hütten und Häuser belagern ... ein Mann, auf eine Liege gefesselt, über den sich ein drei Meter langer Tausendfüßler wälzt: Ist das wörtlich zu verstehen? Kam es zu einer grauenhaften Metamorphose? Welche Bedeutung hat das Tausendfüßler-Symbol?

Lee stieg in einen Bus und fuhr bis zur Endstation. Mit einem weiteren Bus fuhr er aus der Stadt und hinunter zum Fluß, wo er eine Limonade trank und einigen Jungs zusah, die im schmutzigen Wasser badeten. Der Fluß sah aus, als könnte jeden Augenblick ein grausiges Ungeheuer aus den grünbraunen Fluten tauchen. Lee sah eine zwei Fuß lange Eidechse, die am anderen Ufer über die Böschung lief.

Er ging zu Fuß zurück zur Stadt. An einer Ecke kam er an einigen Jungs vorbei. Einer von ihnen war so schön, daß es Lee einen Stich gab. Unwillkürlich kam ihm ein leiser Schmerzlaut über die Lippen. Er drehte sich um, als wollte er das Straßenschild lesen. Der Junge lachte über irgendeinen Scherz – ein schrilles Lachen, fröhlich und ausgelassen. Lee ging weiter.

Sechs oder sieben Jungs, zwölf bis vierzehn Jahre alt, spielten auf einem Abfallhaufen am Ufer. Einer pißte an einen Pfosten und sah lachend zu den anderen hinüber. Die Boys wurden auf Lee aufmerksam, und ihr Spiel wurde offen sexuell, jedoch mit einem spöttischen Akzent. Sie schauten zu Lee herüber, tuschelten und lachten. Lee starrte sie unverhohlen an, mit dem kalten harten Blick nackter Lüsternheit, zerrissen und gequält von unbändigem Verlangen.

Lee konzentrierte sich auf einen der Jungs, und das Bild wurde scharf und klar, als würde er es durch ein Fernrohr heranholen, so daß die übrigen Boys und die Umgebung ausgeblendet wurden. Der Junge vibrierte vor Leben wie ein junges Tier. Wenn er lachte, sah man seine scharfkantigen weißen Zähne. Das zerrissene Hemd gab den Blick auf seinen schlanken Körper frei.

Lee fühlte sich eins mit dem Jungen. Bruchstücke von Erinnerungen . . . der Geruch von Kakaobohnen, die in der Sonne trockneten, Bambushütten, das warme schmutzige Wasser des Flusses, die Sümpfe und Abfallhaufen am Stadtrand. Er saß mit den anderen Jungs auf dem Steinboden eines verlassenen Hauses. Es hatte kein Dach mehr, und die Mauern waren brüchig. Unkraut und Ranken wuchsen aus dem Fußboden und den Wänden.

Die Jungs zogen ihre zerrissenen Hosen aus. Lee hob seinen mageren Hintern, um seine Hose abzustreifen. Er spürte den kalten Steinboden. Jetzt hatte er die Hose bis auf die Knöchel herunter. Er preßte die Knie zusammen, und die Jungs zerrten daran. Er gab nach, und sie spreizten ihm die Beine. Er lächelte sie an und ließ die Hand an seinem Bauch abwärts gleiten. Einer der Jungs stand da, ließ die Hose fallen, stemmte die Hände in die Hüften und sah auf sein erigiertes Glied herunter.

Ein Junge setzte sich neben Lee und griff ihm zwischen die Schenkel. Lee spürte den Blackout des Orgasmus in der heißen Sonne. Er streckte sich aus und legte einen Arm über seine Augen. Ein anderer Junge legte seinen Kopf bei ihm auf den Bauch. Lee spürte die Wärme der Kopfhaut. Wo die Haarspitzen des anderen seinen Bauch berührten, kitzelte es ein wenig.

Jetzt war er in einem Zimmer mit Bambuswänden. Im Schein einer Öllampe sah er den Körper einer Frau. Er verspürte, durch den Körper des Jungen, ein Verlangen nach der Frau. ›Ich bin nicht schwul‹, dachte er. ›Ich bin körperlos.‹

Lee ging weiter. ›Was kann ich tun?‹ dachte er. ›Sie mit ins Hotel nehmen? Bereit dazu wären sie ja. Für ein paar Sucres . . .‹ Er empfand einen mörderischen Haß auf die stupiden, gewöhnlichen, mißbilligenden Leute, die ihn nicht tun ließen, was er wollte. ›Eines Tages werde ich meinen Willen haben‹, sagte er sich. ›Und wenn mir dann so ein Arschloch mit einer Moralpredigt kommt, können sie ihn aus dem Fluß fischen.‹

Lees Plan sah vor, daß er an einem Fluß leben und einfach tun würde, was ihm gefiel. Sein eigenes Marihuana anbauen, auch Schlafmohn und Coca, und als Mädchen für alles würde er sich einen Eingeborenenjungen halten. Boote, an einem Steg vertäut; große Teppiche von Wasserhyazinthen, die auf dem schmutzigen Wasser vorbeischwammen. Der Fluß war gut eine halbe Meile breit.

Lee kam zu einem kleinen Park mit einem Standbild von Bolivar. ›Der tumbe Befreier‹, wie er ihn nannte, schüttelte jemand die Hand. Beide wirkten müde und genervt und stockschwul – so schwul, daß man am Stock geht. Lee starrte das Standbild eine Weile an, dann setzte er sich auf eine Steinbank mit Blick auf den Fluß. Alle musterten ihn, als er sich setzte. Er hielt den Blicken stand. Im Gegensatz zu den meisten seiner Landsleute scheute er sich nicht, Fremden in die Augen zu sehen. Die anderen schauten weg, zündeten sich Zigaretten an und nahmen ihre Unterhaltungen wieder auf.

Lee betrachtete den schlammbraunen Fluß. Man konnte keinen Zentimeter tief sehen. Von Zeit zu Zeit sprangen kleine Fische vor einem Boot aus dem Wasser. Es gab schlanke, teure Segelboote vom Jachtklub mit hohlen Masten und schnittigem Rumpf, aber auch Einbäume mit Außenbordmotor und einem Schutzdach aus gespaltenem Bambus. Zwei alte rostige Kriegsschiffe lagen in der Flußmitte vor Anker – die ecuadorianische Marine. Lee blieb eine ganze Stunde sitzen, dann stand er auf und ging zurück ins Hotel. Es war drei Uhr nachmittags. Allerton lag noch im Bett. Lee setzte sich auf die Bettkante. »Es ist drei Uhr, Gene. Zeit zum Aufstehn.«

»Wozu?«

»Willst du dein Leben im Bett verbringen? Komm mit raus, die Stadt besichtigen. Ich hab ein paar wundervolle Jungs gesehen, unten am Fluß. Die echte unverfälschte Sorte. Diese Zähne, dieses Lächeln! Junge Boys, vibrierend vor Leben.«

»Schon gut. Hör auf zu sabbern.«

»Was haben die, was ich will, Gene? Weißt du es?«

»Nein.«

»Etwas Männliches natürlich. Gut, hab ich auch. Es ist so, daß ich in den anderen mich selbst will. Ich bin körperlos. Mein Körper versagt sich mir aus irgendeinem Grund.« Er streckte die Hand aus. Allerton wich zurück.

»Was ist denn?«

»Ich hab gedacht, du willst mir an die Rippen.«

»Das würde ich nie tun. Denkst du, ich bin schwul oder sowas?«

»Ehrlich gesagt, ja.«

»Du *hast* hübsche Rippen. Zeig mir mal die, die gebrochen war. Ist es die da?« Lee strich ihm mit der Hand halb an den Rippen herunter. »Oder ist es weiter unten?«

»Ach, geh weg.«

»Aber Gene . . . ich bin mal wieder dran, weißt du.«

»Ja, sieht so aus.«

»Natürlich, wenn du lieber bis heute abend warten willst . . . Diese tropischen Nächte sind ja so romantisch. Dann könnten wir uns zwölf Stunden Zeit nehmen und es richtig machen.« Lee strich Allerton mit beiden Händen am Bauch herunter. Er konnte sehen, daß Allerton ein wenig erregt war.

Allerton sagte: »Vielleicht lieber jetzt. Du weißt, ich schlafe gern allein.«

»Ja, ich weiß. Wie schade. Wenn es nach mir ginge, würden wir jede Nacht eng umschlungen schlafen wie überwinternde Klapperschlangen.«

Lee zog seine Sachen aus. Er legte sich neben Allerton. »Ef wär doch foo föön, wenn wir 'n einziger glooßer *Blob* werden könnten«, sagte er in Babysprache. »Mach ich dir Angst?«

»Und wie.«

Allerton überraschte Lee mit einer ungewohnten Leidenschaft. Beim Höhepunkt klammerte er sich an Lee fest. Er seufzte tief und schloß die Augen.

Lee glättete ihm mit den Daumen die Augenbrauen. »Stört dich das?« fragte er.

»Nicht besonders.«

»Aber . . . genießt du es manchmal? Alles, meine ich.«

»Oh ja.«

Lee legte sich lang und schlief mit der Wange an Allertons Schulter ein.

Lee wollte sich vor der Abreise aus Guayaquil einen neuen Paß ausstellen lassen. Während er sich für den Gang zum Konsulat umzog, sagte er zu Allerton: »Stiefeletten wären wohl nicht das Richtige. Der Konsul ist wahrscheinlich eine elegante Tunte . . . ›Meine Liebe, stellen Sie sich das vor: Hohe Schuhe! Ich meine, richtig altmodische, mit Knöpfen! Ich konnte einfach nicht die Augen davon lassen. Ich fürchte, ich habe keine Ahnung, was er wollte.‹

Ich höre, sie wollen den auswärtigen Dienst von Schwulen säubern. Wenn sie das machen, bleibt ihnen nur noch eine Rumpfmannschaft . . . ah, da sind sie ja.« Lee zog ein Paar flache Schuhe an. »Stell dir vor, du latschst beim Konsul rein und haust ihn um Geld an, um dir was zu essen zu kaufen . . . Er prallt zurück und hält sich ein parfümiertes Taschentuch vor den Mund, als hättest du ihm einen toten Hummer auf den Schreibtisch geknallt: ›Sie sind pleite?! Also wirklich, ich verstehe nicht, weshalb Sie mit diesem empörenden Eingeständnis zu mir kommen. Sie könnten wenigstens ein *bißchen* Rücksicht nehmen. Es muß Ihnen doch klar sein, wie geschmacklos so etwas ist. Haben Sie keinen Stolz?‹«

Er drehte sich zu Allerton um. »Wie seh ich aus? Ich will nicht allzu gut aussehen, sonst wird er womöglich handgreiflich. Vielleicht solltest *du* gehn. Dann hätten wir unsere Pässe bis morgen.«

»Hör dir das an«, sagte Lee. Er las gerade eine der Tageszeitungen von Guayaquil. »Die peruanischen Teilnehmer am Anti-Tuberkulose-Kongreß in Salinas brachten riesige Landkarten mit, auf denen die Gebiete eingezeichnet waren, die Peru den Ecuadorianern im Krieg von 1939 weggenommen hat. Die ecuadorianischen Ärzte könnten beim Kongreß auftreten mit Schrumpfköpfen von peruanischen Soldaten, die sie an ihren Uhrketten um den Zeigefinger schlenkern.«

Allerton entdeckte einen Artikel über den heroischen Widerstand, den Ecuadors Seewölfe geleistet hatten.

»Die was?«

»So stehts hier: *Lobos del Mar*. Einer der Offiziere hat anscheinend bei seiner Kanone noch ausgehalten, als sie schon nicht mehr funktionierte.«

»Find ich ja arg einfältig.«

In Las Playas wollten sie sich nach einem Boot umsehen. Las Playas erwies sich als öder Badeort für die Bedürfnisse des Mittelstands. Es war kalt dort, das Meer war schmutzig, und es herrschte starker Seegang. Das Essen im Hotel war schauderhaft, doch ein Zimmer ohne Mahlzeiten kostete beinahe dasselbe wie eines mit Vollpension. Sie versuchten es mit einem Lunch. Ein Teller Reis ohne Soße und alles. »Eine Zumutung«, sagte Allerton. Eine Suppe, die nach nichts schmeckte und in der ein faseriges Zeug schwamm, das aussah wie weichgekochte weiße Holzfasern. Als Hauptgericht gab es einen Brocken Fleisch, den man weder identifizieren noch essen konnte.

Lee sagte: »Der Koch hat sich in der Küche verbarrikadiert. Er schiebt den Fraß durch eine Durchreiche raus.« In der Tat, es gab eine Öffnung in der Tür zu einem dunklen verräucherten Raum, in dem das Essen vermutlich zubereitet wurde.

Sie beschlossen, am nächsten Tag nach Salinas weiterzufahren. In der Nacht wollte Lee mit Allerton schlafen, doch dieser weigerte sich, und am Morgen entschuldigte sich Lee, daß er es schon so kurz nach dem letzten Mal wieder haben wollte und gegen die Vereinbarung verstoßen hatte.

Allerton sagte: »Ich kann Leute nicht leiden, die sich beim Frühstück entschuldigen.«

Lee sagte: »Wirklich, Gene, findest du nicht, daß du die Situation unfair ausnützt? Stell dir vor, jemand ist suchtkrank, und ich nehme keinen Junk. Ich sage: ›Ach wirklich, du bist krank? Ich versteh nicht, wieso du mich mit deinem unappetitlichen Zustand behelligen mußt. Wenn du schon krank bist, könntest du wenigstens soviel Anstand haben, daß du's für dich behältst. Ich kann kranke Menschen nicht ausstehen. Es muß dir doch klar sein, wie abstoßend es ist, wenn man mit ansehen muß, wie du schniefst und gähnst und würgst. Warum verschonst du mich nicht mit deinem Anblick und gehst sonstwohin? Du machst dir keine Vorstellung, wie lästig und eklig du bist. Hast du keinen Stolz?‹«

Allerton sagte: »Das ist jetzt überhaupt nicht fair.«

»Soll es auch nicht sein. Nur so eine Schnurre zu deiner Unterhaltung, mit einem Körnchen Wahrheit drin. Beeil' dich mit deinem Frühstück. Wir verpassen sonst den Bus nach Salinas.«

Salinas hatte die ruhige, gediegene Atmosphäre eines mondänen Badeorts. Es war keine Saison, und als sie im Meer schwimmen wollten, stellte sich heraus, warum: Der Humboldtstrom sorgt während der Sommermonate für eine Senkung der Wassertemperatur. Allerton hielt den Fuß ins Wasser und sagte: »Es ist nichts als kalt.« Er weigerte sich, hineinzugehen. Lee sprang hinein und schwamm ein paar Minuten.

Die Zeit schien in Salinas schneller zu vergehen. Lee aß zu Mittag und legte sich an den Strand, und auf einmal stand die Sonne schon wieder tief und es war sechs Uhr abends, obwohl er den Eindruck hatte, daß nur eine oder höchstens zwei Stunden vergangen waren. Allerton berichtete, daß er dieselbe Erfahrung machte.

Lee fuhr nach Quito, um sich über Yage zu informieren. Allerton blieb in Salinas. Nach fünf Tagen war Lee wieder da.

»Yage wird von den Indianern auch Ayahuasca genannt. Die wissenschaftliche Bezeichnung ist *Banniste-*

ria caapi.« Lee breitete eine Landkarte auf dem Bett aus. »Es wächst in hohen Dschungelregionen an der Ostseite der Anden. Wir fahren bis Puyo, wo die Straße aufhört. Dort müßten wir einen auftreiben können, der sich mit den Indianern auskennt und uns hilft, an Yage heranzukommen.«

Sie verbrachten eine Nacht in Guayaquil. Lee betrank sich schon vor dem Abendessen, und als sie sich anschließend einen Film ansehen wollten, schlief er im Kino ein. Sie gingen zurück ins Hotel und wollten sich gleich schlafen legen, um am nächsten Morgen früh aus den Federn zu kommen. Lee goß sich einen Brandy ein und setzte sich bei Allerton auf die Bettkante. »Du siehst reizend aus heute abend«, sagte er und nahm die Brille ab. »Wie wärs mit einem kleinen Kuß, hm?«

»Ach, geh weg«, sagte Allerton.

»Okay, Kid. Wie du willst. Wir haben jede Menge Zeit.« Lee goß sich noch mehr Brandy nach und legte sich auf sein Bett.

»Weißt du, Gene, in diesem kümmerlichen Land haben sie nicht nur armes Volk, sie haben auch Reiche. Im Zug nach Quito hab ich ein paar gesehen. Ich stelle mir vor, daß jeder hinter seinem Haus ein startbereites Flugzeug stehen hat. Ich seh es richtig vor mir: Sie laden Fernseher und Radios, Golf- und Tennisschläger und Flinten in das Flugzeug, und dann wollen sie zu dem ganzen Krempel auch noch 'n preisgekrönten Zuchtbullen reintreten, und das Ende vom Lied ist, daß der Flieger nicht mehr hochkommt.

Es ist ein kleines, instabiles, unterentwickeltes Land. Mit der Wirtschaft sieht es genau so aus, wie ich mirs vorgestellt habe: Rohstoffe, Bauholz und Lebensmittel spottbillig, Löhne und Mieten sehr niedrig; alle eingeführten Erzeugnisse sehr teuer wegen der Schutzzölle, die erhoben werden, damit die ecuadorianische Industrie konkurrenzfähig bleibt. Es gibt aber keine

Industrie in Ecuador. Hier wird nichts produziert. Die Leute, die was produzieren könnten, tun es nicht, weil sie hier kein Geld investieren wollen. Sie wollen jederzeit abhauen können – mit einem Sack voll Bargeld, vorzugsweise amerikanische Dollars. Dabei haben sie keinen Grund, so fickrig zu sein. Reiche Leute sind meistens verängstigt. Ich weiß nicht, warum. Ich nehme an, es hat was mit einem Schuldkomplex zu tun. *Quien sabe?* Ich bin nicht hier, um Caesar eine Psychoanalyse zu verpassen, sondern um sein Leben zu schützen. Zu einem gewissen Preis, versteht sich. Was die hier brauchen ist ein Sicherheitsdienst, der die Underdogs unten hält.«

»Ja«, sagte Allerton, »wir müssen die öffentliche Meinung gleichschalten.«

»Meinung?! Was haben wir denn hier, einen Debattierklub? Gib mir ein Jahr, und die Leute werden keine Meinung mehr haben! ›So, Leute, jetzt stellt euch mal hier an, da kriegt ihr euren wohlschmeckenden Eintopf aus Fischköpfen und Reis und Oleomargarine. Und da drüben eure kostenlose Ration Sprit mit 'm Schuß Opium drin.‹ Und wenn sie Zicken machen, nehmen wir das Opium aus dem Sprit raus, dann liegen sie alle rum und scheißen sich in die Hose und können sich vor Entkräftung nicht mehr rühren. Eine Freßsucht ist die schlimmste Sucht, die man sich denken kann. Eine weitere Möglichkeit ist Malaria. Ein auszehrendes Leiden, maßgeschneidert für die Entschärfung jedes aufrührerischen Geistes.«

Lee grinste. »Stell dir einen alten humanistischen deutschen Arzt vor. ›Tja, Doc‹, sag ich, ›mit der Malaria haben Sie hier ganze Arbeit geleistet. Sie haben sie praktisch ausgerottet.‹

›Ach ja. Wir tun unser Bestes, nicht wahr. Sehen Sie diese Kurve auf der Tabelle? Sie zeigt das Absinken der Krankheit in den letzten zehn Jahren, seit wir mit unserem Behandlungsprogramm begonnen haben.‹

›Yeah, Doc, und jetzt passen Sie mal auf: Ich will, daß diese Kurve wieder ansteigt – so hoch wie am Ausgangspunkt.‹

›Ach! Das können Sie nicht wollen . . .‹

›Und noch was. Sehn Sie mal zu, ob Sie nicht eine besonders schwächende Sorte von Hakenwürmern importieren können.‹

Die Typen in den Bergen können wir jederzeit auf Null bringen, indem wir ihnen die Decken wegnehmen. Das bringt sie, was Unternehmungslust angeht, auf den Level von halb erfrorenen Eidechsen.«

Die hintere Wand von Lees Zimmer endete drei Fuß unter der Decke, um die Belüftung des nächsten Zimmers zu sichern, das keine Fenster hatte. Der Gast nebenan sagte auf spanisch, Lee solle endlich ruhig sein.

»Ach, halt doch die Klappe!« sagte Lee und sprang auf. »Ich nagle eine Decke über die Öffnung! Ich schneid dir die Luftzufuhr ab! Du atmest nur mit meiner Erlaubnis. Du hast ein Innenzimmer ohne Fenster. Also benimm dich entsprechend und halt dein verhärmtes Maul!«

Die Antwort war ein Schwall von *chingas* und *cabrones*.

»Hombre«, sagte Lee, *»en donde está su cultura?«*

»Komm, laß uns pennen«, sagte Allerton. »Ich bin müde.«

9

Auf dem Motorboot, mit dem sie nach Babahoya fuhren, schaukelten sie in Hängematten, schlürften Brandy und betrachteten den vorübergleitenden Dschungel: Quellen, Moos, herrlich klare Seitenflüsse; Bäume, die bis zu sechzig Meter hoch waren. Lee und Allerton schwiegen, während das Boot flußaufwärts powerte und die Stille des Dschungels mit dem penetranten Knattern eines Rasenmähers zerriß.

In Babahoya nahmen sie einen Bus, der über die Anden nach Ambato fuhr – eine holpernde vierzehnstündige Fahrt in ständiger Kälte. Auf dem Paß, hoch über der Baumgrenze, wurde Rast gemacht in einer Hütte, und alle bekamen ein Erbsengericht vorgesetzt. Ein paar junge Mestizen mit grauen Filzhüten löffelten mißmutig und resigniert ihre Mahlzeit, und einige Meerschweinchen rannten fiepend über den Fußboden, der aus gestampfter Erde bestand. Lee mußte an das Meerschweinchen denken, das er als Kind gehabt hatte, als die Familie im Fairmont Hotel in St. Louis wohnte, bis ihr neues Haus an der Price Road fertig wurde. Er erinnerte sich an das hohe Quieken des Tiers und an den Gestank des Käfigs.

Der schneebedeckte Gipfel des Chimborazo ragte im Mondschein auf, und sie froren in der Kälte, die durch den heftigen Wind in den hohen Anden noch verstärkt wurde. Von der Paßhöhe hatte man den Eindruck, auf einen anderen Planeten zu schauen, der größer war als die Erde. Lee und Allerton hockten zusammengekauert unter einer Decke und tranken Brandy. Der beißende Qualm des Holzfeuers waberte durch die Hütte und drang ihnen in die Nase. Über ihren Sweatshirts trugen sie Armee-Parkas, deren Reißverschlüsse sie bis unters Kinn hochgezogen hatten. Allerton wirkte so schemenhaft, daß Lee fast glaubte, durch ihn hindurchsehen zu können auf den Bus, der draußen parkte.

Von Ambato nach Puyo ging es am Rand einer tausend Fuß tiefen Schlucht entlang. Auf der Fahrt hinab in das fruchtbare grüne Tal passierten sie Wasserfälle, und aus den Wäldern rauschten bisweilen Bergbäche herunter und überspülten die Fahrstraße. Mehrmals mußte der Bus anhalten, weil man Felsbrocken wegräumen mußte, die bei einem Erdrutsch auf der Straße gelandet waren.

Während der Fahrt unterhielt sich Lee mit einem alten Prospektor namens Morgan, der den Dschungel seit dreißig Jahren kannte. Lee fragte ihn nach Ayahuasca.

»Das wirkt auf sie wie Opium«, sagte Morgan. »Alle meine Indianer nehmen es. Wenn sie auf Ayahuasca sind, kriege ich sie die nächsten drei Tage nicht zum Arbeiten.«

»Ich glaube, das ließe sich vermarkten«, meinte Lee.

Morgan sagte: »Ich kann soviel besorgen, wie Sie wollen.«

Sie kamen an Shell Mara mit seinen Fertigbungalows vorbei. Die Shell Company hatte hier zwei Jahre und zwanzig Millionen Dollar investiert, war auf kein Öl gestoßen und hatte sich wieder zurückgezogen.

Sie erreichten Puyo am späten Abend und fanden ein Zimmer in einem baufälligen Hotel in der Nähe des Gemischtwarenladens. Sie waren beide zu erschöpft, um noch etwas zu reden, und schliefen sofort ein.

Am nächsten Morgen – Allerton schlief noch – zogen Lee und der alte Morgan los, um Ayahuasca aufzutreiben. Sie stießen überall auf ausweichende Antworten. Ein Mann sagte, er werde am nächsten Tag etwas bringen. Lee wußte, daß von dem Mann nichts zu erwarten war.

Sie gingen in einen kleinen Saloon. Er wurde von einer

Mulattin geführt, die vorgab, nicht zu wissen, was Ayahuasca war. Lee fragte, ob Ayahuasca verboten sei. »Nein«, sagte Morgan, »aber die Leute trauen keinem Fremden.«

Sie tranken Aguardiente mit heißem Wasser, Zucker und Zimt. Lee sagte, er wolle sich auf Schrumpfköpfe spezialisieren. Morgan meinte, sie könnten gemeinsam eine Schrumpfkopf-Produktion aufziehen. »Köpfe, die vom Fließband rollen«, sagte er. »Man kriegt hier nirgends welche, egal zu welchem Preis. Die Regierung hat es verboten, wissen Sie. Die Kanaken haben einander umgelegt, um die Köpfe verkaufen zu können.«

Morgan verfügte über einen unerschöpflichen Vorrat an alten Zoten. Er erwähnte einen Kanadier, der im Ort lebte.

»Wie ist der hierher gekommen?« fragte Lee.

Morgan lachte in sich hinein. »Na, so wie wir alle. Weil wir daheim was verbockt haben – stimmt's?«

Lee nickte nur und schwieg sich aus.

Der alte Morgan fuhr mit dem Nachmittagsbus nach Shell Mara, um einige Schulden einzutreiben. Lee sprach mit einem Holländer namens Sawyer, der in der Nähe von Puyo eine Farm hatte. Sawyer erzählte ihm von einem amerikanischen Botaniker, der ein paar Stunden hinter Puyo im Dschungel lebte.

»Er versucht irgendein Medikament zu entwickeln. Den Namen habe ich vergessen. Wenn es ihm gelingt, sagt er, wird er ein Vermögen damit verdienen. Im Moment hat er es schwer da draußen. Nichts zu essen.«

Lee sagte: »Ich interessiere mich für Heilpflanzen. Vielleicht schaue ich mal bei ihm vorbei.«

»Er wird sich über Ihren Besuch freuen. Aber nehmen Sie ihm was mit – Mehl oder Tee oder so etwas. Die haben da draußen nichts zu beißen.«

Später sagte Lee zu Allerton: »Ein Botaniker! Was für

ein glücklicher Zufall. Das ist unser Mann. Wir gehen gleich morgen zu ihm.«

»Wir können doch nicht so tun, als kämen wir rein zufällig vorbei«, sagte Allerton. »Wie willst du ihm unseren Besuch erklären?«

»Mir wird schon was einfallen. Am besten, ich sag ihm ganz unumwunden, daß ich hinter Yage her bin. Ich stelle mir vor, daß es da für uns beide vielleicht was zu verdienen gibt. Soviel ich höre, ist er total abgebrannt. Wir haben Glück, daß wir ihn in so einer mißlichen Lage antreffen. Wenn er gut bei Kasse wäre und in den Bordellen von Puyo Champagner aus Gummigaloschen trinken würde, wär er vermutlich nicht daran interessiert, mir Yage für ein paar hundert Sucres zu verkaufen. Und tu mir bitte einen Gefallen, Gene: Wenn wir den Typ treffen, dann sag um himmelswillen nicht »Doctor Cotter, I presume?«

Das Hotelzimmer in Puyo war feucht und kalt. Die Umrisse der Häuser auf der anderen Straßenseite verschwammen im strömenden Regen, als wäre man in einer Stadt unter Wasser. Lee nahm Ausrüstungsgegenstände vom Bett und verstaute sie in einem gummierten Sack: Eine 32er Automatic-Pistole; Patronen, die in ein ölgetränktes Seidentuch gewickelt waren; eine kleine Bratpfanne; Tee und Mehl in Dosen, die mit Klebeband versiegelt waren; eine große Flasche Puro.

Allerton sagte: »Die Flasche wiegt am meisten, und scharfe Kanten hat sie auch. Warum lassen wir sie nicht hier?«

»Wir müssen ihm die Zunge lösen«, sagte Lee. Er nahm den Sack, und Allerton gab er eine neue glitzernde Machete.

»Laß uns warten, bis der Regen aufhört«, sagte Allerton.

»Warten, bis der Regen aufhört!« Lee ließ sich aufs Bett fallen und mimte einen Lachanfall. »Haa haa haa!

Warten, bis der Regen aufhört! In dieser Gegend haben sie eine Redensart: ›Ich bezahl meine Schulden bei dir, wenn es in Puyo aufhört zu regnen.‹ Haa haa.«

»Die ersten zwei Tage nach unserer Ankunft hier hats nicht geregnet.«

»Ich weiß. Es war ein solches Wunder, daß sie sich schon für die Seligsprechung des lokalen Padre einsetzen. *Vámonos, cabrón.*«

Lee schlug Allerton auf die Schulter, und sie gingen hinaus in den Regen. Das nasse Kopfsteinpflaster der Hauptstraße war schlüpfrig.

Der Dschungelpfad war nach Art eines Knüppeldamms angelegt. Das Holz war von einer dünnen Schlammschicht bedeckt. Sie schnitten sich lange Stecken, um besser das Gleichgewicht zu halten, doch sie kamen nur langsam voran. Der Dschungel zu beiden Seiten bestand aus hohen Laubbäumen mit sehr wenig Unterholz dazwischen. Überall war Wasser: Quellen, Bäche, kleine Flußläufe mit kaltem, klarem Wasser.

»Gutes Forellenwasser«, sagte Lee.

Unterwegs erkundigten sie sich in mehreren Häusern nach der Lage von Cotters Behausung. Jedesmal hieß es, sie müßten nur weiter geradeaus gehen. Wie weit? Zwei, drei Stunden. Vielleicht mehr. Die Kunde von ihrer Suche schien ihnen vorauszueilen. Ein Mann, der ihnen auf dem Pfad begegnete, nahm seine Machete in die Linke, schüttelte ihnen die Hand und sagte sofort: »Ihr sucht Cotter? Er ist jetzt in seinem Haus.«

»Wie weit noch?« fragte Lee.

Der Mann musterte Lee und Allerton. »Ihr werdet ungefähr noch drei Stunden brauchen.«

Sie gingen und gingen. Es war inzwischen später Nachmittag. Sie warfen eine Münze, wer am nächsten Haus fragen sollte. Allerton verlor.

»Er sagt, noch drei Stunden«, berichtete Allerton.

»Das hören wir jetzt schon seit sechs Stunden.«

Allerton wollte rasten. Lee sagte: »Nein. Wenn du dich ausruhst, werden deine Beine steif. Es wäre das Schlechteste, was du tun kannst.«

»Wer hat dir das gesagt?«

»Der alte Morgan.«

»Mir egal, was Morgan sagt. Ich mach ne Pause.«

»Mach sie nicht zu lang. Es wäre peinlich, wenn wir in die Dunkelheit kommen und über Schlangen und Jaguare stolpern und in *quebrajas* fallen – so nennen sie hier die tiefen Spalten, die sich die Wasserläufe gegraben haben. Manche sind sechzig Fuß tief und vier Fuß breit. Grade genug Platz zum Reinfallen.«

Sie rasteten in einem zerfallenen Haus. Es hatte keine Wände mehr, aber das Dach sah noch ziemlich intakt aus. »Hier könnten wir im Notfall übernachten«, meinte Allerton und schaute sich um.

»Aber nur im Notfall. Wir haben keine Decken dabei.«

Es war dunkel, als sie die Lichtung erreichten, auf der Cotters kleine strohgedeckte Hütte stand. Cotter war ein kleiner drahtiger Mann von Mitte fünfzig. Lee stellte fest, daß die Begrüßung ein wenig kühl war. Er packte den Schnaps aus, und jeder trank einen Schluck. Cotters Frau, eine füllige, kräftig wirkende Person, machte einen Tee, in den sie Zimt rührte, um den Kerosingeschmack des Puro zu mildern. Lee war nach drei Tassen betrunken.

Cotter stellte Lee allerhand Fragen. »Was führt Sie hierher? Woher kommen Sie? Wie lange sind Sie schon in Ecuador? Wer hat Ihnen von mir erzählt? Sind Sie Tourist oder geschäftlich unterwegs?«

Lee war so betrunken, daß er anfing, in Junkie-Slang zu reden. Er erklärte, daß er auf der Suche nach Yage bzw. Ayahuasca sei. Er habe gehört, daß sowohl Russen wie Amerikaner mit dieser Droge experimentierten. Er stelle sich vor, daß sie beide etwas an der Sache verdienen könnten. Je mehr er redete, desto zurückhaltender wurde Cotter. Der Mann hatte eindeutig einen Argwohn, doch Lee konnte nicht den Anlaß erkennen, oder gegen was es sich richtete.

Das Abendessen war recht gut, obwohl es hauptsächlich aus Bananen und irgendwelchen faserigen Wurzeln bestand. Anschließend sagte Cotters Frau: »Die Jungs sind bestimmt müde, Jim.«

Cotter ging voran mit einer Taschenlampe, die er durch Pumpen eines Hebels betätigte. Eine Pritsche aus Bambus, etwa 75 cm breit. »Ich schätze, es wird für Sie beide reichen«, sagte er. Mrs. Cotter legte eine Decke als Matratze darauf und eine weitere zum Zudecken. Lee legte sich auf die Wandseite, Allerton außen, und Cotter ließ ein Moskitonetz herunter.

»Moskitos?« fragte Lee.

»Nein, kleine Fledermäuse«, sagte Cotter kurz angebunden. »Gute Nacht.«

»Gute Nacht.«

Lee hatte Muskelkater von dem langen Marsch. Er war sehr müde. Er legte Allerton einen Arm über die Brust und kuschelte sich an ihn. Beim Kontakt mit dem warmen Körper des anderen wurden Lees zärtliche Gefühle übermächtig. Er drängte sich an Allerton und streichelte ihm die Schulter. Allerton machte eine ärgerliche Bewegung und schob ihm den Arm weg.

»Laß mich in Frieden und schlaf«, sagte Allerton. Er drehte sich auf die Seite, so daß er Lee den Rücken zukehrte.

Lee zog den Arm zurück. Sein ganzer Körper verkrampfte sich. Langsam schob er seine Hand unter die Wange. Er fühlte sich tief verletzt, als hätte er innere Blutungen. Tränen liefen ihm übers Gesicht.

Er stand vor dem Ship Ahoy. Das Lokal wirkte verlassen. Er hörte ein Schluchzen. Er sah seinen kleinen Sohn, kniete nieder und nahm das Kind in die Arme.

Das Schluchzen kam näher, eine Welle von Traurigkeit, und dann schluchzte er selbst, und sein ganzer Körper bebte.

Er drückte den kleinen Willy fest an sich. Einige Leute in Sträflingskleidung standen da. Lee fragte sich, was sie hier machten, und warum er weinte.

Lee wurde wach und spürte noch immer die tiefe Niedergeschlagenheit aus seinem Traum. Er streckte die Hand nach Allerton aus, zog sie wieder zurück und drehte sich zur Wand.

Am Morgen fühlte sich Lee ausgelaugt, abgestumpft und nervös. Er borgte sich Cotters 22er Jagdflinte und brach mit Allerton auf, um den Dschungel zu erkunden. Sie stießen auf kein Zeichen von Leben.

»Cotter sagt, die Indianer haben das meiste Wild in der Gegend abgeschossen«, sagte Allerton. »Alle haben sich Schrotflinten gekauft von dem Geld, das sie bei Shell verdient haben.«

Sie gingen einen Pfad entlang. Gewaltige, bis zu dreißig Meter hohe Bäume mit einem Gewirr von Ranken und Lianen ließen kaum einen Sonnenstrahl durch.

»Gebe Gott, daß uns was Lebendiges vor die Flinte läuft«, sagte Lee. »Gene, da drüben höre ich was krächzen. Ich seh mal, ob ich es erlegen kann.«

»Was ist es?«

»Wie soll ich das wissen? Hauptsache, es lebt, nicht?«

Lee verließ den Pfad und zwängte sich durchs Unterholz. Er stolperte über eine Ranke und fiel in eine Pflanze mit gezähnten Blättern. Als er aufstehen wollte, hielten ihn hakenförmige Stacheln an den Kleidern fest und drangen ihm in die Haut.

»Gene!« rief er. »Hilf mir! Eine fleischfressende Pflanze hat mich am Wickel. Du mußt mich mit der Machete befreien!«

Sie sahen kein einziges Tier im Dschungel.

Cotter suchte angeblich nach einer Methode, um aus dem Pfeilgift der Indianer das Curare zu extrahieren. Er erzählte Lee, es gebe gelbe Krähen in der Gegend und auch gelbe Katzenfische mit hochgiftigen Stacheln. Seine Frau hatte sich daran verletzt, und Cotter – er war Arzt – hatte ihr Morphium verabreichen müssen, um die heftigen Schmerzen zu lindern.

Besonders interessant fand Lee die Geschichte von der Affenfrau. Ein Geschwisterpaar war in die Region gekommen, um von Wurzeln und Beeren, Nüssen und Palmenherzen einfach und gesund zu leben. Zwei Jahre später wurden sie von einer Suchmannschaft gefunden. Sie humpelten an improvisierten Krücken, hatten keine Zähne mehr und litten an Knochenbrüchen, die nicht richtig heilten. Es gab offenbar kein Kalzium in der Gegend. Hühner konnten keine Eier legen, und Kühe gaben wäßrige und transparente Milch, weil das Kalzium fehlte.

Der Bruder ging zurück zu Zivilisation und Steaks, doch die Affenfrau blieb da. Den Namen bekam sie, weil sie ihre Ernährung an den Affen ausrichtete: Alles, was ein Affe ißt, kann auch der Mensch essen. Eine nützliche Erkenntnis. Gut zu wissen, wenn man sich im Dschungel verläuft. Nur sollte man auch ein paar Kalziumtabletten mitnehmen. Selbst Cotters Frau hatte ihre Zähne ›im Dienft‹ verloren. Ihm waren sie schon vorher ausgefallen.

Er hatte eine fünf Fuß lange Viper, die sein Haus vor finsteren Gesellen schützte, denen es um seine kostbaren Curare-Aufzeichnungen ging. Er hielt sich auch zwei Äffchen – niedliche, aber übellaunige Tiere mit scharfen kleinen Zähnen – und ein zweizehiges Faultier. Faultiere leben auf Bäumen und ernähren sich von Früchten. Sie hangeln sich verkehrt herum durchs Geäst und geben Laute von sich, die an das Weinen von Säuglingen erinnern. Am Boden sind sie völlig hilflos. Cotters Haustier lag nur herum, oder es warf sich hin und her und fauchte.

Cotter ermahnte die beiden, das Tier auf keinen Fall zu berühren, auch nicht im Nacken: Es konnte nach oben greifen, einem die scharfen Klauen in die Hand schlagen, diese dann vors Maul zerren und hineinbeißen.

Cotter reagierte ausweichend, als Lee ihn nach Ayahuasca fragte. Er sagte, er sei nicht sicher, ob es sich bei Yage und Ayahuasca um dieselbe Pflanze handle. Ayahuasca habe mit *Brujería* zu tun – Zauberei. Er selbst sei ein weißer *Brujo*. Er habe Zugang zu *Brujo*-Geheimwissen, Lee dagegen nicht. »Sie würden Jahre brauchen, um denen ihr Vertrauen zu gewinnen.«

Lee sagte, er könne sich für diesen Deal nicht jahrelang Zeit nehmen. »Können Sie mir nicht welches besorgen?« fragte er.

Cotter sah ihn an und machte ein verdrießliches Gesicht. »Ich bin seit drei Jahren hier draußen«, sagte er.

Lee versuchte es mit der wissenschaftlichen Masche: »Ich möchte die Eigenschaften der Droge erforschen«, sagte er. »Ich wäre auch zu einem Selbstversuch bereit.«

Cotter sagte: »Nun ja, ich könnte mit Ihnen nach Canela gehen und mit dem *Brujo* reden. Er wird Ihnen welches geben, wenn ich es ihm sage.«

»Das wäre sehr freundlich von Ihnen«, sagte Lee.

Cotter kam nicht mehr auf den Trip nach Canela zu sprechen. Statt dessen erwähnte er mehrmals, daß ihre Vorräte knapp seien und seine Curare-Experimente ihm keine Zeit für etwas anderes ließen. Nach drei Tagen sah Lee ein, daß er seine Zeit verschwendete. Er sagte Cotter, sie würden wieder abreisen. Cotter machte keinen Versuch, seine Erleichterung zu verbergen.

EPILOG: RÜCKKEHR NACH MEXICO CITY

Jedesmal, wenn ich nach Panama komme, ist die Stadt um einen oder zwei oder sechs Monate unerträglicher geworden. Es ist wie eine fortschreitende Degeneration. Ein Sprung von arithmetischer zu geometrischer Progression scheint sich ereignet zu haben. Etwas Häßliches, Ordinäres und Verkommenes gärt in dieser bastardisierten Stadt von Zuhältern und Huren und rezessiven Genen, diesem entarteten Blutegel am Kanal.

Eine Vorahnung von dumpfen Unannehmlichkeiten liegt wie ein Smog in der feuchten Hitze über Panama. Jeder hat einen paranoiden sechsten Sinn. Ich ging mit meiner Kamera durch die Altstadt und sah eine Hütte mit Wellblechdach, die wie ein Penthouse auf einem Kalksteinfelsen thronte. Ich wollte ein Bild von diesem Auswuchs, mit den Albatrossen und Geiern, die darüber am heißen grauen Himmel ihre Kreise zogen. Meine Hände waren so verschwitzt, daß sie kaum die Kamera halten konnten, und das Hemd klebte mir am Leib wie ein nasses Präservativ.

Eine alte Vettel in der Hütte sah mich, als ich das Foto knipste. Sie merken es immer, wenn man sie fotografiert, besonders in Panama. Zornig beriet sie sich mit einigen anderen verlotterten Gestalten, die ich nicht klar erkennen konnte. Dann kam sie mit einer vage drohenden Geste an den abbröckelnden Rand des Felsbalkons. Viele sogenannte Primitive fürchten sich vor Kameras. In der Tat hat Fotografieren etwas Obszönes und Unheimliches – der Drang, etwas festhalten und vereinnahmen zu wollen; ein sexueller Nachstellungsdrang. Ich ging weiter und knipste einige Boys – jung, lebendig, selbstvergessen – bei einem Baseballspiel. Sie schauten nicht einmal flüchtig in meine Richtung.

Unten am Hafen sah ich einen dunkelhäutigen jungen Indio in einem Fischerboot. Er wußte, daß ich ein Foto von ihm machen wollte, und wenn ich die Kamera hob, sah er jedesmal halb ruppig und halb schmollend zu mir hoch. Schließlich gelang mir ein Schnappschuß von ihm, wie er mit der trägen Anmut eines Tieres am Bug lehnte und sich gelangweilt an der Schulter kratzte. Eine lange weiße Narbe zog sich über seine rechte Schulter zum Schlüsselbein. Ich setzte die Kamera ab, beugte mich über die heiße Zementmauer und betrachtete ihn. Im Geiste strich ich ihm mit einem Finger über die Narbe, dann über die kupferbraune Haut von Brust und Bauch, und sämtliche Fasern meines Körpers verkrampften sich vor Hunger und Entbehrung. ›Ach Menschenskind‹, murmelte ich und stieß mich von der Mauer ab. Ich ging weiter und sah mich nach anderen Motiven um.

Ein Neger mit Filzhut lehnte an der Verandabrüstung eines Holzhauses, das auf einem Fundament aus schmutzgrauen Kalksteinblöcken stand. Ich stand auf der anderen Straßenseite unter der Markise eines Kinos. Sobald ich zur Kamera griff, lüpfte er den Hut, sah zu mir herüber und maulte wirre Verwünschungen. Schließlich kam ich hinter einer Säule hervor zum Schuß. Auf einem Balkon direkt über dieser Type stand ein junger Mann mit nacktem Oberkörper und wusch sich. Er war ein Mulatte mit vollem Gesicht und milchkaffeebrauner Haut, und in dem undifferenzierten Gewebe seines Körpers zeichnete sich nicht ein Muskel ab. Er schaute von seiner Waschschüssel hoch wie ein Tier, das Gefahr wittert. Ich knipste ihn, als die 5-Uhr-Feierabendsirene ertönte. Ein alter Fotografentrick: Warten, bis sie etwas ablenkt.

Ich ging auf eine Cola mit Rum in Chico's Bar. Ich hatte die Bars von Panama nie gemocht, auch diese nicht, aber sie war halbwegs erträglich gewesen, und in der Musikbox hatte es immer ein paar gute Platten gegeben. Jetzt lief nichts als öde Oklahoma-Honky-tonk-Musik, die an das Brüllen einer verängstigten Kuh erinnerte: »You're Drivin' Nails in my Coffin« – »It Wasn't God Made Honky-Tonk Angels« – »Your Cheatin' Heart«.

Die GIs in der Bude hatten alle den leicht betäubten Kanalzone-Look, dumpf und kuhäugig, als hätte man ihnen in der Armee eine Sonderbehandlung verpaßt und sie gegen jeden intuitiven Kontakt immun gemacht, indem man ihnen die telepathische Sende- und Empfangsanlage ausbaute. Man fragt sie etwas, und die Antwort klingt weder freundlich noch abweisend. Keine Wärme, nichts überträgt sich. Eine Unterhaltung ist unmöglich. Sie haben einfach nichts zu sagen. Sie sitzen herum, spendieren den Bardamen einen Drink nach dem anderen, machen leblose Grapscher, die von den Girls wie lästige Fliegen weggewischt werden, und drücken auf der Jukebox diese weinerlichen Songs. Ein junger Mann mit Pickeln und Anzeichen einer Drüsenkrankheit versuchte immer wieder, einem der Girls an den Busen zu fassen. Sie wischte seine Hand weg, und die Hand tastete sich wieder heran, als hätte sie ein insektenhaftes Eigenleben.

Eine Bardame setzte sich neben mich, und ich ließ sie einen Drink bestellen. Sie bestellte sich ausgerechnet einen teuren Scotch. ›Panama, wie ich dich hasse, du falsches Aas‹, dachte ich. Sie hatte ein Spatzenhirn, und ihr amerikanisches Englisch war so perfekt, als käme es von einer Schallplatte. Einfältige Menschen können sich eine fremde Sprache leicht und rasch einprägen, weil sich im Oberstübchen nichts tut, was sie daran hindern würde.

Sie wollte noch ein Glas. Ich sagte nein.

»Warum bist du so geizig?«

»Schau her«, sagte ich, »wenn mein Geld alle ist, wer soll mir dann meine Drinks bezahlen? Du vielleicht?«

Sie sah mich erstaunt an und sagte langsam: »Ja. Du hast recht. Entschuldige.«

Ich ging die Hauptstraße hinunter. Ein Zuhälter hielt mich am Arm fest. »Ich hab ne Vierzehnjährige, Jack. Aus Puerto Rico. Wie wärs?«

»Die ist doch schon vierzig«, sagte ich zu ihm. »Ich will eine sechsjährige Jungfrau und nicht diesen Schrott mit getürktem Häutchen. Versuch bloß nicht, mir deine alten vierzehnjährigen Schlampen anzudrehn.« Ich ließ ihn mit offenem Mund stehen.

Ich ging in ein Geschäft, um mir einige Panamahüte anzusehen. Der Jungmann hinterm Ladentisch fing an zu singen: »Making friends, losing money.«

›Dieser Pomadenheini ist ein Gauner, wie er im Buch steht‹, dachte ich.

Er zeigte mir ein paar Zwei-Dollar-Hüte. »Fünfzehn Dollar«, sagte er.

»Diese Preise sind glatter Beschiß«, eröffnete ich ihm. Ich drehte mich um und ging. Er folgte mir auf die Straße: »Warten Sie doch, Mister.« Ich ging weiter.

In der Nacht hatte ich einen Traum: Ich war wieder in Mexico City und sprach mit Art Gonzalez, einem ehemaligen Zimmergenossen von Allerton. Ich fragte ihn nach Allerton, und er sagte: ›Er ist in Agua Diente.‹ Das war irgendwo südlich von Mexico City, und ich erkundigte mich nach einer Busverbindung. Es war ein Traum, der sich schon viele Male wiederholt hatte – ich bin in Mexico City, unterhalte mich mit Art oder Allertons bestem Freund, Johnny White, und frage, wo er ist.

Ich flog nach Mexico City. Ich hatte Bedenken, daß mich nach der Landung ein Bulle oder Einwanderungsbeamter wiedererkennen könnte, mit dem ich schon einmal Ärger hatte. Ich beschloß, mich an einen attraktiven jungen Touristen anzuhängen, den ich auf dem Flug kennengelernt hatte. Meinen Hut hatte ich in den Koffer gepackt, aber ich nahm die Brille ab, ehe ich aus dem Flugzeug stieg, und hängte mir die Kamera um.

»Wenn wir ein Taxi nehmen und uns den Fahrpreis teilen, wird's billiger«, sagte ich zu meinem Touristen.

Wir gingen wie Vater und Sohn durch die Flughafenhalle. »Ja«, sagte ich, »dieser alte Bursche in Guatemala wollte mir für die Fahrt vom Palace Hotel zum Airport zwei Dollar berechnen. Ich sagte ihm: *Uno.*« Ich hielt einen Finger hoch. Niemand achtete auf uns. Zwei Touristen, weiter nichts.

Wir stiegen in ein Taxi. Zwölf Pesos für uns beide bis zur Stadtmitte, sagte der Fahrer.

»Moment mal«, sagte der Tourist auf englisch. »Kein Taxameter? Wo ist Taxameter? Du mußt haben.«

Der Fahrer bat mich, dem anderen zu erklären, daß er eine Genehmigung hatte, Fahrgäste zwischen Flughafen und Stadt ohne Taxameter zu befördern.

»Nein!« schrie der Tourist. »Ich nix Tourist. Ich wohne in Mexico City. *Sabe* Hotel Colmena? Ich wohne Hotel Colmena. Ich will in die Stadt, aber ich zahle nur, was auf Taxameter steht. Ich ruf Polizei. *Policía.* Keine Fahrt ohne Taxameter. Ist Vorschrift!«

›O Gott‹, dachte ich, ›das fehlt mir grade noch, daß dieser Armleuchter die Bullen ruft.‹ Ich konnte es mir lebhaft vorstellen: Das Taxi von Bullen eingekreist, und weil sie nicht wissen, was sie machen sollen, rufen sie weitere Bullen hinzu. Der Tourist stieg mit seinem Koffer aus. Er schrieb sich die Nummer des Taxis auf.

»Ich ruf *Policía*«, sagte er. »Gleich jetzt.«

Ich sagte: »Na, ich denke, ich werde das Taxi trotzdem nehmen. Viel billiger komm ich kaum in die Stadt.« Zum Fahrer sagte ich: *»Vámonos.«*

In einem Hotel in der Nähe von Sears nahm ich mir ein Zimmer für acht Pesos. Dann ging ich hinüber zu Lolas Kneipe, und mein Magen zog sich vor Erregung zusammen. Das Lokal war renoviert, hatte neues Mobiliar, und die Bar war jetzt an einem anderen Platz. Doch hinter der Bar stand noch derselbe Barmixer mit seinem Goldzahn und seinem Schnurrbart.

»Como está?« sagte er. Wir schüttelten uns die Hand. Er fragte, wo ich gewesen sei. Südamerika, sagte ich. Ich

setzte mich und ließ mir einen Delaware Punch geben. Das Lokal war leer, aber früher oder später mußte jemand hereinkommen, den ich kannte.

Der Major a. D. kam herein. Grauhaarig, vital, untersetzt. Ich ging mit ihm rasch die Liste durch:

»Johnny White, Russ Morton, Pete Crowly, Ike Scranton?«

»Los Angeles, Alaska, Idaho, weiß nicht, ist noch da. Der ist immer da.«

»Und ähm, äh, was ist aus Allerton geworden?«

»Allerton? Glaube nicht, daß ich den kenne.«

»Bis später.«

»Nacht, Lee. Machs gut.«

Ich ging rüber zu Sears und blätterte in den Magazinen. In einem – es nannte sich *Balls: For Real Men* – stieß ich auf das Foto eines Negers, der an einem Baum hing: »Ich sah, wie sie Sonny Goons aufknüpften.« Eine Hand legte sich auf meine Schulter. Ich drehte mich um, und da stand Gale. Auch er war Berufssoldat gewesen. Er hatte die zurückhaltende Art eines Menschen, der nach langem Kampf dem Alkohol entsagt hat. Ich rasselte meine Namensliste herunter.

»Sind fast alle weg. Ich seh diese Jungs sowieso nie, weil ich nicht mehr in Lolas Kneipe gehe.«

Ich fragte ihn nach Allerton.

»Allerton?«

»Großer magerer Bursche. Freund von Johnny White und Art Gonzalez.«

»Der ist auch fort.«

»Wie lange schon?« Bei Gale brauchte ich nicht vorsichtig zu sein. Er würde ohnehin nichts merken.

»Das letzte Mal hab ich ihn vor ungefähr einem Monat auf der anderen Straßenseite gesehn.«

»Bis später.«

»Bis später.«

Langsam legte ich das Magazin aus der Hand, ging nach draußen und lehnte mich an einen Laternenpfahl.

Dann ging ich zurück in Lolas Kneipe. Burns saß an einem Tisch und hielt ein Glas Bier in seiner verkrüppelten Hand.

»Kaum noch jemand da. Johnny White und Tex und Crosswheel sind in Los Angeles.«

Ich sah seine Hand an.

»Hast du das von Allerton gehört?« fragte er.

»Nein.«

»Ist irgendwo in Südamerika. Mit einem Oberst von der Armee. Als Scout.«

»So? Wie lange ist er schon weg?«

»Sechs Monate ungefähr.«

»Dann muß er kurz nach mir weggegangen sein.«

»Yeah. So um die Zeit.«

Ich ließ mir von ihm die Adresse von Art Gonzalez geben und machte mich auf den Weg zu Art. Er war nicht in seinem Hotel, rief mir aber von der anderen Straßenseite zu, wo er gerade ein Bier trank. Ja, sagte er, Allerton sei vor etwa fünf Monaten weggegangen, um einen Oberst und dessen Frau als Scout zu begleiten.

»Sie wollten ihren Wagen in Guatemala verkaufen. Einen Cadillac, Baujahr 48. Ich hatte das Gefühl, daß mit dem Deal was nicht stimmt. Aber Allerton hat sich nie genauer ausgelassen. Du weißt ja, wie er ist.« Art schien überrascht, daß ich nichts von Allerton gehört hatte. »Niemand hat von ihm gehört, seit er weg ist. Das macht mir Sorgen.«

Ich fragte mich, wo er sein mochte und was er jetzt machte. Guatemala ist teuer, San Salvador teuer und uninteressant. Costa Rica? Ich bedauerte jetzt, daß ich unterwegs nicht einen Stop in San José eingelegt hatte.

Gonzalez und ich sprachen noch von diesem und jenem, und was aus ihm geworden war. Mexico City ist ein Bahnhof für Reisen durch Raum und Zeit, ein Wartesaal, in dem man sich einen raschen Drink genehmigt, während man auf den Zug wartet. Deshalb kann ich es in Mexico City oder New York auch aushalten. Man sitzt dort nicht fest. Allein dort zu sein bedeutet schon, daß man unterwegs ist. Doch in Panama, einem Schnittpunkt zahlloser Routen, ist man nur ein Haufen alterndes Gewebe. Man muß zu Pan Am oder zur Holland-Linie, damit sie einem das Ding wegschaffen. Sonst bleibt der Körper dort liegen und verfault in der stickigen Hitze unter irgendeinem Wellblechdach.

In jener Nacht träumte ich, ich hätte Allerton endlich gefunden in einer gottverlassenen Gegend irgendwo in Lateinamerika, wo er untergetaucht war. Er schien überrascht, mich nach so langer Zeit wiederzusehen. In dem Traum war ich ein Skip Tracer; einer, der verschwundene Personen ausfindig macht.

»Mr. Allerton, ich komme von der Friendly Finance Company. Haben Sie nicht etwas vergessen, Gene? Sie sollten sich doch jeden dritten Dienstag bei uns melden. Wir haben Sie im Büro schon sehr vermißt. Wir sagen nicht gern »Bezahlen Sie, *oder* . . .« Das ist nicht die nette Art. Ich frage mich, ob Sie den Vertrag schon mal *ganz* durchgelesen haben. Es geht mir vor allem um Paragraph 6(x), der sich nur mit einem Elektronenmikroskop und einem Virusfilter entziffern läßt. Ich frage mich – wissen Sie eigentlich, was mit diesem ›*oder*‹ gemeint ist, Gene?

Aach, ich weiß ja, wie das ist mit euch jungen Kerlen. Ihr rennt einem Flittchen nach, und schon habt ihr die Friendly Finance ganz vergessen, nicht? Aber Friendly Finance vergißt *euch* nicht. Wie heißt es doch in diesem Song: ›Da unten gibts kein Versteck.‹ Nicht wenn der alte Skip Tracer sich auf die Socken macht.«

Das Gesicht des Skip Tracers wurde ausdruckslos und verschwommen. Sein Unterkiefer klappte herunter, und man sah seine Zähne, die hart und gelb waren wie altes Elfenbein. Langsam rutschte er in dem Ledersessel nach unten, bis die Rückenlehne ihm den Hut über die Augen schob, die im Schatten der Krempe schwach glitzerten wie Opale, in denen sich das Licht fängt. Halblaut sang er wieder und wieder »Johnny's So Long at the Fair« vor sich hin. Plötzlich brach der Singsang mitten in einer Strophe ab.

Der Skip Tracer redete jetzt in einem trägen Tonfall, und seine Stimme setzte immer wieder aus. Es hörte sich an wie Fetzen einer Melodie, die der Wind durch eine Straße weht.

»In diesem Job kriegt mans mit allen Sorten zu tun. Immer mal wieder kommt irgendein behämmerter Bürger ins Büro gelatscht und will seine Schulden bei der Friendly Finance mit *diesem* Gelump bezahlen . . .«

Er ließ den rechten Unterarm von der Armlehne des Sessels rutschen und hielt ihn, mit der Innenseite nach oben, seitlich heraus. Langsam öffnete sich seine knochige braune Hand mit den dunkelviolett angelaufenen Fingerkuppen, und ein Bündel gelber 1000-Dollar-Scheine kam zum Vorschein. Er drehte die Hand einwärts und ließ sie gegen den Sessel fallen. Seine Augen schlossen sich.

Plötzlich sank ihm der Kopf zur Seite, und die Zunge hing ihm heraus. Die Geldscheine fielen ihm einzeln aus der Hand und landeten zerknüllt auf dem roten Fliesenboden. Ein frühlingshaft warmer Wind wehte die verdreckten rosa Fenstervorhänge ins Zimmer. Die Geldscheine raschelten über den Boden und blieben vor Allertons Füßen liegen.

Unmerklich richtete sich der Skip Tracer auf, und ein schmaler Lichtschlitz ging hinter seinen Augenlidern an.

»Behalt das, Kid«, sagte er. »Für den Fall, daß du mal in Verlegenheit kommst. Weißt ja, wie es ist in den Hotels von diesen Tortillafressern. Man muß sein eigenes Klopapier mitbringen.«

Der Skip Tracer beugte sich vor und stützte die Ellbogen auf die Knie. Mit einem Mal kam er hoch, als wäre er aus dem Sessel gekippt worden, und schob sich gleichzeitig mit dem Zeigefinger den Hut aus der Stirn. Er ging zur Tür, und als er die rechte Hand schon am Türknauf hatte, drehte er sich noch einmal um. Er polierte die Fingernägel seiner linken Hand am Revers seines abgewetzten karierten Anzugs. Der Anzug verströmte bei jeder Bewegung einen modrigen Geruch. Unter den Revers und in den Hosenaufschlägen hatte sich Schimmel gebildet. Er betrachtete seine Fingernägel.

»Oh, äh . . . was deine äh . . . Schulden angeht. Ich komm bald wieder vorbei. Das heißt, in den nächsten paar . . .« Die Stimme des Skip Tracers wurde undeutlich.

»*Irgendwie* werden wir uns schon einigen.« Die Stimme war jetzt wieder laut und klar. Die Tür ging auf, und ein Windstoß fegte durch den Raum. Die Tür fiel ins Schloß, und die wehenden Vorhänge legten sich wieder. Einer schleifte über ein Sofa, als hätte ihn eine unsichtbare Hand gepackt und darübergeworfen.

Briefe an Allen Ginsberg 1953–1957

Titel der Originalausgabe:
LETTERS TO ALLEN GINSBERG (1953–1957).
Editions Claude Givaudan/Am Here Books, Genf 1978.

VORWORT

Ich blättere in diesen Briefen, und ein gespenstisches Gefühl stellt sich ein, als hätte ich die alten literarischen Briefe eines anderen zu kommentieren; eine Pappschachtel voll vergilbter und angeschimmelter Korrespondenz, die eine ehemalige Zimmerwirtin auf dem Dachboden verstaut hat; die uralte Saga eines klagenden Literaten: Klagen über Essen, Service, Unterbringung, angegriffene Gesundheit und Mangel an Geld. (Das mit den finanziellen Problemen ist in Wahrheit übertrieben, denn er hatte das Glück, von seinen Eltern eine monatliche Unterstützung von 200 Dollar zu bekommen, wovon man damals in Tanger bequem leben konnte. Dasselbe gilt für seine Klagen über körperliche Beschwerden – er war mit einer äußerst robusten Konstitution gesegnet.) Seine Verleger, die ihn bescheißen; die Ausländerkolonie, die nichts mit ihm zu tun haben will und von ihm mit Verachtung gestraft wird; seine Hoffnungen, endlich zu Papier zu bringen, worum es ihm wirklich geht; und seine Verzweiflung darüber, daß es ihm wohl nie gelingen wird.

Wie vertraut das alles klingt. Das Seufzen so vieler anderer steigt von diesen vergilbten Seiten auf, und der jammervolle Ton ist jedesmal der gleiche: »Zu alledem habe ich auch noch eine fürchterliche Erkältung« ... »Warum bin ich nur aus Mexiko weggegangen?« ... »Fünfzig Dollar, und damit muß ich bis 1. Feb. auskommen« ... »Absolut niemand in Tanger, der von Interesse wäre. Sehe mich reduziert auf den Umgang mit Schuhputzjungen« ... »Die ganze letzte Woche krank. Geschwollene Gelenke, Schmerzen, leichtes Fieber. Mein Scheck aus unerfindlichen Gründen verspätet, und ich habe keinen Cent. Lebe von Brot und Tee –«

Sein endloser Kampf mit Drogen oder Alkohol: »Bin

jetzt runter auf 20 mg pro Tag« ... »Beschränke mich eisern auf einen Drink pro Tag. Meg und Stan zeigten sich beeindruckt von meiner Standhaftigkeit« ... »Neuralgische Rückenschmerzen – selten so gelitten – haben mich gezwungen, die Dosis wieder zu erhöhen« ... »Heftiger Streit mit Zelda, und mein Programm ist wieder völlig durcheinander –«

Seine leidgeprüften Gefährten – kaum spurt einer nicht, zetert er schon los: »Krank und pleite, und jetzt hat mich auch noch Kiki verlassen.« Trotzdem hat er noch die Kraft zu einer ordinären, obszönen Attacke auf seine Verleger. Er ist zutiefst davon überzeugt, daß alle Welt ihm zu Diensten zu sein hat, und jedes Versagen ist ein Beweis von übelstem Undank und Verrat.

Seine Unfähigkeit, sich hinzusetzen und einen Roman zu schreiben: »Alles verzettelt sich wie Sporen, die an jedem beliebigen Platz Wurzeln schlagen und wachsen – der Arsch, der reden kann; die Junk-Infusionen, die er Präsident Eisenhower verabreicht – irgendwie haut es nie so richtig hin; und meine Schreibmaschine habe ich für Junk-Geld zum Pfandleiher tragen müssen. Jetzt ist Freitagabend. Kein Scheck für mich in der Botschaft. Ich muß im Gesicht ganz grau geworden sein, denn der Portier kam zu mir her, um mich zu stützen – ›Fehlt Ihnen etwas, Mr. Burroughs?‹ Ich erklärte ihm, ich hätte gerade eine schlimme Nachricht erhalten. Ich konnte nur noch mit Mühe nach Hause wanken ...«

Seine Schulden bei den Apothekern von Tanger, für die er eine vertraute Erscheinung ist, immer korrekt gekleidet und höflich ... Ein würdevoller alter spanischer Apotheker preist ihn als wahren Gentleman, als *caballero*. Er lebt von Rohrzucker und Obst, um seine Schreibmaschine wieder auslösen zu können, und als nächstes beklagt er sich über schlechte Behandlung in Dean's Bar.

In *The Road to Xanadu* geht John Livingston Lowes den poetischen Bildern nach, die Coleridge aus der Lektüre von Büchern gewonnen hat – größtenteils Berichte von Schiffsreisen – und er weist nach, wie dieses Ausgangsmaterial sich verwandelt hat zum *Rhyme of the Ancient Mariner* und anderen Gedichten. Die Briefe an Allen Ginsberg enthalten, wie schon *Junkie*, das Rohmaterial der Junk-Erfahrung, und sie zeigen, wie es auf verschlungenen Pfaden zu *Naked Lunch* führt. Der Autor hat später wiederholt darauf beharrt, daß Junk für jedes kreative Schreiben absolut ungeeignet ist, und daß er erst von Junk loskommen mußte, um *Naked Lunch* schreiben zu können. Doch erstaunlich ist, wieviel von *Naked Lunch* tatsächlich schon in diesen Briefen an Allen Ginsberg zustande kam – zu einer Zeit, als der Autor oft eine schwere Sucht hatte und nie ganz frei von Sucht war. Es scheint also so zu sein, daß Opiate die Kreativität nicht auslöschen – es sei denn, die Dosierung wird zu hoch. Man fühlt sich nachdrücklich erinnert an die *Confessions of an English Opium Eater*, in denen de Quincey das düstere Gefühl von Beklemmung und Tod nach einer stark überhöhten Dosis schildert: ». . . als wäre ich im steinzeitlichen Schlamm in einem Sarg aus Stein begraben.« Ein Reduzieren der Dosis hat dagegen zur Folge, daß Gesundheit und Wohlbefinden in einer Weise wiederhergestellt werden, die an ein Wunder grenzt.

Die Drogenerfahrung, wie jede andere Erfahrung auch, wird vom Schriftsteller zu etwas verarbeitet, das wir Kunst nennen. In diesen Briefen läßt sich der Vorgang von einem Datum zum nächsten ablesen und im Zusammenhang nachvollziehen. Ich hatte oft das Gefühl, daß Schriftsteller gar nicht schreiben, sondern etwas entziffern und transkribieren, das bereits irgendwo geschrieben steht. Vielleicht beklagen sie sich also nicht über schlechte Gesundheit, Mangel an Geld oder Zurückweisung durch andere, sondern über die Fron einer Berufung, die sie zwingt, rätselhafte Botschaften in mühsamer Arbeit zu transkribieren, Jahr für Jahr, in einer Tinte, die so rasch verblaßt wie die Spuren eines Traums:

»Damals entglitt es uns noch; morgen werden wir schneller laufen, unsere Arme weiter recken, und eines schönen Morgens ... So kämpfen wir uns voran, wie Schiffe gegen die Strömung, während es uns unaufhaltsam zurücktreibt in die Vergangenheit.«

»Am liebsten ein Barscheck, falls es nicht zuviel Umstände macht –«

»Kiki wieder auf dem Posten –«

»Adresse: c/o U.S. Consulate, Tanger –«

»Die Botschaft ist nach Rabat umgezogen –«

»P. S. Meine Krankheit hat sich für den Augenblick verzogen. Aber sie wird wiederkommen – ich spüre, wie sie mich belauert –«

»Schreib mir – 202 Sanford Avenue, Palm Beach, Florida –«

Un homme de lettres. Un poème moderne.

William S. Burroughs

21. Dez. 1953
Rom

Lieber Allen,

Auf meinen ganzen Reisen ist mir noch nie etwas wie dieses verlotterte griechische Schiff begegnet. Lange fettige Haare in der Marmelade, schmutzige Gläser, schmutzige Teller, schmutzige Kabinen, ungenießbares Essen, null Service, und das 12 Tage lang.

Bei der Ankunft in Rom finde ich weder Ansen noch eine Nachricht von ihm vor. (Brief von Kells. Er wird sich später in Tanger mit mir treffen.) Es ist kalt hier, und Rom ist ein teures Pflaster und hat einem Mann mit meinen Bedürfnissen anscheinend nichts zu bieten. (Da ich annahm, daß Ansen wie besprochen mit seinem Notizbuch voll Adressen hier sein würde, habe ich keine Adressen mitgebracht. Kann nirgends eine Sauna finden. Ich habe sämtliche Bäder abgeklappert, die im Telefonbuch stehen. Kann nichts finden, das etwas von Interesse zu bieten hat.) Ich habe vor, in ein paar Tagen hier abzureisen und mich auf den Weg nach Afrika zu machen. Dieser Abstecher nach Rom kostet mich mehr als $100, endlose Unannehmlichkeiten und Langeweile.

Ich wollte, ich wäre mit dir nach Mexiko gegangen.

Ich hoffe, du bist besser dran. Habe deinen Brief erhalten, und vielen Dank dafür.

Wie immer,
Bill

P. S. Zu alledem habe ich auch noch eine fürchterliche Erkältung und die Aussicht auf 24 Stunden in einem 3. Klasse-Zugabteil von hier bis Gibraltar (24 Stunden ist Wunschdenken – eher 48).

24. Dez. 1953
Rom

Lieber Allen,

Alan kommt heute abend.

Was Rom angeht: In meiner ganzen Erfahrung als Reisender habe ich noch nie einen elenderen Ort erlebt. Ich wäre lieber in Bogota – ja, sogar in Quito.

Habe endlich die Saunen ausfindig gemacht. Sie sind alle geschlossen. In der ganzen Stadt kein einziges Dampfbad. Man sollte meinen, daß es hier Bars wie das San Remo gibt, aber das ist nicht der Fall. Ich wohne im Künstlerviertel und habe inzwischen die ganze Stadt abgesucht. Es gibt in Rom keine Bars, die den Namen verdienen. Eine römische »Bar« ist eine Art Stehimbiß, wo es Eis und Limonade gibt. Keine Toilette, kein Platz zum Hinsetzen, die Tür steht offen oder fehlt ganz, und man kann mit blaugefrorenen Händen schnell einen Drink runterstürzen. Es ist kalt hier wie in New York im Winter, und es wird einem nie warm, weil nirgends geheizt wird. Und Rom ist auch noch wesentlich teurer als New York. Im Augenblick kauere ich in meinem Zimmer (im Mantel, versteht sich – den Mantel läßt man in Rom immer an) mit einer fürchterlichen Erkältung und lese *The Invisible Man*.

Ich plane, am 28. hier abzureisen, und direkt nach Tanger. Bin froh, daß Kells nicht meinetwegen hergekommen ist.

Herzlich,
Bill

P. S. Der heißeste Laden in Rom sieht aus wie diese Kaffeebar neben dem Remo, die ich nicht mag (Rienzi's??). Irgendein Gemälde von öder Talentlosigkeit an der Wand, ein paar dumpfe Lesben in Sweatshirts, diverse häßliche Homos und einige bärtige Figuren, die Schach spielen. Ein sehr niedlicher Kellner, den sie

»Chi Chi« nennen. Allerdings ist er der Sohn des Besitzers, also Pfoten weg.

Warum bin ich nur aus Mexiko weggegangen?

2. Jan. 1954
Rom
Samstag

Lieber Allen,

Reise am Montag via Gibraltar nach Tanger weiter. Werde dort eintreffen mit $50, und damit muß ich bis 1. Feb. auskommen.

Je mehr ich von Rom sehe, desto weniger habe ich dafür übrig. Erheblich teurer als New York, kalt, und es wird einem nie warm, weil sie nicht heizen. An dieser Stadt interessiert mich überhaupt nichts. Hatte gleich den Eindruck, daß in Rom eine Säuberungskampagne läuft, und Gespräche mit einigen Leuten haben das bestätigt. Die Saunen sind geschlossen worden. Die Bullen räumen auch mit Junk auf, und die Junkies von Rom hocken fröstelnd und suchtkrank in ihren Buden. Alan wollte sich eine Wohnung mieten, aber der Hausbesitzer flippte aus, als er hörte, daß ich dort drei Tage auf der Couch pennen wollte. Also wurde nichts daraus. Hast du sowas schon mal gehört? Wer auch nur für eine Nacht in deine Bude kommt, muß polizeilich gemeldet sein. Verglichen mit diesem Kaff war Kolumbien die große Freiheit. Und unter keinen Umständen kannst du einen, der nicht Hotelgast ist, auf einen Drink zu dir aufs Zimmer kommen lassen, egal wie seriös er ist. Nichtmal für 10 Minuten. Ich werde einiges zu sagen haben an die Adresse von Gore Vidal und all diesen Typen, die davon reden, wie großartig Italien ist und wie freizügig und daß sie hier geradezu eine kulturelle Renaissance haben. Was für ein unsäglicher Mumpitz! Sie können sich ihr Italien hinten reinschieben. Übrigens höre ich, daß Frankreich nicht besser ist, und doppelt so teuer. Allmählich glaube ich, daß Mexiko das einzig Wahre ist. Ich wollte, ich wäre mit dir nach Kalifornien gegangen. Naja. Werde mir mal Nordafrika zu Gemüte führen. Alan ist ein bißchen froher gestimmt, weil er auf Kathedralen und so etwas abfährt und auch die Kälte verträgt. Außerdem hat er mehrere *affaires de coeur* in zugigen Hauseingängen abgewickelt. (Kostenpunkt durchschnittlich 10 Dollar, und ziemlich miserable Ware.)

Laß von dir hören. Tausend Grüße von Alan.

Wie immer,
Herzlich,
Bill

Lieber Allen,

Nein, der Preis ist nur $3.20, aber er kann sich erhöhen, wenn du es in einer Kutsche statt in einem Hauseingang treiben willst. Die Brunnen sind wundervoll (sogar der alte Cactus Boy wurde schwach beim Anblick der Fontana di Trevi), und ich finde Europa trotz kleiner Irritationen ganz fabelhaft. Genieße Yucatán, und grüße Neal von mir.

Herzlich,
Alan (Ansen)

P. S. Von jetzt an werde ich jeden Drugstore mit anderen Augen sehen. Paregoric ist tatsächlich ein wahrer Genuß.

20. Jan. 1954
Tanger

Lieber Allen,

Fahre in einigen Tagen mit einem undurchsichtigen Engländer (Import-Export) nach Casablanca, um zu sehen, ob ich dort einen Job finde. Wenn nicht, hierher zurück und werde auf jeden Fall einige Monate bleiben. Tanger ist billig, aber die Preise sind höher als in Mexiko.

Jede Menge Boys, aber ich habe keine Bude, in die ich einen mitnehmen könnte (das Hotel ist strikt seriös). Das Pot ist nicht so besonders. P. G. gibts in Apotheken.

Die abscheulichsten Typen, die das Land der Freien hervorbringt, sind in der amerikanischen Kolonie von Tanger vertreten. Es gibt 2 amerikanische Bars. Die eine habe ich in stocknüchternem Zustand an einem Sonntag um ein Uhr nachmittags aufgesucht. Schauerliches Panorama von krakeelenden, rotgesichtigen Säufern, die von Barhockern kippen und in die Ecken kotzen. Wie ein Alptraum von Céline. Die andere Bar ist voll von unsäglich aufgedonnerten, hochnäsigen Schwuchteln (Marke Blue Parrot). Zum Beispiel ein reicher alter Wichser, der einen furchtbar unansehnlichen, schlappen, prätentiösen jungen bleichgesichtigen Homo mit zu großen Zähnen im Schlepptau hat und in der Bar mit seinem Prachtexemplar angeben will. Aber ganz schlimm wurde es, als dieses große blonde Tier von einem Schiffskapitän reinstelzt (nicht-schwul und in einem makellosen Nadelstreifenanzug) und unverschämt rumflirtet und sich sonnt in der idiotischen Anbetung abgetakelter Tunten. Da hatte ich endgültig genug. Ich beglich eine exorbitante Rechnung und ging.

Inzwischen verbringe ich meine Tage mit Schuhputzjungen in arabischen Cafés und rauche Kif. Ihre Manieren sind besser, und ihre Konversation ist mindestens so interessant.

O ist eingegangen, und der Herausgeber ist jetzt in Mexiko. Bowles ist in New York. Alles in allem muß ich sagen, Mexiko ist immer noch das Wahre, aber da ich nun mal hier bin, werde ich mich gründlich umtun. Bis jetzt habe ich noch keine Schriftsteller oder sonstwen von Interesse getroffen. Wie gesagt, sehe mich reduziert auf den Umgang mit Schuhputzjungen. Naja. Laß von dir hören.

Wie immer,
Bill

26. Jan. (1954)
Tanger

Lieber Allen,

Tanger gefällt mir immer weniger. Eine Schriftstellerkolonie gibt es nicht, und wenn, dann leben sie irgendwo im Verborgenen. Jeder mischt sich ganz ungeniert in deine Angelegenheiten ein. Ein Kerl, den ich noch nie gesehen habe, sagt zum Beispiel: »Dein Freund Ali ist im Socco Chico. Gib mir bitte eine Pesete.« Und der Witz ist, daß ich Ali nie auf die Matratze kriege. Keine Bude, in die ich ihn mitnehmen kann. Man kann hier nicht in ein billiges Hotel wie in einem zivilisierten Land. Nein, sie verlangen überhöhte Bordellpreise, wenn sie sehen, worum es geht. Und Ali macht sich langsam Sorgen um seine Position in der Schuhputzer-Gilde (er hat Angst, jemand könnte denken, ich bu*** /Vorsicht mit Obszönitäten in der Post/ ihn). Er schlägt sich an seine Hühnerbrust und sagt: »Ich bin ein Mann.« Ach Gott! Scheiße, da hätte ich ja gleich in Clayton, Missouri, bleiben können.

Ihr lausiges Pot reißt einem den Hals auf, als wärs mit Pferdemist gestreckt, und es macht ungefähr so high wie Maisstroh. Ich versuche etwas O zu organisieren, und ein Bürger verkauft mir ein paar alte eingetrocknete Mohnkapseln. Naja, da ich nun schon hier bin, werde ich die Gegend eben auskundschaften. Vielleicht überlege ich mirs auch anders. Ich wollte, ich wäre in Mexiko. Oder Peru.

Was soll dieser Krampf von wegen alte Moslemkultur? Eins weiß ich inzwischen. Nämlich, was die Araber Tag und Nacht tun. Sie hocken rum, rauchen gestrecktes Kraut und spielen irgendein blödes Kartenspiel. Und fall bloß nicht auf diesen Scheiß vom angeblich abgeklärten Orient rein, wie ihn Bowles auftischt. Sie sind nichts als eine Bande von tratschenden, geschwätzigen, einfältigen, stinkfaulen Erdenbürgern.

1. Feb. 1954
Tanger

Lieber Allen,

Kalt hier wie in einer Strafkolonie. Komme mir vor, als hätte ich gerade meine letzte Connection verloren. Tatsächlich habe ich auch grade eine verloren, jedenfalls hat sich der Bastard heute nicht blicken lassen. Und ich wie üblich halb an der Nadel. Scheint hier keinen weißen Stoff zu geben. Nur Tinke, und auch davon nicht viel.

Habe mich neulich abends besoffen bei einem Treffen der ultramondänen amerikanischen Kolonie. Würde mich nicht wundern, wenn ich den britischen Chargé d'Affaires oder sonst einen Würdenträger abgefummelt habe. Bin jetzt wieder trocken.

Sie haben hier in der Sauna ein Arrangement, wie es mir auf meinen Reisen noch nie begegnet ist: Privatkabinen »à deux« für 60 Cents. Damit ist das Hotelproblem gelöst. Aber die Boys haben sowas wie eine Gewerkschaft. Sie erwarten alle $5. Und sie sind ein ziemlich übler Verein. Habe noch nie derart verkommene, widerwärtige, penetrante Schnorrer erlebt. Man könnte sich bei diesen Unberührbaren leicht eine abscheuliche Geschlechtskrankheit der Seele holen. Außerdem muß man zusätzlich drei Dollar für Aureomycin anlegen, um sich vorn und hinten ausreichend abzusichern.

Es gibt hier keine Schriftstellerkolonie. Ich habe in ganz Tanger noch keinen getroffen, der auch nur halbwegs interessant wäre.

7. Feb. 1954
Tanger

Lieber Allen,

Hier mein neuester Versuch, etwas Verkäufliches zu schreiben. Den ganzen Tag habe ich mich vor der Arbeit gedrückt, Illustrierte gelesen, Majoun gemacht, meine Schrotflinte gereinigt, das Geschirr abgewaschen, mit

Kiki geschlafen, die Abfälle zu ordentlichen Paketen verschnürt und für den Müllmann rausgestellt (wenn du dazu einen Papierkorb oder sonstigen Behälter nimmst, wird er dir unweigerlich gestohlen; ich wollte schon einen Korb neben der Tür anketten, aber das macht zuviel Arbeit; also tu ich es in Paketen raus), das Abendessen eingekauft, ein Junk-Rezept abgeholt. Schließlich sag ich mir: »Jetzt mußt du was arbeiten.« Ich rauche also einen Joint und setze mich an den Tisch, und es flutscht an einem Stück raus wie ein Batzen Spucke:

»Die kaum verhüllten, unglaublich obszönen Anspielungen und Situationen, die in Billigfilmen durchrutschen, die Zweideutigkeiten und sadistischen Perversionen in Schlagern, das poltergeisthafte Klopfen und Gemurmel, das aus Amerikas schwärendem Unterbewußtsein dringt, Eiterbeulen, die anschwellen, bis sie mit einem furzenden Geräusch platzen, als hätte sich der Körper einen zweiten Darmausgang geschaffen, der kampflustig und stupid den Schlachtruf der Bronx ausstößt.

Habe ich Ihnen schon von dem Mann erzählt, der seinem Arsch das Reden beibrachte? Sein ganzer Unterleib ging rauf und runter, verstehen Sie, und furzte die Worte raus. Ich hatte so etwas noch nie gehört (bin nämlich ein anständiges Mädchen, und daß Sie das ja nicht vergessen, Mister). ›Es gibt Leute, die denken, bloß weil sie ein Girl in Dysentery Dave's Ox Ball House zum Essen einladen, können sie auch schon intim werden.‹ ›Aber meine Liebe, das ist doch Jaundice Johnie's Second Run V (Viscera) Room.‹« (Ich erspare dir einen langen Abschnitt über vergammelte Leber, die beim Fleischbeschauer nicht durchkommt, weil sich Würmer drin tummeln, usw. Ein ganzer Abschnitt über Wurmparasiten.)

»Dieser Arsch redete auf einer Frequenz, die die Eingeweide zum Schwingen brachte. Das traf einen da unten drin, als müßte man gleich losscheißen. Wissen Sie, wie wenn einem der alte Dickdarm den Ellbogen reinstößt, und man kriegt so ein kaltes Gefühl, und man weiß, man braucht nur noch zu drücken. Genauso ging einem das da unten rein, ein blubbernder dicker träger Sound, den man förmlich riechen konnte.

Der Mann trat in einer Rummelplatzbude auf und machte erst mal eine neuartige Bauchrednernummer daraus. War auch ganz witzig – zu Anfang. Er hatte eine Nummer, die er ›Das bessere Loch‹ nannte. Zum Brüllen, sag ich Ihnen. Ich habe das meiste vergessen, aber es war clever gemacht. Zum Beispiel: ›Ähm, wie siehts aus da unten, bis du doch da, alter Freund?‹ ›Nee, ich mußte mal aufs Klo.‹

Nach einer Weile fing der Arsch an, von selbst zu reden. Der Mann stellte sich ganz unvorbereitet auf die Bretter, und der Arsch ging aus dem Stegreif auf seine Gags ein.

Dann entwickelte der Arsch so etwas wie kleine zahnähnliche Widerhaken, und jetzt konnte er auch essen. Der Mann fand das anfangs ganz witzig und baute es zu einer Nummer aus. Aber das Arschloch fraß sich durch die Hose und redete auf offener Straße und verlangte lauthals nach Gleichberechtigung. Es betrank sich auch und bekam Heulkrämpfe, weil niemand es liebte und weil es geküßt werden wollte wie jeder andere Mund auch. Am Ende redete es Tag und Nacht, und den Mann konnte man mehrere Straßen weit hören, wie er es anschrie, es soll still sein. Er traktierte es mit Fäusten, rammte ihm Kerzen rein, aber es half alles nichts, und das Arschloch sagte zu ihm: ›Du wirst derjenige sein, der am Ende die Klappe hält. Nicht ich. Du wirst hier nämlich überhaupt nicht mehr gebraucht. Ich kann reden und essen *und* scheißen.‹

Bald danach hatte er jeden Morgen beim Aufwachen eine durchsichtige Gallerte auf dem Mund, die aussah wie ein Kaulquappenschwanz. Diese Gallerte war das, was die Wissenschaft als undifferenziertes Gewebe bezeichnet: Es kann sich am menschlichen Körper zu jeder Art von Gewebe entwickeln. Er riß es sich vom Mund, aber die Fetzen blieben ihm wie brennendes Napalm an den Händen kleben und wuchsen fest. Egal wo sie hintropften, sie wuchsen überall an. Schließlich wuchs ihm der Mund zu, und wahrscheinlich hätte sich der ganze Kopf spontan amputiert (wußten Sie schon, daß es in manchen Gegenden von Afrika, ausschließlich bei Negern, eine Krankheit gibt, wo sich der kleine Zeh spontan amputiert?), aber das ging nicht wegen der Augen, verstehen Sie. Eins konnte das Arschloch nämlich nicht: *sehen*. Es war auf die Augen angewiesen. Aber die Nervenstränge wurden nach und nach unterbrochen und starben ab, so daß das Hirn keine Befehle mehr geben konnte. Am Ende war es völlig abgeschnitten und saß im Schädel in der Falle. Eine Weile konnte man in den Augen noch die hilflose stumme Qual des leidenden Gehirns verfolgen, dann muß es wohl abgestorben sein, denn die Augen erloschen und wurden so stumpf und ausdruckslos wie die Stielaugen einer Krabbe.

Aber um zurückzukommen auf den Sex, der ungehindert durch die Zensur kommt und zwischen den Behörden durchschlüpft, denn eine Lücke findet sich immer, in Schlagern und Schundfilmen verrät sich die elementare Verderbtheit des amerikanischen Wesens, wie aus platzenden Geschwüren spritzt dieses undifferenzierte Gewebe heraus, und wo es hinfällt, entwickelt es ein degeneriertes krebsartiges Eigenleben und reproduziert ganz nach Laune des Zufalls ein widerwärtiges Image. So daß manche von Kopf bis Fuß aus einem penisähnlichen erogenen Gewebe bestehen, während bei anderen die Haut kaum als Hülle für die Innereien reicht, oder sie haben 3 und 4 Augen auf einem Haufen, Münder und After gehen durcheinander, Einzelteile des menschlichen Körpers wie im Würfelbecher durcheinandergeschüttelt und hingekippt.

Die vollständige Unterwanderung des Zellverbandes heißt Krebs. Der Krebs einer Demokratie sind die Behörden. Eine Behörde nistet sich irgendwo im Staatswesen ein, entwickelt sich – wie die Rauschgiftbehörde – zu einer bösartigen Geschwulst, die wächst und wächst und immer neue Ableger bildet und am Ende den Wirtsorganismus erstickt, wenn man sie nicht eindämmt oder ausmerzt. Behörden sind durch und durch parasitäre Organismen, die ohne einen Wirt nicht leben können. Eine Kooperative dagegen ist auch ohne Staat lebensfähig. Das ist der richtige Weg. Selbständige Einheiten, getragen von der gemeinsamen Anstrengung derjenigen, für deren Bedürfnisse sie da sind. Eine Behörde operiert nach dem entgegengesetzten Prinzip: Sie erfindet Bedürfnisse, um ihre Existenz zu rechtfertigen. Das Bedürfnis muß aber immer zuerst kommen. Bürokratie ist ein Krebsübel, eine Abkehr von der evolutionären menschlichen Entwicklung, in der Platz ist für eine Vielzahl von Entfaltungsmöglichkeiten und selbständige spontane Aktionen, und ein Absinken in die restlos parasitäre Existenz eines Virus (Man nimmt an, daß ein Virus die degenerierte Form eines ursprünglich mehr komplexen Organismus ist, der einmal selbständig lebensfähig war. Jetzt ist er abgesunken in den Grenzbereich zwischen lebender und toter Materie und kann nur leben, wenn er in einen Wirtsorganismus eindringt und dessen Leben aufzehrt), die Verneinung des Lebensprinzips, ein *Absacken* in ein inorganisches, maschinenhaftes Dasein, in tote Materie. Behörden gehen zugrunde, wenn sie das Staatswesen ausgehöhlt haben, so daß es zusammenbricht. Sie sind genauso hilflos und unfähig zu einer selbständigen Existenz wie ein Bandwurm auf dem Trockenen oder ein Virus, das den Wirtsorganismus vernichtet hat.

In Timbuktu sah ich mal einen jungen Araber, der konnte Flöte spielen mit seinem Arsch, und von den Schwulen hörte ich, daß er im Bett wirklich einen individuellen Service zu bieten hatte. Er konnte auf dem Schwanz des Kunden eine Melodie spielen und dabei die besten erogenen Stellen treffen, die natürlich bei jedem anders plaziert sind. Jeder Liebhaber hatte seine ganz spezielle Melodie, die für ihn perfekt war und ihn zum Höhepunkt brachte. Der Junge entwickelte eine enorme Kunstfertigkeit, wenn es darum ging, Variationen und neuartige Höhepunkte zu erfinden. Manchmal waren es nie gehörte Töne, die sich zu grellen Dissonanzen ballten, und dann rauschten sie plötzlich durcheinander und lösten sich in einem überwältigenden Wohlklang auf.«

Das ist also mein verkäufliches Produkt. Merkst du, was los ist? Es ist fast wie automatisches Schreiben, hervorgebracht von einer fremden, feindseligen Wesenheit, die im Grunde sagt: »Ich schreibe, was mir paßt.« Sobald ich mich zwingen will, meine Produktion zu organisieren, dem Material irgendeine Form aufzuzwingen oder auch nur einer Linie zu folgen (z. B. als Handlung eines Romans), katapultiert mich die Anstrengung in eine Art Wahnsinn, so daß mir nur noch das extremste Zeug einfällt. Was für eine Katastrophe, daß ich meine Schreibmaschine nicht mehr habe und mir diesen Monat auch keine kaufen kann. Meine finanzielle Lage verschlechtert sich unaufhaltsam. Habe den Monat schon auf Pump angefangen, bis ich mir absolut keinen weiteren Centavo mehr schnorren konnte. Ich wage gar nicht nachzuzählen – hebe es mir für Montag früh auf – aber ich glaube, ich habe noch $60. Das hieße 2 Dollar pro Tag, diesen Monat. Das ginge ja noch, wenn ich nur keinen Junk brauchen würde. Zwei Dollar gebe ich jeden Tag allein für Junk aus. Und Kiki gebe ich ein Taschengeld von 50 Cents pro Tag, und füttern muß ich ihn auch noch. Drei Wochen hatte er Arbeit, aber dann war der Job wieder alle. Seine Mutter ist krank und kann nicht arbeiten, so daß er sie unterstützen muß. Meine 50 Cents gibt er gewöhnlich seiner Mutter. Dann will er nochmal

50 Cents, um sich ein Fußballspiel oder einen Film anzusehen. Naja, genug von dieser öden Buchführung mit ihren unweigerlich roten Zahlen. Ich habe ein Exemplar der Zeitschrift *Zero* aufgetrieben, die in Tanger von einem gewissen Albert Benveniste herausgegeben wird. (Mittlerweile eingegangen. *Zero*, meine ich, nicht Albert. Dem gehts vermutlich ganz prächtig.) Fürchterlich schlecht, das Ding.

Ich habe mit einer Action-Story im Stil von Chandler angefangen. Es geht um irgendein Superheroin, von dem man nach einem einzigen Schuß schon süchtig wird. Oder sowas in der Art. Bin mir noch nicht sicher. Aber es fängt damit an, daß zwei von der Kripo kommen und mich verhaften wollen. Ich weiß, daß ich als Versuchskaninchen für die Erprobung dieser Droge herhalten soll. (Die zwei wissen das nicht.) Um meine Haut zu retten, lege ich die beiden um. Soweit bin ich bis jetzt. Ich bin auf der Flucht und will mich noch mit einer halben Unze Junk eindecken, ehe ich untertauche. Die Fahndung nach mir läuft gerade an – sämtliche Streifenwagen, Polizeireviere, usw. Frag mich nicht, wie es weitergeht. Ich weiß es selber noch nicht. Könnte eine allegorische oder sogar surreale Wendung nehmen. *A ver*.

Ich habe von einem interessanten Fall gelesen. England. 2 Marineleutnants. Gute Freunde. Trinken sich einen an. Der eine trifft ein Whiskyglas auf sechs Fuß Entfernung, mit seiner Pistole, ein ums andere Mal. Der andere nimmt einen Hut, hält ihn hoch und sagt: »Schieß mal darauf.« Der Leutnant schießt ein Loch rein. Der andere setzt sich den Hut auf und sagt: »Versuch's mal jetzt.« Der erste Lt., wieder aus sechs Fuß Entfernung, zielt genau auf die Spitze des Huts und drückt ab (es gab Zeugen) und trifft seinen Freund in den Kopf. Der Freund hat allerdings Chancen zu überleben.

Kennst du die Geschichte von Mike Fink? Er hatte den ganzen Nachmittag Gläser von der Bar geschossen. Schließlich stellt sich ein junger Freund von ihm ein

Whiskyglas auf den Kopf, und Mike verfehlt es und killt den Boy. Der Barkeeper glaubte nicht an einen Unfall, denn Mike war als guter Schütze bekannt. Also holte er seine Knarre unterm Tresen vor und schoß Mike tot. (Ein weiterer Fall in Durango, Mexiko. Ein Politico versuchte im Bordell einer Nutte ein Glas vom Kopf zu schießen. Traf sie tödlich.)

Bis du diesen Brief bekommst und zurückschreiben kannst, werde ich restlos abgebrannt sein. (Sorry, ich sehe gerade, daß ich das schon erwähnt habe.) Aber bitte versuch mir was zu schicken. Der Verlust meiner Schreibmaschine war eine wahre Katastrophe. Ich will nicht auch noch den Fotoapparat versetzen müssen. Ich werde mir einen Haushaltsplan aufstellen und mir die größte Mühe geben, nicht wieder Schulden zu machen . . .

Herzlich,
Bill

P. S. Verrechnungsscheck ist okay. Ich kenne hier jemand, der ein Bankkonto hat. Gib dich nicht mit diesen Auslands-Zahlungsanweisungen ab; bei denen dauert es drei Wochen, bis man das Geld kriegt. Am liebsten ein Barscheck, falls es nicht zuviel Umstände macht.

9. Feb. 1954
Tanger

Lieber Allen,

Warte auf Kells, der jeden Augenblick eintreffen müßte. In der Stadt sieht es aus wie nach einem Boom. Leere Hotels und Bars. Riesige halbfertige Wohnblocks mit rosaroter Stuckfront, die schon wieder zerfallen. In ein paar Jahren werden Araberfamilien mit Ziegen und Hühnern sich darin einquartieren. Ich habe im besten Viertel ein Zimmer für 50 Cents am Tag. Ein Essen bekommt man in der Altstadt für 30 Cents. Aber Boys und das liebliche Opium sorgen dafür, daß ich ständig pleite bin. Einen Boy kriegst du schon für $1 oder noch weniger, aber die Prophylaxe mit Aureomycin kommt teuer. Ich habe einiges geschrieben. Werde dir ein paar Proben schicken, sobald ich zu einer Schreibmaschine komme.

Diese Stadt scheint mehrere Ebenen zu haben. Ich habe eine Reihe kafkaesker Vorfälle erlebt, die Carl mit Sicherheit ins Irrenhaus getrieben hätten. Da gehe ich zum Beispiel mit einem europäisch gekleideten Araber ins Bett, und einige Tage danach (vollgeknallt mit Hasch – man ißt es hier zu heißem Tee) treffe ich im strömenden Regen einen Araber in Landestracht, und wir ziehen uns in ein Dampfbad zurück. Ich bin mir fast (aber nicht ganz) sicher, daß es derselbe Araber ist. Auf jeden Fall hatte ich Nr. 1 nicht mehr gesehen. Auf der Straße begrüßen mich Araber, die ich noch nie gesehen habe, auf eine Art und Weise, die unaussprechliche Intimität – aus Vergangenheit oder Zukunft? – suggeriert. Zu einem von ihnen sagte ich: »Schau her, ich kenn dich nicht, und ich mag dich nicht, also schieb ab.« Er lachte nur und sagte: »Wir sehn uns noch, Mister.« Und tatsächlich ging ich später mit ihm ins Bett. Jedenfalls glaube ich, daß er es war. Es sieht so aus, als wäre ich seit meiner Ankunft mit 3 Arabern ins Bett gegangen, aber ich frage mich, ob es nicht immer ein und derselbe war, nur jedesmal anders angezogen, manierlicher, billiger, respektvoller (er hat begriffen, daß bei mir irgendwann auch Schluß ist). Ich bin mir wirklich nicht sicher. Das nächste Mal mach ich ihm 'ne Kerbe ins Ohr.

Anbei einige Zeilen für Hoeniger. Ich habe ihm schon auseinandergesetzt – nicht nur einmal, sondern mehrmals – daß *alle* Touristenkarten vom Konsulat ausgegeben werden. Der Konsul gibt die bereits unterschriebenen Karten an Fluggesellschaften und Reisebüros, und die füllen sie aus und verkaufen sie den Touristen. Ich habe mich bei Avianca in New York erkundigt:

Sie haben die vom Konsul unterschriebenen Karten. Hoeniger habe ich das alles penibel erklärt. Schreib mir c/o U.S. Legation, Tanger. Beste Grüße an Neal.

Wie immer,
Herzlich,
Bill

P. S. Paul Bowles ist hier, wird aber abgeschirmt von einem arabischen Hausboy, der wahnsinnig eifersüchtig ist und Schwarze Magie praktiziert. Mache vielleicht einen Abstecher nach Dakar. Da unten soll es reichlich Jobs geben.

1. März (1954)
Tanger

Lieber Allen,

Tanger macht sich. Meeting der hier gestrandeten Ausländer. Junkies, Schwule, Säufer, ungefähr wie in Mexiko. Die meisten mußten aus naheliegenden Gründen irgendwo verschwinden.

Tanger bei Nacht, eine Kostprobe: Ich gehe ins Mar Chica, ein Nachtlokal, wo nach Mitternacht alles hingeht. In meiner Begleitung ein junger Ire, der England nach einem Fehltritt verlassen hat, und ein Portugiese, der nicht mehr nach Hause kann. Beide schwul. Ex-Junkies. Beide greifen gelegentlich zu Dollies (Rezept nicht unbedingt nötig). Beide restlos pleite. Der Portugiese will, daß ich in einen Handel mit Pornofotos investiere, und er will auch wieder ins Junk-Business kommen. Der Eigentümer des Mar Chica sieht aus wie ein ehemaliger Preisboxer von Anno 1890, hat ein bißchen Fett angesetzt, ist aber immer noch ein Mann von beachtlicher Körperkraft und einem äußerst bösartigen Naturell. Hinter der Bar ein wundervoller Araberjunge mit einer lässigen animalischen Anmut und einem charmanten, leicht schmollenden Lächeln. Sämtliche Homos in Tanger haben ihn schon zu ködern versucht, aber er spielt nicht mit.

An einem Tisch zwei Lesben, die auf einem Schmuggelschiff arbeiten. Spanische Arbeiter, Schwuchteln, britische Matrosen.

Taylor packt mich am Ärmel, zerrt mich an die Bar, wirft mir einen Arm um die Schulter und verstärkt seinen Würgegriff, sobald ich mich absetzen will. Er sieht mir mit verlogener Aufrichtigkeit in die Augen. »Das Leben hier ist beschissen, Bill. Beschissen. Tanger ist der Arsch der Welt. Spürst du es nicht auch, Bill? Man muß ein Ideal haben, etwas, an das man sich halten kann, wo wohnst du eigentlich, Bill?«

»Oh, äh, in der Nähe von der Place de France.«

»Bill, kennst du dich mit Geld aus? Was kann ich *tun*, Bill? Sag es mir. Alles widert mich an.« Er quetscht meinen Arm. »Ich hab Angst, Bill. Angst vor der Zukunft, Angst vor dem Leben. Du verstehst mich.« Er scheint im Begriff, mir wie ein kleines Kind auf den Schoß zu klettern, gebeutelt von einem gräßlichen Hunger nach Absolution.

Ich mache mich frei und setze mich zu den beiden Lesben und dem irischen Jungen. Eine der Lesben sieht mich wie ein irischer Trunkenbold von der Third Avenue mit glasigen Augen an.

»Was bedeutet *fuck you*?«

»Ich weiß nicht.«

»Na, auf jeden Fall – fuck you.« Sie fängt an zu flennen und klammert sich an die andere Lesbe. »Mein Kleines, mein armes Kleines. Du bist soo eine alte Schlampe.«

Wie du siehst, ist es in Tanger fast zu einfach. Kein Mindestalter für Boys. Ich kenne einen Amerikaner, der sich einen 13jährigen hält: »Wenn sie laufen können, will ich sie nicht.« Das Problem ist nur, daß die Araber ein arg unansehnlicher Menschenschlag sind.

Ich habe wieder eine Sucht. Traf einen Arztsohn, der Geld brauchte, und der Rezeptblock seines alten Herrn lag offen herum. Ein Zeug, das sich Eukodol nennt. Der beste Junk, den ich je gekannt habe. Fange in ein paar Tagen mit einer Dolly-Kur an.

In den Bergen, einige Meilen außerhalb der Stadt, gibt es bissige rotärschige Paviane. (Paul Bowles wurde von wütenden Pavianen angegriffen und mußte um sein Leben rennen.) Habe vor, Motorrad-Jagden auf Paviane zu organisieren. Ein Sport im Stil der neuen Zeit.

Habe einiges geschrieben, bin aber unzufrieden damit. Muß einen völlig neuen Einstieg finden. Verplempere zuviel Zeit mit Herumsitzen in Cafés. Deinen Brief aus Yucatan habe ich erhalten.

Laß von dir hören. Meine Eltern haben gut von dir gesprochen.

Wie immer,
Bill

12. März 1954
Tanger

Lieber Neal,

Was ist mit Allen? Ich habe einen einzigen Brief von ihm aus Yucatan bekommen, und seither nichts mehr. Meine Briefe nach Mexico City kamen zurück.

Wenn er dort ist, sag ihm bitte, er soll mir gleich schreiben. Wenn nicht – weißt du, wo er sich aufhält? Laß mich bitte ganz schnell von dir hören, denn ich bin ziemlich in Sorge. Ist Jack bei dir?

Die Stadt hier würde dir gefallen. Pot absolut legal, und man kann es überall rauchen.

Bitte schreib mir.

Wie immer,
Bill Burroughs

c/o U.S. Legation
Tanger
Marokko

7. April (Tanger)

Lieber Allen,

Das hier habe ich dir schon geschrieben und schreibe es jetzt noch einmal. Bitte um Antwort.

Die *Routines* sind wie eine Sucht. Ohne sie ist mein Leben ein chronischer Alptraum, der graue Horror einer Vorstadt im Mittelwesten – (Als ich noch in St. Louis lebte und auf dem Weg nach Hause an den kahlen planierten Bauplätzen vorbeifuhr – da und dort Häuser auf Fundamenten aus Zement, Spielzeughäuser von Kindern, die glücklich und gesund wirken, aber mit einem Ausdruck von Panik und nacktem Horror in ihren klaren graublauen Augen – und jedesmal, wenn ich durch diese Vorstadtszenerie fuhr, hatte ich ein Gefühl von endgültiger Einsamkeit und Verzweiflung, das mich wie ein Schlag in die Magengrube traf. Das gehört in die Billy-Bradshinkel-Story. Ich weiß nicht, ob sie eine Parodie ist oder nicht.)

Für eine Routine muß ich einen Zuhörer haben. Wenn keiner da ist, der auf sie eingeht, wendet sie sich gegen mich, setzt mir zu, wird immer wahnsinniger (buchstäblich eine Wucherung wie Krebs) und unmöglicher, zerhackt, wie ein durchdrehender Flipper-Automat, und ich schreie: »Hör auf! Hör auf!«

Versuche einen Roman zu schreiben. Der Versuch, das Material auf die Reihe zu bringen, ist strapaziöser als alles, was ich je erlebt habe. Setze mir alle vier Stunden einen Schuß. Ein halbsynthetisches Zeug, das sich Eukodol nennt. Gott weiß, was für eine Sucht ich mir damit aufhalse. Wenn ich davon einen Entzug mache, rechne ich damit, daß es mir im Hirn vor Überlastung die Sicherungen raushaut und mir schwarzes rußiges Blut aus Augen, Ohren und Nase läuft und ich im Zimmer herumstolpere und Routines ausagiere wie die vom römischen Imperator, der ein blutiges Bettlaken um sich drapiert hat.

Anmerkungen zu Kokain: Wenn man sich C intravenös

spritzt – keine andere Art der Verabreichung gibt einem den wahren C-Kick – rauscht einem ein Schwall von purem Genuß in den Kopf. Ehe man die Spritze durchspülen kann, läßt der Genuß schon wieder nach. Zehn Minuten später macht man sich den nächsten Schuß. Kein wohliges Gefühl von innen heraus, keine Erhöhung der Genußfähigkeit, kein Gefühl von Wohlbefinden, keine Veränderung oder Erweiterung der Sicht. C ist eine elektrische Direktleitung zum Gehirn und stimuliert die Schaltstellen eines Genusses, der nur mit C erfahrbar ist – (Wie die langen Nadeln, die Wissenschaftler jetzt ins Gehirn stecken – Hirngewebe ist gegen Schmerz unempfindlich – um mit Stromstößen Schmerz- und Lustzentren direkt zu stimulieren. Sie könnten dich per Elektroden im Gehirn an einen Fernseher anschließen, und du empfängst puren Genuß, kombiniert mit politischer Indoktrination. Die Idee kannst du an Ray Bradbury weitergeben.) Wenn die C-Kanäle stimuliert sind, entsteht das dringende Verlangen nach weiterer Stimulierung – und die Angst, aus dem C-High wieder abzustürzen. Das Verlangen hält solange an, wie die C-Kanäle aktiviert sind. Etwa eine Stunde. Dann vergißt du es, weil es keinem Genuß entspricht, zu dem du sonst Zugang hast. C ist eine ganz eigene Substanz, nicht ein Mittel zu irgendeinem anderen Vergnügen. Es gibt bei C kein Entzugssyndrom. Es ist etwas, das buchstäblich nur im Kopf existiert, ein heimtückisches Verlangen des Gehirns, ein Verlangen ohne Körper und ohne Gefühl. Der natürliche Weg der Empfindung – Wohlgefühl von innen heraus – wird umgelenkt auf das Hirn, das *nichts* fühlt.

Im C-High ist das Hirn ein flackernder Flipper-Automat, der in einem elektrischen Orgasmus blaue und rosarote Treffer aufleuchten läßt. Idee für Science-Fiction: Ein künstliches Gehirn, das den Genuß von C erleben kann. Erste Regungen einer autonomen Aktivität.

13. April (Tanger)

Lieber Jack,

Ein P. S. für Allen. Bitte schick es ihm nach. Alles läuft hier link. Die Familie meines Boys hat sich bei den Bullen über mich beschwert. Habe auch Ärger wegen Junk. Alles in allem sieht es so aus, daß ich mich mal kurz absetzen werde, für eine Woche oder so. Schreib mir allerdings weiter hierher.

Das Wetter hier ist ebenfalls schlecht. Naja. Laß von dir hören. Ich komme mit dem Schreiben nicht voran. Weitere Pläne sehr ungewiß. Kann sein, daß ich sonstwohin gehe. Habe keine Ahnung, was ich tun werde. In Tanger langweilen mich alle.

Herzlich,
Bill

2. Mai 1954

Lieber Neal,

Ich habe von Allen einen Brief mit dem Datum vom 9. April erhalten und ihm etwas Geld in Form von Traveler-Schecks geschickt. In seinem Brief sagt er, er ist auf einer *finca* (Landgut) mit einer Archäologin. Alles in allem kann ich mir nicht vorstellen, daß ihn keine Post erreicht, und daß dein Geld wieder zurückkam, kann einfach daran liegen, daß die Bürokratie Murks gemacht hat. Wenn er im Gefängnis wäre, hätte er sicherlich Verbindung mit dem amerikanischen Konsul in Merida aufgenommen; und wenn er tot wäre, hätte man in der Zwischenzeit bestimmt etwas gehört, da er dort Freunde zu haben scheint: Die Archäologin – die Amerikanerin ist – und der Besitzer des Hotels in Chiapas.

Alles in allem neige ich zu der Annahme, daß alles ganz in Ordnung ist. Trotzdem, es gibt einen gewissen Anlaß zur Sorge. Ich denke, am besten schreibe ich seinem Vater und bitte ihn, falls er in letzter Zeit nicht von ihm gehört hat, beim am. Konsul in Merida oder bei der Botschaft in Mexico City nachzufragen. Man wendet sich immer an das Konsulat, nie direkt an mexikanische Stellen.

Ich werde seinem Vater noch heute schreiben. Gib mir sofort Nachricht, wenn du etwas erfährst. Um die Bücher, die du erwähnst, werde ich mich kümmern.

Wie immer,
Herzlich,
Bill

2. Mai 1954

Lieber Mr. Ginsberg,

Ich möchte Sie nicht beunruhigen, aber ich habe aus Kalifornien gerade einen ziemlich alarmierenden Brief von Neal Cassady erhalten. Neal hat Allen, auf dessen dringende Bitte, am 6. April telegraphisch Geld überwiesen. Er bekam die Mitteilung, daß der Auftrag nicht ausgeführt werden konnte, und er hat seither nichts mehr gehört.

Ich habe von Allen einen Brief mit dem Datum vom 9. April bekommen, in dem er erwähnte, daß er auf Geld von Neal wartet. Ich telegraphierte sofort meinen Eltern und bat sie, Allen $30 in Traveler-Schecks an die Adresse in Chiapas zu schicken, die er mir angegeben hatte (es ist die einzige, die ich habe):

Hotel Arturo Huy
Salto De Aqua
Chiapas, Mexiko

Höchstwahrscheinlich geht es Allen gut. Aber wenn Sie in letzter Zeit nicht von ihm gehört haben, wäre es vielleicht gut, wenn Sie sich an das Protection Department der U.S. Botschaft in Mexico City wenden, damit man dort unverzüglich nachforscht, wo er ist und wie es ihm geht. Ich glaube, es gibt ein Konsulat in Merida, Yucatan, aber die Anfrage sollte sich an die Botschaft in

Mexico City richten, und von dort wird dann das Nötige veranlaßt.

Ich weiß, daß Sie mir etwas kritisch gegenüberstehen, Mr. Ginsberg, aber ich hoffe, Sie nehmen mir ab, daß mich mit Allen eine tiefe und aufrichtige Freundschaft verbindet. Wenn ich in den Staaten wäre, würde ich sofort nach Mexiko aufbrechen, um herauszufinden, was los ist. Ich hoffe, daß Sie mir den Gefallen tun, mich wissen zu lassen, was Sie herausbekommen. Ich bin sehr aufgeregt und in Sorge.

Mit freundlichen Grüßen,
William Burroughs

Adresse: c/o U.S. Consulate
Tanger, Marokko

P. S. Natürlich will ich gerne alles tun, was ich kann, um in dieser Sache behilflich zu sein. Falls es um ein juristisches Problem geht, empfehle ich den Anwalt Bernabé Jurado, 17 Madero St., Mexico City.

2. Mai 1954

Lieber Neal,

Ich habe gerade einen Brief an Allens Vater geschrieben und ihm empfohlen, sich unverzüglich an das Protection Dept. der U.S. Botschaft in Mexico City zu wenden, damit sie ermitteln, wo Allen abgeblieben ist. Den Brief habe ich adressiert an: 416 East 34th Street, Paterson, N.J. Du hast doch kürzlich von Allens Vater gehört – ist das die richtige Adresse? Falls nicht, adressiere bitte den beiliegenden Brief an Allens Vater und schick ihn gleich ab. Wenn ich mich recht entsinne, hat Allen erwähnt, daß sein Vater in ein anderes Haus gezogen ist. Auf jeden Fall will ich sicher sein, daß ihn mein Brief erreicht und daß er sofort etwas unternimmt.

Du mußt dir klarmachen, daß die Botschaft einen

Brief von einem Freund sehr wahrscheinlich ignorieren würde. Und Briefe an irgendwelche Polizeichefs in Chiapas wären mehr als nutzlos. Allens Vater ist der einzige, der bei der Botschaft etwas erreichen kann, und ihm zu schreiben, ist im Moment die einzige Möglichkeit.

Herzlich,
Bill

COBBLE STONE GARDENS

Laura Lee Burroughs Mortimer Burroughs
233 Phipps Plaza Palm Beach, Florida

Montag, 17. Mai 1954

Lieber Allen,

Wir waren sehr erleichtert, von Ihnen zu hören und zu erfahren, daß es Ihnen abgesehen von Geldschwierigkeiten gut geht. Bill war so in Sorge, daß er nichts arbeiten konnte, deshalb haben wir ihm heute früh ein Telegramm geschickt.

Anbei $50.00 in Traveler-Schecks auf Ihren Namen. Auf diese Weise schicke ich auch immer das Geld an Bill. Er wollte, daß ich dies für Sie tue.

Das Geld, das wir Ihnen telegraphisch nach Salto de Aqua geschickt haben, kam zurück, als wir gerade das Telegramm an Sie aufgegeben hatten.

Mit freundlichen Grüßen,
Mortimer Burroughs

11. Mai 1954

Lieber Allen,

Mit einem Engländer, der pleite ist, habe ich vereinbart, daß er meine Kleider in Verwahrung nimmt, mir Essen bringt und zehn Tage lang Dollies nach Plan gibt. Ich zahle ihm fünfzig Dollar. Sein Name ist Gifford. Er scheint ziemlich in Ordnung zu sein. Ich hatte mir zuletzt alle zwei Stunden einen Schuß gesetzt. Es gibt hier kein Sanatorium, deshalb ist diese Reduktionskur die einzige Möglichkeit. Heute ist der zweite Tag, und es geht mir ziemlich dreckig. Gestern habe ich mir Kleider von einem anderen Mieter gestohlen, bin heimlich raus und habe mir ein paar Ampullen Eukodol gekauft und mich vollgepumpt. Gifford kam dahinter und konfiszierte die restlichen Ampullen. Und der andere Mieter schließt jetzt immer sein Zimmer ab, wenn er weggeht. Gifford hat mir auch mein Geld weggenommen. Bin jetzt also wirklich in der Klemme. Ich wollte, du wärst hier und würdest mir die Kur verpassen. Dieser Gifford ist ein beinharter Mensch. Zwecklos, ihm eine Ampulle abluchsen zu wollen. »Bei Gott«, sagt er, »ich werde dafür bezahlt, daß ich das mache, also mach ichs auch richtig.«

Er hat mir gerade einen langen Brief von dir aus Chiapas hereingebracht. Tut mir leid, daß du das Geld von mir nicht bekommen hast. Ich habe mein Bestes getan. Ich fürchte, ich habe um dein »Verschwinden« einen ziemlichen Wirbel gemacht, aber Neal schrieb mir, er wäre sicher, daß du entweder im Gefängnis bist oder tot neben einem Maultierpfad liegst.

Ich werde dir noch zwei weitere Briefe schicken. Du wirst staunen. Einige Briefe habe ich sogar *vernichtet*, weil das Material zu extrem war.

Ich habe mir gerade etwas überlegt: Ich locke einen Araber ins Zimmer (kein Problem, sie klopfen dauernd ans Fenster) und leihe mir seine Kleider unter dem Vorwand, daß meine in der Wäscherei sind und ich zur Bank muß, um Geld abzuheben.

Hier könnte man sich gut ein Haus bauen. Für etwa $250 bekommt man schon einen Bauplatz. Und Baumaterial ist billig.

Anbei der Anfang des Romans. Freut mich, daß wir einer Meinung sind, nämlich daß du hierher kommen solltest oder daß wir gemeinsam auf Reisen gehen. Ich habe das Alleinreisen ziemlich satt, und ich treffe nie einen, der auf meine Routines eingeht. Und ohne dich ist es langweilig. Na, wir werden das noch bereden.

Herzlich,
Bill

P. S. Beachte das Material aus Briefen, das ich im Roman verwende.

22. Mai 1954

Lieber Allen,

Nur eine kurze Nachricht. Kells ist hier und läßt dich grüßen. Er sieht gar nicht gut aus. Hat zwanzig Pfund zugenommen. Säuft zuviel.

Ich hoffe, daß keiner von meinen Briefen an dich verloren ging. Manche habe ich adressiert an 1047 Santa Clara und dabei übersehen, daß es East Santa Clara heißen muß. Also laß mich bitte wissen, welche Briefe du hast. Ich müßte mir irgendeine Kennzeichnung überlegen, damit wir es immer nachprüfen können. Du müßtest inzwischen etwa vier oder fünf lange Briefe haben, jeweils acht bis zwölf Seiten: Routines, ein Stück Roman, Seifenopern und Vermischtes. Jedenfalls vier längere Sendungen, die alle zum gleichen Projekt gehören. Von dem meisten Material habe ich Durchschläge, die ich dir schicken kann, wenn etwas fehlt. Also schreib mir bitte, was du hast. Wenn bei Neal nicht drei Briefe für dich liegen, wäre es vielleicht gut, wenn du beim Postamt nachfragst.

Meine Kur ist zu Ende, aber ich nehme immer noch ungefähr sechs Dollies am Tag. Ich werde mich sehr am Riemen reißen müssen.

Laß mich wissen, wie die Situation in Frisco ist. Um Geld zu sparen, werde ich hierbleiben, bis ich weiß, wie deine Pläne aussehen.

Tanger wäre der ideale Ort, um ein Haus zu haben, wo

man jedes Jahr zwei oder drei Monate schreiben und jede Menge Sex haben kann, und hier zu leben kostet so gut wie nichts. Ein kleines Haus in der Altstadt kannst du schon für $1500 kaufen. Oder dir etwa zum gleichen Preis eines draußen vor der Stadt bauen.

Die Eltern haben mir telegraphiert, daß mit dir alles in Ordnung ist. Allen, du kannst dich immer an sie wenden, wenn du Hilfe brauchst. Ich habe ihnen gesagt, daß du mein bester Freund bist, und sie sollen dir helfen, wie sie mir helfen würden. Meine Mutter schrieb mir: »Warum hat uns Allen nicht wissen lassen, daß er in Schwierigkeiten ist?«

Verabredung mit Kiki heute abend. Habe Lust, wie immer beim Entzug. Wünschte, du wärst hier. Kells macht mit mir einen Trip nach Kislit, wo es schöne Tanzmädchen gibt. Hört sich für mich nicht gerade aufregend an.

Na, ich bringe das besser zur Post, bevor ich in Fahrt komme. Wollte mich nur vergewissern, daß du alles Material hast, was ich geschickt habe. Beste Grüße an Neal, und meinen Glückwunsch zu den $17 000.

Herzlich,
Bill

P. S. Meine Eltern schickten dir telegraphisch $30 nach Salto, aber das Geld kam zurück. Ich habe dir (per Brief) $10 an die Botschaft in Mexico, D.F. geschickt – hast du die bekommen?

8. Mai (oder so; habe
den Faden verloren)
[8. Juni]

Lieber Allen, (oder sollte ich die Höflichkeitsfloskel sausen lassen und den Brief einfach mit »Allen« beginnen?) Beim letzten Brief ging mir das Papier aus. Die Schreibmaschine ist kaputt, und Kells kam vorbei und nahm sie mit. Ich glaube, es war Kells. Jemand war im Zimmer, und die Schreibmaschine ist nicht mehr da.

Das Gebiet von Río de Oro wird bewohnt von den Blauen Männern, die so heißen, weil sie blau sind (blau *von Kopf bis Fuß*, ha ha, typisch schwules *bon mot à la Tanger*. Gott, ist das ein Klüngel von Armleuchtern hier.) Sie färben ihre Gewänder mit einem bestimmten Mittel, und das färbt auf ihre Haut ab, und deshalb sind sie blau. Aus dem Hinterland von Río de Oro ist noch nie jemand zurückgekehrt. Zwei furchtlose französische Forschungsreisende fand man mit »unaussprechlichen Verstümmelungen«, die vermutlich auf das Konto der Blauen Männer gehen. Ein rätselhafter Mensch, den sie den Blauen Sultan nennen, ist die Schlüsselfigur in der Gegend. Mein Plan sieht vor, einfach an den Rand des Río de Oro zu gehen und zu sehn, ob ich eine Expedition ins Hinterland auf die Beine stellen kann, wo es nur weglose Wüste mit ein paar Oasenstädten gibt. Das Ergebnis wird vielleicht sein: Außer Spesen nichts gewesen. Aber man kann nie wissen.

Doch wie gesagt, ich treffe keine Entscheidung, bis ich die Sucht los bin.

Ach Gott, ich schulde Jack $30, die ich nicht habe. Er wird mich verfolgen wie die Friendly Finance. Ich fühle mich so schuldbewußt, daß ich es nicht über mich bringe, ihm zu schreiben.

Ich habe versäumt, Carl deine Adresse zu geben. Tut mir leid. Aber wir sind zu Fuß zum Bahnhof gegangen, und ich war spät dran. Marker ist immer noch in Miami und sucht einen Job.

Herzlich,
Bill

P. S. Holmes habe ich nicht gesehen. Jack will mit dem Manuskript zu Cowley. Ich finde, das wäre die letzte Möglichkeit. Also mach erst mal alle anderen durch.

24. Juni 1954

Lieber Allen,

Ich habe immer gern einen angefangenen Brief an dich herumliegen, in den ich Einfälle reinschreiben kann. So etwas wie ein Tagebuch. Ich habe nachgedacht über Routines als Kunstform, und was sie von anderen Formen unterscheidet. Vor allem eins: Sie sind nicht rein symbolisch, d. h. sie können jederzeit in »reale« Handlung umkippen. In gewissem Sinn war die Nazi-Bewegung eine einzige humorlose, bösartige Routine von Hitler. Verstehst du, was ich meine? Ich bin mir nicht sicher, ob ich es selbst verstehe. Und dann kommt irgendein verschwiemelter Fatze daher und quatscht davon, daß er seine Kunst *lebt*.

Gestern abend war ich mit Kells in einem bemerkenswerten arabischen Restaurant, das wie ein umgemodelter Busbahnhof aussah. Wellblechdach, riesige Bananenstaude in der Mitte des Raums von der Größe einer Scheune oder eines Hangars, verstreut arrangierte Tische. Bedient wurden wir von einer rotznäsigen arabischen Tunte, die sich nur mühsam beherrschen konnte, als wir eine Portion Couscous und zwei Teller bestellten. Ein arabischer Eintopf aus Huhn, Nüssen, Rosinen und Maisgrütze. Köstlich. Ich hatte mir einen Joint reingezogen, und es hat mir noch nie so geschleckt (Tippfehler; lassen wir ihn stehn). Vorher waren wir in Dean's Bar gewesen, wo ich auf massive Ablehnung stieß. Dean verdrehte mißbilligend die Augen und wollte mich nicht bedienen, aber ich hatte Kells dabei, der dort Stammkunde ist. (Dean hat davon gehört, daß ich ein süchtiges Subjekt bin. Aber es ist mehr als das: Er sieht mich instinktiv als Gefahr, als abartigen Typ, der Unglück bringt.) Ich hockte also da, benebelt von Pot, und genoß ihre Mißbilligung und ließ sie mir mit einem guten trockenen Sherry über die Zunge rollen.

Habe den Junk wirklich reduziert und fühle mich sooo sexy. Kiki kommt heute abend.

Bekam einen Brief von meinem portugiesischen Schnorrer. Sie sperren seine Großmutter wegen Zahlungsrückstand aus ihrer Eisernen Lunge aus, und seiner Mutter nimmt die Bank aus dem gleichen Grund ihre künstliche Niere wieder weg. Soll er sich doch eine Pampelmuse hinten reinschieben. Mit Schnorrern mache ich jetzt wirklich kurzen Prozeß. Die Hundsknochen würden nie einen Finger krumm machen – am wenigsten für mich. Das ist Schnorrer-Psychologie: gerade die, die einem geholfen haben, läßt man grundsätzlich sitzen. Na, ich habe meinen letzten Schnorrer durchgeschleppt. Von jetzt an brauche ich mein Geld für mich selber, meine paar Freunde, und Jungs wie Kiki und Angelo, die anständig zu mir waren.

Die verläßlichste Sicherheit sind Freunde, die einem bedingungslos helfen würden. Du weißt, solange ich etwas habe, gehört es auch dir. Solange ich eine Bleibe habe, hast auch du eine. Das ist wirklich etwas, das man mit Geld nicht kaufen kann, Allen.

Machen wir weiter mit diesem Roman. Vielleicht sind die Briefe an dich der eigentliche Roman.

Herzlich,
Bill

25. Juni
Tanger

Lieber Allen,

Deine tägliche Seite. Ich hoffe, daß du in Frisco alle wesentlichen Unterlagen zu meinem Fall vorgefunden hast, so daß wir nicht mehr diesen Verdruß mit Briefen haben, die gleichzeitig unterwegs sind, sondern mehr oder weniger klare Statements, die alle Aspekte erfassen.

Ich schreibe zur Abwechslung ein wenig Pornographie, die wirklich ausgefallen ist. Die meiste Pornographie ist uninteressant, weil das Personal maschinenhaft, entmenschlicht und unsäglich langweilig ist, wie die Personen in Sexfilmen und auf Pornofotos. Habe ich dir mal davon erzählt, wie ich meine Brille verloren hatte und mir in einem Bordell in Mexico City schmutzige Filmchen ansah und sagte: »Also wenn der Kerl, der diese Fotze da pimpert, nicht der haarigste Kunde ist, den ich je gesehen habe.« Stellt sich raus, daß es ein *Hund* ist. Ein deutscher Schäferhund.

Kiki hat heute Namenstag, und da bekommt er Geschenke von all seinen Freunden. Ich sagte zu ihm: »Kiki, von mir bekommst du etwas richtig Schönes.«

»Ja? . . . Was?« (Er erwartet mindestes eine Armbanduhr.)

»Ich geb dir den besten Fick deines Lebens.«

Das ist eine Routine aus Texas. Ein reicher alter Ölmann soll es zu seiner jungen Ehefrau gesagt haben.

Natürlich habe ich ihm auch was geschenkt. Nylonsocken, Unterwäsche, ein Messer, eine Zahnbürste.

Ich bin umgeben von einer merkwürdig unheimlichen Feindseligkeit. Eine ganze Reihe von Leuten begegnet mir auf einmal mit einer heftigen, irrationalen Abneigung. Vor allem Barbesitzer. Ich bin für sie eindeutig ein böses Omen. Wenn du Willy Lee an der Bar sitzen siehst, ist deine Pinte erledigt. Das ist keine Einbildung, Allen.

Tanger ist spießig bis in die Knochen. Jeder, der aus dem Rahmen fällt, ist eine Bedrohung für diese Stadt von Geldwechslern. Geldwechseln auch im übertragenen Sinn, auf der mentalen Ebene. Selbst wenn einer verrückt wird, hat es eine spießige Note. Zum Beispiel Malcolm der Tröpfler (er läßt Namen fallen, wie ein syphilitischer Schwanz seinen Eiter vertröpfelt), der ist jetzt ganz hingerissen, weil ihm Tennessee Williams ein Entrée bei Cary Grant verschafft hat. Williams hat wahrscheinlich gesagt: »Na, schau mal, ob du ihm was abluchsen kannst. Ich konnte es nicht.« Verstehst du, Malcolm ist durch und durch bescheuert. Er bildet sich ein, daß diese Leute ihn mögen und akzeptieren. Was für eine *langweilige* Verrücktheit. Jane Bowles fragt jeden: »Wer *sind* Sie?«

Die Stadt ist ein Kwakiutl-Dorf auf der erniedrigenden Ebene von wettbewerbsmäßigem Potlach. Wer sich offen und ehrlich und unkompliziert gibt, stößt sofort auf Haß. Ich schau jemand in die Augen und empfinde vielleicht im Moment etwas für ihn (weil ich ein bißchen angetrunken oder auf Pot oder Junk bin), und oft schlug mir da schierer schwarzer Haß entgegen. Macht mir angst. Nicht der Haß selber, sondern der Zustand, der ihn hervorbringt. (Ich merke, daß ich wieder nicht richtig ausdrücken kann, was ich eigentlich sagen will.) Die Hochnäsigkeit von Uptown-Schwuchteln ist kein Vergleich zu diesem restlos prätentiösen, verlogenen, inhumanen Snobismus. Um dir ein Beispiel zu geben: Kells geht ins *Parade*, wo sich die eleganten Tunten herumtreiben. An der Bar fängt er mit dem Mann neben ihm eine Unterhaltung an. Der Mann antwortet einsilbig und würgt die Unterhaltung ab.

Kells: Kommen Sie direkt aus den Staaten?

Homo: Nein, aus Brasilien.

Kells: So? Und wie sind Sie hergekommen?

Homo: Mit einer Jacht, natürlich.

Das ist doch wirklich der Gipfel. Umgeben von diesen Monstern fühle ich mich begreiflicherweise allein und verunsichert und bin mehr denn je auf die Unterstützung meiner paar Freunde angewiesen.

Wie macht sich dein Fotoapparat? Hast du gute Bilder bekommen? Schick mir was, wenn du etwas Passendes hast. Hast du die Fotos bekommen, die ich geschickt habe? Und die Traum-Routine (eigentlich keine Routine) von der verrosteten Eisernen Stadt der Zukunft? Hast du die zehn Dollar erhalten? Hast du in der Botschaft in Mex. D.F. deine Adresse hinterlassen, damit dir die Post nachgeschickt wird? Für manche dieser Zehn-Seiten-Briefe an dich habe ich eine ganze Woche gebraucht, 10 bis 15 Stunden am Tag, deshalb will ich sichergehen, daß du sie alle hast. Wenn nicht, schick ich dir Durchschläge. Und ganz besonders sicher will ich mir sein, daß du den Traum von der Stadt hast. Es sind vier Seiten.

Herzlich,
Bill

3. Juli (1954)

Lieber Allen,

Ich bin richtig krank. Schmerzende, geschwollene Knöchel. Ich frage den Captain, was es sein könnte ... »Oh«, sagt er, »ich hoffe, es ist nicht ein Knochenfraß.«

»Ein was?«

»Knochenentzündung. Siehst du die Narbe da? Ich hatte mal dasselbe, und sie mußten es aufschneiden und den Knochen abschaben ... Natürlich, vielleicht ist es das gar nicht ... vielleicht ist es überhaupt nichts. *Andererseits*, es könnte auch Arthritis sein oder Gott weiß was für eine schauderhafte Sache.«

»Ich hatte noch nie Arthritis oder so was. . .«

»Tja, gibt für alles ein erstes Mal ... Ach, wahrscheinlich ist es nichts. Aber man kann nie wissen . . .«

Da sitze ich also, krank und pleite, und Kells ist heute morgen nach Madrid abgereist. Hoffe zu Gott, daß ich hier nicht festgenagelt werde. Ich will aus Tanger weg ... Am liebsten direkt nach Dänemark ... Es sei denn, ich finde in Madrid einen Job ... Aber Tanger zieht mich runter wie ein Treibanker ... Habe gerade einen kurzen Spaziergang gemacht, um zu sehen, ob ich einen treffe, mit dem ich reden kann und der mich aufmuntert. Zwei Leute schauten sofort weg. Auch gut. Kann sie sowieso nicht leiden ... Dann traf ich Eric. Er gehört zu jenen Menschen, die von einem beinahe unglaublichen Pech verfolgt werden. Eric der Glücklose. Ich fühle mich nicht imstande, dir seine ganze Saga zu erzählen. Nur soviel: Er ist 50, hat keinen Job, kein Geld und keine Aussichten und eine achtzigjährige Mutter, die auf ihn angewiesen ist ... Tanger ist voll von solchen Leuten, die hier irgendwie gestrandet sind. Sein Anblick gab mir vollends den Rest. Hat keinen Sinn, daß ich mir einrede, es wäre nichts. Schmerzen von Minute zu Minute schlimmer ... Eric hat eine Pechstory, die das hier dreimal in den Schatten stellt, z. B. wie er mal Blutvergiftung bekam von einem Abszeß in der Leistengegend, und sie brachten ihn in ein syrisches Hospital, und der griechische Chirurg war so weggetreten, daß er ihm einen lebenden Affen in die Bauchhöhle einnähte, und anschließend vergewaltigten ihn sämtliche arabischen Krankenpfleger ... Oder das mit dem selbstgerechten britischen Doktor, der ihm den Tripper mit einem Einlauf aus Schwefelsäure kurieren wollte ... oder der deutsche Arzt, der ihm den Blinddarm mit einer Blechschere und einem rostigen Dosenöffner rausoperierte: »Die Bakterientheorie ist blanker Unsinn.« Und beflügelt von diesem Erfolg begann er wild drauflos zu schnipseln: »Der Mensch ist eine ganz ineffiziente Maschine. Voll von unbenötigten Organen ... Man kommt auch mit einer Niere aus, wozu also zwei? Ah ja, das da ist eine Niere. Die Innereien sollten nicht so eng zusammengedrängt sein. Sie brauchen *Lebensraum*, wie das Vaterland ...« Der deutsche Typ praktiziert etwas, das er technologische Medizin nennt.

Während ich den Brief schreibe, ist es noch schlimmer geworden. Jetzt kann ich mich kaum noch regen ... Kiki ist hier ... Wenn es mir morgen nicht besser geht, werde ich sehen, ob ich einen passablen Weißkittel auftreiben kann ... Tanger ist bekannt für seine schlechten Ärzte ... Kiki wird immer zärtlicher ... wirklich ein ganz lieber Kerl. Er hilft mir beim Ausziehen.

Kann kaum noch durchs Zimmer gehn, so schmerzt dieser Knöchel ... Muß morgen zu einem Arzt ... Wäre ja eine schöne Scheiße, in diesem gräßlichen Ort zu sterben!

Schreibe morgen früh weiter und werde dir berichten, wie es mir geht . . .

Nächster Morgen – kann immer noch nicht gehen, oder nur mühsam . . . Werde versuchen, hier einen Weißkittel zu finden. Lasse diesen Brief vom Captain zur Post bringen.

Herzlich,
Bill

P. S. Was ist das mit Neals Spiritualismus? Davon hast du nie etwas erwähnt.

Donnerstag, 8. Juli 1954

Lieber Allen,

Ich war die ganze letzte Woche krank. Geschwollene Gelenke, Schmerzen, leichtes Fieber. Große Müdigkeit.

Mein Scheck aus unerfindlichen Gründen verspätet, und ich habe keinen Cent. Ich fühle mich nicht der Anstrengung gewachsen, mir Medikamente und Arzt auf Pump zu organisieren. Lebe seit fünf Tagen von Brot und Tee, und das Brot ist auch noch knapp.

Habe Junk fast auf Null reduziert und bin zu entkräftet, um ihn zu vermissen. (Ich schrieb dir einen langen Brief, aber als ich ihn nochmal durchlas, langweilte er mich, also habe ich ihn nicht abgeschickt. Weiß nicht, wann ich das Geld haben werde, um dir diesen hier zu schicken.)

Kells ist in Madrid und schaut sich vermutlich um, wie es mit Jobs steht.

Kiki war während meiner ganzen Krankheit hier, machte mir Suppe und Tee, saß bei mir und streichelte mir den Kopf und steckte mir die Bettdecke fest. (Bedenke, daß ich im Moment pleite bin und ihm kein Geld geben kann.) Zeig mir mal so einen Kid in Amerika. Natürlich sind sie überall rar, aber Angelo in Mexiko war genauso. Was ich für sie empfinde, ist nicht dasselbe wie bei dir, aber es ist eindeutig eine Beziehung, d. h. echte Zuneigung auf beiden Seiten und irgendein protoplasmischer Kontakt. In den USA versucht man immer, aus solchen Beziehungen mehr zu machen oder etwas anderes, als sie in Wirklichkeit sind. Mit dem Ergebnis, daß sich beide Seiten unwohl fühlen. Eigentlich bieten die Staaten keine Voraussetzungen für Beziehungen wie die zu Kiki und Angelo . . .

Ich schlafe jeden Tag zwanzig Stunden. Ständige Alpträume. In denen ich zum Beispiel heute in zwanzig Jahren in der geschlossenen Abteilung einer Irrenanstalt aufwache, verfettet und zahnlos und alt, oder auf irgendeine Weise grauenhaft entstellt. Alpträume von Gefühlen ohne erkennbaren Inhalt. Fühle mich wie erdrückt von einer großen und irgendwie nicht greifbaren Bedrohung. Kiki sagt, daß ich im Schlaf die ganze Zeit rede. Er sitzt den größten Teil des Tages bei mir am Bett und liest. Ich erwache immer in Angst und Schrecken. Manchmal mit einem Schrei.

Die Reise nach Europa stand unter einem schlechten Stern. Ich wußte es, sobald ich dieses schauderhafte griechische Schiff sah, dann Italien mit seinen geschlossenen Bädern und hohen Preisen, die Kälte in Rom, wo mir nie warm wurde. Die merkwürdige Feindseligkeit, die mir hier entgegenschlägt. Leute, die ich nicht einmal kenne, begegnen mir mit heftiger Abneigung. Ich will diesen Trip so bald wie möglich beenden. Werde aber versuchen, mir noch Dänemark anzusehen.

Kiki hat für heute Feierabend gemacht, und ich fühle mich einsam und von Ängsten geplagt.

Selbst wenn ich Geld hätte und es mir gut ginge, ich habe hier keinen Gesprächspartner, nichts zu tun, kein Ziel. Tanger so unwirtlich wie Tierra del Fuego, im wörtlichen und übertragenen Sinn. Das Meer ist selbst im Hochsommer eiskalt (irgendeine beschissen kalte Strömung). Am Strand kann man sich nicht aufhalten, weil einem der Wind dauernd Sand ins Gesicht bläst, und die abgehärteten Schwuchteln, die den ganzen Tag am Strand sitzen, klauben sich ständig Sandkörner aus ihren roten Augen.

Die größte Enttäuschung des Europa-Trips ist, daß ich niemanden getroffen habe, der was los hat. Mehr noch – ich fühle mich fehl am Platz und unwillkommen, und falls es hier überhaupt was gibt, entgeht es mir.

Lese gerade nochmal mit großem Interesse deinen Traum vom Schwarzen Ritter aus dem Chiapas-Brief. Kannst du mir das näher erklären? Ich werde aus dem Brief nicht schlau. Ich weiß nicht, wo der Traum aufhört und die Realität oder dein Kommentar anfangen. Anbei einige Sachen, die ich in bekifftem Zustand geschrieben habe.

Freitag, 9. Juli

Kein Scheck heute morgen. Wenn mit der Nachmittagspost nichts kommt, kann ich mir übers Wochenende keinen Arzt, keinen Junk und nichts zu essen leisten. Ich habe den Junk drastisch reduziert, aber ich weiß nicht, wie krank ich werde, wenn ich ganz aufhöre. Beim Gedanken an die Depressionen eines Entzugs zu diesem Zeitpunkt bricht mir der kalte Schweiß aus. Kein Scheck, aber ich konnte den Captain um 50 Peseten anpumpen ($1.25). Das muß mir die nächsten zwei Tage reichen.

Samstagmorgen, 10. Juli

Kiki und Angelo können kein Glück haben und nichts erreichen. Beide sind ehrlich, wollen auch arbeiten, haben aber keine erlernten Fähigkeiten. Sie sind zu nett, um erfolgreich zu sein. Sie sind nicht fähig zu Verstellung oder Unaufrichtigkeit. Bei Angelo, und jetzt bei Kiki, habe ich oft dieselbe tiefe Entmutigung und Hoffnungslosigkeit angesichts des Systems gespürt, wie auch ich sie empfinde.

Da habe ich gerade etwas zwischen meinen Papieren entdeckt. Ich hatte vergessen, daß ich es geschrieben habe. Es sieht passabel aus, also gebe ich es weiter:

»Quäle dich nie mit Gedanken wie ›Ich muß diesen Roman auf die Reihe bringen, Geld zusammensparen, dahin und dorthin gehen‹. Das erledigt sich alles von selbst, wenn du dich raushältst und dich von deinen innersten Wünschen leiten läßt. Du kannst nur dafür sorgen, daß deine wahren Bedürfnisse von äußerem Zwang befreit werden. Danach mußt du dir kein Kopfzerbrechen mehr machen und kannst alles nehmen, wie es kommt. Zum Beispiel, Leute kennenlernen: Du lernst jemanden kennen oder nicht; eine fatalistische Einstellung, im Einklang mit den Fakten von Raum und Zeit, deinen Standorten und Ortswechseln. Buchstäblich eine Frage, ob du an einem bestimmten Ort bist oder nicht.

Die Huabdropoza Indianer des Orinoco, die im dichtesten Dschungel leben und das Licht meiden. Auf der niedersten Ebene der Existenz, aber mit Anzeichen von Intelligenz. Seltsame, rührende Sehnsüchte und Emotionen huschen über ihre Gesichter. (Zitiert nach einem französischen Forscher.) Wäre doch sagenhaft, einen zu adoptieren und nach deinen Wünschen zu formen. Oder was würde passieren?

Es ist unbedingt wichtig, diese Dinge jetzt zu tun, solange noch Zeit ist. Ich meine, das Studium der feindseligen und schwulen Indianer und derjenigen, die hochgradig furchtsam sind und sich sogar vor Licht ängstigen. Außerdem muß ich diesen schwulen Roman schreiben. Ich bin der einzige, der ihn schreiben kann. Ich habe eine Pflicht, diese Dinge zu tun.«

Wenn ich nur wenigstens was zu beißen hätte. Ich meine, Brot und Tee habe ich so über, daß mir vom bloßen Anblick schon schlecht wird. Jetzt ist es mal wieder Zeit für mein Abendessen: ein Stück Brot ohne Butter und ein Tee ohne Zucker.

Sonntag, 11. Juli

Mein Zustand hat sich verschlimmert. Ich kann kaum gehen und habe starke Schmerzen im rechten Fußgelenk, das prall und rot angeschwollen ist, so daß man den Knochen nicht mehr ertasten kann. Ich streiche gern mit der Hand darüber – so schön glatt und straff. Morgen muß ich unbedingt zum Arzt. Wachte suchtkrank und mit Schmerzen auf. Mußte mir fünfzig Cents leihen und ein paar Ampullen Dolophin kaufen (16 Stunden seit dem letzten Fix). Aber ich komme jetzt wirklich mit sehr wenig aus. Wenn der Scheck morgen nicht da ist, steht fest, daß der Brief verloren ging. Ich werde meinen Koffer verkaufen müssen und was ich sonst noch zusammenkratzen kann, und meinen Eltern ein Telegramm schicken, daß sie mir telegraphisch Geld überweisen sollen. Das letzte, was ich verkaufen würde, ist diese Scheibmaschine.

Jetzt hat mich auch noch Kiki verlassen. Er war den ganzen Tag nicht da. Gerade wenn ich einen Rückfall habe und nicht gehen kann und Hilfe brauche. Ich wollte mit ihm besprechen, daß er morgen meine Sachen verkauft, falls der Scheck nicht kommt ... Ich habe Fieber, und mir ist kalt. Lege mich wieder ins Bett.

Herzlich,
Bill

P. S. Geld ist heute gekommen (Montag). War bei einem guten deutschen Arzt. Glenkrheumatismus. Sieht mir ähnlich, daß ich mir so eine Kinderkrankheit zuziehe. Herz noch nicht in Mitleidenschaft gezogen. Noch ein paar Tage, und es hätte vielleicht anders ausgesehen. Die nötigen Medikamente hätte ich mir in dieser hartleibigen, elenden Stadt niemals auf Pump besorgen können. Der Doc sagt, mit dem neuen Mittel, das sie jetzt haben, bin ich in zwei Tagen wieder auf den Beinen. Im Moment kann ich keine zwei Schritte gehen. Kiki wieder auf dem Posten.

Beste Grüße an Neal.
Herzlich,
Bill

Durch das Fieber und den Essensmangel der letzten Woche muß ich 7 Kilo abgenommen haben. Wiege jetzt vielleicht noch 62 kg. Erinnerst du dich an das Fieber, das ich in New York hatte? Das war so eine Andeutung davon. Was ist mit Neals Spiritualismus-Masche? Ich will Einzelheiten.

Donnerstag, 15. Juli 1954

Lieber Allen,

Ich kann immer noch nicht aus dem Haus und schlafe die meiste Zeit. Bin vollkommen unproduktiv. Habe keine Zeile geschrieben. Fühle mich sehr müde und matt. Habe fünf Minuten gebraucht für diese paar Zeilen. Ich lege mich jetzt wieder ins Bett und schreibe später an dem Brief weiter.

Der Arzt war gerade da. Herz in Ordnung. Sekundärinfektion des rechten Fußgelenks. Muß punktiert und dräniert werden. Wie lästig. Jetzt soll ich mir einen Breiumschlag für den Knöchel machen, und beim Gedanken daran sinken mir die Hände in den Schoß. Ich werde bis morgen warten, wenn Kiki kommt, und er kann es tun.

Freitagmorgen, 16. Juli

Der Arzt war da, hat mir das Fußgelenk punktiert und ein Schnapsglas voll Eiter abgezapft. Es ist eine Sekundärinfektion, die natürlich mit Penicillin kuriert werden muß. Der Rheumatismus ist anscheinend geheilt. Ich kann von großem Glück sagen, daß ich ohne einen Herzschaden davongekommen bin, nachdem ich einen akuten Gelenkrheumatismus eine ganze Woche unbehandelt ließ. Die meisten sind nach so etwas für den Rest ihres Lebens invalid. Ich muß sagen, in entscheidenden Dingen habe ich doch ziemlich viel Glück.

Habe Kiki vorhin zur Botschaft geschickt, und er hat mir einen langen Brief von dir gebracht, der mich aus meiner Lethargie gerissen hat. Deinen Vorschlag, Briefe noch am gleichen Tag zu beantworten, finde ich gut, denn damit vermeidet man unnötige Konfusion und kommt einem idealen Briefwechsel näher – einer wirklichen Kommunikation mit jemand, der woanders ist. Ich werde mir das angewöhnen.

Und Hoeniger: Ich habe ihm mindestens zehnmal erklärt, daß *alle* Touristenkarten für Kolumbien vom Konsul unterschrieben werden, und der verteilt sie an Fluggesellschaften und Reisebüros, die sie dann an Touristen ausgeben. In gewissem Sinn werden also sämtliche Touristenkarten vom Konsul ausgestellt. Ich mußte allerdings nicht bei ihm vorstellig werden, sondern bekam meine Karte von dem Mann, der mir auch das Flugticket verkauft hat und ipso facto im Auftrag der Fluggesellschaft handelte. Was könnte einfacher sein? Trotzdem sagt er, er könnte nichts machen, weil die Karte vom Konsul ausgestellt worden ist. Und Phyllis Jackson, die Jacks Manuskript verliert – was ist bloß mit diesen Leuten? Wenn ich je ein Geschäft aufmache, werde ich klarstellen, daß sich Bewerber ohne Berufserfahrung gar nicht erst zu melden brauchen. Ich würde mich nicht mit einem Mitarbeiterstab von Idioten herumplagen.

Der tibetanische Buddhismus ist sehr interessant, und du solltest dir das mal ansehen, falls du es nicht schon getan hast. Ich hatte einige mystische Erfahrungen, als ich Yoga machte. Das war vor 15 Jahren. Bevor wir uns kennenlernten. Ich kam zu der Überzeugung, daß Yoga für uns im Westen keine Lösung ist. Und ich lehne jede Form von Neo-Buddhismus ab. Yoga sollte man praktizieren, ja, aber nicht als endgültige Lösung, sondern eher so, wie wir Geschichte und vergleichende Kulturgeschichte studieren. Der metaphysische Hintergrund von Jiu-Jitsu ist interessant und geht auf Zen zurück. Wenn es in Frisco einen Jiu-Jitsu-Klub gibt, solltest du reingehen. Es lohnt sich. Es ist eine der besten Formen von Training, weil es auf Entspannung beruht und nicht auf Kraftanstrengung. Ich bin gespannt auf das Material über Cayce und werde es mir durchlesen, aber im Moment muß es noch warten.

Das Gelenk ist immer noch geschwollen. Der Arzt sagt, es kann eine gewisse Gehbehinderung zurückbleiben, vielleicht sogar für immer. Die Sache wurde leider vernachlässigt. Aber das Fieber und die Infektion sind anscheinend geheilt. Danke für dein Angebot, mir Medikamente zu schicken. Tanger scheint mit den neuesten Produkten ganz gut versorgt zu sein. Im Gegensatz zu Griechenland, wo man laut Kells sogar die gängigsten Medikamente nur unter Schwierigkeiten bekommt. In dem Zusammenhang kommt mir der Gedanke, daß Denkmaschinen womöglich die besseren Diagnosen stellen würden. Man füttert sie mit den Symptomen, und heraus kommen alle denkbaren Krankheiten, die das betreffende Symptom ausgelöst haben könnten. Dr. Perone hat damals z. B. gar nicht an Gelenkrheumatismus gedacht, weil die rheumatischen Symptome kaum zu erkennen waren. Wenn ich heute daran zurückdenke, erinnere ich mich, daß ich Gelenkschmerzen hatte.

Kerouac habe ich wegen Adressen in Paris geschrieben. Wenn ich sie bekomme, werde ich wahrscheinlich in den nächsten zwei Wochen nach Paris gehen – nicht über Spanien, sondern per Schiff nach Marseille. Was geistige Anregung betrifft, ist Tanger eine reine Pleite. Es gibt hier ein paar Schriftsteller, aber die meisten sind Freunde von Bowles, der anscheinend nichts mit mir zu tun haben will. Vielleicht möchte er wegen meiner Drogengeschichten keinen Kontakt mit mir haben und befürchtet Ärger beim Zoll und sonstigen Behörden, wenn bekannt wird, daß er mit mir verkehrt – Schuld durch Assoziation. Ich weiß nicht.

18. August 1954
Tanger

Lieber Allen,

Hier der Durchschlag eines Briefs an Jack, in dem einige Entwicklungen der letzten Zeit geschildert sind. Habe immer noch keine Schiffspassage buchen können und bin wirklich unschlüssig, was ich tun soll. Burford hat mir nicht geantwortet. Ich habe keinerlei Gewißheit, in Paris jemanden anzutreffen. Der Trip würde wahrscheinlich ein teures Fiasko sein. Andererseits bin ich Tanger leid, habe hier keine Freunde, und es zeichnet sich auch nichts ab. Zu deinem Vorschlag, Bowles aufzusuchen: Ich erinnere mich, daß ich ihn schon getroffen habe, und er weiß sehr gut, wer ich bin (das habe ich vom Captain, der ab und zu bei Bowles zum Tee eingeladen ist). Allem Anschein nach will er mich also aus persönlichen Gründen nicht sehen.

Ich bin kein Reichianer, aber nach meiner Überzeugung ist die christliche Vorstellung von Sünde ein Fluch, der unermeßliches Elend über die Erde gebracht hat. Es tut mir leid, daß Neal sich in diese triste Richtung orientiert.

Ich habe Schwierigkeiten mit dem Schreiben. Kann deshalb gut nachempfinden, wie schwer es dir fällt, eine passende Form für deine Gedichte zu finden. Ich habe dieselben Probleme und bin deshalb schon darauf verfallen, mit einer neuen Sprache zu experimentieren. Nein, über *atua* bin ich nicht hinausgekommen. Zuviel Mühe.

Ich kann es nicht erwarten, dich zu sehen. Hoffentlich gelingt es mir, vor Oktober eine Kabine zu buchen! Übrigens bin ich recht zufrieden mit meiner Schilderung von Sex mit Kiki, in dem Brief an Jack. Auch mit meiner Abhandlung über Buddhismus. Jack schreibt mir, daß Frisco ein äußerst aktives Sittendezernat hat, und die Bullen verhaften Junkies an jeder Ecke. Was reißen da nur für Zustände ein in den Vereinigten Staaten? Auf lange Sicht schwebt mir vor, außerhalb der Staaten ein Haus zu bauen oder zu kaufen und dort mindestens sechs Monate im Jahr zu leben. An einem Ort, wo ich schreiben kann, das Leben billig ist und meine Freunde mich besuchen können, so lange sie wollen. Aber *wo*? Ich kann mich nicht entscheiden. Tanger bietet soviel Sex, wie man sich nur wünschen kann, es ist billig, und man ist hier kein Fremder. Das heißt, man hat dieselben Rechte wie jeder andere und kann jederzeit auch ein Geschäft aufmachen, wenn man will. Ein Amerikaner, der Ärger mit Einheimischen hat, findet die Polizei gewöhnlich auf seiner Seite. Tatsache ist, sie haben Anweisung, uns nicht zu behelligen – natürlich nur, solange wir nicht bei einem Verbrechen erwischt werden. Ich meine, wir bleiben verschont von Verhören oder Verhaftung auf bloßen Verdacht und jeglicher Einmischung in unser Privatleben. Der Bulle ist hier das, was er generell sein sollte: Ein Staatsdiener, der für Ordnung sorgt und dein Eigentum schützt. Mr. Watsons Kampagne gegen »Homosexualismus« wurde schon im Keim erstickt.

Ich nehme an, du hast von den »Unruhen« in Marokko gelesen. Bis jetzt gibt es hier noch keinen Ärger, aber man rechnet jeden Augenblick damit. Morgen ist der kritische Tag – da jährt sich der Tag, an dem die Franzosen den alten Sultan aus dem Verkehr zogen (lächerliche Redewendung, wenn ich mirs recht überlege). Und ich sitze ohne Pistole da. Das einzige Mal in meinem Leben, wenn ich wirklich eine brauche! Wenn ich wenigstens mein Curare hätte. Ich könnte mir Wurfpfeile kaufen und sie damit einschmieren. Für alle Fälle habe ich ein Hackbeil und ein sehr scharf geschliffenes Messer erstanden. Ich wohne direkt im Eingeborenenviertel, aber gleich um die Ecke ist eine Polizeiwache. Der letzte Aufstand in Tanger war 1952; zwölf Araber wurden von der Polizei erschossen, und ein Tourist aus der Schweiz hatte das Pech, vom arabischen Mob in Stücke gerissen zu werden, weil sie ihn für einen Franzosen hielten. Morgen nach dem Mittagsgebet soll der Krawall losgehen. Wir werden sehen.

Erinnerst du dich an meine Kurzgeschichte über den Autounfall mit Jack A.? Ich habe sie völlig umgeschrieben und werde dir einen Durchschlag entweder in diesen Brief tun oder mit getr. Post schicken.

Hast du die drei Fotos bekommen, die ich mit der neuen Kamera gemacht habe? Wenn ja, laß mich wissen, wie du sie findest.

Heute abend habe ich in der Küche eine große Ratte erlegt. Mit dem Krückstock, den ich benutzte, als ich den Rheumatismus hatte. Tony wurde hysterisch. Ich fühlte mich richtig männlich.

Was die Story angeht, könntest du versuchen, sie unterzubringen. Ich weiß nur nicht, wo. Den profanen Teil kann man ohne großen Verlust streichen. Mir fällt allerdings keine Zeitschrift ein, die sich dafür interessieren könnte; obwohl es, im Gegensatz zu meinen sonstigen Sachen, eine konventionell geschriebene Kurzgeschichte ist.

Übrigens habe ich auch eine selbst entworfene Waffe, die ich sehr patent finde: Eine Bleikugel von etwa fünf Zentimeter Durchmesser, mit einer Öse, an der eine kurze Schnur befestigt ist, und die Schnur hat eine Schlinge für das Handgelenk. Ich kann sie auf kurze Entfernung werfen, heranholen und erneut werfen, oder ich kann sie an der Schnur im Kreis schwirren lassen. Der Vorteil ist, ich habe mehr Reichweite als ein Gegner mit einer Stichwaffe, und ich kann die Kugel mehrmals einsetzen. Eine weitere Erfindung von mir ist eine Wasserpistole voll Ammoniak. All diese Waffen sind für den Fall, daß ein Mob versucht, mit Gewalt ins Haus einzudringen (auf der Straße habe ich jetzt immer das Messer dabei). Nun ja, wenn sich Mr. Watson um seine eigentliche Aufgabe kümmert, wird nichts passieren. Sie haben hundert Mann in Bereitschaft, und die Polizei ist mit MGs ausgerüstet. Wahrscheinlich wären sie für uns genauso gefährlich wie für die Araber, wenn sie diese schmalen Straßen beharken, die alle im Kreis führen. Man könnte auf der einen Seite der Kasbah eine Kugel abfeuern, und sie würde als Querschläger um die Ecken zischen und am anderen Ende herauskommen.

Kiki und ich verbrachten heute einen unserer köstlichen Nachmittage nackt im Bett, wo wir dösten, ein wenig träge Liebe machten, ein bißchen Kif rauchten und große süße Trauben futterten. Was ist er doch für ein ausgeglichener, gesunder junger Bursche. Er scheint keinen inneren Konflikt zu kennen. Angelo war auch so, nur daß ich ihn nicht so zu schätzen wußte, wie ich es heute tun würde. Was für ein Kontrast zwischen Kiki und jemand wie Jack A. mit seinen entnervenden Konflikten und Minderwertigkeitskomplexen, die so wohlbegründet und vollkommen hoffnungslos sind, daß einen der ganze Schlamassel richtig deprimiert. Kiki würde sich in »gebildeter« Gesellschaft ganz wohlfühlen. Er würde gar nicht versuchen, mithalten zu wollen. Die einzige Gefahr wäre, daß er gehätschelt und verwöhnt wird. Ein Beispiel für seine gesunde und unkomplizierte Art: Er hatte eine Infektion oder Schwellung am After, und ich gab ihm vier Spritzen Penicillin. Neulich, als er nackt auf dem Bett saß, fragte ich ihn, ob sein Arsch wieder in Ordnung sei. »Ja«, sagte er mit einem jungenhaften Grinsen, packte seine Knie und ließ sich nach hinten kippen und zeigte mir seinen Arsch. Ohne eine Spur von Zimperlichkeit *oder* Exhibitionismus; nur mit der natürlichen Freude eines jungen Burschen an seinem Körper. Du hast ganz recht, er ist ein Traum, nach dem ich mich noch sehr sehnen werde. Schwer, so etwas in den Staaten zu finden.

Um es noch einmal zu sagen: Ich bin *nicht* paranoid veranlagt, d. h. ich habe nicht die Charakterstruktur eines Paranoikers. Ich bin im Grunde ganz vernünftig und habe einen außerordentlich gut entwickelten Sinn für die Realitäten. Trotzdem ist mein Gemütszustand in der Tat sehr schlecht. Ich weiß überhaupt nicht, was mit mir ist. Ich weiß, daß ich gräßliche Phasen der Verzweiflung durchmache, und wenn ich das Geld hätte, würde ich mich sofort ins nächste Sanatorium begeben (Casablanca). Ich fürchte, ich komme hier draußen einfach nicht zurecht. Kiki hat aufgegeben. Eins ist allerdings sicher: Bis ich nach Frisco komme, werde ich die Sucht los sein. Darum mußt du dir also keine Gedanken machen.

Ich bin abgeschweift an der Stelle, wo ich von meinem Haus sprach. Wenn und falls. Wie gesagt, in Tanger kann sich einiges ändern; die Araber könnten sich ganz Marokko krallen, oder die verdammten Spanier greifen sich Tanger. Sie haben es schon immer gewollt. Kikis Vater wurde während des Bürgerkriegs ein Opfer der Faschisten. Nach der Besetzung von Tanger erschossen sie alle Anhänger der Republikaner, die sie finden konnten. Und Amerika unterstützt diesen elenden Bastard, der nicht besser ist als Hitler! Eisenhower hat sich wirklich als totale Null erwiesen. Hast du gewußt, daß in den letzten zwei Jahren 2000 Angehörige des auswärtigen Dienstes entlassen wurden, und davon nur zwölf als Kommunisten? Der Rest wegen angeblicher Homosexualität. Was wird bloß aus den USA? Ein Polizeistaat. Sieht wirklich schlimm aus. Die Verhältnisse in Tanger sind also unsicher, und ich mag die Ausländerkolonie nicht, und es gibt nicht viel Abwechslung (lausiger Strand, keine Gelegenheit zum Jagen, nichts zum Ausgehen). Mexiko ist eine Möglichkeit, aber man müßte seinen Grund und Boden auf den Namen eines Mexikaners eintragen lassen, und selbst dann muß man jederzeit darauf gefaßt sein, ausgewiesen zu werden. Ich habe an die Bahamas und Antillen gedacht, die ich allerdings nicht gut kenne, und als Kompromiß vielleicht sogar Key West. Wir könnten es zu einem gemeinsamen Projekt machen, indem ich mit deiner und Jacks Hilfe das Haus baue. Ich traue mir ohne weiteres zu, eines zu bauen. Nichts weiter dabei. Ich meine, es würde uns dreien gehören, und wir könnten dort soviel Zeit verbringen, wie wir Lust haben, und schreiben und billig leben. Irgendwo am Meer, was in vieler Beziehung was für sich hat – Schwimmen, Gesundheit, billiger Fisch, oder man fängt ihn selbst. Lohnt sich, darüber nachzudenken.

Es kann sein (die Chancen stehen eins zu hundert), daß ich übermorgen auf einem jugoslawischen Frachter mitfahren kann. Ob eine Kabine frei wird, weiß ich erst, wenn das Schiff ankommt; und manchmal fährt es nach drei Stunden weiter, manchmal erst nach einer Woche oder mehr.

Habe eine erstaunliche Entdeckung gemacht. Wenn ich mit Miss Green antörne und neben Kiki liege, kommen mir mehr und bessere Ideen als sonst. Als wäre er eine Art Orgon-Batterie, die mich darauf einstimmt. Ich habe den Test schon viele Male gemacht, und der Unterschied ist mit Händen zu greifen. Das Problem ist, mir ist dann nicht danach – und es wäre auch nicht angebracht – aufzustehen und sie zu notieren. Einige habe ich jedoch aufgeschrieben, und sie sind immer gut. Ich meine, er ist so etwas wie ein Medium, durch das ich Ideen bekomme; vor allem, wenn ich high bin (obwohl Miss Green nicht im Spiel sein muß), und am besten, wenn wir im Bett liegen, ohne zu reden. Wir machen fast jeden Nachmittag gemeinsam Siesta. Er sagt, er kann zuhause nicht schlafen, weil sein Bruder ihn stört und seine Mutter ihn dauernd anschreit: »Geh raus und verdien mir was dazu.« Mit unserem Verhältnis findet sie sich gerne ab, weil Kiki einiges zum Haushaltsgeld beisteuert. Er sagt, er schläft besonders gut bei mir, und wir schlafen jeden Nachmittag etwa vier Stunden, eng umschlungen, wie in dem Brief an Jack beschrieben. Manchmal haben wir Sex, manchmal nicht. Zärtlichen Kontakt ohne Sex finde ich fast genauso befriedigend. Dr. Sullivan von der Washington School postuliert, glaube ich, ein »Intimitätsbedürfnis«. Ich jedenfalls habe ganz eindeutig ein Bedürfnis nach nichtsexueller Intimität. Natürlich nicht *unbedingt* nichtsexuell, verstehst du. Ich stelle fest, daß Kiki es als etwas ganz Natürliches zu sehen scheint, während Amerikaner die Einstellung haben: Machen wirs und bringen wirs hinter uns. Tatsache ist, Kiki empfindet mir gegenüber mehr Zuneigung als sexuelles Verlangen, soweit ich es beurteilen kann. Bevor seine Mutter ihr Machtwort sprach, verbrachten wir oft sechzehn Stunden auf Tuchfühlung im Bett. Nun gut. Ich werde versuchen, die Story noch in diesem Umschlag unterzubringen oder wenigstens mit der gleichen Post zu schicken. Sie hat sich sehr verändert, und ich finde sie jetzt viel besser. In ihrer jetzigen Form gefällt sie mir.

Herzlich,
Bill

P. S. Wenn ich mirs recht überlege, sind die Polizisten von Tanger ein Musterbeispiel für das, was Polizisten sein und tun sollten. Es interessiert sie nicht, wie dein Sexleben aussieht, oder ob du Junk nimmst (Pot raucht natürlich jeder auf offener Straße, wie Tabak). Sie sorgen nur für Ordnung (und das recht gründlich. Ich habe schon allerhand Schlägereien beobachtet, und jedesmal war die Polizei innerhalb von Sekunden zur Stelle. Nicht verhindern konnten sie allerdings einen Mord, der sich kürzlich auf der Hauptstraße ereignet hat, aber da gab es keine Vorwarnung. Ein Araber ging auf einen anderen zu und rammte ihm ein Messer in den Bauch). Und sie verhindert Diebstähle (die allerdings nicht häufig vorkommen).

Bei einer Auseinandersetzung mit einem Araber ist man als Amerikaner automatisch im Recht. Das gefällt mir, und ich nutze es nicht aus. Wenn ich einem was verpasse, kann man sicher sein, daß er es verdient hat, denn ich bin normalerweise gutmütig und äußerst umgänglich. Es ist schön zu wissen, daß die Polizei auf deiner Seite ist, wenn du Ärger hast. Bis jetzt hatte ich noch keinen nennenswerten. Ein Araber versuchte mich auszurauben, aber ein ordentlicher Fausthieb beendete diesen Versuch. Die Gerichte tun erst gar nicht so, als würden sie nicht diskriminieren. Für dasselbe Vergehen bekommt ein Araber immer eine längere Strafe als ein Europäer. Allerdings sind hier alle Strafen relativ leicht – 5 Jahre sind so ziemlich das Höchste.

18. August 1954

Lieber Jack,

Danke für deinen Brief mit den Adressen in Paris. Ich schrieb an Bob Burford, stellte mich kurz vor und fragte, ob er in Paris sein wird, weil ich ihn gerne treffen würde. Keine Antwort. Vielleicht hat sich seine Adresse inzwischen geändert. In Europa und Tanger bin ich im allgemeinen auf kühle Zurückhaltung gestoßen. Paul Bowles hat bei unserer einzigen Begegnung keinerlei Aufgeschlossenheit erkennen lassen. Vielleicht hat er irgendwie die Vorstellung, daß er sich Schwierigkeiten einhandelt im Umgang mit jemand, der mit Drogen zu tun hat. Da Tennessee Williams und Capote etc. Freunde von Bowles sind, bekomme ich natürlich auch sie nicht zu sehen, wenn sie in der Stadt sind.

Ich hätte nichts gegen eine Rückkehr in die Staaten, aber alle Schiffahrtslinien, die ich bisher kontaktiert habe, sind bis Oktober ausgebucht. Habe verschiedene Reisebüros auf die Sache angesetzt, aber es sieht nicht gut aus. Ich wäre gern mit dir nach Frisco, um mich Allen und Neal anzuschließen, bei der Eisenbahn oder sonstwo zu arbeiten und das Geld für eine Expedition in die Dschungel von Südamerika zusammenzusparen. Naja, ich werde es tun, sobald ich kann.

Kiki hat meine sämtlichen Kleider konfisziert und sich vorgenommen, mich von der Sucht zu kurieren. Ich habe auch verschiedene neue Ersatzdrogen, die mir ein guter Arzt verschreibt (Jude, aus Deutschland geflohen). Habe also Aussicht auf Erfolg, denn Kiki ist hier und kümmert sich um mich und erweist mir die passenden Gefälligkeiten, wenn es so aussieht, als ob mir gleich einer in der Hose abgeht (bildlich gesprochen, denn ich habe keine an) – spontane Orgasmen sind eine der wenigen angenehmen Begleiterscheinungen des Entzugs. Und man ist nicht auf einen Orgasmus beschränkt. Man kann mit jünglingshafter Leidenschaft weitermachen und drei oder vier Höhepunkte erreichen. Wenn man von Junk runterkommt, fühlt man sich meistens zu schwach, um sich auf die Suche nach einem »Sexpartner« zu machen. Ich meine, man hat nicht den Antrieb, um sich nach einem Lustobjekt umzusehen, wie die Analytiker es nennen. Hört sich so leidenschaftslos an. Als würde man sagen: »Gestern abend hab ich mir ein ziemlich heißes Objekt aufgetan.« Ich stelle fest, daß ich auf Kiki eifersüchtig werde, weil er von Schwuchteln so umworben und belagert wird. Ich bin tatsächlich richtig verknallt, bis zum Hals in Maya. Er ist ein reizender Kerl, und es ist so angenehm, am Nachmittag herumzuliegen, Pot zu rauchen, zu dösen, Sex zu haben und sich Zeit lassen zu können, die Hände über seinen schlanken sehnigen Körper gleiten zu lassen, bis wir schließlich eng umschlungen in einen köstlichen Schlaf sinken, den heißen Nachmittag in einem kühlen dämmrigen Zimmer verschlafen, und es ist ein Schlaf, der keinem anderen Schlaf gleicht, ein Dämmerzustand, in dem ich mich wollüstig und genießerisch treiben lasse, während ich die Nähe von Kikis jungem Körper spüre, das zärtliche unmerkliche Näherkommen im Schlaf, ein Bein schiebt sich langsam über das des anderen, sein Arm um deinen Körper, die Hüften immer näher zueinander, die Glieder recken sich und tasten nach warmem Fleisch. Jack, ich würde es mir an deiner Stelle zweimal überlegen, ehe ich den Sex sausen lasse. Es ist ein elementarer Kick, und wenn es so gut ist wie es sein kann, dann ist es *gut*. (Hört sich an wie ein Gemeinschaftswerk von Gertrude Stein und Hemingway.)

Ich kann mir nicht helfen, ich habe das Gefühl, du gehst zu weit mit deiner absoluten Keuschheit. Außerdem, Onanieren ist *nicht* Keuschheit, es ist nur ein Umweg, ohne sich der Lösung auch nur zu nähern. Wie du weißt, Jack, habe ich Buddhismus studiert und praktiziert (auf meine übliche schlampige Art und Weise, versteht sich). Meine Schlußfolgerung, und ich behaupte nicht, von einer höheren Warte der Erleuchtung zu sprechen, nur daß ich die Reise versucht habe, wie immer mit unzureichendem Rüstzeug und Wissen (wie bei einer meiner südamerikanischen Expeditionen) und mit jedem erdenklichen Fehltritt, meine Ausrüstung verloren, mich verirrt, in kosmischen Winden frierend an einem kahlen Berghang oberhalb der Vegetationsgrenze, bis ins Knochenmark vereist von endgültiger Verzweiflung und Einsamkeit: Was mache ich hier, ein kaputter Exzentriker, ein Evangelist von der Bowery, der in der Bibliothek theosophische Schriften liest (eine alte Blechkiste voll Aufzeichnungen in meiner kalten Bude auf der East Side) und mir einbilde, ich wäre ein heimlicher Weltbeherrscher, in telepathischem Kontakt mit tibetanischen Adepten ... Könnte ich je die erbarmungslosen kalten Tatsachen sehen in einer Winternacht, in einer Cafeteria mit dem grellen Weiß eines gekachelten OP – No Smoking Please – die Fakten sehen und mich selbst, einen alten Mann mit den vertanen Jahren hinter sich, und was hätte er noch vor sich, nachdem er Die Tatsachen erkannt hat? Eine Kiste voll Aufzeichnungen, die in der Henry Street beim Sperrmüll landet? Meine Schlußfolgerung war also, daß der Buddhismus für den Westen nur etwas Geschichtliches zum Studieren und Verstehen ist, und daß man unter diesem Gesichtspunkt auch von Yoga profitieren kann. Aber es ist für den Westen keine Antwort, keine *Lösung*. Wir müssen lernen durch Handeln, Erfahren und Leben, also in erster Linie durch Lieben und Leiden. Jemand, der den Buddhismus oder sonstwas dazu benutzt, um die Liebe in sich auszulöschen, damit er dem Leiden entgeht – nach meinem Empfinden ist das ein Sakrileg, das sich nur noch mit Kastration vergleichen läßt. Du hast die Fähigkeit zu lieben mitbekommen, damit du sie benutzt, egal wieviel Schmerz damit verbunden sein mag. Buddhismus wird oft zu einer Art von seelischem Junk ... Im übrigen habe ich von diesen kalifornischen Vedantisten noch nie etwas anderes als gequirlte Scheiße gesehen, und ich nenne sie hiermit ohne Umschweife eine Bande von lachhaften falschen Fuffzigern. Natürlich sind sie voll überzeugt von ihrem Kurs, womit sie ihren sonstigen Mankos auch noch das des Selbstbetrugs hinzufügen. Kurz und gut: Ein jämmerlicher Haufen von Seelchen, die vor den Fährnissen der menschlichen Reise kneifen. Wenn ich nämlich eins mit Sicherheit weiß, dann dies: Das menschliche Leben hat ein Ziel. Selbst wenn wir sowas wie Zyklen à la Spengler annehmen – es kommt nie exakt an dieselbe Stelle zurück und es wiederholt sich auch nicht genau. Na, genug davon, sonst werde ich noch ein langatmiger Deutscher mit irgendeiner Philosophie von der Bestimmung des Lebens, erwachsend aus den Potentialen, die inhärent sind in der Zellstruktur des menschlichen Raum-Zeit-Reisenden. Wenn das Potential einer Gattung erschöpft ist, wird sie statisch (wie alle Säugetiere, Reptilien und sogenannten niederen Formen des Lebens). Was den Menschen von allen anderen Gattungen unterscheidet, ist, daß er nicht stehenbleiben kann. *Er muß streben oder untergehen.* (Das ist von mir.) »He must continue to develop or perish.« Das wächst sich langsam zu einem enormen fünfbändigen Werk aus. Was ich meine, ist: Die kalifornischen Buddhisten versuchen, mitten auf der Straße zu parken, aber das geht nicht. Ob du willst oder nicht, du bist dem menschlichen Streben verpflichtet. Die bloße Vermeidung von Leiden ist ein so negatives Ziel, daß ich mich damit nicht identifizieren kann. Leiden ist eine Chance, die du schon deshalb ergreifen mußt, weil du lebst. Ich sage es nochmal: Buddhismus ist nichts für den Westen. Wir müssen unsere eigene Lösung entwickeln. Wenn du an Sex keinen Spaß hast, versuch es mit einem Analytiker. Manche sind ganz gut. Ich hätte selber Lust, es mal mit einem Reichianer zu probieren. Könnte sein, daß man sich in einer enormen D. H. Lawrence-Affaire mit einer Frau findet und gemeinsam zum Orgasmus kommt und lauter so Sachen.

Na, Schluß mit diesen abstrakten Erörterungen. Ich habe ernste Schwierigkeiten mit meinem Roman. Ich sag dir, die Romanform ist komplett ungeeignet für das, was ich ausdrücken will. Ich weiß nicht, ob ich eine Form finden kann. Was Aussicht auf Veröffentlichung angeht, bin ich sehr pessimistisch. Und ich bin nicht wie du, Jack, ich brauche ein Publikum. Ein kleines vielleicht, aber ohne Veröffentlichung kann ich mich nicht entwickeln. Ein Schriftsteller kann ruiniert werden durch zuviel Erfolg, aber auch durch zu wenig. Lese gerade nochmal deinen Brief durch und bin mir im Zweifel, ob ich all diese Leute antreffe, zumal Burford nicht antwortet (aber vielleicht tut ers ja noch). Wie gesagt, der ganze Europa-Trip war eine Pleite. Ich habe nirgends jemanden kennengelernt. Wo ich auch hingehe, ich fühle mich fehl am Platz und unwillkommen. Habe also meine Zweifel, was Paris angeht. Ist auch sehr teuer. Ich habe mit niemand Kontakt bekommen, und der Trip war gekennzeichnet durch geradezu abartige Pechsträhnen, von dem Augenblick an, als ich meinen Fuß auf dieses schauderhafte, verdreckte griechische Schiff setzte. Die Zeichen sind einfach nicht richtig.

Hier z. B. habe ich außer Kiki keinen, mit dem ich reden kann. Von wegen Künstler- und Schriftstellerkolonie! Ach ja, zwei Leute gibt es, die halten mich für eine Type und meinen, ich sollte im Fernsehen auftreten. Kiki entblößt mich allmählich von sämtlichen Klamotten. Sie gefallen ihm so sehr, und mir ist es ziemlich gleichgültig.

26. August 1954

Lieber Allen,

Ich habe eine definitive Reservierung bei der Italienischen Linie für 7. Sept. ab Gibraltar. Paris fällt flach. Kein Geld dafür, und keine Antwort von Burford. Auf der nördlichen Route wäre bis Mitte Oktober nichts zu machen.

Was folgt (aus einem angefangenen Brief übernommen) wird dir zeigen, daß ich meine Einstellung geändert habe und ein deutliches Stück weitergekommen bin:

Der entscheidende Grund für ein Hierbleiben ist Kiki. In letzter Zeit will ich ihn ständig um mich haben. Gestern abend wurde mir bewußt, daß ich ihn liebe. Er kam am späten Abend, ich hatte geschlafen, war noch benommen und bekam nicht sofort mit, was er sagte. Plötzlich wird mir klar, daß er in allen gräßlichen Einzelheiten die Muster schildert, die er sich auf die herrlich kupferbraune Haut von Brust, Schultern und Armen tätowieren lassen will, über die ich stundenlang meine Hände gleiten lasse, während er im Schlaf wie ein zufriedener Kater schnurrt.

Ich wurde also hysterisch, brach in Tränen aus, küßte ihn und bat ihn flehentlich, es sein zu lassen. »Es ist, als würdest du dir einen Pflock durch die Lippe bohren oder einen Ring durch die Nase machen oder dir die Schneidezähne ausschlagen, um dir Goldzähne einsetzen zu lassen.« (Manche Araber tun das.) »Es ist eine Schändung!« Meine Aufgeregtheit machte schließlich Eindruck auf ihn. Ich gab ihm mein letztes Sportjackett, mein zweites Paar Hosen (ich habe jetzt nur noch meine Kampfjacke, eine leichte Freizeithose und diesen billig aufgemotzten braunen Mantel aus dem mondänsten Geschäft von der Worth Avenue in Palm Beach) und 10 Dollar, die ich eigentlich nicht entbehren kann. Nur damit er mir verspricht, sich niemals tätowieren zu lassen. Der Schock machte mir jäh bewußt, daß ich ihn irgendwie liebe. Ich weiß natürlich, daß ich mich emotional nicht so binden sollte. Wenn ich ihn besonders heftig umarme, findet er es unverständlich und schaut mich verwirrt an.

Es ist zum Verrücktwerden. Ich komme nicht an ihn ran. Und jeder Versuch, glaube ich, hätte verheerende Folgen für mich. Ich weiß, ich sollte es bei einer legeren Beziehung belassen, aber das ist so langweilig. Ich stelle fest, daß der Sex viel mehr Spaß macht, seit ich so etwas wie Liebe für ihn empfinde.

Es bedrückt mich, von deinen Problemen zu hören; vor allem, weil es sich anhört, als ließe sich nichts daran ändern – eine seelische Sackgasse. Meinst du nicht, daß du z. B. glücklich sein könntest mit jemand wie Kiki? (Seine Augenbrauen sind nicht *buschig*, nur dicht, aber sehr symmetrisch und schnurgerade. Es ist ein indianisches Merkmal; ich weiß nicht, wieso, aber Kiki sieht aus wie ein südamerikanischer Indianer.) Lieb und zärtlich, aber unzweifelhaft maskulin. Natürlich wird er sich nie Hals über Kopf in *dich* verlieben. Das ist klar. Übrigens ist Kiki durchaus nicht immer so lieb. Er kann mürrisch sein, und manchmal schockiert er mich mit einer Tirade von üblen Beschimpfungen. Einmal hat er mich so gekränkt, daß mir die Tränen kamen. Bei Menschen, die ich liebe, habe ich immer Angst, daß sie mich in Wirklichkeit hassen und ich plötzlich mit ihrem Haß konfrontiert werde. Kiki sagt hinterher immer, er hätte es nicht so gemeint.

Ich habe die Story von dem Autounfall mit Jack A. umgeschrieben. In der jetzigen Form finde ich sie ganz gut; von allem, was ich geschrieben habe, eines der gelungensten Stücke. Ich denke, sie ließe sich vielleicht veröffentlichen, und ich schicke zwei Versionen – die eine ist gekürzt, so daß sie für Zeitschriftenleser konsumierbar ist; die andere enthält eine profane Anekdote, die man vielleicht eher weglassen sollte. Zentral ist das Symbol des Wageninneren, die Illusion von Sicherheit, während man unausweichlich auf eine Katastrophe zusteuert. Ich habe vier verschiedene Formulierungen, die ich dir zur Auswahl vorlege. Ich habe soviel daran umgeschrieben, daß ich es nicht mehr beurteilen kann. Für die Zeitschriftenversion habe ich die vierte gewählt. Bitte versuche die Story irgendwo unterzubringen, denn ich finde, sie ist kommerziell interessant.

Herzlich,
Bill

P. S. Aus Erfahrung lernt man nichts als Vorsicht; *falls* man das lernen will. Ich will es nicht, denn damit bringt man sich um alles und beseitigt mit dem Schmerz auch das Vergnügen, so daß das ganze Manöver sinnlos ist. Ich wollte dir gerade einen Deal wie Kiki schmackhaft machen ... Jetzt habe ich meine Zweifel. Ich bin es leid, in Sachen Liebe den weisen Mahatma zu spielen, wenn es sich mir doch nur als gräßlicher Schlamassel darstellt, mit einem einzigen gleichbleibenden Muster: Kränkung und Frust. All das Geschwafel von wegen: Daß es nie vergeblich ist und man es eines Tages alles zurückbekommt, eine gute Fee hebt es für dich auf, und es trägt Zinsen, und mit der Rente kriegst du es voll ausbezahlt. Ich schreibe nur, um das elende Gefühl hinauszuschieben, das mich überkommen wird, wenn ich aufhöre zu schreiben.

30. August 1954

Lieber Allen,

Von jetzt an solltest du mir nicht mehr nach Tanger schreiben, da ich hier am 7. Sept. abreise. Bitte schreib mir an die Adresse von Jack.

In der letzten Woche wurde das Haus Tony von schwarzen Ratten heimgesucht. Ich erledigte zwei mit meinem Stock, und der Bursche des Captain – ein unverschämter, häßlicher kleiner arabischer Pinscher – killte eine weitere in der Toilette, und zwar mit einer Colaflasche. Eine beunruhigende Theorie zur Erklärung der Anwesenheit einer Ratte in der Toilette wurde von Eric dem Pechvogel angeboten: Sie kriechen und schwimmen durch die Abwasserrohre und kommen in der Kloschüssel raus. Eine Vorstellung, die einem geruhsamen Schiß nicht gerade förderlich ist.

Was ist nur los mit meiner Schreiberei. Ich bringe anscheinend nichts mehr zuwege. Seit *Fahrstunde* kein Wort mehr. Roman festgefahren. Mein Zimmer und meine Manuskripte ein hoffnungsloses Durcheinander. Ich versuche, das Zeug zu ordnen, aber ich schiebe bloß Papier von hier nach da. Wie der alte verrückte Mr. Elvins, der mitten in der Nacht aufwachte und seine ganzen Bücher vom einen Ende des Zimmers ans andere umschichtete.

3. Sept. 1954

Lieber Allen,

Hast du meine Story *Fahrstunde*, die ich dir an Neals Adresse geschickt habe? Ich lese sie gerade nochmal durch und sehe einen verunglückten Satz. In der Mitte von Seite 3: »Der andere, mager, interessiert, unverkennbar mit Eigenschaften ausgestattet, die sich locker unter dem Begriff ›intellektuell‹ zusammenfassen lassen, gleichzeitig jedoch mit dem Blick eines gequälten, in die Enge getriebenen Tiers.« So steht es im Moment da.

Das mit dem ›locker‹ muß gleich mal raus. Man könnte es so zusammenstreichen: »Der andere, mager, interessiert, mit dem Blick eines gequälten, in die Enge getriebenen Tiers.« So *liest* es sich besser, aber die Gespaltenheit von Bills Charakter fehlt dann. Wie wäre es damit: »Der andere, mager, interessiert, unverkennbar intellektuell, gleichzeitig jedoch . . .« usw. Welche dieser Alternativen ziehst du vor? Tu, was du für richtig hältst, falls du dazu kommst, den Text irgendwo anzubieten, bevor ich in Frisco eintreffe. Auf jeden Fall muß dieses ›locker‹ raus. Mit dieser Korrektur, denke ich, ist die Story so rund und abgeschlossen wie kaum etwas anderes von mir. Was meinst du?

Den Begriff ›Intellektuell‹ kann man nicht verwenden, ohne daß man noch was dazusagt.

Na, ich werde Tanger keine Träne nachweinen. Es ist ein riesiges Bordell, und nach einer Weile wird das deprimierend. Wenn ich gesund wäre und keine Sucht hätte, würde ich einen gelegentlichen Besuch hier sicherlich genießen. Was Sex angeht, zweifle ich, ob es in diesen barbarischen Zeiten irgendwo etwas Vergleichbares gibt.

Herzlich,
Bill

Mache mir Listen von Dingen, die ich vor der Abfahrt noch erledigen muß. Bestimmt vergesse ich etwas. Breche am Montag auf und übernachte in Gibraltar. Sucht unverändert. Versuche einen Entzug während der Überfahrt. Zu riskant, in die USA etwas mitzubringen. Kann sein, daß es gutgeht, aber wenn mich jemand als Junkie spitz kriegt und man etwas bei mir findet, lande ich mit Sicherheit hinter Gittern.

Nochmal herzlich,
Bill

Da Huxleys Buch über Peyote anscheinend gut angekommen ist, könnten wir vielleicht mit dem Yage-Material etwas machen. Ich meine, einfach eine Auswahl aus den Südamerika-Briefen über Yage. Vielleicht für *New Directions*?

Ich freue mich darauf, dich zu sehen. Du kannst mich in etwa einem Monat erwarten.

Ich rechne damit, daß Jack mich bei der Ankunft abholt und Neuigkeiten von dir hat.

Noch einmal: herzlich,
Bill

3. Sept. 1954

Lieber Allen,

Anbei $10. Schreib mir im einzelnen, wie deine finanzielle Lage ist. Ich helfe dir, so gut ich kann.

Wie stehst du im Augenblick mit Neal? Er hat doch nicht wirklich vor, sich dem Edikt von Carolyn zu fügen, das ihm den Umgang mit dir verbietet? Wenn doch, ist er nicht der Mann, für den ich ihn gehalten habe. Niemand sollte sich seinen Umgang von einem anderen vorschreiben lassen. Warum lassen sich Amerikaner so etwas bieten? Ich habe es nie getan. Tja, Carolyn hat jetzt, was sie alle wollen: Einen Mann ganz für sich allein, in einem Haus voll Krimskrams irgendwo in der Vorstadt, unbehelligt von lästigen schädlichen Freunden.

Noch ein Anfang für den Roman: »Lee saß da, die Spritze in der linken Hand, und machte sich Gedanken über das Blut und seine Geheimnisse. Manche Venen konnte er nachmittags um halb drei treffen, andere waren Morgen- oder Abendvenen, wieder andere schienen aufzutauchen und zu verschwinden. Lee fand, daß sein sechster Sinn ihn selten im Stich ließ. Wenn er mit der rechten Hand nach der Spritze griff, bedeutete es, daß er den linken Arm versuchen mußte. Sein Körper wußte, welche Vene zu treffen war. Wie beim automatischen Schreiben ließ er dem Körper seinen Willen, wenn er soweit war, sich einen Schuß zu setzen.«

Ich arbeite weiter am Letzten Abendmahl. Bis jetzt bin ich noch auf keine Inspirationsquellen gestoßen. Ein bißchen gutes Selbstmitleid (wie du weißt, beharre ich auf dem Recht, mich als leidende menschliche Kreatur zu bemitleiden. Verkehrt an schlechtem Selbstmitleid ist der hermetische, inzestuöse Luxus, sich darin zu suhlen, und vor allem die Verweigerung von Einsicht. Positives Selbstmitleid tritt dagegen nur in Augenblicken tiefer Einsicht auf, wenn du dich klar und unverzerrt siehst wie ein per Fernrohr herangeholtes Bild. Du hast in diesen Augenblicken der Selbsterkenntnis auch die Alternative, dich zu hassen, aber dann haßt du in deinem Bild die ganze menschliche Rasse. Ist also Selbstmitleid, wie ich es auffasse, verkehrt, schlampig und widerwärtig? Ich hoffe nicht.) Aber der Zustand wie beim automatischen Schreiben, in dem mir die besten Sachen gelingen, hat sich noch nicht eingestellt, und ich bin nicht zufrieden. Werde es mit Pot versuchen und sehen, ob ich damit etwas erreiche.

Was waren deine zwei Seiten in *Invisible Man*? Mir gefällt der Teil über Rhinehart, auch einige Szenen mit dem reichen Philanthropen im ersten Teil. *Flee the Angry Strangers* hat ein paar gute Szenen, z. B. wenn Ritchie »Izzie The Ghost« versucht, mit Geld von der Polente einen Drogenkauf zu tätigen und das ganze Village vor ihm Reißaus nimmt. Manche Schilderungen des Underground Girl haben mir auch gefallen. Im ganzen jedoch ist das Buch zäh und ausgestopft mit zuviel langweiligem Füllmaterial. Gott, was für ein Langweiler ist doch der Linksliberale, der am Ende ganz in der Gewerkschaftsarbeit aufgeht; ganz zu schweigen von Stoney und dem athletischen kämpferischen Linken. *The Execution of Private Slovik* von einem gewissen William Bradford Huie gibt es als Signet-Taschenbuch. Solltest du lesen. Slovik war der einzige Soldat im 2. Weltkrieg, der wegen Feigheit vor dem Feinde hingerichtet wurde. 49 weitere wurden zum Tod durch Erschießen verurteilt (Deserteure werden erschossen, nicht aufgehängt wie Soldaten, die wegen Vergewaltigung oder Mord verurteilt wurden), aber keines der anderen Urteile wurde vollstreckt. Der entscheidende Punkt, den der Autor jedoch umgeht, ist der, daß Slovik die Wahrheit sagte: »Ich würde wieder davonlaufen.« Generäle ernähren sich von Bullshit. Es ist ihre natürliche Nahrung. Slovik verweigerte sie ihnen – ein existentialistischer Märtyrer. Viel Ähnlichkeit mit dem *Fremden* von Camus. All das aber nur zwischen den Zeilen zu ahnen. Der Autor hat kein Talent und keine Einsicht.

Na, ich will jetzt ... Ach Gott, die Schreibmaschine hakt wieder aus. Ich will jetzt deine $10 abschicken. Das einzige, was beim Öffnen eines Briefes einen schöneren Anblick als Geld bietet, ist ein gefalztes Papierchen mit der ›Substanz‹.

Herzlich,
Bill

P. S. Meine Krankheit hat sich für den Augenblick verzogen. Aber sie wird wiederkommen – ich spüre, wie sie mich belauert ...

Mittwochabend
(New York)

Operation abgeschlossen. Ritchie sollte heute mittag mit Nachschub vorbeikommen. Er kam nicht. Die nächsten sechs Stunden waren das Schlimmste, was ich je durchgemacht habe. Schließlich warf ich mich hin und her, biß in die Matratze und trommelte an die Wand, bis mir die Schwester einen Schuß Demerol gab. Ich weiß nicht, was ich ohne einen Schuß getan hätte. Es war buchstäblich nicht mehr zum Aushalten.

Dann taucht Ritchie auf, und damit ist mir ein Fix

entgangen, den es im Leben nur einmal gibt. Es wäre die pure Wohltat gewesen. Statt dessen bin ich halb gefixt mit Demerol, und weil ich die Vene nicht getroffen habe, spüre ich den Schuß nicht voll, aber wenigstens bin ich jetzt gefixt. Jack, der heute kommen sollte, hat sich nicht blicken lassen. Morgen muß ich hier unbedingt raus, egal wie. Ich habe den Eindruck, daß mich der Chinese noch nie in meinem Leben so geritten hat. In Milwaukee und ganz Wisconsin werden die Junkies jetzt legalisiert. Sie bekommen einen Bezugsschein wie in Mexiko. Ich hoffe, diese glänzende Idee wird sich verbreiten. Wenn ich doch nur Codeineetas kaufen könnte, dann wäre ein Entzug garantiert zu schaffen. Aber hier kauft man H oder gar nichts. Dollies sind nirgends mehr aufzutreiben, seit die Bundespolente gegen Ärzte vorgeht, die Dollies verschrieben haben. Georgia und Walter hatten einige Dollies, mit denen sie einen Entzug machen wollten, und die Feds kamen und konfiszierten das Zeug. Sie *wollen* nicht, daß jemand von der Sucht loskommt.

Ich werde nach Florida gehn, und der Hausarzt meiner Eltern wird mir eine Kur verpassen. Werde in 2–3 Wochen in Frisco sein. Könnte es eh nicht beschleunigen, weil ich mich sehr ruhig verhalten muß, bis die Operation ausgeheilt ist. Es wäre eine Pleite für dich, wenn du einen Halbinvaliden am Hals hättest.

Donnerstagabend

Bin aus der Klinik raus. Jack ließ sich nicht blicken und rief auch nicht an, so daß ich ihn jetzt nur per Post erreichen kann. Manchmal scheint ihm jeder Sinn für normales Verhalten zu fehlen. Es würde ihm nicht einfallen, in der Klinik anzurufen (Ich hatte ein Telefon im Zimmer). Die Krankenschwestern hatte ich zuletzt ziemlich gut auf Trab, und sie brachten mir Demerol ohne Widerrede, nachdem sie meine grausige und vollkommen echte Vorstellung als Matratzenbeißer erlebt hatten.

Von Zeit zu Zeit nehme ich mir immer noch deinen Brief vor und lese ihn wieder durch. Legte mich schlafen und wußte irgendwie, daß ich etwas träumen würde. Wurde um 3 Uhr wach und setzte mir einen kleinen Fix. Bin jetzt um 7 aufgewacht. Enormer Traum. Ich schreibe ihn dir auf:

Ich bin zurück in Nordafrika, aber vor mehreren Jahren. Lerne einen dämlichen Homo kennen, der sich auf jedes Wort stürzt, als wäre es eine obszöne Zweideutigkeit. Hinter seinem affigen Getue spüre ich etwas unvorstellbar Böses. Er hängt wie eine Klette an mir und zieht mit mir in ein Haus. Ich bin angewidert, als hätte sich ein abscheuliches Insekt auf mich gesetzt. Auf der Straße begegnen uns zwei Lesben, die »Hallo Boys« sagen und uns sozusagen gleichen Status zuerkennen. Ein gräßlicher, toter, ritueller Gruß, von dem mir so übel wird, daß ich mich angeekelt abwende. Der Schwule gibt mir meine Post, die er in der Botschaft abgeholt hat. Alle Briefe sind geöffnet worden. Die Seiten, alle getippt, sind durcheinander, so daß ich nicht feststellen kann, welcher Brief von wem ist. Immer wieder blättere ich die Seiten durch und suche das Ende eines Briefes und eine Unterschrift – vergebens.

Ich gehe eine staubtrockene weiße Straße entlang. Ich spüre eine Gefahr. Ein trockenes braunes Vibrieren, wie von Insektenflügeln, die aneinanderreiben. Ich komme vorbei an einem Dorf mit schlafenden Menschen, die in Jurten hausen, etwa zwei Fuß hoch, bestehend aus einem Drahtgerüst, an dem schwarze Stoffbahnen befestigt sind. Dann bin ich wieder in der Stadt. Das grausige, trockene, leblose Vibrieren ist jetzt überall. Nicht direkt ein Geräusch, sondern eine Frequenz, eine Wellenlänge.

Das Vibrieren geht aus von einem heiligen Mann, der in einem Turmbau lebt. Er hat ein schwarzes Gesicht. Er verlangt mehr Geld von den Einwohnern. Seine Gegner sind zwei Araber, die einzig lebendig wirkenden Menschen, die ich in der Gegend bisher gesehen habe. Der eine ist ein vitaler Mann von Mitte vierzig, der andere ein Junge. Von dem Jungen fühle ich mich sofort angezogen. Ich spreche die beiden an und frage: »Wieviel gebt ihr mir, wenn ich den heiligen Mann beseitige?« Wir feilschen um den Preis, doch wir wissen, daß Geld nicht entscheidend ist. Gegenüber dem Boy gebe ich aus dummer Überheblichkeit mit meinen Fähigkeiten als Schütze an. Und: »Ich mach es auch mit dem Messer. Ist mir ganz egal.« Er sieht mich an und lacht – er versteht alles. Sie geben mir einen Zettel, den ich in einem Waffengeschäft abgeben soll, wo man mir ein Gewehr aushändigen wird. Ich mache mich auf den Weg in die Innenstadt. Ein Freund begleitet mich. Er sagt, der heilige Mann wäre im Recht, und wir müßten ihn akzeptieren. Ich bin im Begriff, ihm das von der Waffe zu erzählen, sage aber statt dessen: »Ich werde dir meine Pläne nicht sagen.«

Er sagt: »Ja, sag mir lieber nichts. Ich würde es sonst Ihm erzählen. Du blöder Trottel! Er kennt deinen einfältigen Plan!« Er schreit es mit großer Leidenschaft und packt mich am Arm. »Kann ich es dir nicht begreiflich machen? Es ist hoffnungslos!«

»Das (mit dem Gewehr, will ich sagen, doch ich verkneife es mir gerade noch) ist nur Angeberei. Meinen wirklichen Plan kennt er nicht, weil ich ihn selbst noch nicht weiß. Das Leben! Das kann er nicht vorhersagen. Nur den Tod.«

»Er kann es vorhersagen.«

»Nein! Du hast nicht recht! Ich will dich nie mehr sehen!«

Ich renne in die Stadt, und in einem Blumenladen verstecke ich mich vor meinem Freund unter einem großen Karton voller Blumen. Er kommt herein und steht daneben wie an meinem Sarg, ringt die Hände und schluchzt und fleht mich an, mein Vorhaben aufzugeben. Ich weine auch, und meine Tränen fallen in den gelben Blütenstaub. Aber ich werde nicht aufgeben.

Werde versuchen, diesen Traum auszubauen. Vielleicht liefert er das Gerüst für einen Roman. Der Freund, soweit ich mich erinnern kann, war R. W., den ich seit Jahren nicht mehr gesehen habe. Er ist irgendwann zum Katholizismus übergetreten. Schuldet mir noch $10, die ich gut gebrauchen könnte – das deutet darauf hin (ich dachte gestern an die $10, die ich dir geschickt habe), daß auch du der Freund sein kannst. Im Traum sah der Freund wie Rex aus, der vor zehn Jahren verschwunden ist. Ich hörte, daß er in Japan lebt und sein Geld Mrs. K. vermacht hat, der Mutter von John K., die selber schon reich genug ist. Naja, will den Brief noch zur Post bringen.

Herzlich,
Bill

Schreib mir – 202 Sanford Ave., Palm Beach, Florida

12. Okt. 1954
Palm Beach

Lieber Allen,

Zurück in Palm Beach. Kein Bett für mich im Haus. Ich bin vorübergehend in einem Hotel untergebracht. Der allgemeine Eindruck ist, daß man meine baldige Abreise wünscht. »Du *wirst* wahrscheinlich nicht länger als zwei Wochen bleiben wollen«, und sogar: »Warum bist du hierher zurückgekommen?«

Praktisch gesehen ist meine Lage sehr schlecht. Ich werde die $200 im Monat nicht mehr haben. Vielleicht nicht mal die Hälfte. Hypothek auf dem Haus. Hypothek auf dem Laden. Ich kann mich darauf einstellen, daß meine Mittel immer mehr schrumpfen. Weiß nicht, was ich anfangen soll. Ich kann unter diesen Verhältnissen praktisch keinen Job bekommen. Es sei denn, sie würden jeden nehmen, der kommt, aber das tun sie nicht. Sehe auch keine Chance, in absehbarer Zeit meine literarischen Produkte an den Mann zu bringen.

Eins ist klar. Es ist für mich völlig ausgeschlossen, nach Frisco zu gehen, wenn ich nicht hundertprozentig sicher bin, daß ich dort einen Job bekomme. Da biete ich dir Hilfe und Unterkunft an, dabei sieht es so aus, daß ich nichts zu bieten habe.

Ich habe mich noch nie so komplett entmutigt gefühlt. Werde versuchen, wieder nach Tanger zu kommen, falls ich das Geld auftreiben kann.

In New York wollte ich gerade in den Flughafenbus steigen, da lief mir Carl Solomon über den Weg. Vollkommen wahnsinnig. Hat sich die letzte Zeit als Eisverkäufer durchgeschlagen und mehr Eiskrem verkauft als alle seine Kollegen in der Gegend. Er denkt, seine Familie will ihn umbringen, weil nichts Rechtes aus ihm geworden ist, usw. usw.

»Der Tollheiten noch mehr, wenn ich mich könnt' an sie erinnern.«

Bitte schreib mir. Herzlich,

Bill

202 Sanford, Palm Beach. Werde auf jeden Fall 2 Wochen hier sein.

COBBLE STONE GARDENS

Laura Lee Burroughs — Mortimer Burroughs
231 Phipps Plaza — Palm Beach, Florida

13. Okt. 1954

Lieber Allen,

Die Aussichten werden immer schlechter. Zweifle, ob ich Geld für Rückreise nach Tanger auftreiben kann. Sie fragen mich immer wieder, warum zum Kuckuck ich überhaupt in die Staaten zurückgekommen bin.

Hm. Vielleicht hast du einen Vorschlag, was ich jetzt tun soll. Das einzige, was mir einfällt, ist entweder Diebstahl oder mit Ritchie wieder ins ›Business‹ gehen. Es ist nicht so, daß ich nichts arbeiten will. Es gibt nur keine Jobs, die ich kriegen kann. Aber ich werde mich trotzdem umsehen. Vielleicht kann ich sie dazu erpressen, daß sie mir die Rückfahrt nach Tanger zahlen. Sie wollen nicht, daß ich in Palm Beach rumhocke, das steht fest. Und das Hotel (sie beharren darauf, daß im Haus kein Platz ist – mein Bett mußte einem Fernseher weichen) kostet $5 am Tag. Je nun. *A ver*. Aber um nicht drumherum zu reden: Ich *bin* zurück in die Staaten gekommen, um dich zu sehen. Wollte dich nur von meiner veränderten Lage unterrichten, d. h. daß ich nicht mehr in der Gegend herumreisen kann.

Ich möchte nicht griesgrämig klingen, aber die Situation ist beschissen.

Herzlich,
Bill

13. Okt. 1954
Palm Beach

Lieber Allen,

Unterm Strich sieht es so aus: Ich kann nicht mehr herumreisen, weil das Geld zu knapp ist. Ich muß mir einen Ort suchen und mich darauf einstellen, dort zu bleiben. Sieht also ganz nach Tanger aus. Es ist billig, und ich habe dort Kiki.

Du mußt einsehen, wie unmöglich Frisco als permanente Lösung für mich ist. Wenn du allein wärst und wir zusammenleben könnten, würde ich es riskieren. Aber so wie die Dinge stehen, kommt es mir immer undenkbarer vor, in jeder Beziehung. Mit dieser Rückkehr in die Staaten habe ich wahrhaftig einen Fehler gemacht. Naja, hat keinen Sinn, daß ich mir darüber Gedanken mache. Ich will nur wieder zurück, und zwar so schnell wie möglich. Hier gibt es nichts für mich.

Du und die anderen, ihr denkt immer, ich kann kommen und gehen, wie es mir gefällt, und ein Trip nach Frisco ist kein Problem für mich. Tja, das hat sich jetzt geändert. Ich muß mich entscheiden, ob ich nach Frisco gehe oder zurück nach Tanger, wo ich Kiki habe und mit wenig Geld auskomme. In den USA bringe ichs einfach nicht mehr. Nur in New York, aber das ist etwas Besonderes und nicht wie der Rest des Landes, und außerdem habe ich dort meine ganzen Junk-Connections. Wenn ich mich je auf illegale Art durchbringen muß, ist N.Y. der einzige Ort für mich. Denk daran, daß ich in einer grundsätzlich anderen Position bin als du. Ich bin über 40. Ich habe keinerlei Arbeitsnachweis. Ich bin praktisch nirgends verwendbar, es sei denn als Hilfsarbeiter. Einen anständigen, gutbezahlten Bürojob zu bekommen, wie du ihn jetzt hast, ist beinahe unmöglich. Wo sind meine Referenzen? Was habe ich in den letzten 20 Jahren getan? Ich bin (werden sie denken) zu alt für jeden Job, bei dem ich erst eingearbeitet werden muß (dafür wollen sie College-Absolventen unter 30), und ich habe nicht die 10 oder 15 Jahre Erfahrung, um die Art von Job übernehmen zu können, um den ich mich (nach denen ihrer Norm) eigentlich bewerben müßte. Natürlich kann ich ihnen bis zu einem gewissen Grad was vormachen, aber sie werden es nachprüfen. Wir haben eine weltweite Flaute, die Jobs sind rar, und die Konkurrenz ist erbittert. Nun ja, ich wollte dir nur klarmachen, wie die finanzielle Situation hier ist. Wie gesagt, Frisco scheint mir so ausgeschlossen zu sein, wie es undenkbar für dich wäre, alles stehen und liegen zu lassen und auf eigene Kosten mit mir nach Tanger zu kommen. Bitte laß mich wissen, wie du das alles siehst. Ich habe mich noch nicht endgültig entschieden und werde warten, bis ich von dir höre.

Herzlich,
Bill

Freitag, 29. Okt. 54
(Palm Beach)

Lieber Allen,

Gerade deinen Brief vom Dienstag erhalten. Der vorherige Brief ging anscheinend verloren, denn dies ist der erste, den ich von dir erhalten habe, seit ich New York vor 2 Wochen verließ.

Die letzten drei Wochen waren ein unbeschreiblicher Alptraum von Suchtkrankheit. Durch den Doc hier bekomme ich weiter Codein. Heute wieder ein neues Rezept. Zwei Tage war ich ohne, aber es ging nicht. Die Aussicht auf den endgültigen Schritt einer Abnabelung von Junk führt zu einer grauenhaften subjektiven Reaktion, einer Panik der Zellen, wie die Angst vor dem Ersticken in einem unbekannten Medium. Aber ich werde einen Entzug machen und dazu weitere zwei Wochen oder so hierbleiben, bis ich ohne Junk funktionieren kann. Danach werde ich höchstwahrscheinlich zurück nach Tanger gehen. Ich kann dort mit $100 im Monat auskommen und Geld sparen. Das ist besser, als wenn ich versuche, unter den derzeitigen Bedingungen einer Arbeit nachzugehen. Nicht einmal M. kann einen Job finden. Na ja, ich habe mich noch nicht endgültig entschieden. Als erstes muß ich die Sucht loswerden.

Ich habe nichts mehr geschrieben, seit ich aus Tanger weg bin. Was ich bisher geschrieben habe, liest sich wie Notizen für einen Roman und bleibt Fragment. Die letzte schöpferische Anstrengung, der Roman selbst, gelingt mir nicht. Ich kann es nicht erzwingen, und von selbst kommt es auch nicht.

Bitte schreib mir.

Herzlich,
Bill

P. S. Sehr guten Roman von einem italienischen Autor gelesen. *Der tote Junge und die Kometen* von Goffredo Parise.

Palm Beach
202 Sanford Ave.
8. Nov. 1954

Lieber Allen,

Werde voraussichtlich am 20. Nov. in See stechen. Immer noch fürchterlich krank. Ich habe die ganze letzte Woche ohne etwas durchgehalten, dann übers Wochenende mit Betty J. etwas P. G. genommen. Ich fühlte mich heute gräßlich, aber am Freitag ging es mir noch schlechter, also hat das P. G. wahrscheinlich keinen Unterschied gemacht.

Wie ich dir vor etwa einer Woche schrieb, habe ich nur einen Brief von dir erhalten, seit ich hier bin. Den mit der Idee für einen Film habe ich nie bekommen. Bist du sicher, daß du ihn abgeschickt hast? Kells ist wieder in Mexiko. Alan Ansen schrieb mir, daß man ihn wegen unmoralischen Verhaltens auf die Straße gesetzt hat. Es ist sogar fraglich, ob er sich noch weiter in Italien aufhalten kann.

Bitte schreib mir.

Herzlich,
Bill

Palm Beach
202 Sanford Ave.
12. Nov. 54
Freitag

Lieber Allen,

Danke für den Brief. Leide immer noch an den Nachwirkungen des P. G.-Wochenendes mit Betty J. Noch nie etwas erlebt, das mir so hartnäckig zusetzt. Werde nie wieder einen Entzug auf der Straße machen.

Überfahrt für den 20. Nov. gebucht. Schade, daß wir uns in New York nicht sehen können. Aber noch ein Monat hier würde mich den Verstand kosten.

Habe alles über den Amazonas gelesen, was ich finden

konnte. Ich bin überzeugt, daß das mit der Verschollenen Stadt der Inkas auf Tatsachen beruht. Mehrere Berichte geben unabhängig voneinander die ungefähr gleiche Gegend an (wo Fawcett verschwand; auch heute noch die gefährlichste Gegend im Amazonasbecken; feindliche Indianer, usw.). Um 1900 wurde sie anscheinend von hellhäutigen Nachkommen der Inkas bewohnt. Heute vermutlich verlassen, aber randvoll mit Gold. Sobald ich die nötigen $$ zusammengespart habe, werde ich mir das mal ansehen.

Selbstverständlich bin ich bereit, am Manuskript jederzeit Änderungen vorzunehmen. Im Augenblick bin ich allerdings wegen meiner Junk-Probleme total unkreativ. Die Rückkehr nach Tanger wird eine einzige Erleichterung sein. Wenn du nach New York zurückgehst, werde ich dich bald sehen, entweder in New York oder Europa. Was du mir von Frisco schreibst, hört sich alles wie ein amerikanisches Inferno an. Hast du dir schon den neuen telepathischen Jazz von Brubeck usw. angehört? Mir war bis letzten Monat nicht klar, wie schauderhaft Amerika ist. Gott, was für ein Los, hier leben zu müssen! (New York, natürlich, ist nicht Amerika.)

Habe von Alan gehört. Eine Hausangestellte hat ihn *in flagranti* ertappt, und er flog aus seiner Wohnung. Italien scheint mir nach wie vor ein schlechtes Pflaster zu sein. Seine Adresse ist: c/o American Express, Venedig, Italien.

Bin neugierig zu erfahren, was Rexroth sagt.

Samstag

Immer noch krank. Wenn ich woanders wäre, könnte ich mit Codein oder Demerol einen langsamen Entzug machen. Aber ich habe mir die Stadt schon mit meinen P.G.-Käufen verbrannt.

Wenn dir jemand begegnet, der die Verschollene Stadt

und all das Gold der Inkas suchen will und ein paar tausend Dollar raustut, gib mir Bescheid.

Herzlich,
Bill

6. Dez. 54
Tanger

Lieber Allen,

Wieder im gelobten Land! Habe jeden Tag 15–20 Stunden mit Kiki im Bett verbracht. Wie unsäglich die Staaten sein können, wird mir erst bewußt, wenn ich in ein freies Land komme und mir Erleichterung in jeder Hinsicht verschaffen kann.

Du hast selbstverständlich meine Erlaubnis, an meinem Ms. jede Änderung, Streichung usw. vorzunehmen, die du für richtig hältst. Was meint Rexroth mit seiner Bemerkung über den Roosevelt-Sketch: ». . . von jemand, der zu den höheren Chargen keinen Zugang hatte«? Es soll doch überhaupt nicht wirklichkeitsnah sein. Denkt er etwa, es hätte irgendwas mit Roosevelt zu tun? Ich finde, er liegt mit seinen Äußerungen völlig daneben.

Ich habe mich hingesetzt und ernsthaft versucht, einen Bestseller zu schreiben, und das Ergebnis war eine weitere Routine. Ich schicke sie dir, sobald ich zu einer Schreibmaschine komme. Im Moment habe ich keine und auch nicht einmal das Geld für eine gebrauchte. Ich bin wirklich knapp dran.

Ich finde meine ganze Schreiberei entmutigend. Es scheint mir nicht möglich zu sein, etwas Verkäufliches zu schreiben oder auch nur etwas Zusammenhängendes, das eine Einheit bildet. Was ich geschrieben habe, liest sich wie Notizen für einen Roman, nicht wie der Roman selbst. Der kreative Akt, der nötig ist, um aus dem Material ein abgeschlossenes Werk zu machen, scheint für mich unerreichbar zu sein. Ich kann nur

Teile eines Romans schreiben, und die Teile gehen nicht zusammen.

Ich habe Jack endlich die $30 zurückgezahlt. Meine finanzielle Situation ist beklagenswert. Ich sollte mich zusammenreißen und etwas schreiben.

Schreib mir c/o U.S. Legation, Tanger.

Herzlich,
Bill

P. S. Fing hier gleich nach der Ankunft mit Eukodol an. Das muß ich jetzt abstellen. Das Zeug lähmt mir die Blase, so daß ich nicht pissen kann. Mache langsamen Entzug mit Demerol, P. G. und Codein. Außerdem will ich ganz davon runter. Die ganzen Wochen, die ich in Florida durchlitten habe, wären umsonst, wenn ich jetzt wieder abhängig werde. Aber ich hatte noch nie eine so hartnäckige Sucht wie diese. Auf dem Schiff hatte ich nichts und war die ganze Woche krank, und keine Erleichterung in Sicht. Ich habe einen Arzt konsultiert wegen meiner Schwierigkeiten beim Pissen. Er sagt, ich soll Coramin nehmen, das hilft gegen die Nebenwirkungen des Junk. Na wunderbar. Jetzt muß ich mir jedesmal, wenn ich pinkeln will, erst einen Schuß Coramin verpassen.

13. Dez. 1954
Tanger

Lieber Allen,

Ich habe dir immer soviel mitzuteilen, daß jeder Brief zu einem größeren Unternehmen wird, und am Ende bin ich doch nicht alles losgeworden. Ich wollte, du könntest herkommen.

Ich bin ohne Schreibmaschine völlig aufgeschmissen, aber ich habe das erste Kapitel eines Romans fertig, in dem ich alle meine Routines und verstreuten Notizen unterbringen werde. Spielt in Tanger, das ich Interzone nenne. Habe ich dir von diesem Romanprojekt schon geschrieben? Es fängt an mit einem Deal, und es geht dabei um den Import und Verkauf »einer Ladung Vaseline, im Südatlantik aus echtem Walfischblubber hergestellt, im Augenblick jedoch von der Gesundheitsbehörde in Tierra del Fuego noch unter Quarantäne gestellt.« (Walfischblubber sind Rückstände, die bei der Verarbeitung eines Wals anfallen. Ein fürchterlicher Schmant, dessen Fischgestank meilenweit zu riechen ist. Niemand hat bisher eine Verwendung dafür gefunden.)

Du siehst, ich verfolge meine extremste Linie. Ich werde zusehen, daß es in sich geschlossen ist. Ich fürchte, es wird sich so wenig veröffentlichen lassen wie *costumbre*.

Habe ich dir von meinen Handelsmarine-Papieren erzählt? Der Antrag kam aus Washington zurück, versehen mit einem amtlichen Schrieb. Daraufhin gaben sie mir hier ein Formular zum Ausfüllen: »Sind Sie oder waren Sie je abhängig von . . .« usw. Sie verhielten sich sehr nett und gaben mir einen aufmunternden Klaps. Der Antrag muß jetzt wieder zurück nach Washington. Scheint aussichtslos zu sein.

Die Apotheke hier will mich los sein. Sie haben mir 10 Schachteln verkauft, damit ich einen Entzug machen kann, und Kiki gibt mir das Zeug nach einem festen Plan. Das ist ein wahres Glück. Ich hatte mir in immer kürzeren Abständen immer mehr gespritzt und Wahnvorstellungen bekommen. Ich begegne z. B. einigen Arabern und höre sie deutlich sagen: »William Burroughs«. Und wenn ich in ein Café komme, habe ich den Eindruck, daß mich alle anstarren und über mich lachen und Bemerkungen machen. Gleichzeitig *registriere* ich diese Halluzinationen und *weiß*, daß es paranoide Reaktionen sind, die von der Droge ausgelöst werden, und deshalb bin ich nicht alarmiert, d. h. ich weiß, daß sie nicht real sind. Ein eigenartiger Zustand, wahnhaft und zugleich einsichtig.

Falls Aussichten auf eine Veröffentlichung von *Naked Lunch* bestehen: Ich habe einige Anmerkungen zu Kokain, die hineingehören, aber in das Kapitel *Junk*. Ich weiß nicht, ob es eine so gute Idee ist, *Junk* wegzulassen. (Du wirst dich erinnern, daß ich einiges Material aus *Homo* wieder in *Junk* reingetan habe.) Na, ich überlasse das deinem Urteil. Stecke bis zum Hals in der Arbeit an diesem neuen Opus und mache außerdem Entzug. Ich habe auch gar nicht ein vollständiges Manuskript da. Von *Homo* eigentlich so gut wie nichts. Die Roosevelt-Nummer finde ich immer noch witzig. Ich glaube, Rexroth kapiert einfach nicht, was eine Routine ist. Mein Gott, man vertieft sich ja auch nicht in Zen und schreibt anschließend eine wissenschaftliche Abhandlung darüber. Routines sind vollkommen spontan und gehen aus von dem fragmentarischen Wissen, das man gerade hat. Eine Routine ist ihrem ganzen Wesen nach fragmentarisch und keineswegs wirklichkeitsnah. Es gibt keine Routines, die etwas erschöpfend behandeln, und einem akademisch orientierten Typ käme es auch nie in den Sinn, welche zu schreiben.

So, jetzt muß ich Schluß machen und an meinem neuen Roman weiterschreiben. Alles von Hand zu schreiben ist äußerst anstrengend.

Bitte schreib mir.

Herzlich,
Bill

P. S. In Palm Beach verfiel ich in einen widerwärtigen Zustand von Stagnation. Ich aß und schlief exzessiv, und etwas ganz Gräßliches stieß mir zu: Ich wurde *dick*. Zwei bis drei Zentimeter ekliges wabbeliges Fleisch, eine Verunstaltung meines flachen Bauchs, auf den ich immer so stolz war. Und ich fühlte mich miserabel. Keine Energie, kein Leben. Es wäre buchstäblich mein Tod, wenn ich in den USA leben müßte. Höchstens in Frisco oder N.Y. könnte ich es aushalten.

Jetzt fühle ich mich frisch und voll Spannkraft, und mein Bauch ist wieder flach und straff. Es ist, als könnte ich in den Staaten nicht atmen. Vor allem in Vorstadt-Wohngebieten. Palm Beach ein einziger Horror. Keine Slums, kein Dreck, keine Armut. Gott, was für ein Schicksal, dort zu leben! Kein Wunder, daß Männer in den USA früh sterben und die Frauen sie überleben und sich an der Lebensversicherung mästen. Die Staaten bieten einfach nichts, was einen Mann am Leben erhält. Er wird fett, seine Vitalität baut ab, und er stirbt an Unterernährung. Es ist bezeichnend, daß Männer in anderen Kulturen (Islam z. B.) so lange leben wie Frauen, oder noch länger, während die Statistik in den USA zeigt, daß Frauen eine viel höhere Lebenserwartung haben.

Ich schätze mich also glücklich, in Tanger zu sein. Dabei kommt mir ein schauerlicher Gedanke: Was ist, wenn ich in Junk konserviert bin und fett werde, wenn und falls ich davon runterkomme? Was für ein Dilemma. Wahrscheinlich würde ich meinem Narzißmus alles opfern und mir meinen flachen Bauch um jeden Preis erhalten.

Idee für eine neue Dimension des Sex: Sex in Verbindung mit Routines und Gelächter; dem offenen, ungezwungenen, *puren* Gelächter, das eine gute Routine begleitet; Gelächter, das dich für einen Augenblick frei macht von deinem vorsichtigen, lästigen, alternden, ängstlichen Fleisch. Was könnte das für eine himmlische Nummer sein! (Beachte, daß man Sex und Lachen für unvereinbar hält. Sex soll man angeblich ernst nehmen. Stell dir vor, wie ein Reichianer reagieren würde auf meine Masche von Sex plus Lachen. Aber es liegt in der Natur des Lachens, daß es keine Grenzen kennt.)

Da schweife ich mal wieder ab und tanze einen Mambo mit Miss Green, und was ist sie heute abend wieder in Form! Und in dieser Nummer findet der Anti-Sex, der Tanz der Zurückweisung – was der Mambo im Grunde ist

– seinen plastischen Ausdruck: Der Mann wendet sich der Frau mit einem Steifen zu, der abschlafft, als er sie ansieht. Die Geschlechtsorgane sind künstlich; gewaltige Konstruktionen aus Pappmaché; während der Tanz auf Touren kommt, werden sie immer realistischer, und am Ende haben wir den wahren Jakob. Die Frau wirbelt spöttisch herum und zeigt ihm in rascher Folge ihre Fotze und den Arsch, als wollte sie sagen: »Für dich, den Ewigen Päderasten, ist eh alles eins.« Er poliert sich die Fingernägel an seinem Steifen und mimt den mürrischen Gleichgültigen, usw.

Die Möglichkeiten sind unbegrenzt. Ein enormes Ballett der Zurückweisung, Entwürdigung und Repression des Lebens. Erfolgreich dargeboten würde es unerträglich deprimierend sein; es sei denn, es gelingt mir, ein Kontra zu produzieren. Werde darüber nachdenken. Die Idee ist mir eben erst gekommen.

Tja, Bowles und sein ganzer Anhang sind fort. Ich wünschte, ich hätte jemand, mit dem ich *reden* kann.

28. Dez. 54

Lieber Allen,

Habe gerade deinen Brief erhalten. Hört sich prima an, und ich werde mein Bestes tun, um das Material auf die Reihe zu bringen. Auf Anhieb fallen mir nicht allzu viele Änderungen ein, die in den Briefen aus Südamerika noch zu machen sind; nur daß ich den Abschnitt über die Yage City fertigschreiben und ein paar von den verseuchten Bettlern rauswerfem muß. Du wirst dich erinnern, daß ich die Briefe in N.Y. schon fünf Monate lang überarbeitet habe. Na, mal sehn.

Problem Nr. 1 ist, wie ich die Sucht loswerden soll. In Florida machte ich eine zweiwöchige Reduktionskur unter Aufsicht eines Weißkittels. Dann einen Monat lang nur soviel Codein, wie in vier Flaschen Hustensaft drin ist, d. h. praktisch gar nichts. Am Ende des Monats hatte ich immer noch Entzugserscheinungen, aber wie noch nie zuvor. Das heißt, ich konnte essen und ordentlich schlafen, aber meine Muskeln waren schlapp und ich hatte keinerlei Spannkraft. Und das Schlimmste war, daß ich dick wurde. Da du nicht so narzißtisch veranlagt bist wie ich, kannst du dir nicht vorstellen, mit welchem Gefühl kalten Entsetzens ich zusah, wie sich diese Wabbelschicht unaufhaltsam an Bauch und Taille bildete. Ich war zwei Tage in N.Y. und teilte mir mit Stanley Gould eine dürftige 5-Dollar-Kapsel. Eine unglaubliche Welle von Euphorie und Erleichterung schlug über mir zusammen. Ein Wust von unangenehmen subjektiven Beschwerden, von denen ich geglaubt hatte, daß sie mit dem Entzug nichts zu tun hätten, war mit einem Mal verschwunden. Noch ein weiterer Fix in N.Y., dann acht Tage Überfahrt mit nichts, und bei Ankunft in Tanger wieder suchtkrank. Jetzt hänge ich also wieder dran. Ich fühle mich frisch, unermüdlich, und mein Bauch ist wieder flach und straff. Kurz und gut, ein verändertes Bild.

Ich habe noch nie versucht, von einer Sucht loszukommen, die so hartnäckig war. Und dieses Fett ist etwas Neues. Die Frage ist, kann ich es ohne Junk schaffen? Ich würde es gern versuchen, ein Jahr oder so. Aber ich will nicht halbtot sein, und ich habe auch keine Lust, dick zu werden. Vielleicht hält Junk den Vorgang des Alterns auf irgendeine sinistre Weise an; und mit den Jahren werde ich von einem Schuß zum nächsten schauerlich altern und die Dosis immer mehr erhöhen müssen, um meinen Körper vor der Verfettung zu bewahren. Na, genug von meinen Stoffwechselvorgängen. Kiki fährt nächste Woche nach Melilla, und ich gedenke, das lokale Couscous zu probieren (eine arabische Spezialität).

Ich habe eine Short-Story geschrieben, die ich dir separat zuschicken werde. Ich halte nicht viel davon, aber vielleicht irre ich mich. Jedenfalls, schau sie dir mal an. Wenn sie so schlecht ist, wie ich glaube, wirf sie weg.

Was nun die Roosevelt-Nummer und ähnliches Material angeht – ich kann nichts weiter tun, als in das Manuskript aufzunehmen, was ich für gut halte. Ich kann nicht beurteilen, ob es zu ausgefallen oder abartig ist; bei der eigenen Arbeit geht das am allerwenigsten. Mach du das, und ich werde deine Entscheidung akzeptieren. Ja, ich habe eine Kopie der Südamerika-Briefe hier; es fehlt nur der Abschnitt mit der Bar am Ende von The City. Bitte schick mir davon eine Kopie.

Ich plane, falls ich die Zeit finde, ein kurzes Buch über Yage, wie das Peyote-Buch von Huxley. Wobei ich oberschülerhafte Zoten rigoros vermeiden werde. Keine rotärschigen Paviane, keine auswärts gestülpten After, und bei Gott nicht einmal Hämorrhoiden. Keine Gags à la: »Gus«, sagte ich leise und gab mir Mühe, daß meine Stimme nicht zitterte, »unsere Vaseline ist alle.« Ich will damit sagen, Al, das Ding soll sauber sein.

Kiki ist bei mir eingezogen. Ich würde mir gern eine Wohnung nehmen, in der mehr Platz ist, so daß er sein eigenes Bett hat und seine Sachen irgendwo unterbringen kann. Ich möchte ihn nicht jede Nacht in meinem Bett haben. Er sieht sich jetzt nach einem möblierten Haus um. Wir hatten im Araberviertel schon eines in Aussicht: Vier Zimmer mit Bad, gut und komplett eingerichtet, für $23 im Monat. Aber der Besitzer wollte meinen Hauswirt Tony nicht verärgern, weil Tony als Zuhälter eine so große Rolle spielt. Die Schwuchteln haben alle Angst, bei ihm in Ungnade zu fallen, weil er sie von ihrem Nachschub an Boys abschneiden könnte. Sie glauben auch, daß er einen direkten Draht zur Polizei hat, denn eine alte Tunte bei den Bullen kriegt ihre Boys von Tony vermittelt. Und Tony tischt ständig irgendwelche verworrenen Interna aus dem Polizeipräsidium auf.

Alan Ansen ist immer noch begeistert von Venedig. Er hat vor, mich im März zu besuchen. In N.Y. hatte ich dieses Mal einen sehr unangenehmen Eindruck, als wären alle plemplem. Eine häßliche, metallische Hysterie. Jeder war halb auf Junk. Jack lief mit seiner unbewußten Sabotage zu großer Form auf, indem er wildfremde Leute einlud, mitzukommen und bei mir zu fixen. Ich bin ohne Stoff an Bord gegangen. Eine Schiffsreise in suchtkranken Zustand ist wie pure Zeit. Ich habe unglaublich viel geschlafen, aber die Langeweile verfolgte mich bis in den Schlaf.

Na, ich werde mich jetzt an die Südamerika-Briefe machen. Werde auch das erste Kapitel meines neuen Romans abtippen und dir schicken.

Lese gerade deinen Brief nochmal. Ja, schick mir unbedingt eine Kopie von Yage City mit dem Abschnitt über die Bar, damit ich es zu Ende schreiben kann. Um himmelswillen, verschwende bloß keine Zeit in Chicago. Das ist ein gähnendes Nichts.

Herzlich,
Bill

30. Dez. 54

Lieber Allen,

Hier also die Short-Story. Ich halte nicht viel davon, aber es lief eben und ich konnte nicht aufhören. Tatsache ist, ich finde meine derzeitige Produktion sehr entmutigend. Ich werde jetzt anfangen, den Roman abzutippen, und ich schicke dir dann ein Kapitel nach dem anderen.

Ansonsten nichts Neues hier.

Herzlich,
Bill

P. S. Die Story ist teilweise schlampig geschrieben. Ich könnte das verbessern bzw. ausbügeln, wenn du meinst, daß es der Mühe wert ist.

30. Dez. 1954

Lieber Allen,

Anbei das erste Kapitel des Romans. Beim Durchlesen habe ich den Eindruck, als verberge sich unter der Oberfläche etwas sehr Finsteres, aber ich weiß nicht, was es ist. Nur so ein Gefühl. Das zweite Kapitel enthält älteres Material. Manches davon kennst du sicher schon. Wie es weitergeht, weiß ich noch nicht. Ich lasse es einfach kommen.

Ich nehme mir die Südamerika-Briefe vor und werde dich wissen lassen, was ich ändern will. Die Arbeit am Roman stelle ich so lange ein, damit ich meine Zeit ganz auf die Briefe konzentrieren kann. Das mit der Zeitschrift klingt hervorragend. Ich hoffe nur, es kommt nichts dazwischen. Wenn meine Hilfe gebraucht wird, kannst du jederzeit auf mich zählen.

Herzlich,
Bill

P. S. Was ist das mit Rexroth, der sagt, Auden halte Jack für ein Genie, das von seinen Freunden ruiniert wird? Das hat mir Jack geschrieben. Und daß Auden angeblich auch von mir sagt, ich sei ein Genie.

Jack hört sich paranoid an. Die Polizei ist ihm auf die Schliche gekommen und hat ihm eine Vorladung in die Hand gedrückt, weil er keinen Unterhalt zahlt. Er sagt, in Frisco würden sie ihn nachahmen, und schuld daran sei dein Mangel an Diskretion. Stimmt das mit dem Boy, den du in Frisco angeblich hast?

12. Jan. 1955
Tanger

Lieber Allen,

Ich glaube, ich bin soweit, daß ich jetzt ins kalte Wasser springe, statt mich nur bis an den Rand zu wagen, und an diesem kritischen Punkt brauche ich dringend deine Hilfe. Ich denke sogar, wir könnten bei diesem Roman vielleicht zusammenarbeiten.

Hier schon mal die Werbung für den Roman. Ein bißchen voreilig, wie ich zugebe. Das Thema kam mir gerade in Form dieses Waschzettels:

»Angenommen, Sie wüßten, daß einige wenige Wissenschaftler, die die Welt zerstören wollen, in der Lage sind, einen Atomkrieg auszulösen? Das ist die erschreckende Frage, die dieser bohrende Roman stellt.

›Das Buch packt Sie an der Kehle‹, sagt der bekannte Kritiker L. Marland. ›Es hechtet mit Ihnen ins Bett und nimmt unaussprechliche Handlungen vor. Dann stößt es Ihnen eine lange kalte Nadel tief ins Rückenmark und injiziert Ihnen Eiswasser. Anders kann ich das Angstgefühl nicht ausdrücken, das einen bei der Lektüre dieser Seiten ergreift. Hinter dem Humor, den schrägen Nummern und Parodien (bisweilen freilich etwas dick aufgetragen) ahnt man eine endzeitliche Verzweiflung, eine kahle Trümmerlandschaft unter der brodelnden Pilzwolke der letzten Bombe.

Der verzweifelte Kampf einer Handvoll Männer gegen die Mächte und Abgesandten der Zerstörung hat die Unmittelbarkeit einer Kneipenschlägerei, eines Tritts in die Weichteile, einer zerbrochenen Bierflasche, die ins Auge gestoßen wird.

Dieses Buch ist ein Muß für jeden, der die zum Tode kranke Seele des Atomzeitalters begreifen will.‹«

Das ist also der Roman, von dem ich dir das erste Kapitel geschickt habe ... Ich kann darin meine ganzen Routines unterbringen, all das Material, das ich über Tanger geschrieben habe und das in hundert Briefen an dich verstreut ist.

Wenn mir für den Roman keine Einfälle kommen, beschäftige ich mich mit journalistischem Kram. Ich schreibe einen Artikel über Tanger. Vielleicht für den *New Yorker*: »Brief aus Tanger.« Werde ihn dir in ein paar Tagen schicken. Du müßtest ihn irgendwo loswerden können. Danach werde ich einen Artikel über Yage schreiben oder vielleicht ein kleines Buch mit Fotos. Ich habe einige sehr gute Aufnahmen von mir und der Yage-Rebe, die Doc Schultes gemacht hat. Er schickte mir die Fotos, als ich in Florida war. Ich bedankte mich bei ihm mit einem Brief und schickte ihm eine Probe der zur Potenzierung des Yage-Suds verwendeten Pflanze, die ich aus Peru mitgebracht hatte (bis jetzt waren die Zutaten *nicht bekannt*; es ist also eine Angelegenheit von einiger Bedeutung) für die Sammlung im Harvard Botanical Museum. Er war mir eine große Hilfe und ist ein sehr netter Mensch.

Du müßtest jetzt alle Yage-Korrekturen haben bis auf die Endfassung und den Schlußteil von Yage City und dem Abschnitt über die Bar. Bitte halte mich ständig auf dem laufenden. Manchmal wünsche ich mir, ich wäre nach Frisco gegangen.

Herzlich,
Bill

Keine Ahnung, welches Datum heute ist
(Tanger, 21. Januar 1955)

Lieber Allen,

Die Schreibmaschine ist wieder kaputt, und bis zur Reparaturwerkstatt ist es zu weit, um sie hinzuschleppen – es ist eine massive Büroschreibmaschine.

Ich habe schwere Depressionen, die schlimmsten meines Lebens. Bin restlos überzeugt, daß ich nicht mehr schreiben kann; daß mein Talent, oder was ich davon habe, verpufft ist. Sitze stundenlang da und starre ein leeres Blatt an. Und es ist niemand da, mit dem ich reden kann. Ich sollte hier nicht abhängig von Eukodol herumhängen. Wegen der Depressionen nehme ich jetzt natürlich noch mehr. Ich hätte nach Frisco gehen sollen.

Ich weiß nicht, was mit mir los ist, aber es ist schlimm. Jeder Einfall für den Roman kommt mir lächerlich vor, wie etwa diese Atomgeschichte. Und alles, was ich schreibe, widert mich an. Irgendein gottverdammter Deutscher ist hier aufgetaucht und hat Selbstmord verübt, und seither wird für alles ein Rezept verlangt, sogar für Goofballs . . . wirklich lästig. Der Apotheker geht los und besorgt mir ein Rezept, während ich warte.

Ein dänischer Junge war vor ein paar Wochen in der Stadt. Er war letztes Jahr schon hier, und das Geld ging ihm aus, und ich half ihm. Diesmal wurde es mir zuviel. Genau wieder dieselbe Situation, ein ödes *déjà vu*. Also sag ich zu ihm: »Geh und laß dich repatriieren.« Der dänische Konsul schickte ihn nach Hause auf einem dänischen Schiff, das in der Nordsee mit Mann und Maus unterging. Weiß nicht, warum ich das erwähne. Es ist völlig uninteressant. Er gab mir kurz vor seiner Abreise einen Wecker, der nicht einmal richtig geht. Der andere Schnorrer, der Portugiese, der mich letztes Jahr geschröpft hat, soll angeblich in Madrid gestorben sein. Todesursache unbekannt.

Ich fühle mich wirklich grauenhaft. Ein Gefühl totaler Trostlosigkeit. Diese Schreibmaschine ist unmöglich.

Herzlich,
Bill

P. S. Ich habe keine Kopie von Yage City erhalten. Seit ungefähr 3 Wochen kein Wort mehr von dir.

Lese gerade noch einmal durch, was ich gestern abend geschrieben habe. Fürchterlich. Ich schrieb einen Artikel über Tanger, aber ich finde ihn so deprimierend schlecht, daß ich ihn nicht mehr ansehen kann. Es ist so unverkennbar ein *Artikel*, wie ihn auch jeder andere geschrieben haben könnte. Werde ihn dir trotzdem schicken, sobald ich dazu komme, einiges daran zu korrigieren. Vielleicht kannst du ihn irgendwo verkaufen. Ich weiß nicht.

Ich habe jetzt ein Haus für mich. Kann mich nicht dazu aufraffen, es sauber zu halten, und lebe in wachsender Unordnung und Dreck.

Vielleicht fühle ich mich etwas besser, wenn meine Schrotflinte ankommt und ich etwas erlegen kann. Hat die ganze Zeit gedauert, einen Waffenschein zu bekommen.

19. Feb. 55
Tanger

Lieber Allen,

Herzlichen Dank für den Scheck, der in letzter Sekunde eintraf – die Botschaft machte gerade zu – und mir meine Kamera erhalten hat. An dem Morgen hatte mir Alan Ansen eine freudige Überraschung bereitet mit einem Scheck über 5000 Lire, etwa $15. (Ich hatte meine finanzielle Situation erwähnt, aber nicht gebeten, nicht einmal darauf angespielt, daß er mir etwas schicken soll.) Stell dir meine Enttäuschung vor (6 Cents, Stoff für 2 Spritzen und ein halber Laib vertrocknetes Brot waren alles, was ich noch hatte), als man mir in der Bank sagte, daß diese Sorte Scheck nur in Italien eingelöst werden kann. Ich versuchte, mir Geld zu pumpen. Diejenigen, die mir was geliehen hätten, waren blank, und die, die Geld hatten, wollten mir nichts leihen. Nicht einen Centavo konnte ich organisieren. Danach konnte ich nur noch meine Kamera versetzen. Ich geh damit zu einem An- und Verkauf, und der Inder sagt: »Kommen Sie in zwei Stunden wieder, dann nenne ich Ihnen meinen Preis.« Er will den Handel nicht sofort tätigen. Ich renne zur Botschaft, falls eventuell ein Brief von dir gekommen ist, und da ist dein Scheck. Zurück zu dem Hindu, dem ich meine Kamera wieder entreiße.

Ich lebe jetzt nach einem strikten Budget, und es sollte mir eigentlich gelingen, in Zukunft derart akute Krisen zu vermeiden. Deinen Scheck konnte ich einlösen, weil ich einen Bekannten habe, der ein Bankkonto hat. Sonst hätte ich Wochen warten müssen, bis er durchgeht. Geld kann auch geschickt werden per American-Express-Schecks auf meinen Namen. American Express kann dir die Prozedur erklären. Kostet nur eine geringe Gebühr. Bei Auslands-Zahlungsanweisungen dauert es etwa 3 Wochen, bis ich an das Geld komme. Am besten sind also Inhaberschecks oder American Express. Am liebsten American Express, falls es nicht zuviel Umstände macht, denn der Bekannte könnte einen Rückzieher machen und keine Schecks mehr für mich einlösen.

Der Roman gewinnt Konturen. Es geht jetzt um etwas viel Übleres als atomare Vernichtung – nämlich eine Anti-Traum-Droge, die dem Menschen die Fähigkeit zur Schaffung von Symbolen und Mythen nimmt, seine intuitiven und telepathischen Anlagen zerstört, so daß sein Verhalten vorherbestimmt und kontrolliert werden kann nach den Methoden, die sich in der Naturwissenschaft als so nützlich erwiesen haben. Kurzum, diese Droge eliminiert aus der menschlichen Gleichung den Störfaktor des Spontanen und Unvorhersehbaren. Ich habe von der erhöhten Empfänglichkeit für traumhafte, nostalgische Eindrücke bei leichten Entzugserscheinungen gesprochen. Das ist der Ausgangspunkt für die Anti-Traum-Droge. Roman handelt von riesigen Kafka-Verschwörungen, telepathischen Sendern mit bösen Absichten, dem elementaren Konflikt zwischen Asien, das für spontanes Leben steht, und dem Westen mit seinem äußeren Zwang, Charakterpanzer und Tod. Aber es ist schwer zu sagen – besonders bei einem selbst –, für welche Seite jemand arbeitet. Agenten infiltrieren ständig die Gegenseite und diskreditieren sie durch Exzesse und Übereifer. Genauer gesagt, Agenten wissen nur selten, auf welcher Seite sie tätig sind.

Während Wissenschaftler an der Anti-Traum-Droge arbeiten, kommt es zu einem Durchbruch von Traumsituationen in dreidimensionale Realität, und man hat Drogen entdeckt, die symbolbildende und telepathische Fähigkeiten verstärken. Jeder Abweichler wird also zu einer Bedrohung für die Kontrolleure, die auf den ersten Blick sämtliche Vorteile auf ihrer Seite haben, da sie über die Mittel zur Realitätskontrolle verfügen (Polizei, Armeen, Atombomben, Giftgas usw.), aber diese massive Armierung erstickt sie genau wie die unangreifbaren Dinosaurier (wobei der Ausgang allerdings ungewiß bleibt).

Du meinst, ich hatte die falsche Einstellung? Aha, das ist es also! Na, das läßt sich beheben. Ich werde auf Weizenkeimöl umschwenken, mich körperlich ertüchtigen und positiv denken, bis ich vor Vitalität knistere und einen leichten Hauch von Ozon hinterlasse wie nach der Rückkehr aus einem romantischen Abenteuer. Zum Unglück ist Abenteuer in unserem Kulturkreis praktisch synonym mit Verbrechen: daher die Phantasien, daß man für den Geliebten ein Verbrechen begeht. Südamerika bietet Abenteuer, ohne daß man kriminell werden muß. Deshalb mein Wunsch, mit dir eine Expedition zu machen.

Dein Boy hatte in der Tat ein traumatisches Erlebnis. In welchem Alter ist das passiert? Hat er sich von selbst daran erinnert, oder kam es bei der Analyse zum Vorschein? Befriedigt es ihn jetzt wirklich, mit Mädchen zu schlafen? Du sagst, er ist 22? Bißchen spät, um die Fotze erst zu *entdecken*. Warum machst du nicht ein Foto von ihm? Du hast doch die 35 mm-Kamera, oder nicht?

Für deine kritischen Anmerkungen zu meiner Arbeit bin ich dankbar. Sie haben mir schon sehr geholfen. Ich nehme an, alle Schriftsteller leiden unter der Angst, ihr Talent einzubüßen, denn Talent ist etwas, das von außen zu kommen scheint, so daß man darüber keine Kontrolle hat.

Sehr schade, daß aus der Sache mit der Zeitschrift nichts geworden ist.

Tuck Porter, ein amerikanischer Stierkämpfer, ist in der Stadt. Hip und ein netter Bursche. Er nimmt Hasch, aber keinen Junk. Kennt Stanley Gould. War 3 Jahre in Mexiko. Außerdem habe ich eine Frau kennengelernt, die in Peru war und über Yage Bescheid weiß (hat es allerdings nie probiert).

Wenn mein Geld für nächsten Monat kommt, werde ich versuchen, eine Schreibmaschine zu erstehen. Eine neue Reiseschreibmaschine kostet hier $50. Gebrauchte zwischen $25 und $35. Bin inzwischen einigermaßen aus dem Schneider und habe diesen Monat noch keine Schulden gemacht. Die nächsten Tage wird es sehr knapp zugehen, aber ich werde es schaffen. Muß jetzt Schluß machen und den Brief zur Post bringen. Nochmal meinen Dank für den lebensrettenden Scheck.

Herzlich,
Bill

P. S. Freue mich, daß dir die Story gefallen hat. Den Artikel schicke ich, sobald ich zu einer Schreibmaschine komme.

15. März 1955
Tanger

Lieber Allen,

Ich habe lange nichts mehr von dir gehört. Hast du meinen Brief bekommen, in dem ich mich für den Scheck bedanke?

Alan Ansen ist hier und vergnügt sich jede Nacht mit einem anderen Boy. Venedig hört sich für mich nicht so toll an.

Mir geht mal wieder das Geld aus. Connections für O sind unzuverlässig, und ich kann nichts auf die hohe Kante legen. Ich muß entweder aufhören oder den Konsum drastisch einschränken, aber ich will nicht außer Gefecht sein, solange Alan hier ist. Wenn du mir etwas

Geld schicken könntest, wäre ich dir sehr dankbar, selbst $5 oder $10, denn in einer Woche werde ich restlos pleite sein, und Alan wird wahrscheinlich sein ganzes Geld für die Rückreise nach Venedig brauchen.

Ich habe wieder einiges geschrieben, aber die Schreibmaschine fehlt mir sehr. Ich habe einen Artikel fast fertig und außerdem eine Story über meinen jungen Freund, der im Nachtklub einer Grenzstadt von einem Löwen zerfleischt wurde. Werde beides schicken, wenn es abgetippt ist. Hast du von Jack gehört? Ich schon seit Monaten nicht mehr. Träumte, ich sei ihm zu Hilfe gekommen, als er in einem stillgelegten Sägewerk von Negern überfallen wurde.

Anbei zwei Fotos von mir. Das eine zeigt die triste Stimmung und die Depressionen, an denen ich in letzter Zeit leide. Bitte laß von dir hören. Alan sendet Grüße.

Herzlich,
Bill

Kann nur ein Foto finden. Nicht das deprimierte.

31. März 1955
Tanger

Lieber Allen,

Danke für die Schecks und die Fotos. Schicke dir hier wie gewünscht die mexikanischen Fotos zurück.

Habe gerade Alan Ansen verabschiedet. Er war fast einen Monat hier und hat seinen *séjour* anscheinend sehr genossen. Fast jeden Tag einen Boy, und er war erstaunt über die exzellente Cuisine und die erträglichen Preise in Tanger. Es gibt in dieser Stadt einige sehr gute französische Restaurants, in denen man für $1 ein komplettes Dinner von Schnecken bis Camembert essen kann. Ich bezweifle, ob es irgendwo nochmal eine Stadt mit so hervorragendem Essen für so wenig Geld gibt. Alan sagt auch, die Situation mit Boys sei viel einfacher und angenehmer als in Venedig, und alles koste erheblich weniger. Nach seinen Schilderungen habe ich von Venedig als Aufenthaltsort keinen sehr guten Eindruck gewonnen.

Bin immer noch blockiert ohne Schreibmaschine, hoffe aber auf einen Honorarscheck. Zum Abtippen habe ich fertig: einen Artikel über Tanger; eine Short-Story über meinen Freund, der im Nachtklub einer Grenzstadt von einem Löwen zerfleischt wurde; einen Artikel über Yage mit Fotos. Das müßte sich eigentlich alles verkaufen lassen. Die nächsten 6 Monate sollen ein Test sein, ob es mir gelingt, vom Schreiben einigermaßen zu leben – bis dahin müßte ich den Roman soweit fertig haben und zusätzlich noch verschiedene kurze Sachen. Wenn ich es mit dem Schreiben nicht schaffe, will ich nach Südamerika auswandern (wahrscheinlich Peru) und zusehen, daß ich dort über die Runden komme. Meine Eltern, verstehst du, haben nicht etwa einen Fonds für mich eingerichtet. Meine $200 pro Monat sind eine Zuwendung, die sie mit dem Laden erwirtschaften müssen. Ich kann mich darauf einstellen, daß das in Zukunft immer weniger wird, deshalb muß ich Vorsorge treffen. Falls nötig, kann ich immer noch im Dschungel von so gut wie nichts leben. Natürlich werde ich mir Europa und wahrscheinlich den Vorderen Orient ansehen, bevor ich zurückkomme. Wenn ich zu Geld komme, bereise ich vielleicht auch Asien, besonders Bangkok (Siam) und Japan. (Mein Plan sieht vor, dort ein ordentliches Quantum H zu kaufen und über Südamerika oder Mexiko wieder in die Staaten einzureisen. Ein paar Brocken würden meine finanziellen Probleme beheben. Na ja, das ist alles noch sehr fraglich.)

Der Punkt ist, ich muß an die Zukunft denken und vorausplanen. In der nächsten Zeit will ich mich ganz aufs Schreiben konzentrieren, sobald ich mir eine Schreibmaschine besorgen kann.

Nein, ich glaube nicht, daß du bei E. W. etwas erreichen kannst. (Mir ist er zu dick.) Als ich ihn kannte, stieg er Weibern nach. Was ist jetzt mit ihm? Was macht dein Boy Peter? Zum Teufel, mir sind Kiki oder Angelo jederzeit lieber, und scheiß auf all diese Komplikationen. Neals ›drittes Ei‹ ist zweifellos ein Bruch und sollte unverzüglich operiert werden, sonst verschlimmert es sich und schnürt ihm womöglich die Gefäße ab. Rede ihm zu, daß er sofort einen Facharzt aufsucht.

Ich habe eine Reduktionskur gemacht oder wenigstens meinen Verbrauch eingeschränkt, und Kiki hat mir die Ampullen ausgegeben. Mein Gott, diese unreifen Amerikaner! Man stelle sich vor, ein Kerl von 22, der noch nicht weiß, ob er von Girls wirklich was hat, aber auch mit Männern keine Befriedigung findet (lese gerade nochmal deinen Brief durch). Ich kann nur sagen, der liebe Gott möge mich verschonen mit diesen amerikanischen Schwulitäten.

Ich hoffe, daß ich dir in einer Woche oder so das Material abgetippt habe und schicken kann. Alles hängt davon ab, ob ein Honorarscheck kommt. Sonst reicht es diesen Monat nicht zu einer Schreibmaschine; es sei denn, ich kann eine auf Raten kaufen.

Ich kann es in den Staaten nicht bringen, wenn ich arbeiten muß und einen Job brauche. Es gibt dort einfach keine Jobs, die ich kriegen kann oder in denen ich es aushalten könnte. Wenn ich mir also Arbeit suchen muß, werde ich mich für ein Land wie Peru entscheiden, wo Pioniergeist noch gefragt ist.

Herzlich,
Bill

31. März 1955
Tanger

Lieber Allen,

Unsere Briefe überschneiden sich wieder. Habe deinen heute erhalten, nachdem ich grade einen an dich abgeschickt hatte.

Die Fotos von M. sind sehr gut, aber ziemlich schonungslos. Man sieht jede Warze. Und da ist ein schauerliches von mir, auf dem ich dicklich wirke, mit Hängetitten und dem quengeligen Ausdruck einer alten Tunte.

Halte mich wegen Neal auf dem laufenden. »Bombardiert von den Strahlungen der Zeit, ankämpfend gegen den Strom, unaufhaltsam zerfressen« ist eine sehr gute Gedichtzeile.

Die abwechselnd freundliche und unnahbare Tour ist typisch für W. Bei mir war er genauso. Ich konnte nicht recht sagen, ob er bei jedem schlechte Absichten vermutet, die er im unappetitlichen Keim ersticken muß, aber am Ende kam ich zu dem Schluß, daß es eine automatische Reaktion in all seinen zwischenmenschlichen Beziehungen ist. Er hat eine Analyse nötig (übrigens hat er was gegen Psychoanalyse: »Sämtliche Analytiker sind Spanner«).

Habe einen interessanten Harvard-Mann kennengelernt, oder vielmehr Alan hat ihn zuerst getroffen, der hier mit einem Stipendium von der Ford Foundation an einer Geschichte von Marokko arbeitet. Eine sagenhafte Sprachbegabung – Russisch, Japanisch, Tschechisch, Arabisch und natürlich sämtliche europäischen Sprachen. Er sagt, die arabische Literatur, besonders der Koran, sei wirklich etwas Großes. Sie haben eine spezielle Zeitform, in der sie intensive religiöse Erfahrungen ausdrücken. Ich habe mich ein bißchen mit Arabisch beschäftigt, aber ich habe keine Hoffnung, daß ich es je lesen kann. Ich denke, daß ich mir grade so ein paar Wörter für den täglichen Gebrauch aneignen kann.

Ich habe mit Alan eine Tour durch die guten Restaurants gemacht, und die Preise sind wirklich sagenhaft niedrig. Erstklassiges frz. Restaurant, Schnecken *à la Bourgogne*, Perlhuhn in Wein gedünstet mit leckeren Limabohnen, eine superbe gefrorene *mousse au chocolat*, Camembert und Obst, alles für $1. Und es gibt etwa 6 oder 8 ausgezeichnete Restaurants in dieser Preisklasse.

Menüs, die in den Staaten fünf Dollar kosten würden. Kein Zweifel, in Tanger läßt es sich wirklich behaglich und angenehm leben.

Ja, Thorazin habe ich bei Entzugserscheinungen probiert, aber ich hatte nicht viel davon, weil ich es oral eingenommen habe. Injiziert und in Verbindung mit Barbituraten könnte ich mir vorstellen, daß es sehr wirksam ist. Immerhin kann man danach gut schlafen. Bei Entzug verwenden sie hier auch Reserpin. Ich habe es damit versucht, aber es hat sich als unbrauchbar erwiesen. Thorazin ist besser. Reserpin ist dieses indische Schlangenwurz-Zeug, das Ghandi immer genommen hat. Sehr effektiv bei Depressionen und zur Ruhigstellung von überdrehten Schizophrenen. Was Entzugserscheinungen angeht, warten wir immer noch auf die Wunderdroge, die gegen die Symptome hilft, aber keine Ersatzdroge wie Dolophin oder Demerol ist, von der man wiederum abhängig wird.

Die internationale Lage sieht ausgesprochen schlecht aus. China will offensichtlich Krieg, und um einen Krieg anzufangen, braucht man nur einen. Na ja, inch'Allah (wie Allah will).

Eine neue schweizer Reiseschreibmaschine kostet hier $50. Hat keinen Sinn, sich mit gebrauchten Büroschreibmaschinen oder leichten Modellen abzugeben, die so um die $30 kosten. Guter Platz hier, um günstig eine Schreibmaschine zu erstehen. Ich versuche, eine auf Raten zu kriegen.

Herzlich,
Bill

Hast du Jacks Adresse? Er schrieb gerade, daß er im Süden ist. Vermutlich auf der Flucht vor seiner Frau. Das Buch von Willy Gaddis ist erschienen. Habe in *Newsweek* eine Besprechung gesehen.

20. April 1955
Tanger

Lieber Allen,

Miss Green gibt der Stimmung immer einen besonderen Akzent. Je nachdem, in welche Richtung man tendiert. Mein Zustand ist zu prekär, als daß ich ein Rendezvous mit ihr riskieren könnte, aber sie ist im Haus ständig für Besucher verfügbar. Ich habe den $5-Scheck erhalten, und vielen Dank dafür.

Versuche zu entziehen. Scheint aussichtslos zu sein. Ich bin, als ich nach Tanger zurückkam, nicht wieder drangeraten – ich war nie davon runter. All die Wochen in Florida und eine weitere Woche auf dem Schiff, und bei Ankunft in Tanger hatte ich die Sucht trotzdem noch am Hals. Ich hätte über Winter nach Lexington gehen sollen. Jetzt muß ich entweder runter oder mir einen Ort suchen, wo der Junk billiger ist. Ich kann dieses Eukodol nicht in den Griff bekommen. Nicht, daß es so großartig wäre. Du hast immer das Gefühl, daß du nicht richtig gefixt bist und eigentlich noch ein bißchen mehr brauchst. Ein Schuß Eukodol ist wie ein heißes Bad, das nicht heiß genug ist, wenn du verstehst, was ich meine. Aber die Ungewißheit, wo der nächste Fix herkommen soll – ich lebe auf dem Level eines australischen Ureinwohners. Gebe mein ganzes Geld für Junk aus und esse nicht richtig. Erwäge einen Tapetenwechsel nach Nahost. Beirut soll angeblich von Junk überquellen wie das gelobte Land.

Wachte letzte Nacht um 3 Uhr auf und hatte die Vorstellung von einem Autor, der einen »großen, düsteren, erschütternden homosexuellen Roman schreibt. Sechshundert Seiten Liebeskummer, Einsamkeit und Frust«. Titel *Ignorant Armies*, nach Dover Beach:

»Swept with confused alarms of struggle and flight
Where ignorant armies clash by night.«

Der Held, Adrian Scudder: »Sein Gesicht wirkte wie ein doppelt belichtetes Foto, Ausdruck eines gespaltenen Geistes, der niemals einen Mann oder eine Frau mit ganzer Aufrichtigkeit lieben konnte und dennoch getrieben wurde von dem leidenschaftlichen Drang, die Realität zu ändern und *diese* Liebe wahr werden zu lassen. Gewöhnlich suchte er sich einen, der seine Gefühle nicht erwidern wollte oder konnte, so daß er die Last des Versagens auf den Partner abwälzen konnte (vorsichtig wie jemand, der den Fuß auf unsicheres Eis setzt, obwohl die Gefahr in diesem Fall nicht darin bestand, daß das Eis nachgeben könnte, sondern vielmehr darin, daß es sein Gewicht aushielt). Die Adressaten seiner zweifelhaften Zuneigung empfanden oft die Notwendigkeit, ihre Neutralität zu erklären. Sie fühlten sich in einen Kampf verwickelt, in dem es um große Dinge ging, die indessen geheimnisvoll blieben. Freilich waren sie Außenseiter und befanden sich daher nicht in unmittelbarer Gefahr, sondern mußten nur damit rechnen, ins Schußfeld zu geraten. Adrian war der letzte eines seltsam archaischen Klans – oder vielleicht der erste. Auf jeden Fall war er eine völlig isolierte Existenz, ohne Zugehörigkeit zu einer Schicht oder einem Ort.« Und diese glänzende Schlußszene, wo Adrian, nachdem er Mark umgebracht hat, den Kopf in den Gasherd steckt und scheißt und kotzt (s. Anmerkung unten) und schließlich, als er schon bewußtlos wird, seinen Kopf wieder herausziehen will: »Gepackt von der Panik eines Menschen, den man bei lebendigem Leib begraben hat, versuchte er sich aufzurichten und stieß gegen das gezackte Metall des Herds. Stechende Schmerzen zuckten ihm durch den Schädel und lösten einen erneuten Anfall von Übelkeit aus. Er sah eine hohe Mauer mit einer kleinen Tür aus Metall, und er wußte, daß er es irgendwie schaffen mußte, durch diese Tür zu kommen, sie zu öffnen und hindurchzugehen . . . Aber nein, es sollte ihm nicht vergönnt sein, sich davonzustehlen wie jemand, der vorzeitig eine Party verläßt, flüchtig einige Hände schüttelt und quer durch den Raum mit bedeutungsvollem Blick einen streift, mit dem er sich später vielleicht noch treffen wird. Es war, als hätten sich die Dämonen, die in seinem vorsichtigen, alternden, ängstlichen Fleisch hausten, an der Pforte des Todes versammelt, um ihn mit Dreck zu bewerfen, ihm ein Bein zu stellen und ihn schließlich mit Fußtritten durch die Tür zu treiben, während er sich mit Händen und Füßen dagegen sträubte und sich winselnd beschmutzte wie ein verängstigter Affe.«

Bei Gott, Allen, das ist so schmalzig wie das Innenohr eines Pavians! Warum muß ich ständig parodieren? Weder im Leben noch im Schreiben kann ich völlige Aufrichtigkeit erreichen – wie der Adrian des Romans – außer beim Parodieren und in Augenblicken tiefster Entmutigung.

(Haushaltsgas führt oft zu Erbrechen und unkontrollierbarem Durchfall. Ich erinnere mich, wie ich in Chicago vor Jahren der Wirtin half, die Tür zu einer Wohnung aufzubrechen, in der sich eine Frau mit Gas das Leben nehmen wollte. Sie hatte sich ganz vollgekackt. Ray nutzte die Verwirrung, um ihr die Armbanduhr zu stehlen.)

Ich habe einige neue Figuren in den Roman eingeführt. Ein Mann, der zu surrealistischen Scherzen und Wortverdrehungen neigt. Jemand (ein Engländer natürlich) bitte ihn um einen *fag* (brit. Slang für Zigarette, falls du es nicht weißt), und unter einem großen schwarzen Umhang zerrt er einen überkandidelten, aufgedonnerten Schwulen hervor, der trällernd und hüftschwenkend in den Kulissen verschwindet. Er ist in einem miesen Restaurant (das sich als hochklassig ausgibt), wie ich es neulich war, und beschwert sich über das Essen, und sie sagen: »Oh, es muß aber gut sein, denn es kommt von einem guten Fleischer« (wobei sie es *nicht ansehen*, verstehst du). Angesichts dieser Zwangslage stößt mein Mann einen gewaltigen Schrei aus, und hereingetrabt kommen große verdreckte grunzende

Schweine, denen er seinen Teller hinkippt. (Hast du mal gehört, wie einer die Schweine ruft? Es ist ein merkwürdig langgezogener Ruf, und die Schweine kommen aus unglaublichen Entfernungen erwartungsvoll grunzend angerannt. Das Schwein ist überhaupt kein dummes Tier.) Der Typ hält sich auch einen rotärschigen Pavian, den er bisweilen durch ein Lokal peitscht. (Andererseits denke ich auch an einen Blinden, der sich von einem Blindenpavian führen läßt. Was findest du besser?)

Ich kann dir deine Depression und Niedergeschlagenheit gut nachfühlen: »Wir haben unsere beste Zeit hinter uns.« Aber du kannst wenigstens deinen Lebensunterhalt verdienen und dir vielleicht sogar ein sehr gutes Leben leisten. Es würde mich nicht überraschen, wenn du es zu beachtlichem Erfolg bringst und dir einen hochbezahlten Job angeln kannst. Ich bin, was einen Job in den Staaten angeht, ein absolut hoffnungsloser Fall. Meine einzige Aussicht sind entweder die Dschungel von Südamerika oder daß ich womöglich ein Buch schreibe, das sich gut verkauft. Aber das ist ungefähr so wahrscheinlich wie ein Treffer in der Lotterie.

Mallorca ist von hier aus leicht zu erreichen. Kostet etwa $25. Sehr angenehm dort. Ich horte Demerol und Paracodina (Codeintabletten *à la Mexicaine*, die es hier gibt, aber nur gelegentlich; der Nachschub ist unsicher), um es mal wieder mit einem Entzug zu versuchen. Trotz neuer Restriktionen ist Tanger, gemessen an den Verhältnissen in den USA, immer noch fantastisch. Stell dir vor, Demerol in injektionsfertigen Ampullen, direkt übern Ladentisch. Der Apotheker hat mich sogar von selbst darauf aufmerksam gemacht. Ich bin in der ganzen Stadt bekannt, und die Apotheker kramen das Beste hervor, das sie ohne Rezept verkaufen können. »Bueno ... fuerte ...«, sagen sie, kaum daß ich zur Tür hereinkomme. Sie sind schamlos und versuchen dauernd, mir einen überhöhten Preis zu berechnen – aber um wieviel angenehmer als die säuerlichen, puritanischen Scheißer in den amerikanischen Drugstores. In N.Y. hatte ich ein Rezept für Codeintabletten. Ich geb es diesem alten Kacker, und der Zwicker fällt ihm von der Nase. Dann ruft er bei dem Arzt an (der aber nicht da ist), stellt mir Fragen und weigert sich schließlich, ohne Rücksprache mit dem Arzt, das Rezept einzulösen. *Codein!* Hier dagegen steht auf Codeinröhrchen (1/10 des US-Preises) der Hinweis: *Zum rezeptfreien Verkauf freigegeben.*

Seit Alan wieder nach Venedig gegangen ist, habe ich hier keinen mehr, der mir Gesellschaft leistet. Habe ich dir von Charles Gallagher erzählt, der für die Ford Foundation eine Geschichte Marokkos schreibt? Sehr charmant und ein brillanter Linguist. Er sagt, »ghazil« kann alles mögliche heißen. Leider ist er nach Rabat gegangen, wo die Archive sind, aber er kommt im Sommer zurück. Ein intelligenter Gesprächspartner fehlt mir wirklich sehr. Ich brüte Ideen aus, aber es ist keiner da, mit dem ich darüber diskutieren kann. Na, genug, ich werde langsam geschwätzig.

Herzlich,
Bill

17. Mai 1955

Lieber Allen,

Habe gerade eine 14-tägige Kur in der Klinik hinter mir. 30 Pfund abgenommen. Kein Junk. Die ersten 4 Tage mit Barbituraten verdämmert. Dann das Übliche, plus einen beträchtlichen Anfall von Horror. Immer noch suchtkrank und überempfindlich bis hin zu Halluzinationen. Alles wirkt verändert, scharf und klar, als wäre es frisch abgespült. Sinneseindrücke treffen mich wie Leuchtspurgeschosse. Habe ein sehr intensives, aufbauendes Gefühl und gleichzeitig einen Schwächezustand, als könnte ich mich nur hier erhalten in diesem teigigen toten Fleisch, von dem ich seit Beginn der Sucht weg war. (Ein Gefühl, als käme ich nach Jahren aus einem KZ zurück.) Kein Sex. Kein Hunger. Bin einfach noch nicht richtig lebendig, aber ich fühle mich wie noch nie. Junk ist Tod. Will ihn nie mehr sehen oder nehmen oder damit handeln. So wie ich mich jetzt fühle, würde ich eher Lotteriescheine verkaufen, als mich nochmal auf Das Business einzulassen.

Hatte letzte Nacht einen eigenartigen Traum, den ich hier festhalten will:

Ich war in einer Selbstmordklinik in der Türkei. Man sitzt dort einfach herum und wartet, bis einem danach ist. Ich saß auf einem Felsvorsprung mit Blick auf kahle, schneebedeckte Berge, die mich an die Anden erinnerten. Ein Junge (14–15) kam her und stellte sich neben mich. Dann spürte ich, wie ich immer weiter *hinaus* glitt. (Der eigentliche Selbstmord findet per Flugzeug statt – es fliegt dich und den Boy zum Paß und stürzt dort ab. Seit Bestehen der Klinik ist noch nie einer durch den Paß gekommen.) Während es mich hinauszieht und das Flugzeug kommt, um mich zu holen, faßt mich Dave Wollman (Freund von hier) am Arm, wie er es gestern abend tatsächlich getan hat, als ich auf der Straße zusammenzuklappen drohte. »Bleib hier bei uns, Bill«, sagt er. »Es ist noch viel Zeit.«

In der Klinik ist es so, daß du jederzeit wieder gehen kannst, solange du noch nicht ins Flugzeug eingestiegen bist. »Wir bieten Ihnen nur die Gelegenheit. Ob Sie sie nutzen wollen oder nicht, liegt bei Ihnen.« (Ich sah einen bärtigen Kokser zum Hafen rennen, um noch die Fähre zum Festland zu erwischen. Tuten eines Schiffs in der Ferne.) Du kannst sogar deinen Boy mitnehmen. Meiner sagte: »Ich geh nur mit, wenn du entziehst und davon runter bleibst.«

Hier in Marokko haben sie etwas, das Ähnlichkeit mit Yage hat. Sobald ich wieder bei Kräften bin, werde ich einen Selbstversuch machen.

Ich wollte, du wärst hier. Könnte wirklich ein bißchen Hilfe gebrauchen. Schreib mir bald. Langer Brief von Jack.

Herzlich,
Bill

P. S. Danke für die letzten $5. Von jetzt an werde ich keine drängenden Geldsorgen mehr haben.

30. Mai 1955

P.S. Leichter Rückfall (Codeineetas und Demerol), aber ich packe es. Dieses Mal will ich unbedingt kuriert sein und bleiben. Keine Spritze ›nur mal so‹. Ich will keinen Junk mehr sehen, solange ich lebe.

5. Juli 1955
Tanger

Lieber Allen,

Ich war zu verdrossen und entmutigt, um zu schreiben. Das Problem ist, daß ich beim Verlassen der Klinik noch halb suchtkrank war. Zwei Wochen sind für mich jetzt nicht mehr ausreichend für einen Entzug. Früher ging es noch in zehn Tagen.

Trotzdem hätte ich es wahrscheinlich geschafft, wenn mich nur nicht eine äußerst schmerzhafte Neuralgie im Rücken erwischt hätte. Ich dachte, ich hätte Nierensteine. Schmerzen, wie ich sie noch nie erlebt habe. Das hat mich fertiggemacht, und ich griff wieder zu Demerol, das wirklich ein bösartiges Scheißzeug ist. Nach der gräßlichen Entziehungskur ist es wirklich zum Verzweifeln, daß ich jetzt wieder an der Nadel hänge . . . Aber ich bin mehr denn je zum Aufhören entschlossen. Selbst wenn ich die ganze Kur noch einmal machen muß. Dieses Mal wird es mir gelingen. Wenn ich jetzt nicht davon runterkomme, schaffe ich es nie . . . Ich wollte, du wärst hier. Es kotzt mich so an, daß ich ständig Ausflüchte mache – ständig irgendein Vorwand für eine allerletzte Schachtel Ampullen – und in den letzten drei Wochen habe ich jeden Tag die ›absolut letzte‹ Schachtel Demerol-Ampullen gekauft. So eine öde Demonstration von Schwäche. Gleichzeitig will ich Junk los sein, wie ich noch nie etwas gewollt habe. Werde mich also morgen auf Codein verlegen und einen beschleunigten Entzug versuchen. Wenn es nicht klappt, geh ich zurück in die Klinik. Alle halten es für aussichtslos ... Ich würde liebend gern einen Monat in den Knast gehen und einen Cold Turkey machen.

Vielleicht sage ich Kiki, er soll meine Kleider mitnehmen und mir die Codeineetas nach Plan ausgeben. Aber das habe ich schon so oft getan. Na ja, ich hoffe, daß ich dir im nächsten Brief einen endgültigen Erfolg melden kann.

Ich habe mich übrigens mit Paul Bowles getroffen. Sehr nett. Überhaupt gibt es hier jetzt eine ganze Reihe von interessanten Leuten.

Werde später weitere Einzelheiten schreiben. Will den Brief jetzt zur Post bringen.

Herzlich,
Bill

12. Juli 1955
Tanger

Lieber Allen,

Ich habe mich auf einen merkwürdig kafkaesken Trip über Dakar nach Freetown und zurück eingelassen. Eine Motorjacht, die Fracht befördert ... Hin- und Rückfahrt jeweils 15 Tage. Habe vor, nur Codein mitzunehmen und den Chinesen zu enteignen.

Dieser Trip ist eine typisch verkorkste Geschichte, wie sie nur in Tanger ausgeheckt werden kann. Die Besitzer, 2 Engländer, sind restlos pleite, und ich habe ihnen schon Geld fürs Essen leihen müssen. Der Kapitän ist ein alter versoffener Strauchdieb, der in Tanger schon seit Menschengedenken herumhängt, Drinks schnorrt und auf der Straße pennt. (Ungefähr so, als würde man an Bord gehen und feststellen, daß Joe Gould oder Maxwell Bodenheim der Käpt'n ist.) Der Koch, mit dem ich mir die Kabine teile, ist ein notorischer Hypochonder, der sich auf unappetitliche Symptome spezialisiert. Im Augenblick hat er es mit der Ruhr, mittlere bis späte Periode, und ich muß stündliche Verlautbarungen über Farbe und Konsistenz seines »Stuhls«, wie er es nennt, über mich ergehen lassen, und zwar in einem einschmeichelnden Cockney-Akzent. Dreißig Tage mit Lesley's Stuhl könnten mich durchaus um den Verstand bringen. Er sollte sich den Arsch als erwiesene Mißbildung zustopfen und woanders nochmal neu anfangen, sozusagen bei Null.

Wie es scheint, hängt alles von einem Telegramm aus Freetown ab. Mit diesem Telegramm hoffen sie einen Kredit von der Bank zu bekommen. Die Bank gewährt den Kredit nur unter der Bedingung, daß wir in Freetown eine nicht näher bezeichnete Fracht an Bord nehmen und nach Tanger bringen. Ich weiß nicht, warum sie sich über die Fracht nicht auslassen wollen, aber es klingt ominös. Ich vermute, daß es sich um etwas Giftiges oder sonstwie Gefährliches handelt.

Die menschliche Fracht besteht jedenfalls aus Unglücksraben. Auf diesem Trip ist alles möglich. Angeblich soll es an Bord keine Spirituosen geben. Aber alle haben vor, ein paar Flaschen auf den Kahn zu schmuggeln. Gebe Allah, daß der Käpt'n keine in die Finger kriegt. Außer ihm hat nämlich keiner die geringste Ahnung von Navigation.

Wie kommst du mit deinen Sachen voran? Zu deinem Gedicht werde ich im nächsten Brief etwas sagen. Es ist verkramt in einem grauenhaften Durcheinander von Briefen, Manuskripten, Quittungen, leeren Demerolschachteln, Spritzen, Kleidern und Büchern. Manchmal wünschte ich, ich wäre ordentlicher.

Ich habe keine Pläne. Das Wichtigste im Augenblick ist ein endgültiger Entzug. Was mir sehr am Herzen liegt, ist diese Expedition nach frz. Guyana, wo es bisexuelle Indianer gibt und ein großer Teil des Gebiets noch unerforscht ist. Würde dich so ein Projekt interessieren? Natürlich brauche ich erst mal Geld. Ich werde einige Artikel schreiben, wenn ich meinen Kram auf der Reihe habe. Ich würde natürlich auch allein nach Südamerika gehen, aber ich hätte lieber jemand dabei. Meine besten Wünsche an Neal.

Herzlich,
Bill

1. August 1955
Tanger

Lieber Allen,

Bin dauernd krank gewesen. Neuralgie, eine Kolik. Das hat den Entzug unterbrochen, aber jetzt will ich meine ganzen Orgonreserven ins Spiel bringen und den Job erledigen.

Aus dem Trip nach Westafrika ist nichts geworden, denn diese Typen sind eine inkompetente Bande von Idioten, und niemand, der bei Verstand ist, würde ein derart unausgegorenes Unternehmen finanzieren. Vielleicht mache ich eine Reise durch die französische Zone. Ich *muß* mir diese blutigen Unruhen mal ansehen. Hier tut sich ja nie was. (Es gab hier gerade einen Krawall. Einzelheiten noch nicht bekannt. Vier Tote, soviel ich höre, natürlich alles Araber. Ich habe nur flüchtende Leute gesehen, die Rolläden von Geschäften sausten runter, und Frauen zerrten ihre kleinen Kinder ins Haus. Also ging ich nach Hause und lud meine Schrotflinte, aber der Aufruhr wurde prompt im Keim erstickt.)

Wie gesagt, an dieser Expedition nach Südamerika ist mir sehr gelegen, und ich werde sie machen, sobald ich das Geld beisammen habe. Natürlich will ich mich in Marokko umsehen und die ganze Gegend kennenlernen, solange ich hier bin. Europa interessiert mich nicht so sehr. Gefühlsmäßig zieht es mich nach Südamerika und Mexiko. Wenn ich je nach Fernost käme, würde ich in Junk versumpfen und nie mehr davon loskommen. Unsere Zeit ist schließlich begrenzt. Würde dich die Südamerika-Expedition interessieren? Es wird ein sehr anstrengender und gefährlicher Trip. Ich möchte gern jemand dabei haben, aber wenn es sein muß, geh ich auch allein. Schätze, daß ich zusätzlich zu den Fahrtkosten etwa $1000 brauchen werde.

Dein Gedicht über Joan: Ich finde es rundum gelungen. Am Ende spürte ich einen deutlichen Schock, ich konnte sie vor mir sehen, wie sie redete und lächelte – es war so deutlich wie ein telepathisches Bild. Ich *wußte*, daß ich genau dasselbe sah wie du. In gewisser Weise ist ein Gedicht ein Mittel, um ein telepathisches Bild heraufzubeschwören und es aus der Vorstellung des Dichters in die des Lesers zu übertragen. Baudelaire hat das angesprochen, als er von Dichtung als einer Form von Ritual oder Beschwörung sprach, von magischen Worten, die in der Psyche des Lesers ein Bild oder eine Bilderfolge entstehen lassen. Einer der französischen Telepathie-Forscher – der Name fällt mir im Moment nicht ein, ach ja: Warcollier (ausgezeichnetes Buch, sehr präzise, klar, logisch) – trifft die Feststellung, daß alle Versuche einer telepathischen Kontaktaufnahme mit Verstorbenen in eine Sackgasse führten oder auf unüberwindliche Hindernisse stießen.

Freut mich zu hören, daß Kingsland dich besucht hat. Die Fotos von Peter habe ich bekommen. Wirkt sehr nett und attraktiv. Ja, du solltest aufhören, ihn wegen Sex zu drängeln. Es wäre eine wichtige, elementare Erfahrung für dich, einen Ort wie Tanger kennenzulernen, wo du wunderschöne Jungs haben kannst, soviel du willst. Ich meine, es versetzt einen in die Lage, den Sex separat zu sehen und eine gewisse Gelassenheit zu erreichen.

Ich habe Bowles nur einige Male auf Parties wiedergesehen. Er ist sehr schwierig und reserviert. Ich habe in letzter Zeit nichts geschrieben, weil ich mit Krankheit und Entzug alle Hände voll zu tun hatte.

Amüsant, das mit Gregory.

Herzlich,
Bill

Entzug ist jetzt das einzige Wichtige in meinem Leben. Ich *muß* es tun. Wenn ich versage, gehe ich nach Asien, wo ich Junk leicht bekommen kann, und dann lebe ich eben damit. Soweit ist es jetzt gekommen. Eine definitive Entscheidung für alle Zeit. Ich will nicht mehr mit überhöhten Preisen gelinkt werden oder mit verschnittenem Stoff wie in den Staaten. Ich will mich nicht mehr von Bullen drangsalieren lassen. Ich will mir nicht den Organismus mit synthetischem Zeug ruinieren. Wenn ich was nehme, dann soll es beste Qualität sein, dann will ich O rauchen oder gutes reines M nehmen, und zwar zu einem vernünftigen Preis und in einem ruhigen Ambiente. Ich gebe mir noch bis Ende des Sommers. Bis zum Herbst bin ich entweder runter, oder ich mache mich auf den Weg nach Asien, und zwar mit einer einfachen Fahrkarte.

Das gottverdammte Demerol ist wirklich das Übelste, und ich war schon nahe an einer Drogenpsychose. Ich war ein zitterndes, zuckendes, halluzinierendes Wrack. Ich konnte spüren, wie mich mein Realitätssinn verließ, und trotzdem »noch eine Schachtel . . . nur noch einen Tag.« Dann entwickelte mein Körper ganz plötzlich eine Allergie gegen Demerol – Kopfschmerzen, Erbrechen – und seither kann ich das Zeug buchstäblich nicht mehr anrühren. Gott sei Dank!

Habe einen Vorrat an Codeineetas – 30 Röhrchen – mit dem ich einen Entzug machen kann.

10. August 1955
Tanger

Lieber Allen,

Hier haben sich ominöse Dinge ereignet. Vor einiger Zeit habe ich, ganz gegen meinen Willen, die Bekanntschaft eines lokalen Exzentrikers gemacht. Dieser Bürger, ein Araber, sägte sich auf dem Boulevard an mich ran, begrüßte mich als seinen »lieben Freund« und bat mich um 50 Cents. Ich gab ihm einigermaßen barsch zu verstehen, daß ich nicht sein lieber Freund bin, ihn in meinem Leben noch nie gesehen habe und nicht im Traum daran denke, ihm auch nur eine Pesete zu geben. Danach läuft er mir immer wieder übern Weg. Seine Äußerungen werden immer rätselhafter. Offensichtlich hat er sich aus allerhand Wahnvorstellungen ein kompliziertes System zurechtgebastelt, in dem die amerikanische Botschaft die Wurzel allen Übels ist, und ich bin für ihn ein Agent, eine Kreatur der Botschaft. Ich sage mir, daß er ein Spinner ist, und wahrscheinlich einer von der gefährlichen Sorte (hemmungslose Paranoiker sind immer ein Problem). Ich gestalte unsere Begegnungen so kurz wie möglich und bin immer auf der Hut, damit ich ihm schnell einen Tritt in den Bauch geben oder mich mit einer Flasche oder einem Stuhl bewaffnen kann, falls er auf mich losgeht. Doch er macht nie Anstalten, handgreiflich zu werden. Er hat sogar etwas seltsam Liebenswertes an sich, eine merkwürdig sinistre Scherzhaftigkeit, als wären wir alte Bekannte und seine Äußerungen wären Anspielungen auf private Flachsereien aus der Anfangszeit unserer Bekanntschaft.

Am Montag, 1. August, lief er auf der Hauptstraße mit einem rasiermesserscharfen Schlachtermesser Amok, killte 5 Leute und verletzte vier weitere, wurde schließlich von der Polizei gestellt, bekam einen Bauchschuß ab und wurde festgenommen. Er wird durchkommen, und falls er nicht beweisen kann, daß er unzurechnungsfähig ist, wird er füsiliert – das ist die hier übliche Hinrichtungsart (wird freilich sehr selten verhängt). Ich frage mich, ob er mich attackiert hätte. Zehn Minuten später, und ich wäre ihm begegnet. In der Stadt sind sie immer noch ganz hysterisch. Die Geschäfte werden geschlossen, alles rennt ins Haus und verrammelt die Tür, sobald auf der Straße jemand auftaucht, der sich im Laufschritt bewegt.

Aus dem Trip nach Westafrika ist bis jetzt nichts geworden. Sie haben das Geld noch nicht. Ich habe auf jeden Fall beschlossen, nicht mitzumachen, denn es geht um eine höchst gefährliche Schmuggeloperation – sie wollen Diamanten illegal aus Westafrika rausschaffen. Man kriegt fünf Jahre, wenn man da unten mit unregistrierten Diamanten erwischt wird. Schlimmer als Rauschgift. Sie könnten die Diamanten in meiner Kabine verstecken oder mir die Sache sonstwie anhängen. Auf jeden Fall sind sie üble Zeitgenossen und wären durchaus imstande, mich über Bord zu werfen. Sie sind von morgens bis abends besoffen, und sie leben und essen wie die Schweine. Alles in allem, mit den Worten von J. B. Myers: »Mit ohne mir.«

Von Alan Ansen habe ich seit 2 Monaten nichts mehr gehört, obwohl er mir einen Brief schuldet. Schreibe ihm heute.

Vielleicht könnten wir es so machen, daß ich hier auf dich warte, bis du nächstes Jahr rüberkommst. Wir sehen uns Afrika und Europa an und machen *dann* die Südamerika-Expedition. Was hältst du davon? Vorausgesetzt natürlich, daß wir das Finanzielle auf die Reihe bringen. Ich hätte gern jemand dabei, der auf Draht ist. Man erlebt so viel mehr, als wenn man allein reist. Ein schlechter oder gleichgültiger Reisegefährte dagegen ist ein aktives Manko. Ich belaste mich nicht mit Langweilern oder Nervensägen; nicht einmal, wenn sie den Trip finanzieren. Lohnt sich nicht. So jemand würde mir den Trip ruinieren, den Umgang mit den Indianern versauen, usw. Genauso wenig dulde ich prüde und etepetete Wissenschaftler. Dieser Trip geht in die vollen, er ist die Verwirklichung einer wilden Routine. Einen Klotz am Bein kann ich da nicht gebrauchen.

Ich schrieb dir schon, wie sehr mich das Gedicht über Joans Grab beeindruckt hat. Tatsache ist, der Eindruck war so vehement, daß es schmerzte.

Bitte laß mich wissen, wie sich deine Pläne weiter entwickeln. Was wirst du tun, wenn das Arbeitslosengeld zu Ende ist? Zurück nach N.Y.? Was ist aus Neals drittem Ei geworden? Verschwunden, hoffe ich. Bei welchem Brief von mir hat Neal gestöhnt, als er ihn las?

Herzlich,
Bill

21. Sept. 1955
Tanger

Lieber Allen,

Habe deine beiden Briefe. Entschuldige, daß ich so spät antworte. Ich war zu sehr damit beschäftigt, dem Chinesen ein für allemal den Stuhl vor die Tür zu setzen. Habe mich hier schon mal provisorisch für eine Kur angemeldet. Ich gehe in eine Klinik und bleibe dort, bis ich vollständig kuriert bin. Mindestens einen Monat, wahrscheinlich zwei. Auf jeden Fall brauche ich einen längeren Zeitraum, wo ich isoliert bin und nicht abgelenkt werde, damit ich meinen Roman auf die Reihe bringen kann. Darauf will ich während der Kur meine ganze Zeit verwenden.

Neulich abends beschaffte ich mir einige Ampullen mit 1/6 Gran Dolophin und 1/100 Gran Hyoscin. Bei diesem gräßlichen Scheißzeug ist 1/100 Gran schon eine ganze Menge, aber ich dachte, das Dolophin würde es neutralisieren, also jagte ich mir 6 Ampullen in die Vene.

Der Ex-Captain fand mich splitternackt im Hausflur, wo ich auf der Klobrille saß, die ich aus ihrer Verankerung gerissen hatte. Ich plätscherte mit den Händen in einem Eimer Wasser und sang »Deep in the Heart of Texas«. Gleichzeitig beschwerte ich mich sehr klar und verständlich über die hohen Lebenshaltungskosten: »Es geht alles für Rasierklingen drauf.« Und um 2 Uhr morgens versuchte ich, nackt auf die Straße zu gehen. Was für ein schauderhafter Alptraum, wenn ich es geschafft hätte und erst wieder zu mir gekommen wäre, während ich nackt durchs Araberviertel irre. Ich hatte mein Bettzeug zerfetzt und Flaschen durchs ganze Zimmer geworfen. Offensichtlich suchte ich etwas, aber ich sagte nicht, was. Dave und der alte schwule Holländer, dem der Puff hier gehört, waren natürlich alarmiert, weil sie dachten, ich sei endgültig ausgeklinkt. Als sie mich am Vormittag dann vollständig bekleidet und bei normalem Verstand antrafen, fiel ihnen ein Stein vom Herzen. Ich hatte nur noch bruchstückhafte Erinnerungen an das, was vorgefallen war. Ich weiß aber noch genau, daß ich mich wunderte, warum mich alle so eigenartig ansahen und mir so ermüdend lange und beruhigend zuredeten. Ich schloß daraus, daß sie plemplem oder betrunken waren, und zu Tony sagte ich, er sei stinkbesoffen.

Ich habe dein Gedicht inzwischen noch öfter gelesen, und ich finde, es gehört zu den besten Sachen, die du bisher geschrieben hast. Wie kommst du mit deinem Buch voran? Mit Paul Bowles verstehe ich mich jetzt ganz gut, aber ich kenne ihn noch nicht gut genug, um ihn nach seiner Meinung zu einem Manuskript zu fragen.

Dieser Typ, der es mit Sohn und Tochter gleichzeitig treibt, klingt ja ganz sympathisch. Wie sehen deine Pläne für nächstes Jahr aus? Jack hat mir aus Mexico City geschrieben. Dave ist tot. Ich schrieb Garver und fragte ihn, warum er nicht nach Fernost oder Persien geht, wo sie für Opium sogar eigene Läden haben; d. h. warum er sich nicht besorgt, was er wirklich will, statt daß er sich mit einer elenden Diät von Codeintabletten durchhungert. Der Mann hat keinen Mumm mehr in den Knochen. Es ist ihm zuviel, ein Schiff oder Flugzeug zu nehmen (was inzwischen fast genauso billig ist – einen Flug von Tanger nach N.Y. bekommt man für $300). Es ist ihm alles »zu weit weg«. Von wo denn? Das möchte ich mal wissen. Außerdem findet er diese Gegenden irgendwie gefährlich. Mit seinem Einkommen – und seiner eingleisigen Denkweise – wäre ich morgen schon auf dem Weg nach Teheran oder Hongkong. Das wäre für mich ein klarer Fall, wenn ich vorhätte, auf Junk zu bleiben. Irgendwohin gehen, wo ich den echten Stoff billig und legal bekomme.

Dein mystisches Erlebnis sehr interessant, vor allem das mit den Blumen.

An deiner Stelle würde ich Peters Bruder und seiner Freßsucht ganz strikt einen Riegel vorschieben. Klingt mir ganz danach, als bräuchte er einen Tritt in den Arsch, und zwar nicht nur im übertragenen Sinne. Ich meine, wozu den Kotau machen vor einem ungehobelten jungen Strolch? Herzliche Grüße an Jack, falls er schon zurück ist. Ich hoffe, daß ich in 2 Tagen in die Klinik kann.

Herzlich,
Bill

Ich habe eine handgeschriebene Short-Story, die ich abtippen und dir schicken werde. Werde auch einen Artikel über Yage schreiben. Aber vor allem will ich mit meinem Roman über Interzone einen entscheidenden Schritt weiterkommen. Wenn ich mich darauf wirklich konzentrieren kann, habe ich eine Chance, die Sucht loszuwerden. Allerdings habe ich mich nie so wenig kreativ gefühlt . . .

Warum läßt du dir von Peters Bruder diesen ganzen Scheißdreck gefallen? Es ist viel gesünder, wenn man nicht alles zu essen kriegt, was man will. Das wurde mit Ratten schon bewiesen.

Die Araber werden immer feindseliger und unverschämter, oder sie gehen einem mit ihrer schieren Sturheit auf die Nerven. Gerade hat wieder so ein Junge bei mir ans Fenster geklopft und wollte mich um eine Zigarette anbetteln. Ich sagte, er soll abhauen, und er hämmerte weiter ans Fenster, bis ich nach einem Spazierstock griff und zur Tür ging. Ich hätte ihm eins übergebraten, wenn ich ihn erwischt hätte. Ich hasse diese Menschen mit ihrem feigen weinerlichen Getue und ihrer stupiden Feindseligkeit. Einer ihrer dummen Tricks besteht darin, daß sie einem Bananenschalen auf die Türschwelle legen.

7. Okt.

Ich war gerade bei einer Frau in einem seltsamen Kafka-Büro, das in einen Torbogen aus massiven Steinquadern eingebaut ist. Jeden Tag bin ich dort vorbeigegangen, aber das Büro ist mir nie aufgefallen: Amt für Sozialfürsorge nennt es sich. Innerhalb von zehn Minuten hatte sie einen Arzt herbeigezaubert, der mich behandeln wird, und außerdem hat sie mir ein Zimmer im jüdischen Hospital besorgt – für 2 Dollar am Tag! Ich werde dort bleiben, bis ich kuriert bin. Mindestens einen Monat, wahrscheinlich aber zwei. Checke morgen früh ein. Ich kann es kaum fassen. Hoffentlich kommt nicht im letzten Augenblick noch was dazwischen. Den Hinweis auf diese Frau verdanke ich einem alten englischen Schnorrer und Säufer. Die letzten fünf Monate habe ich ihm mehrmals in der Woche ein wenig Geld gegeben. Alle sagten mir, es wäre pure Verschwendung, aber ich blieb dabei. Wie im Märchen, was?

Der Dollar steigt wie ein sagenhafter Vogel.

In letzter Zeit seltsam lebhafte Träume, typisch für den suchtkranken Zustand und durchdrungen von Nostalgie und Trauer. Na, jetzt habe ich 2 Monate, die ich ganz fürs Schreiben verwenden kann. Mal sehen, was ich zuwege bringe. Ein Grund für die Südamerika-Expedition ist, daß sie mir etwas Handfestes geben wird, worüber ich schreiben kann. Hörst du was von Jack? Bitte schreib mir.

Herzlich,

Bill

P. S. Habe mir endlich eine Schreibmaschine gekauft. Nagelneu, für $45. Halb geschenkt für den Preis.

Nach meiner Kur ist allerhand möglich. Ich werde die verlorene Zeit gutmachen, und Junk will ich nie mehr sehen.

Der Yage-Artikel läßt sich vielleicht verkaufen. Wie du weißt, habe ich diese Fotos dazu.

Und in zwei Monaten habe ich vielleicht den Roman soweit, daß man ihn einem Verlag zeigen kann. Wir werden sehen.

Vielleicht reise ich über Land nach Fernost und weiter um die Welt und komme dann aus dem Osten zu dir.

Wenn ich erst mal von Junk runter bin, ist alles möglich.

Südamerika solltest du dir nicht entgehen lassen. Interessanter als Afrika oder Europa. Das Geld kratze ich schon irgendwie zusammen. Möglich, daß ich sogar etwas schreibe, was sich verkauft. Die Aussicht auf eine Kur hat mir einen Energieschub gegeben, wie ich ihn seit Monaten nicht mehr hatte.

Der englische Schnorrer, der mich an diese Frau verwiesen hat, trägt plötzlich neue Anzüge und brütet allerhand Ideen aus, wie man zu einem Vermögen kommen könnte. Wer weiß, vielleicht mache ich da einen guten Fang? Durch seinen Vermittlerdienst bin ich bereits jetzt entschädigt für das Geld, die Mahlzeiten und

Drinks, die ich ihm spendiert habe. Ich hatte es bei zwei Ärzten und sämtlichen Krankenhäusern und Kliniken in der Stadt versucht und schließlich aufgegeben. Kein Hospital und keine Klinik schien einen Fall von Drogengiftsucht annehmen zu wollen. Dann sagte Leslie, ich solle diese Frau aufsuchen, und er gab mir einen kurzen Brief an sie mit. Tanger hat mehr gestrandete Existenzen als jeder andere Ort, den ich bis jetzt gesehen habe, doch niemand hatte je von dieser Frau gehört, die allerhand Unterstützung verteilt, und zwar an jeden Einwohner von Tanger, gleich welcher Nationalität. Sehr wahrscheinlich hätte ich die Behandlung auch umsonst haben können, aber ich wollte keine Zeit verlieren. Außerdem kostet es eh so wenig.

Also, nochmal herzliche Grüße und adieu für heute.

Schreib mir an die Botschaft. Kiki holt dort meine Post ab und bringt sie mir.

Bill

Brief B
(geschrieben, bevor ich
deinen bekam)

Benchimal Hosp., Tanger
21. Okt. 1955

Lieber Allen,

Brief A ist der Anfang des Kapitels II von *Interzone*. Bin mit Kapitel II fast fertig. Etwa 40 Seiten. Werde es dir voraussichtlich nächste Woche schicken.

Bekomme immer noch alle 4 Stunden eine Spritze mit 40 mg Dolophin (= etwa 1 Gran M). Die einzige halbwegs erträgliche Kur, die ich je gemacht habe. Sie wird etwa zwei Monate dauern. Wenn ich hier rausgehe, werde ich vollkommen davon runter sein. Ich werde trinken und ohne Junk funktionieren können.

Kapitel II ist eine *Auswahl aus Lees Briefen und Tagebuchaufzeichnungen*. Auf diese Tour kann ich alle Briefe verwenden, einschließlich Liebesbriefe, fragmentarisches Material und sonstwas. Natürlich verwende ich nicht annähernd alle Briefe. Oft ziehe ich aus hundert Blatt nur eine Seite heraus. Aber es ist schon eigenartig, wie sehr die Briefe zusammenhängen. Ich sage mir, daß ich vielleicht einen Satz nehme, und er zieht die ganze Seite mit. Die Auswahl ist schwierig und natürlich nur provisorisch. (Ich habe Briefe vom letzten Jahr und handgeschriebene Notizen aus den letzten sechs Monaten.) Im Augenblick ist es noch eine Rohfassung, eine Art Laufplan. Ich habe vor, zwischen Briefen und Tagebuch-Abschnitten abzuwechseln, unterbrochen von fortlaufend erzählten Kapiteln (wie Kap. 1). Es kann auch sein, daß ich mich dazu entschließe, die Kapitel aus Briefen und Tagebuch als Anhang zu verwenden. Wir werden sehen. In zwei Monaten müßte ich genug fertig haben, was man einem Verleger zeigen kann, falls es einen gibt, der es sehen will. Die Kapitel aus Briefen und Tagebuch-Exzerpten bilden eine Art Mosaik mit der rätselhaften Bedeutung von zufälligen Gegenständen, die in der Kommode eines Hotelzimmers zurückblieben und ein Stilleben bilden.

Beim Durchlesen meiner Briefe habe ich viel an dich gedacht. Du solltest unbedingt so bald wie möglich herkommen. Es wäre besser, du kommst hierher, als daß ich nach Frisco gehe. Die Staaten sind nichts für mich. Ich brauche einen Ort, wo ich mehr Platz und Ellbogenfreiheit habe.

In letzter Zeit mache ich mir Gedanken über Verbrechen. »Seltsame Gedanken in meinem Herzen, die nach der Tat verlangen.« Von allen Verbrechen verschafft einem Erpressung, vom künstlerischen Standpunkt, wahrscheinlich die größte Befriedigung. Ich meine, der Augenblick der Wahrheit, wenn du siehst, wie seine Fassade einstürzt, sein Widerstandswille zusammenbricht. Muß ein tolles Gefühl sein. Ich erwähne das in Kapitel II.

Was ich in letzter Zeit schreibe, ist anstrengender als alles, was ich je getan habe. Abschweifungen drängen sich mir auf und zerfasern mich. Ich habe keine Kontrolle über das, was ich schreibe, und so sollte es auch sein. Ich komme mir vor wie der Hl. Antonius von Hieronymus Bosch, oder wie der Kerl heißt.

Ich habe ein Buch mit Bildern und Texten von Klee. Hervorragend. Die Bilder sind buchstäblich am Leben. Habe Genets *Tagebuch eines Diebes* auf englisch, und ich habe es schon mehrmals gelesen. Ich halte ihn für einen der größten lebenden Prosaschreiber. Hör dir das an (er wird gerade von einem großen Neger in Santé-Gefängnis gepimpert): »Ich werde zermalmt von seiner Schwärze, die mich allmählich durchdringen wird. Mit offenem Mund werde ich wissen, daß er in Trägheit erstarrt ist, in dieser dunklen Achse gehalten von seinem stählernen Zapfen. Ich werde meine Augen wandern lassen über die Welt, mit dem klaren Blick, den der Adler dem Ganymed lieh.« Die Übersetzung ist nicht schlecht, bis auf die Dialoge. Der Übersetzer verwendet einen veralteten am. Slang. Ich meine, keiner redet heute noch so: »Für 'n bißchen Bares tu ich jederzeit einen umnieten.« Grauenhaft. Warum nicht den französischen *argot* stehenlassen und in einer Fußnote erklären?

Lese gerade noch einmal deine Briefe und Gedichte. Stark finde ich die folgenden Zeilen aus *Siesta in Xbalba*: »Die einen Gruß über Äonen hinweg gleichgültig erwiderten« . . . »Verschwunden aus dem nachlassenden Griff von Händen aus Stein«. Hervorragend die ganze Strophe, die beginnt mit: »Die langsame ragende Mauer der Zeit.« »Wie brennende, brüllende Anwälte«, hmmm. Eine Zeile erschreckend schlecht: »Und hätte ich Geld . . .« Das Gedicht als Ganzes sehr gut, aber als zusammenhängendes Werk nicht zu vergleichen mit deinen *Strophes*, die ganz aus einem Guß sind und nach meinem Empfinden deine beste Leistung bisher. Ich zitiere keine einzelnen Zeilen, denn es ist alles exzellent. Ich glaube, ich schrieb dir bereits, daß mir das Gedicht über Joans Grab einen deutlichen Schock versetzt hat, wegen der privaten Assoziationen, die beinahe unangenehm intensiv waren. Das Gedicht ist eindeutig gelungen.

Dein mystischer Augenblick mit »dem glitzernden animalischen Aspekt der Blumen« erinnert mich an die Wirkung von Yage. Ebenso das Werk von Klee. Eins seiner Bilder, es nennt sich *Indiskretion*, dupliziert haargenau das, was ich in Pucallpa im Yagerausch sah, als ich die Augen schloß.

In Tanger findet sich jetzt eine gute Auswahl von Leuten: Dave Lamont, ein junger kanadischer Maler, der jeden Tag bei mir vorbeikommt; Chris Wanklyn, ein kanadischer Schriftsteller; Paul und Jane Bowles zur Zeit recht umgänglich; Charles Gallagher, äußerst intelligent und geistreich, schreibt mit Geld von der Ford Foundation seine Geschichte Marokkos; Viscount des Isles, ein brillanter Linguist und Kenner okkulter Texte; Peter Mayne, Autor von *The Alleys of Marrakesh*. Kurz, ich habe reichlichen Umgang. Ich hoffe, du kannst sehr bald herkommen. Grüße an Neal – und Jack, falls er da ist.

Herzlich,
Bill

P. S. Sehr gut gefallen mir *At Sunset* und *Her Engagement*. Das Gedicht von Wallace Stevens ist wirklich großartig. Das Beste, was er je geschrieben hat. Ich habe ihn vorher nie leiden können.

Brief C

Benchimal Hosp., Tanger
23. Okt. 1955

Lieber Allen und Jack,

Kiki brachte mir gerade euren Brief – er ist undatiert. Ich will nicht den Eindruck erwecken, als wäre ich schon unterwegs nach Frisco. So verhält es sich nicht unbedingt, genau wie bei anderen Dingen, die ich in meinen Briefen schreibe. Zunächst mal habe ich die Knete nicht. Ich schrieb zuletzt aus der niedergeschlagenen Stimmung des Entzugs. In Wirklichkeit macht sich Tanger ganz gut. Was ich sagen will, ist: Ich weiß nicht, was zum Kuckuck ich machen werde, wenn ich hier rauskomme, und das ist ein Pakt, ich meine *Fakt*. Sie haben hier einen Krieg, den ich mir reinziehen will; außerdem *Perganum Harmala*, das von den Berbern benutzt wird und dasselbe wie Yage ist; dann das Barrio Chino von Barcelona, das Genet beschreibt, und das ganze übrige Spanien, für das ich eine Affinität empfinde; reise vielleicht mit Charles Gallagher über Land nach Persien oder besuche Ansen in Venedig; würde mir auch gerne Jugoslawien ansehen und die schwulen Klöster in Griechenland. Außerdem gedenke ich mich von einem Ende von Interzone bis ans andere durchzuficken. Ich bin die Monogamie mit Kiki leid ... Dryden spricht vom Goldenen Zeitalter, »als noch nicht einer fluchbeladen an den anderen gekettet war.« Also nichts wie zurück in diese goldene Zeit ... wie's in dem Song heißt: »Der Wille eines Jungen ist wie der Wind.« Außerdem gehen mir tausend Ideen durch den Kopf, wie ich zu Geld kommen könnte (einige nicht gerade juristisch einwandfrei). Die Nette Nachtschwester hat mich gerade gefixt, und ich spüre es direkt in der Magengrube, wie einen sanften süßen Schlag ... ich nenne sie die »Nette Nachtschwester« zur Unterscheidung von dem Miststück, das mir vor ein paar Abenden pures Wasser gespritzt hat – ich habe sie im Verdacht, daß sie ein *Schmecker* ist, aber bei Frauen und Chinesen ist das schwer zu sagen. Auf jeden Fall möchte ich sie nicht mehr in meine Nähe lassen. (Habe es gerade nochmal mit dem Klo probiert. Immer noch abgeschlossen. Schon geschlagene sechs Stunden jetzt. Ich glaube, sie benutzen es als Operationssaal.) Ich werde sexy, und letzte Nacht ist mir dreimal einer abgegangen. Die italienische Schule liegt direkt gegenüber, und ich stehe stundenlang am Fenster und betrachte die Boys durch mein Fernglas mit achtfacher Verstärkung. Ein eigenartiges Gefühl, als würde ich mich projizieren und wäre mitten unter ihnen, ein erdgebundener Geist mit körperlosen Gelüsten. Sie tragen kurze Hosen, und ich kann die Gänsehaut an ihren Beinen in der kühlen Morgenbrise erkennen und jedes Härchen zählen.

Habe ich schon erzählt, wie Marv und ich mal zwei Araberjungen sechzig Cents zahlten, damit sie einander pimpern? Keine halben Sachen – wir verlangten auch Saft – und ich fragte Marv: »Meinst du, sie machen es?« Und er sagte: »Glaub schon. Sie haben Hunger.« Sie machten es. Irgendwie kam ich mir wie ein alter Schmutzfink vor . . .

In Frisco scheint ja einiges los zu sein, und ich würde euch alle gern sehen. Ich meine, dich, Allen, und dich, Jack, und den reizenden Neal . . . Euer Brief hat mein düsteres, sturmgepeitschtes Gemüt erweicht. In letzter Zeit werde ich manchmal richtig eklig und schikaniere das arabische Personal. Ich bin der unbeliebteste Patient in diesem verstunkenen Bau. Von wegen Krankenhausgeruch – den kennst du erst, wenn du mal in ein spanisches Hospital reingerochen hast. Ihr beschämt mich alle mit eurer buddhistischen Liebe und Friedfertigkeit, mich, an dem Winde von Gewalt und Zwietracht reißen . . . Freut mich, daß du jetzt Geld bekommst für deine Arbeit, Jack. Keiner verdient es mehr als du. Was ist dieses HOWL, das Allen vorgetragen hat? Die Lesung scheint ja ein tolles Ding gewesen zu sein. Ich wünschte, ich hätte dabeisein können. Soso, ich soll also Kiki mitbringen? Und werde junge Boys in rauhen Mengen vorfinden? Also komm, Allen, was willst du damit andeuten? Wer sind all diese wichtigen Leute, die wütend auf mich sind? Lauter schmierige VIPs. Höchste Zeit, daß du dir von Trilling die richtige Meinung bildest. Er ist sowieso eine Type, die dir nichts nützen kann und wird. Er hat keine Orgone, kein *mana*, keinen Pep. Zapft dir bloß den Strom ab und speichert ihn in seiner Hirnbatterie, damit er noch mehr Mist für die *Partisan Review* produzieren kann. In diesen Nachruf-Postillen was zu veröffentlichen ist der Kuß des Todes, ja wirklich und wahrhaftig der Fick des Todes. Dieses pornographische Zeug liest sich recht hübsch, und ich würde gern alles sehen. Also schau, Sweetheart, du bist mein Agent, jetzt sieh mal zu, was du mit *Interzone* machen kannst. Bis übernächsten Monat wirst du etwa hundert Seiten haben ... zwanzig Prozent ... Aber ich bin abgeschweift und zwischen allerhand Parenthesen in ein großes graues Loch gefallen. Lehne mich zurück und schaue den Brief mit glasigen Augen an ... Nein, ein gottverdammter Mönch kann ich auch nicht sein. Das Land der Freien scheint mir wirklich eine dubiose Sache zu sein, und ich bin nicht übermäßig daran interessiert, seine weiten Gefilde ohne Boys zu durchwandern ... aber *quien sabe*? Vielleicht entscheide ich mich doch noch für Frisco. Natürlich, wenn ich zu Geld käme, würde ich euch *en route* nach Südamerika besuchen ... Euer Brief hat richtig herzerwärmend und entspannend auf mich gewirkt. Ja, den alten Garver würde ich gerne nochmal wiedersehen, bevor er stirbt. Sagt Neal von mir, er soll die Finger von Pferdewetten lassen. Da ist nichts zu holen. Vorahnungen aus Träumen soll man für so etwas nicht benutzen. Kapierst du, Neal? Du weißt, welches Pferd siegen wird, *aber du kannst dieses Wissen nicht benutzen, um Geld zu machen*. Versuch es erst gar nicht. Es ist wie der Kampf mit einem Phantom, das dich mit Schlägen eindeckt, aber du kannst es nicht treffen. Laß es sein. Vergiß es. Behalte dein Geld ...

Ich bewege mich auf einen Zustand hin, wo ich jede Vorsicht und Zurückhaltung fallen lasse. Nichts darf mir meine Routines verwässern. Ich weiß, ich genierte mich immer, Boys anzusprechen, aber heute kann ich mich nicht mehr erinnern, warum eigentlich. Die Hemmschwellen sind atrophiert und verwachsen wie der Arsch eines Aals auf dem Weg nach Sargasso – (guter Titel für ein Buch). Kennt ihr das mit den Aalen? Wenn sie die volle Geschlechtsreife erreichen, verlassen sie die Seen und Flüsse von Europa, wandern flußabwärts ins Meer und über den Atlantischen Ozean in die Sargasso-See, südlich der Bermudas, wo sie sich paaren und sterben. Während des gefahrvollen Trips stellen sie das Fressen ein, und der Arsch wächst ihnen zu. Die jungen Aale machen sich auf den Weg zurück zu den Flüssen und Seen Europas. Warte mal, das wäre ja noch besser als *Ignorant Armies* (Dover Beach, von Arnold) als Titel für meinen Interzone-Roman:

Meet Me in Sargasso, I'll See You in Sargasso, The Sargasso Trail.

Der Tod bremst seinen alten grünen Lieferwagen ab, hält dem Hitchhiker den Schlag auf und sagt: »Du kommst mir vor, als hättest du den Arsch zu. Gehts direkt nach Sargasso?«

Ticket for Sargasso, Meet in Sargasso, On the Road to Sargasso – was ich allerdings rüberbringen will, ist der innere Drang nach Sargasso: *Sargasso Yen, Sargasso Time, Sargasso Kicks, The Sargasso Blues,* nein, ich komme einfach nicht drauf, das ist alles trivial, es hat nichts von diesen Aalen, die sich nachts durchs nasse Gras der Wiesen schlängeln, um den nächsten See oder Fluß zu finden, und Tausende krepieren schon vorher ... Wenn ich mir je ein Boot kaufe, nenne ich es The Sargasso ... *Sargasso Junction, Change for Sargasso, Sargasso Transfer, Sargasso Detour.* Basta ... Kennt ihr das von den Neunaugen? Bei der Paarung zerfetzen sie einander die Haut mit ihren Saugnäpfen, sodaß sie danach immer verenden. Entweder fallen sie anderen Fischen zum Opfer oder jungfräulichen Neunaugen, oder Pilz- und Schwammbefall macht ihnen den Garaus.

Einiges aus diesem Brief werde ich in Brief A übertragen, mit dem das Kapitel II anfängt. Material überlappt sich oft. Du kannst es anders arrangieren, was dazutun oder herausnehmen, wie du willst, falls du einen interessierten Verleger findest. Heute ist Samstag, ich kann den Brief nicht vor Montag abschicken und werde noch einiges dazuschreiben. Vielleicht fällt mir auch noch der richtige Sargasso-Titel ein. Also, danke für euren Brief und adieu für heute . . . See you in Sargasso . . . Einer der Sargasso-Titel eignet sich vielleicht für meine Story über Tiger Ted . . .

Herzlich,
Bill

Gestern machte ich einen Ausflug zum Stadtrand. Die nähere Umgebung der Zone ist von einer urwüchsigen Schönheit. Flache Hügel mit vielfältigem Baumbestand, blühende Ranken und Sträucher, große rote Sandsteinklippen, die steil zum Meer abfallen und bewachsen sind mit merkwürdig stilisierten, japanisch wirkenden Kiefern. Stell dir vor, ein Haus auf so einem Felsen zu haben!

Ich habe oft gejammert, daß mir Material fehlt, das ich verwenden kann. Meine Güte! Jetzt ersaufe ich in Material. Ich könnte über diesen Ausflug 50 Seiten schreiben, eine mystische Vision, vergleichbar deiner Offenbarung in East Harlem – Erinnerst du dich an den Brief, in dem ich einigermaßen wehleidig sagte: »Tanger hat nichts für mich, und überhaupt ist es deine Schuld, daß ich hier gelandet bin«? Tja, Al, das trifft nicht unbedingt zu. Ich fange an, die Kicks der Araber zu begreifen. Es braucht Zeit. Man muß es auf sich einwirken lassen . . . also, wie gesagt, ich könnte ein Buch über diesen Ausflug schreiben. Statt dessen will ich einen Augenblick herausgreifen:

Ich ging auf ein Glas Tee in ein arabisches Café. Ein einziger Raum, 15 auf 15 Fuß, ein paar Tische und Stühle, hinten eine leicht erhöhte Plattform mit Matten, wo die Araber barfuß beisammenhocken, Karten spielen und Kif rauchen; an der Wand das unvermeidliche Bild von Ben Yussef, dem abgesetzten Sultan – man sieht seine nichtssagende Visage überall, wie jene Fotos von meinem Freund Roosevelt – Bilder von Mekka, in dem gräßlichen hellen Rosa und Blau von Heiligenbildchen, zutiefst vulgär wie die aztekischen Mosaiken der dekadenten Endphase. Beim Wühlen in diesem schauerlichen Durcheinander von Notizen und Briefen, auf der Suche nach irgendwas, fiel mir einer deiner alten Briefe in die Hände, und die folgende Zeile springt mir in die Augen: »Sei nicht deprimiert. Es gibt so viel zu tun.« Und das ist die reine Wahrheit. So viel, daß ich durchdrehe. Al, du bist ein verdammtes Genie . . .

Die Araber an einem der Tische werfen mir finstere Blicke zu, und ich starre sie an, bis sie wegsehen und an ihren Pfeifen fummeln. Wenn sie unbedingt was daraus machen wollen, kann ich genauso gut jetzt schon sterben. Ist ja nur Allahs Wille. Hier auf dem roten Fliesenboden dieses Cafés, mit einem Messer in der Niere, verstehst du, nachdem sich einer unauffällig von hinten an mich rangemacht hat. Auch ich habe immer ein Messer dabei, und einen Angriff würde ich mir von meinen Gegnern teuer mit Blut bezahlen lassen. Ich bin nicht einer, der auch noch die andere Niere hinhält. Die Metaphysik des Zweikampfs: Zen-buddhistische Gradlinigkeit, angewandt auf Fechten und Messerkampf; das Jiu-Jitsu-Prinzip vom »Gewinnen durch Nachgeben« und »die Stärke des Gegners gegen ihn selbst wenden«; die verschiedenen Techniken des Messerkampfs; Messerkampf als mystisches Turnier, eine Disziplin wie Yoga – du mußt Angst und Wut ablegen und den Kampf als unpersönlichen Vorgang sehen – wie bei Höhlenmalerei, wo Teile von Tieren dargestellt sind, die der Künstler nicht sehen kann: Rückgrat, Herz, Magen; obwohl er weiß, daß sie da sind – siehe *Arts of the South Seas* von Ralph Linton – so sieht auch der Messerkämpfer die inneren Organe seines Gegners und versucht sie zu externalisieren und mit seinem Messer ihre Umrisse nachzuzeichnen: Herz, Leber, Magen, Halsschlagader. Oder du kannst es als kühles und zerebrales Spiel wie Schach begreifen, ein Spiel, in dem es um Schmerz und Blut geht und in dem du für deinen Boy, deinen goldenen Boy, den bestmöglichen Deal herausholen willst. Jiu-Jitsu-Spruch: Du gibst deine Muskeln – Laß dich von ihm schmettern – Du nimmst dir dafür seine Knochen. Beim Messerkampf muß du bereit sein, ohne Zögern deinen linken Arm und dein Gesicht dranzugeben. Du nimmst dir dafür eine Leber, einen Magen, eine Schlagader . . .

Nicht, daß ich auf einen Kampf aus wäre oder etwas in der Richtung will; und ein Mann müßte schon arg daneben sein und sich mit mir anlegen – kommt so gut wie nie vor –; die Möglichkeit eines Messerkampfs war nur eine Facette dieses Augenblicks, als ich im Café saß, auf den gegenüberliegenden Hügel schaute, obendrauf die stilisierten Kiefern, sparsam angedeutet wie auf einem chinesischen Rollbild, und als Hintergrund der blaue Himmel und die prickelnd klare, klassische Luft des Mittelmeers . . . ein Augenblick, in dem ich richtig auflebte, nichts zurückhielt, auf nichts und niemand wartete – »Ich habe keinem gesagt, er soll auf mich warten« – Jetzt, dieser Augenblick, das ist es. Irgendein französischer Schriftsteller sagte einmal: »Nur wer das Leben liebt hat keine Angst vor dem Tod.« Also mach dir keine Sorgen um deinen Willy Lee, Al. Ich zitiere aus einem deiner Briefe: »Du verlierst das Leben aus den Augen, verlierst jeden Elan, wirst abhängig und lustlos, wirst zu einer Last, sackst ab, verlierst Blut, pumpst dich mit Junk voll, kriechst davon und drohst zu sterben.« Klingt wie ein Werbespot für ein Mittel gegen Verstopfung: »Und dann nahm ich Ma Lee's Orgonhefe! WOW!«

Tatsache ist, ich bin so *un*abhängig, so freischwebend und weit draußen, daß ich demnächst wie ein Luftballon entschwebe . . .

Der heutige Spaziergang war anders. Ereignisreicher, aber nicht mit so tiefen Einsichten. Ein anderes Café, mit einem richtigen Kampf. Kleine Schlägerei. Sie droschen mit ihren dicken, gummibesohlten Holzsandalen aufeinander ein. Keine Messer, keine zerschlagenen Gläser, kein Blut ... nichts Aufregendes. Der Besitzer, ein junger Kerl, ging raus, als sie anfingen ... und der Fight hörte mit einem Schlag auf, ohne Grund. Tja, das ist Afrika, mein Sohn ... Der Besitzer kam mit einem anderen jungen Kerl zurück, jeder den Arm um den anderen, und als ich aufstand, um meinen Tee zu bezahlen, schenkte er mir ein betörendes Lächeln. Beim Rausgehen dachte ich: »Alle hemmungslosen Schwuchteln sollte man killen, nicht als Verräter an der schwulen Sache, sondern weil sie die menschliche Rasse an die Mächte der Negation und des Todes verraten. Und dem kleinen Drecksack, der sein Kindermädchen schlägt, sollte man auch den Hals umdrehen.« ›Let petty kings the names of parties know, where'er I come I kill both friend and foe.‹ Und woran erkennt man eine hemmungslose Schwuchtel? *»Maricas de las ciudades, de carne tumefacta y pensamiento in mundo, madres de lodo, arpías, enemigos sin sueño del amor ... Que dais a los muchachos gotas de suicia muerte con amargo veneno.«* Garcia Lorca, *Ode to Walt Whitman.* Heißt übersetzt: »Ihr beschissenen Tunten der Städte« (er hat gerade gesagt, daß er gegen Homos als solche nichts hat) »mit verfaultem Fleisch und schmutzigen Gedanken, schlammgeborene Mütter, unermüdliche Feinde der Liebe, die den Jungs einen elenden Tod einflößen in Tropfen von bitterem Gift.« Hört, hört! ... Die würde man *nie* vermissen. Und woher weiß man, ob einer zu der Sorte gehört? *Sie* wissen es ... Sie haben sich selbst das Urteil gesprochen. Man kann es in ihren Augen sehen. In Interzone gibts einen Richter, der sich keine Beweise vortragen läßt und nicht wissen will, was einem Angeklagten vorgeworfen wird ... Er sieht ihm nur in die

Augen, spricht ihn frei oder verurteilt ihn ... Völlige Abwesenheit von quantitativer Orientierung führt zu einer Art von göttlichem Wahnsinn ... Sei's drum.

Sah einen unglaublich zarten und fragilen Araberjungen mit Unterarmen wie dünne braune Stecken.

Tja, ich muß mich jetzt wieder an den Interzone-Roman setzen. Imshah Allah – so Gott will – beende ich heute Kapitel II und fange mit durchgehend erzählten Kapiteln an. Ich sag dir, diese Notizen und Briefe nach verwendbarem Material zu durchforsten, ist eine Herkulesarbeit. Dieses Kapitel mit Auszügen usw. hat mich jetzt schon zwei Wochen gekostet. Jedesmal, wenn ich es abschließen will, überfällt mich eine weitere Routine.

Ich werde über meine Kur eine Art Tagebuch führen. Ich meine, das hier ist meine Seite für heute ...

Vielleicht sollte ich Kolumnist werden. Verkauf mich an eine Zeitung, Al. Du bist mein Agent.

1. Nov. 1955

Lieber Jack & Al,

Arabisches Café: Setzte mich und wechselte drei Worte, nur drei lange Worte, mit Miss Green. Habe wirklich noch nirgendwo anders erlebt, daß sie so sagenhaft reagiert. Ich meine, mit so sagenhaften Kicks ... Ich habe sie anderswo schon körperlich intimer erlebt, aber das war in einem anderen Land, und außerdem ... Ich betrachtete ein Glas Pfefferminztee, das vor mir auf einer Bambusmatte in der Sonne stand ... Mein Atem wehte den Dampf ins Glas zurück, wie Rauch aus einem Schornstein ... Es schien eine besondere Bedeutung zu haben, als würde man in einem Film plötzlich einen Gegenstand entdecken ... ›Es ist‹, dachte ich, ›als würde man ein bebildertes Buch lesen und dazu Begleitmusik hören.‹

Einige Araber an einem Tisch. Ich sitze da und betrachte das Glas Tee. Es ist undenkbar, daß sie mich belästigen ... aber wenn doch? Wenn sie mich plötzlich packen und sich anschicken, mich zu kastrieren? Es kann nicht passieren ... es muß ein Traum sein ... In Interzone kann es ein Traum sein oder auch nicht, und vielleicht entscheidet es sich gerade jetzt, während ich das Glas Tee in der Sonne betrachte ... Der Bedeutungsgehalt von Interzone, seine Koordinaten in Raum und Zeit, sind an einem Punkt, wo dreidimensionale Realität in Traum übergeht und Träume sich in die reale Welt verlagern ... In Interzone können Träume töten – wie Bangutot – und Gegenstände und Personen können unwirklich wie Träume sein ... Lee könnte zum Beispiel, nachdem er die beiden Kriminalbeamten erschossen hat, in Interzone sein, und aus verschiedenen Traumgründen können ihm weder die von der Kripo noch Die Anderen etwas anhaben ... Genauso hat es den Anschein, als wäre es ein Leichtes, den spanischen Politico zu ermorden, aber wie Der Boy zu Lee sagte: »Es ist nicht so einfach, wie es aussieht ... er wird geschützt.«

»Du meinst, Geheimpolizei ...?«

»Oh sicher, auch Geheimpolizei, natürlich ... Nein, ich wollte damit nicht sagen, du würdest dich so dumm anstellen, daß du dir wegen *denen* Gedanken machen mußt ... Ich meine eine ganz andere Art von Schutz.«

Alle Briefe gehen heute raus. Werde wahrscheinlich alle 5 Tage etwas schicken.

Herzlich,
Bill

2. Nov. 1955

Lieber Jack und Allen,

Tanger ist der prognostische Puls der Welt, es ist wie ein Traum, der aus der Vergangenheit eine Brücke in die Zukunft schlägt, eine Grenze zwischen Traum und Wirklichkeit – wobei die ›Realität‹ beider in Frage gestellt ist ...

Keiner hier ist, was er zu sein scheint. Zum Beispiel mein letzter Arzt, aus Straßburg. Der beste Arzt in Tanger. Auf den ersten Blick ein typischer europäischer Intellektueller (er fragte mich, ob ich eine Beziehung sehe zwischen Babyfütterung nach Stundenplan und späterer Drogenabhängigkeit . . . sehr scharfsinnig, wie du siehst); gibt sich als jüdischer Flüchtling vor den Nazis aus; sagt, er sei in erster Linie Arzt, nicht Geschäftsmann; strahlt eine hochklassige jüdische Ehrbarkeit aus. Der erste Verdacht, daß mit ihm nicht alles koscher ist, kam mir in der vorherigen Klinik, wo er mich mit einer gottverdammten Cold-Turkey-Schlafkur fast umgebracht hätte . . . Ich gab ihm $4, um ein von mir abgefaßtes Telegramm an meine Eltern zu schicken, in dem ich um mehr Geld bat . . . Am nächsten Tag fragte ich ihn, ob er das Telegramm aufgegeben habe, und er sagte ja, aber er machte sich nicht die Mühe, mir eine Quittung zu zeigen – aus dem guten Grund, weil es keine gab. Er hatte das Telegramm nicht abgeschickt und das Geld behalten. Das schien mir so abwegig, daß ich es verdrängte und mir sagte, ich müsse mich wohl geirrt haben. Dann fielen mir weitere Unstimmigkeiten auf . . . z. B. war seine Rechnung um $30 zu hoch . . . Ich bezahlte, was ich für angemessen hielt, und er kam nie mehr darauf zurück . . . Kurzum, er hatte mir einfach eine überhöhte Rechnung ausgestellt und gehofft, ich würde bezahlen und nichts sagen. Ich sagte in der Tat nichts, zahlte aber nicht den Rechnungsbetrag, sondern nur die Hälfte . . . ›Ach Gott!‹, kam es mir beim Verlassen seiner Praxis, ›ein arabischer Trick! Erst verlangt man einen unverschämten Preis, und dann gibt man sich mit der Hälfte zufrieden!‹ Später fand ich heraus, daß er gar kein Antifaschist und Flüchtling war, sondern ein Kollaborateur, der sich kurz vor den französischen Partisanen aus Straßburg davongemacht hatte . . . Trotzdem ist und bleibt er der beste Arzt in ganz Tanger . . .

»Ach, *der*«, sagen die Tratschtanten im Chor. »Ein

notorischer Kollaborateur, meine Liebe. Und er ist, nun ja, geil auf Geld.«

Und was macht er mit dem ganzen Geld? ... Ist er süchtig? Nein, nicht mit diesem umsichtigen, analen Gesicht ohne eine Spur von oraler Impulsivität. Kein Junkie und auch kein Alkoholiker. Boys? Nein, sonst hätten ihn die Tunten schon gerochen und vor Jahren schon verbellt ... Nicht einmal die verrücktesten Tratscher in Tanger haben je behauptet, daß er schwul sei. Frauengeschichten? Auch nicht ... Er sieht eher nach einem aus, der das ein- oder zweimal die Woche schnell »hinter sich bringt« ... Außerdem hält der Chor der Alten Weiber im Port Tea Room die Augen offen ...

Es gibt nur zwei Möglichkeiten. Nr. 1: Er ist ein Geizkragen – nicht der Typ, der eine Badewanne mit Goldmünzen füllt und sich nackt darin wälzt, nein, ein Geizkragen aus übersteigertem Sicherheitsbedürfnis, der seine Familie auf Notrationen setzt (komisch, aber man sieht ihm sofort an, daß er an Essen keinen Geschmack findet und man bei ihm unweigerlich einen lieblos gedeckten Tisch zu erwarten hätte).

10. Dez. 1955
Tanger

Lieber Allen,

Ich habe vergessen, die Szene mit den pimpernden Boys zu schildern (Es ärgert mich immer, wenn jemand eine Frage in einem meiner Briefe ignoriert). Ich werde sie Boy 1 und Boy 2 nennen. Boy 1 ist ein schöner Junge, schlank, klein, zartes Gesicht mit südostasiatischem Einschlag. Erinnert an einen gewissen Typ von Indianern in Mexiko. Kupferbraune Haut, feines glattes schwarzes Haar. Boy 2 ist auch schön anzusehen, wirkt aber dumm und bäurisch – stammt auch in der Tat aus den Bergen. Seine Gesichtszüge sind nicht markant. Könnte Amerikaner, Deutscher oder sonstwas sein.

Wir gingen mit den beiden Boys in Daves Zimmer und sagten ihnen, was wir wollten. Nach einigem Zieren und Kichern waren sie einverstanden und zogen ihre zerlumpten Klamotten aus. Beide hatten schlanke, wunderschöne Knabenkörper. Dave machte den Zeremonienmeister. Er zeigte auf Boy 2 und sagte: »All right, du pimperst ihn zuerst« (auf Boy 1 zeigend). Boy 1 legte sich bäuchlings aufs Bett. Boy 2 rieb sich den Schwanz mit Spucke ein und fing an, ihn zu pimpern . . . Dave sagte: »*Leche*, wir wollen *leche*.« Leche heißt Milch. Spanisch für Saft. Der Boy krümmte sich und zuckte, und sein Atem drang pfeifend durch die Zähne. Eine Weile blieb er auf dem anderen liegen, dann drückte er sich mit beiden Händen weg. Er zeigte uns den Saft an seinem Schwanz und bat um ein Handtuch. Dave warf ihm eins zu, und er rieb sich gründlich den Schwanz trocken. Dann legte er sich auf den Bauch, und Boy 1 ging ans Werk. Der war leidenschaftlicher. Er wurde zornig, weil Boy 2 den Arsch verkrampfte, und er hieb ihm mit der Faust auf die Arschbacke. Schließlich kriegte er ihn rein und fickte wild drauflos. Boy 2 protestierte stöhnend. Boy 1 kam es beinahe augenblicklich, und sein Hintern zuckte und zitterte. Mit einem Seufzer wälzte er sich herunter . . . Ich sehe die beiden Jungs jeden Tag. Sie machen es jederzeit für vierzig Cents – der hiesige Standardpreis.

Warum »Und hätte ich Geld« so schlecht ist? Nein, es ist nicht die Inversion. Es ist die erschreckende Banalität. Als würde ich mitten in der Vision von Yage City ein Curry-Rezept zum besten geben. Die ganze Vorstellung ist platt und unpoetisch. Es hat da nichts zu suchen und gehört augenblicklich raus. Es verdirbt die ganze Strophe, ja sogar das ganze Gedicht, denn ein Gedicht ist eine Einheit, oder sollte es jedenfalls sein, und wird stärker als Prosa von einer wirklich schlechten Zeile beeinträchtigt. Und glaub mir, »Und hätte ich Geld« ist wirklich schlecht.

War eingenickt und hatte den Eindruck, als wäre ich

jahrelang in einem Gefangenenlager gewesen, wo ich an Unterernährung litt . . . Könnte sich auf Junk beziehen, aber das würde nicht die Unterernährung erklären, um die es hier zu gehen schien. Ich schlafe oft mitten im Schreiben ein und sehe Probleme, die mich beschäftigen, in symbolischer visueller Form. Abends nehme ich Schlaftabletten und arbeite dann, bis mir die Augen zufallen. Von den neuen Tabletten, die ich jetzt nehme, wird man nicht erst schläfrig, sondern man sackt schlagartig weg. Ich bin schon lesend in einem Sessel eingeschlafen und erst nach vier Stunden wieder aufgewacht. Die Tabletten haben keine Nachwirkungen – hattest du schon mal einen Goofball-Kater? Fürchterlich. Depressionen und ein gräßliches Barbituratgefühl im Magen. Wie alle Stoffwechselvorgänge läßt es sich verbal nicht ausdrücken, ich meine seine Eigenart, an der ich sofort erkenne, daß es die Nachwirkungen von Barbituraten sind.

Ging heute nachmittag mit Kiki ins Bett. Er ist sehr intuitiv und hat eine rasche Auffassungsgabe. Als es mir gekommen war und wir dalagen und rauchten, sagte ich ihm, daß mich vielleicht bald ein Freund aus Amerika besuchen kommt. »Allen?« fragte er sofort. Dabei habe ich nie von dir gesprochen, und er hat nur dein Foto gesehen und gefragt, wer das ist, und ich sagte, daß du mein bester Freund bist.

17. Feb. 1956
Tanger

Lieber Allen,

In letzter Zeit sieht es fast so aus, als gäbe es eine kafkaeske Verschwörung, die mich daran hindern soll, jemals von Junk runterzukommen. Anfang des Monats hatte ich fast das Geld, um nach England zu gehen. Ich schrieb wegen mehr und bat sie, es telegraphisch zu schicken. Zehn Tage später kabeln sie mir $100, aber da habe ich schon wieder fast $100 Schulden bei dem Ex-Captain von nebenan (es wäre nicht nur unehrenhaft, sondern auch unpraktisch, wenn ich verschwinde, ohne meine Schulden bei ihm zu begleichen). Also schicke ich ein Telegramm, daß ich nochmal $100 brauche. Das war vor einer Woche. Noch keine Antwort auf mein Telegramm. Inzwischen sind die $100 zur Hälfte weg, und das nächste Schiff geht erst am 20., und bis dahin sind diese $100 vollends alle, und selbst weitere $100 würden nicht reichen, um nach England zu kommen. Ich meine, sie schieben mir die Dollars in so kleinen Raten rüber, daß ich nie genug habe, um von hier wegzukommen. Und dann sagen sie: »Das Geld ist jetzt so knapp, daß wir sichergehen wollen, daß es nicht verschwendet wird«, dabei rücken sie es so zögerlich raus, daß ich gar keine andere Wahl habe, als es hier zu verschwenden.

Nachschub an Dolophin ist endlich gekommen, aber es wird schon wieder knapp. Nicht nur, daß ich eine Sucht habe, ich hänge auch noch an synthetischem Zeug, das am schwersten zu entziehen ist, am schädlichsten für die Gesundheit, und am wenigsten berauschend. Und ich kann mir von einem Tag auf den nächsten nie sicher sein, daß die Versorgung klappt – andererseits bleibt es nie lange genug aus, daß ich auf Codein umschwenken müßte. Alles in allem befinde ich mich in einem Zustand chronischer Niedergeschlagenheit und Hoffnungslosigkeit. Kann nichts tun, als Tag für Tag fröstelnd und verkrampft vor meinem stinkenden kleinen Kerosinherd zu hocken und auf Geld zu warten.

In letzter Zeit gibt es Ärger in Tanger. Ein Freund von mir wurde ohne ersichtlichen Grund (nichtmal Raub) überfallen und bekam ein Messer in den Rücken. (In die Lunge; er wird durchkommen.) Der alte holländische Zuhälter, bei dem ich vorher wohnte, wurde von fünf Arabern angegriffen und übel zugerichtet. Ein argentinischer Homo wurde von einer Jugendbande schwer zusammengeschlagen. Ich werde versuchen, irgendwo eine Pistole zu erstehen. Langsam kommt es hier wirklich soweit, daß man eine braucht.

Ich tippe gerade eine Version des Yage-Artikels, von der ich hoffe, daß sie passabel ist. Ich schicke sie dir zusammen mit dem Artikel über Tanger, der fertig abgetippt ist.

Grauenhaftes Wetter hier. Naßkalt und stürmisch.

Herzlich,
Bill

Sonntag, 26. Feb. 1956
Tanger

Lieber Allen,

Immer noch in einem Zustand der Biostase und warte auf Geld, damit ich nach England kann. Werde definitiv hier wegkommen, wenn nächste Woche meine $200 eintreffen.

Hatte gerade einen unbeschreiblich alptraumhaften Moment, in dem mir meine körperliche Hilflosigkeit so richtig bewußt wurde: Wo ich auch hingehe, und was ich auch tue, ich stecke immer in der Zwangsjacke des Junk und kann keinen Finger rühren, um mich daraus zu befreien, als wäre ich in Narkose und würde mit einem Mal merken, daß ich keine Gewalt mehr über meinen Körper habe. Gleite immer wieder in Träume oder bildliche Umsetzungen meiner Gedanken:

Präsident Eisenhower ist ein Junkie, kann es sich aber in seiner Position nicht selber verpassen und läßt sich deshalb von mir fixen. Er muß nicht mit mir zusammen sein, aber von Zeit zu Zeit müssen wir Kontakt haben, damit ich ihn wieder aufladen kann. Der flüchtige Betrachter könnte den Vorgang als homosexuellen Verkehr deuten, doch bei näherem Zusehen erweist sich, daß die Erregung nicht sexueller Natur ist, und der Höhepunkt ist für uns nicht die Vereinigung oder eine entsprechende Ersatzhandlung, sondern der Augenblick, wenn wir uns voneinander lösen und die Aufladung beendet ist. Die erigierten Penisse werden in Kontakt gebracht, jedenfalls gingen wir zu Anfang nach dieser Methode vor, doch Kontaktstellen nutzen sich ab, genau wie Venen. Jetzt muß ich ihm manchmal den Penis schon unters linke Augenlid schieben. Natürlich könnte ich ihn auch mit einer Osmose-Ladung bedienen, was sich mit einer subkutanen Spritze vergleichen läßt, aber das wäre das Eingeständnis einer Niederlage. Nach einer O. L. ist der Präsident wochenlang schlecht gelaunt und wäre imstande, ein atomares Desaster zu verursachen. Denn er zahlt einen hohen Preis für seine Indirekte Sucht. Er leidet an einem ganzen Spektrum von grauenhaften Wahnvorstellungen, das Protoplasma windet sich in stummer Verzweiflung, die Knochen biegen sich vor Schmerzen durch: Qualen, wie sie nur ein Mensch mit einer Indirekten Sucht kennt. Die Nerven sind zum Zerreißen gespannt, pure Energie ohne jeden emotionalen Gehalt rast schließlich durch den Körper, der zuckt und schleudert, als hätte er eine Hochspannungsleitung berührt. Wenn er plötzlich von seiner Auflade-Connection abgeschnitten wird, verfällt der Indirekt Süchtige in derart heftige elektrische Zuckungen, daß sich die Knochen vom Fleisch lösen und er an inneren Blutungen stirbt, während das Skelett krampfhaft versucht, dem unerträglichen Fleisch zu entkommen. Der Indirekt Süchtige gibt jede Kontrolle auf und ist hilflos wie ein Fötus.

Das Verhältnis zwischen einem I. S. und seiner A. C. (Auflade-Connection; oft auch scherzhaft als »sein Rezept« bezeichnet) ist so intensiv, daß der eine die Gesellschaft des anderen jeweils nur kurze Zeit und in größeren Abständen ertragen kann (ich meine außerhalb ihrer geschäftlichen Meetings, bei denen der Aufladevorgang ohnehin den persönlichen Kontakt überlagert).

Konversationsstück. Zwei elegante Tunten in einem fürchterlich schicken Apartment.

T.1 (stürzt ins Zimmer): »Meine Liebe, du wirst nie erraten, was ich habe ... der Laborbericht ist grade gekommen ... Lepra!«

T.2: »Wie *mittelalterlich* von dir!«

T.1: »Ich lasse mir von Antoine einen schwarzen Umhang entwerfen. Absolut authentisch. Und ich werde immer eine Glocke mitführen ...«

T.2: »Ach, wahrscheinlich verhaften sie dich, bevor es sich zu was richtig Pittoreskem entwickeln kann ... heutzutage ist ja alles heilbar. Wenn wir doch nur eine richtig altmodische Seuche haben könnten ... Verstehst du, mit lauter Leichen, die sexy auf der Straße herumliegen ... diese *Knabenleichen* in Drillichhosen, die über dem Sack spannen, wie sie so hilflos daliegen, so *jung* ... Ach Gott, Myrtle, bring mir schnell ne Waschschüssel für meinen Sabber! ... Und in den Gestank von Tod und Verwesung mischt sich noch ein Geruch, der aus den verrammelten Türen und den Ritzen der Fenster sickert – der beißende Gestank der *Angst* ... ach, ich glaube, ich bin ein hoffnungsloser Romantiker ...«

T.1: »Um eins bitte ich dich und alle meine lieben Freunde – Gott möge sie verfaulen lassen, die dummen Trinen – bloß kein halbgares Gefasel von wegen Hansen's Krankheit.«

Eine Romanfigur: Reicher, schwuler Aussätziger, der zu Schwimmbädern und Saunen keinen Zutritt hat. Ein Polizist in Zivil beschattet ihn rund um die Uhr, und er versucht ständig, seinen Schatten abzuschütteln, damit er sich in einer Sauna »ein kleines unsauberes Vergnügen« leisten kann. Ich glaube, er ist Engländer, bin mir aber noch nicht sicher. Kann ihn in dem ganzen Dampf nicht richtig sehen.

»Sie stellen sich nicht vor, wieviel Geld ich spare«, sagte er, »wenn ich den kleinen Biestern meine Karte zeige – alle aussätzigen Kinder Gottes haben eine Karte mit ihren Fingerabdrücken, ihrem Foto und einer Nummer; ich konnte mir nach einigem Hin und Her die

Nummer 69 an Land ziehen – da nehmen sie meistens sofort Reißaus und denken überhaupt nicht an das Geld.«

Dieser Brief ist alles, was ich seit einer Woche geschrieben habe. In der grauen Vorhölle des Junk scheinst du die einzige Bezugsperson zu sein, an die ich mich halten kann. Well, Imshah Allah (mit Gottes Hilfe) werde ich nächste Woche um diese Zeit aus der Vorpremiere der Hölle raus sein. Telegramm von zuhause, daß $200 unterwegs sind. Sobald ich die Knete habe, nehme ich das nächste Flugzeug.

Tanger, Montag
27. Feb. 1956

Ich rechne damit, daß diese Woche mein Fluchtgeld kommt. Wahrscheinlich heute nachmittag oder morgen. Dann der Flug nach London – jeden Morgen geht von hier ein Flugzeug ab, das am Nachmittag gegen 14 Uhr in London ist. Also warte mit weiterer Kommunikation, bis ich dir aus England schreibe. Ich habe seit ein paar Wochen nichts mehr von dir gehört und hoffe, daß du noch an derselben Adresse bist und meine Briefe dich erreichen. Du hast einen Trip nach Seattle erwähnt, aber da du nichts Gegenteiliges geschrieben hast, nahm ich an, daß du die Wohnung in der Milvia Street behältst und dorthin zurückkehrst oder dir die Post nachschicken läßt. Ehe ich von hier aufbreche, werde ich dir den Artikel über Tanger schicken und eine Version des Yage-Artikels, die ich im Moment so sauber und akkurat wie möglich abtippe.

Wenn ich es in England nicht packe, komme ich zurück in die Staaten und lasse mich im Lexington Narcotics Hospital verarzten. Auf keinen Fall werde ich den Chinesen noch länger mit mir herumschleppen. Ich nehme so viel, daß ich immer wieder in den Tran sacke. Letzte Nacht wurde ich wach, weil mir jemand die Hand drückte. Es war meine andere Hand. Oder ich lese etwas und döse ein, und die Wörter verschwimmen oder bekommen eine merkwürdige Traumbedeutung, als würde ich einen Code lesen. Denke in letzter Zeit wie besessen über Codes nach. Beispiel: Ein Mann zieht sich diverse Krankheiten zu, deren Reihenfolge eine Mitteilung darstellt. Oder er kriegt die Mitteilung von einer subsidiären Persönlichkeit in Form von gefurzten Morsezeichen. (Unnötig zu sagen, daß so offensichtliche Stilmittel wie automatisches Schreiben niemals durch die Zensur kämen.)

Ich glaube, ich habe dir bereits geschrieben, daß die Eingeborenen aufsässig werden. Zeit für ein bißchen Gegenterrorismus, wie mir scheint. Die Polizei ist vollkommen nutzlos, da sie sich inzwischen bei jedem *contretemps* ganz offen gegen Europäer und Amerikaner stellt. Mehrere Homos haben schriftliche Aufforderungen erhalten, aus der Stadt zu verschwinden, unterschrieben mit »Die Rote Hand«. (Ich noch nicht.) Wie immer verbinden sich Puritanismus und Nationalismus zu einer unappetitlichen Melange.

Degeneriertes Spektakel: Ich hatte gerade eine Vene angestochen (nicht leicht in letzter Zeit, ich habe nicht mehr viele Venen übrig). Aus Dankbarkeit küßte ich sie und nannte sie »mein niedlicher kleiner Kanülenlutscher« und redete mit ihr in Babysprache.

Hast du das von den fünf Missionaren gelesen, die in Ecuador von Auca-Indianern gemeuchelt wurden? Würde gerne mal versuchen, Kontakt zu diesen Auca zu kriegen. Bisher ist es niemand gelungen. Vielleicht sollte ich ein paar Fäßchen voll Paregoric per Flugzeug abwerfen, bis sie alle süchtig sind. Sehe mich umringt von suchtkranken Auca: »Du machen Medizin ganz schnell!« Bei den toten Missionaren wurden ein paar Filme gefunden. Sie hatten sich bei einem der Auca-Stämme eingenistet und geglaubt, damit wäre alles geritzt, verstehst du. Ihr letzter Funkspruch war: »Gerade ist eine Gruppe von Auca eingetroffen, die wir zuvor noch nie gesehen haben.« Auf den Fotos machen die Indianer einen prima Eindruck, alle splitternackt. Um die Missionare ist es nicht schade. Ich habe sie in Südamerika getroffen, und sie sind eine reine Pest. Sagen den Indianern, sie sollen sich was anziehen, keine Cocablätter kauen, kein Yage nehmen, keinen selbstgebrauten Sprit saufen. Ich meine, die ganze abgenudelte Missionarscheiße. Und was für stupide, ignorante, häßliche Typen. Ich hasse sie alle. Und sie bringen den Indianern bei, ihre häßlichen protestantischen Kirchenlieder zu singen. Der Vater von einem der toten Missionare (sie wurden übrigens mit Speeren gekillt bis auf einen, dem es mit einer der Macheten besorgt wurde, die sie den Indianern geschenkt hatten) machte bei der Nachricht vom Tod seines Sohnes die kryptische Bemerkung: »Gott macht keine Fehler.«

Das Bild, das du mir geschickt hast von den Cops in Weiberkleidern, hatte ich schon in der spanischen Lokalzeitung hier gesehen. Sie bietet einen ganz ordentlichen Nachrichtenüberblick, wird aber total kontrolliert von der Franco-Regierung, deren Tugenden sie in Leitartikeln ständig preist. Hier eine Zeichnung, die ich gemacht habe. Ich fing an zu kritzeln, ohne eine bestimmte Idee, und es nahm einfach Gestalt an und scheint so eine Art Leben zu haben. Ich nenne es »Der blinde Mund«. (Als Kind glaubte ich, man würde mit dem Mund sehen. Ich weiß noch genau, wie mein Bruder sagte »Nein, mit den Augen«, und ich schloß die Augen und stellte fest, daß es stimmte und meine Theorie falsch war.)

Ich habe immer noch nicht an Jack geschrieben. Muß es endlich tun.

Ein Gag für Milton Berle – ›Da sagt so ne Type: Ich schätze, der Jesus hat sich das unbefleckte Blümchen von Maria beim Rausflutschen gepflückt.‹

Herzlich,
Bill

14. März 1956

Lieber Allen,

Habe gerade deinen Brief vom 26. Feb. bekommen. Mein Vater schreibt, ich soll hier warten, bis er etwas arrangiert hat mit einem Sanatorium in England. Ich neige eher dazu, den Trip sofort zu machen und zu sehen, ob ich dort kostenlose Behandlung kriegen kann. (Heutzutage geht es darum, die Schnauze in den öffentlichen Trog zu stecken.) Was mich abschreckt, ist die Möglichkeit, daß ich in London ohne Junk und ohne Sanatorium dasitze. Ich weiß, daß Süchtige in England eine amtliche Genehmigung bekommen, aber ob das auch für Ausländer gilt? Es gibt hier einen englischen Arzt, der es mir vielleicht sagen kann. Es scheint mir eher unwahrscheinlich, daß sie ausländische Junkies mit offenen Armen empfangen und ihnen prompt eine Genehmigung ausstellen. Aber *quien sabe*? In meiner Unentschlossenheit, ob ich sofort gehen oder noch warten soll, bin ich in eine Art *folie de doute* geraten und warte auf ein Zeichen, das mir auf die Sprünge hilft. Weiß Gott, ich will nicht, daß mein Vater auch nur einen Cent unnötig ausgibt bei dieser Geschichte. Aber ich will auch weg von diesem gräßlichen synthetischen Shit.

Dieses Material habe ich noch nicht gesehen. Bei der ersten Kopie, die du mir geschickt hast, war es nicht dabei. Es wundert mich gar nicht, daß das Gedicht soviel Wirbel macht. Wie gesagt, ich finde, daß es als abgeschlossenes Werk eindeutig deine bisher beste Leistung ist. Der Teil mit »Ich bin bei dir in Rockland« hervorragend und sehr bewegend. Besonders gefiel mir die Strophe mit »Sternenbannerschock der Gnade«.

War gerade einen Moment eingeschlafen und hatte einen kurzen Traum: Ein Polizist auf einem Fahrrad verfolgt mit schrillen Lustschreien einen Jungen auf einer langen staubigen Straße in Mexiko. In der Ferne ein Fluß mit Bäumen am einen Ufer und einer Stadt auf der anderen Seite.

Die Moloch-Verse hervorragend. An welche Stelle gehören die? Schick mir unbedingt eine Kopie des ganzen Gedichts, sobald du kannst. Ist es jetzt fertig, so daß es bei Crazy Lights erscheinen kann? Das Gedicht ist zweifellos das beste, was du bisher geschrieben hast. Mir scheint, es bildet auch den Abschluß einer bestimmten Entwicklung. Ich frage mich, was du von jetzt an schreiben wirst.

Letzte Nacht von dir geträumt. Wir waren in der Fremdenlegion, aber die Legion schien in Rußland zu sein. Ich fragte dich, wie lange wir schon drin sind, und du sagtest: »Anderthalb Jahre.« Und ich stöhnte beim Gedanken an die dreieinhalb Jahre, die wir noch vor uns hatten.

Anbei einige Routines, darunter eine leicht überarbeitete Version der Routine von der Geburt des Monsters. Eignet sich vielleicht für *Black Mountain*. Besser fände ich allerdings eine Routine zusammen mit dem Yage-Traum, einschließlich Meet Café. Zum Beispiel die Pavianjagd und der Yage-Traum. Tu, was du für richtig hältst. Vielleicht das erste Kapitel von *Interzone* . . .

Bitte, Allen, entscheide du das. Will jetzt diesen Brief noch rasch zur Post bringen.

Herzlich,
Bill

9. April 1956

Lieber Allen,

Sitze immer noch in Tanger fest. Brauche dringend Geld, also schick mir umgehend das *Junkie*-Honorar (abzüglich deiner Provision, versteht sich). Am besten Barscheck von Chase Manhattan oder First National Bank. Bei einem Inhaberscheck müßte ich erst einen finden, der dafür gradesteht. Bitte, Allen, tu das sobald wie möglich, denn ich bin schwer in der Klemme. Schreibe dir heute noch ausführlich.

Herzlich,
Bill

P. S. c/o U.S. Legation wie immer.

16. April 1956
Tanger

Lieber Allen,

Habe endlich meinen Marschbefehl. Fliege Dienstag nach London, um dort einen gewissen Dr. MacClay aufzusuchen. Eine dieser unglaublich britischen Adressen – Queens Gate Place. Sieht so aus, als würde ich endlich Action sehen. Kurz nach meinem letzten Brief an dich kamen $500 von meinem Vater zur Begleichung meiner Schulden hier und für den Trip nach England. Und in den *farmacías* gibts ausreichend Medizin, so daß ich einen bequemen und ungehetzten Abgang machen kann und nicht suchtkrank und mit 10 Dollar Kapital in London ankomme.

Vielleicht waren die ganzen Fehlstarts und Verzögerungen der letzten zwei Jahre nötig, um mir so richtig klarzumachen, wie beschissen Junk ist, und daß ich keinen nehmen darf, wenn ich sonst noch was tun will. Und Schluß mit der Tour von wegen »bloß noch *einen* Fix . . .« Mit einem Wort, nie mehr Junk, egal welche Sorte.

Wenn du den Honorarscheck schon abgeschickt hast, bekomme ich ihn nachgeschickt. Wenn nicht, solltest du am besten warten, bis ich mich aus England melde. Habe sonst nichts von Interesse zu berichten. Wollte dich nur wissen lassen, daß ich endlich auf die Reise gehe. Will diesen Brief noch abschicken, bevor ich ins Flugzeug steige.

Herzlich,
Bill

Schreib mir an
diese Adresse:
44 Egerton Gardens
London S.W. 3
8. Mai 1956

Lieber Allen,

Fühle mich immer noch entsetzlich. Schlaf finde ich nur eine oder zwei Stunden so gegen Morgen. Ich kann meilenweit gehen und völlig erschöpft nach Hause kommen, aber schlafen kann ich trotzdem nicht. Beim Gedanken an Sex, egal mit wem, bekomme ich Zustände ... Gestern abend war ich auf einer schauerlichen Schwulenparty, wo mich ein 50jähriger Parlamentsabgeordneter der Liberalen betatschte und mir Anträge machte. Ich sagte zu ihm: »Ich könnte jetzt nichtmal mit Ganymed schlafen, geschweige denn mit dir.«

Ich bin nicht rückfällig geworden. Kein Codein, kein Paregoric, nichts. Nichtmal eine Schlaftablette. Dieses Mal werde ich es schaffen, und wenn es mich umbringt.

Wo bist du, was machst du gerade, und wann kommst du nach Europa? Ich bin fickrig vor Ungeduld. Die Amazonas-Expedition wird langsam zu einer fixen Idee. Ich könnte mir natürlich in Spanien, Italien und Tanger leicht ein paar Monate um die Ohren schlagen. Aber laß mich bitte wissen, wie deine genauen Pläne aussehen.

Hast du Adressen in London? Falls ja, schreib sie mir bitte auf. Hast du das *Junkie*-Geld nach Tanger geschickt?

Die Kur war schlimm. In einer Woche von 30 Gran M pro Tag auf Null. Aber ich hatte einen prima Doc – interessiert sich für Yage, Maya-Archäologie und alles mögliche – der oft noch um 2 Uhr früh zu mir reinkam und bis 5 Uhr blieb, weil er wußte, daß ich nicht schlafen konnte. Bitte schreib mir.

Herzlich,
Bill

15. Mai 1956
44 Eggerton Gardens
London S.W. 3

Lieber Allen,

Dein langer Brief ist gerade angekommen. Dieser hier müßte dich noch rechtzeitig erreichen.

Ich bin überrascht und hocherfreut, von deinem fabelhaften Job zu hören. Wenn ich nur überhaupt einen kriegen könnte. Ich versuche es vielleicht bei den am. Baufirmen in Spanien. Die Nachricht von der Veröffentlichung ist gut. Ich habe mir die Idee abgewöhnt, mit meiner Schreibe etwas zu verdienen, deshalb kümmert mich das nicht mehr. Creeley kann veröffentlichen, was ihm gefällt, egal ob er was dafür zahlt oder nicht. Wie gesagt, die finanzielle Seite kümmert mich nicht.

Ich habe mich jetzt ganz erholt, bin sehr aktiv und kann wieder trinken. Immer noch kein Interesse an Sex. Ich könnte durchaus, verstehst du, ich bin nur nicht interessiert. Wenn ich einen Boy ansehe, tut sich gar nichts. Die hiesigen Boys machen sowieso einen miserablen Eindruck. Am Ende stellt sich vielleicht raus, daß ich Frauen will. Wer weiß. London restlos deprimierend. Ich will einen knallig blauen Himmel mit Aasgeiern sehen. Ein Geier in London, das wäre wie eine Karikatur von Addams. Trotzdem werde ich mich hier umsehen, bevor ich abreise. Habe Seymour ein paar Zeilen geschrieben. Hoffe ihn zu sehen. Keine Sorge, ich gerate nicht wieder ins alte Fahrwasser. Ich weiß jetzt Bescheid. Ich kann keinen Junk mehr anrühren, weder Paregoric noch Codein oder Demerol. Nicht einen einzigen Fix, weder jetzt noch in Zukunft. Wenn ich gegen heftige Schmerzen je wieder was nehmen muß, läßt sich das Entzugssyndrom durch mehrere Injektionen Apomorphin abwenden. Der Arzt hat mir 3 Röhrchen Apomorphin gegeben, die ich ständig bei mir tragen soll. Abhängigkeit von Apomorphin ist unmöglich. Es verschafft einem keinerlei Genuß.

Soweit ich zu Beginn des Entzugs schlafen konnte, hatte ich jedesmal Alpträume. Beispiel: Nordafrika in zehn Jahren. Eine riesige Müllkippe. Blauer Himmel, stechende Sonne. Geruch nach Hunger und Tod. Qualmende Benzinfeuer in der Ferne. Dave geht mit einem Kanister Benzin neben mir her. Er ist 26, im Traum wirkt er aber wie sechzig oder ganz alterslos, und ich weiß, daß ich genauso aussehe. Wir begegnen fünf Arabern. Ich seh dem ersten in die Augen und sage zu Dave: »Schütt ihnen das Benzin drüber und zünd es an. Es ist unsere einzige Chance.« Zwei Araber am Boden, von brennendem Petrol eingehüllt (*petrol* sagen sie in England für Benzin; *nicht* Kerosin; habe mir den Ausdruck angewöhnt). Die anderen Araber gehen auf uns los. Wir werden es nicht schaffen. Mein Hosenbein von Petrol durchnäßt. Mein Bein ein Teil der Müllkippe. Wenn ich es bewegen will, schneiden mir Scherben und Blechdosen und rostiger Draht ins Fleisch. Jemand schreit mir was ins Ohr.

Einer von mehreren Träumen, in denen ich in einem endlosen, feindseligen Land Angehöriger einer Minderheit bin. Am Ende erreichen wir eine gewisse Sicherheit durch staatliche Arbeitsbeschaffungsmaßnahmen. Komplizierte Bewässerungssysteme, Häfen und Märkte, alles mit physiologischen Kalendern synchronisiert. D. h. ohne uns können die Eingeborenen die Anlagen nicht betreiben. Wenn Sie es könnten, wären sie nicht mehr unsere Feinde. Eines Tages werden sie vielleicht soweit sein. Aber das wird noch ein paar hundert Jahre dauern. Jetzt müssen sie die Anlagen benutzen und sich mit uns abfinden oder sterben. Eine Partei von Extremisten will die Anlagen zerstören und uns töten, selbst wenn es ihr eigener Tod ist. Die Eingeborenen und die Anlagenwächter (die einen separaten Machtfaktor darstellen) halten die Extremisten in Schach. Verbrennen sie bei lebendigem Leib, wenn sie sie erwischen.

Bekam gerade einen Brief von einem Bekannten in Tanger. Wieder ein Araber, der Amok lief und sechs Europäer aufschlitzte. Das Merkwürdige dabei ist: Die Araber griffen ihn und wollten ihn gerade verbrennen, als die Polizei kam.

Ich kann dir nicht sagen, wie froh ich bin, daß du deine Harlem-Erfahrung akzeptierst und dich von Trilling etc. lossagst. Ich war schon die ganzen Jahre überzeugt, daß das für dich das Richtige ist.

Kann jetzt nichts mehr schreiben. Immer noch sehr unruhig, und es bedeutet eine große Anstrengung, mich hinzusetzen und etwas zu schreiben.

Herzlich,
Bill

30. Mai 1956
London

Lieber Allen,

Ich werfe das Handtuch. Kann es in diesem beschissenen Kaff keinen Tag länger aushalten. Kein Wunder, daß sie hier einen Machtrausch kriegen – sie haben keine anderen Kicks. Ich sähe gern die ganze verdammte Einwohnerschaft im Hyde Park aufgereiht, wo sie um die Schokolade betteln, die ich ihnen hinwerfe. »Diese Wracks können nur ein paar simple Tricks lernen.«

Habe endlich B. ausfindig gemacht. Beiderseitiges Desinteresse. Ich habe ihm dein Manuskript gegeben und werde es durch Alan auch Auden zukommen lassen; oder besser, ich zeige es ihm selber, wenn er diesen Sommer nach Italien kommt. Du mußt dir klarmachen, daß London ein verpesteter Ort ist. Schlimmer als Oklahoma, Texas, Quito, Bogota oder sonst ein Ort, der mir je auf meinen Reisen begegnet ist. Ich will SOFORT hier raus. Nichtmal eine Musikbox kann man hier finden. Jedes Lokal mit Musik ist unweigerlich ein Privatklub. Nur für Mitglieder. Musik ist hier gewissermaßen illegal.

Schild in einem Pub: »Kein Konsum von alkoholischen Getränken nach Ausrufung der Sperrstunde. Das Trinken ist sofort einzustellen. Zum Austrinken wird keine Zeit gewährt.« Wenn die Sperrstunde ausgerufen wird, spuckst du deinen Drink auf die Bar, oder wenn du versehentlich noch einen Mundvoll verschluckt hast, würgst du es wieder aus. Das Etablissement stellt dir zu diesem Zweck Apomorphin zur Verfügung.

Ich habe versucht, England zu mögen, aber es geht nicht. Lieber in der Hölle leben.

Der Abend mit B. war ein einziger Graus. Ich komme in dieses Kaff nur zurück, wenn ich mit Elks etwas in Sachen ›Business‹ zu bereden habe.

Um gotteswillen, was hast du mir da für einen Scheck geschickt. Ausgestellt auf deine Vermieterin für Miete und Strom, also wirklich. Habe selten ein Papier gesehen, das sich so wenig zu Geld machen läßt.

Gestern abend fiel endgültig der Vorhang. Ich machte eine Erkundungstour durchs East End und wollte mir eine Bar mit Jukebox suchen. Gehe rein, und 15 Minuten später heißt es »Austrinken!« Als wäre ich nach East Orange gereist, um zehn Minuten in einer Third-Avenue-Bar zu verbringen. In Venedig werde ich mit leeren Taschen aus dem Zug steigen. Hätte ich nicht auf diesen dämlichen Bastard Seymour gewartet, damit er mir zeigt, wo in London was los ist, wäre ich hier schon vor fünf Tagen weg gewesen, und zwar mit *bastante fluss* (Knete). So mußte ich meinen Weißkittel anpumpen, den einzigen Freund, den ich in diesem Kraal habe. Tja, dieser Seymour soll mich mal fragen, wo in Tanger oder Panama oder sonstwo was los ist, dann gebe ich ihm die alte Snipe Hunt Routine:

»Also, Seymour, siehst du diese Straße da, Sargasso Junction? Well, das ist noch nicht Die Straße. Die Straße verläuft schräg parallel zur Sargasso und vereinigt sich mit ihr da draußen hinter dem Old Infinity Café am Eel Run Creek. Also das Infinity, das wurde 1912 wegen

Termitenbefall abgerissen, und der Eel Run Creek ist so ausgetrocknet wie die Fut von einer Hure am Sonntagmorgen, und zwar schon seit dem Burenkrieg von '76, Gott schütze Amerika, also wenn du da rauskommst, wo mal das Infinity war, dann dürfte das mehr oder weniger Die Straße sein. Du gehst weiter, bis du über ne tote Nutte oder Ratte stolperst, macht so gut wie keinen Unterschied, wie's in dem Lied so schön heißt, dann biegst du scharf links ab. Kehrst auf einen kurzen Piß ins Lamprey Pissoir ein und schaust dir die Candirus an. Sie springen zwei Fuß hoch. Jetzt machst du rechtsrum einen kompletten Kreis und peilst magnetisch sechzig Grad an, bis du den blinden Bettler mit den zwei Schwänzen siehst, der eine steif und der andere schlaff, so ne Masche, die Mitgefühl wecken und generell an das weiche Herz von Passanten appellieren soll, verstehst du? Na, auf was wartest du noch? Klopf einfach an die nächstbeste Tür, und wenn jemand den Kopf rausstreckt, ist es auf keinen Fall Der Mann. Hiev dich hydraulisch zurück in den Socco und fang nochmal von vorne an. Ist das jetzt alles klar? Übrigens, auf der andern Seite vom Fluß wohnt 'n Pusher. Ich weiß es von einem jungen Prospektor, der in meinen Armen gestorben ist (hat sich natürlich gewehrt, aber wie gesagt, er war schon zu schwach; jedenfalls hab ich ganz schön was drauf, wenn ich in Fahrt bin), und der hatte es von einem jungen Indianer, den seine Freunde ›Standing Ass‹ nennen – und einen Feind hat er am ganzen Oberen Amazonas nirgends –, und der hatte es von einem Medizinmann, der voll im Muskatrausch war, und der wieder von einer ganz seltenen Art von Affen, die reden können und inzwischen ausgestorben sind. Also, Seymour, brauchst nur hier reinzuwaten und den Piranhas zu sagen, sie sollen dir Platz machen.«

7. Juni 1956
Venedig

Lieber Allen,

Venedig ist wie ein Moslem-Paradies voll Boys. Ich meine, das einzige Problem mit Venedig ist, daß es nicht ganz real ist. Weiß nicht genau, wie lange ich bleiben werde, aber ich habe keine Eile. Würde gern die arabische Halbinsel bereisen, aber dort kommt man nicht rein. Meine Eltern gehen mir ziemlich auf den Geist und drängen mich, ich soll mir eine Arbeit suchen, als lägen die Jobs nur so auf der Straße. Na ja, ich werde es bei den Baufirmen in Spanien versuchen, aber soviel ich höre, sind die Aussichten nicht gut. Werde weiter in der Richtung nachdenken. Meinst du, ich habe Chancen bei der Handelsmarine?

9. Juni
Venedig

Lieber Allen,

Habe deine Briefe vom 28. und 31. Mai. Rexroth hört sich an wie eine Nervensäge, ich meine, der ganze SOUND. Ich habe dir bereits geschrieben, daß ich weder mit B. noch sonst einem in London was anfangen kann. Was macht Lucien an der Westküste?

Alan und ich sind im Begriff, den Markusplatz abzuklappern. Ich hatte schon zwei Tage nichts mehr fürs Bett. Die Lage ist verzweifelt. Kein Interesse an Junk, aber auf lange Sicht könnte ihn Alkohol als meine Nemesis überholen. Habe mich in Peggy Guggenheims Palazzo durch ordinäre Besoffenheit ausgezeichnet – mit höchst beklagenswertem Resultat: Wo ich jetzt auch reinkomme, überall rauscht sofort jemand auf mich zu und drückt mir sehr entschieden ein Glas Tomatensaft in die Hand. Ansonsten bin ich gesund wie eine Ratte, nur daß ich vor lauter Ruhelosigkeit keinen Augenblick stillsitzen kann. Ich lerne, wie man eine Gondel rudert, ich schwimme, ich latsche durch ganz Venedig, und kein

Gedanke an Schlafen, es sei denn, ich habe einen *ragazzo* aufgegabelt.

Werde versuchen, durch einen lokalen Weißkittel (Freund von Alan) an LSD-6 heranzukommen. Jessas, diese siebzig Dollar. Ich weiß nicht, was ich sagen soll. Sieht so aus, als würden sie mich nie erreichen.

Dave Lamont, ein Bekannter von mir, hat mir aus Tanger geschrieben, daß er in Casablanca einen Job gefunden hat. Vielleicht kann ich mir auch einen besorgen. Werde es jedenfalls versuchen. Ich schreibe Dave Lamont gleich anschließend. Habe vor, im Spätsommer wieder in Tanger zu sein, aber es kann auch anders kommen. Wie gesagt, Venedig ist äußerst bedient. Ich meine, nicht zu fassen. Sagenhafte Boys.

Herzlich,
Bill

18. Juni 1956
Venedig

Lieber Allen,

Ich habe dir zweimal an deine Schiffsadresse geschrieben. Ich hoffe, das FBI hat die Briefe nicht abgefangen. Um es nochmal zu sagen: London ist so ziemlich der gottserbärmlichste Ort, an dem ich mich je aufgehalten habe. Ich will England nie mehr wiedersehen, außer vielleicht Doc Elks in Sachen Business und Dr. Dent. Seymor hat mich dreimal versetzt. Sollte er sich mal irgendwo mit mir treffen wollen, hat er dasselbe zu erwarten. Ich habe Barker dein Manuskript gegeben, weiß aber nicht, was er davon hält, weil ich ihn nicht wiedergesehen habe.

Venedig ist wahrscheinlich das beste Pflaster, auf das ich bisher meinen Fuß gesetzt habe. Ein wahres Füllhorn von verfügbaren jungen Ärschen. Einfach sagenhaft. Seit der Kur bin ich sexy wie ein 18jähriger und gesund wie eine Ratte. Ich rudere jeden Tag 2 oder 3

Stunden eine Gondel und gehe auch schwimmen. Die restliche Zeit steige ich den *ragazzi* nach. Schwierig, hier etwas zu arbeiten, aber ich habe vor, etwas über eine alptraumhafte Europatour zu schreiben. Titel: *Die Große Tour (Die Hölle ist, wo dein Arsch ist)*. Anbei der Anfang des skandinavischen Kapitels. Die Idee dazu gab mir ein Schwede, den ich auf einer Party traf, ein ehemaliger Alkoholiker. Er erzählte mir, daß sie in Schweden die Drogensüchtigen ans Bett fesseln – fesseln! – bis sie entweder kuriert oder tot sind. Langsam kommt mir der Verdacht, daß hinter dieser hygienischen skandinavischen Fassade nicht alles in bester Ordnung ist.

Alan schreibt dir. Übrigens habe ich mich in Peggy Guggenheims Palazzo fürchterlich besoffen und bin nun für alle Zeiten aus ihren heiligen Hallen verbannt. Tatsache ist, ich habe es fertig gebracht, eine ganze Reihe von Leuten mit meinem betrunkenen Gebaren vor den Kopf zu stoßen. Ich weiß, daß das für manche schwer zu verkraften ist, aber es macht mir nicht die geringsten Sorgen. Eins steht fest – ich bin jetzt wirklich von Junk runter. Würde mir allerdings gern den einen oder anderen Joint reinziehen. In Padua haben sie sowas wie eine Connection, eine alte Vettel in einem Mietshaus, das nach Schwarzmarktzigaretten mieft. Sieht aus wie der Set für einen italienischen Film oder einen Horne-Burns-Roman.

Interessant, daß sich der Zustand deiner Mutter gebessert hat. Ich habe viel über Schizophrenie nachgedacht (»S« nennen sie es in der Branche) und bin überzeugt, daß es genau wie Diabetes mit einem gestörten Stoffwechsel zu tun hat. Nach meiner Ansicht ist psychotherapeutische Behandlung nicht nur nutzlos, sondern absolut kontraindiziert, zumindest während des aktiven Verlaufs der Krankheit. Meine frühere Theorie, die ich dir einmal auseinandersetzte, habe ich revidiert (Angst produziert Adrenalin; das produziert Histamin;

H und A erzeugen die S-Substanz – kürzlich aus dem Blut von Schizos isoliert – und die wiederum produziert weiteres H und A). Daß der Körper die S-Substanz produziert, muß einen triftigen biologischen Grund haben – vielleicht zur Abwehr der vom Angstzustand erzeugten Stoffwechselprodukte. Ich habe oft beobachtet, daß es bei Junkies keine Psychosen gibt, zumindest nicht, solange sie auf Junk sind. (Ein Patient von Dent kam wegen Alkoholsucht, erschwert durch eine undiagnostizierte Psychose, ins Irrenhaus. Er war gewalttätig und litt an Halluzinationen. Sie gaben ihm Morphium, und er wurde süchtig. Als er entlassen wurde, war er von Alkohol und Psychose kuriert, aber auf Junk. Irgendein Weißkittel gab ihm dann Demerol, um ihn vom Morphium runterzukriegen, und er kam zu Dr. Dent mit einer Demerolsucht – eine der schlimmsten Suchtformen, wenn du mich fragst, und ich bin einer, der es wissen sollte. Dent verpaßt ihm also die Apomorphinkur – Apomorphin stimuliert das Kleinhirn und wirkt regulierend auf den Stoffwechsel – und als ich den Typ kennenlernte, war er anständig gekleidet und bei gutem Verstand und kuriert von Demerol, Alkoholismus und Psychose.) Und jetzt paß auf: Das Endstadium der Sucht hat Ähnlichkeit mit dem Endstadium von S. Völlige Abkapselung, Zerstörung des Affekts, usw. Ich pflegte dazusitzen und sechs Stunden auf meinen Schuh zu starren. Seymour kennt einen Heroinsüchtigen, der nur noch im Bett liegt und sogar reinscheißt, falls er vor lauter Verstopfung dazu in der Lage ist. Aber es gibt einen entscheidenden Unterschied zwischen einem Schizo im fortgeschrittenen Stadium und einem Süchtigen im Endstadium (damit meine ich einen, der soviel kriegt, wie er will): Der Süchtige hievt seinen Arsch aus dem Bett und macht sich unverzüglich auf die Socken, sobald ihm der Junk ausgeht. Wenn er beim Entzug ordentlich behandelt wird, ist er nach einem Monat wieder im Normalzustand wie vor der Sucht. Seine Krankheit *ist* das Heroin. Möglicherweise ist S etwas ganz Ähnliches. Würde der Körper sein eigenes H produzieren, bis Toleranz erreicht ist und bei Entzug die entsprechenden Symptome zu gewärtigen wären, und würde er es dann weiter produzieren, um Entzugserscheinungen zu verhindern, so hätten wir eine Analogie zum S-Prozeß, wie ich ihn theoretisch sehe. Ich sage also, gebt Schizos ein paar Monate lang H, bis sie süchtig sind, und dann eine Entzugsbehandlung mit Apomorphin. Und wenn das nicht hinhaut, versucht es mit LSD-6 als Substitut. Wenn der Körper die Substanz von außen zugeführt bekommt, hört er vielleicht auf, sie selbst zu produzieren, und die S-Substanz kann entzogen werden wie Junk. Ich sag dir, wenn ich freie Hand hätte, könnte ich sämtliche Schizos in Freiheit und auf Arbeitslosengeld haben.

Die Eltern nerven mich damit, daß das Geschäft schlecht geht und ich mir eine Arbeit suchen soll. Erkundige mich nach den Aussichten auf Jobs in Spanien und Casablanca. *A ver*. Bekam einen Brief von Jack, den ich gleich beantworten werde. Die $70 sind in London gelandet, werden mir aber hierher nachgeschickt.

P. S. Ich bin jetzt 42, fühle mich aber wie achtzehn. Benehme mich auch so. Das erste Kapitel von *Die Hölle ist, wo dein Arsch ist* schicke ich dir später. Anbei statt dessen meine neueste Routine.

Adresse: c/o U.S. Consulate
Venedig, Italien

13. Sept. 1956
Tanger, Marokko
c/o U.S. Consulate

Lieber Allen,

Schreibe dies in der satten Trägheit nach einer himmlischen Siesta *à deux* oder eigentlich *à trois*: Ich selbst, der unvermeidliche Araberjunge, ein 18jähriger gertenschlanker Darling mit einer Haaaaut wie die Innenseite einer Austernschale, und natürlich das allgegenwärtige voyeuristische alte Luder, Miss Green. Nebenbei, mein Hintern ist wieder kampftüchtig, wie man sagen könnte, wenn man der Typ wäre, der so etwas sagt. Wie findest du das als Werbetext: »Auch Sie können sich von einem halben Dutzend Nubiern pimpern lassen, und es tut gaaaaar nicht weh ... Ein erstaunliches neues Heilmittel macht Ihren Arsch sofort wieder aktionsfähig ... MALEE'S HÄMORRHOIDENPAMPE ...«

Ich habe soviel zu berichten, daß ich dir eine Trilogie schreiben müßte. Kann mich nur auf Stichworte beschränken. Ich verließ Venedig am 10. August und fuhr mit dem Schiff von Neapel nach Tripolis. Tripolis ist die totale Öde. Fraternisieren zwischen Arabern und Europäern ist strikt verpönt. Ich meine, die Araber spucken auf den Bürgersteig, wenn du vorbeikommst, und schreien: »Amerikanisch Schwanzlutscher geh heim.« Ein Deutscher in Tripolis sagte mir: »Die Araber sind jetzt ganz schlecht.« Wie wenn man vom Wetter redet. In einem arabischen Land lebt man wie im Hurrican-Gebiet. Araber, verstehst du, können unheimlich ausklinken. Bei einem oder ein paar mußt du dich nicht vorsehen, aber laß mal tausend was aushecken und kollektiv durchdrehen, dann hast du schwer was am Hals. In Tripolis herrscht sozusagen eine von den Arabern selbst gewollte Rassentrennung, außerdem ist es eine häßliche Stadt. Und *heiß*, o Gott. Ich reise also weiter nach Algerien, wo der Bürgerkrieg in vollem Gang ist ... (Ein Araber, der eine Bombe in ein Café warf, wurde von wütenden Franzosen in Stücke gerissen, und das in der Innenstadt von Oran. Leider war ich nicht dort, so daß mir das Schauspiel entging. Wer eine Bombe in ein Café oder Kino schmeißt, den sollte man auf ganz Deaf Smith County in Texas verteilen, und dabei bleibe ich.) Beispiel für eine Unterhaltung, die dein Korrespondent mit einem namenlosen arabischen Arschloch hatte:

A. A.: »Hey, Johnny, geile Fotos?«

LEE: »Nee.«

A. A.: »Sehn wie ich fick Schwester? Ich pimpern dich?«

LEE: »Nee.« (Geht weiter.)

A. A.: »Blöder Wichser. Geh zurück, wo du herkommst . . .«

Kurz und knapp: Ich bin entschieden gegen die arabischen Nationalisten und für die Franzosen, was die Situation in Algerien angeht. Du kannst dir nicht vorstellen, wie beschissen diese Nationalisten sind. Mistkerle, Drecksäcke . . .

Tanger ist noch okay, aber das kann sich von jetzt auf nachher ändern. Die Araber versuchen, die Ungläubigen sexuell zu blockieren. Wer fraternisiert, muß mit Repressalien rechnen. Mein Boy, der mich gerade verlassen hat, wurde wegen seiner Liaison mit einem englischen Touristen gekidnappt, aus dem fahrenden Auto geworfen und brach sich dabei das Bein. Sieht ganz danach aus, als sollten die Westler langsam rausgeekelt werden. Trotzdem ist Tanger besser denn je, wenn auch die Zukunft ungewiß ist. »The hour that darkens and grows always later . . .« Ich bleibe hier, bis ich verschwinden muß . . . Spanien ist ja gleich da drüben, billig und voll von willigem Jungvolk, bei Gott . . . Dein Bild von den sittenstrengen Zuständen in den Staaten ist wahrhaft abschreckend. Du solltest hier unbedingt in diesen Jungbrunnen hechten . . . Aber auch im Moslem-Paradies, bestückt mit märchenhaften arabischen Knirpsen, schallen mißtönige Harfenklänge durch die goldenen Straßen . . . Neulich abends machte ich es mit einem Boy, den ich ab und an – rein und raus, könnte man sagen – die letzten drei Jahre im Bett hatte. Tatsache ist, er war meine allererste Nummer in Tanger. Well, nach erfolgter Bumserei will er die ganze Nacht und noch ein bißchen länger bleiben ... und ich eröffnete ihm, so taktvoll wie unter den Umständen möglich, daß ich sein Vorhaben im weitesten Sinne unpassend finde ... Da sagt er: »Na schön. Ich gehe. Schon gut. Aber denk dran, ich bin immer dein Freund. Immer da, wenn du mich willst. Ich kann warten ...« Ein anderer läuft mir jetzt schon seit drei Tagen nach. So oft ich mich umsehe, ist er sechs Schritte hinter mir. Wartet ab, hängt rum, sagt keinen Ton. Nun gibt es dämliche Arschlöcher, die denken, es wäre äußerst schick, so einen jungen Sklaven zu haben. Mag sein. Anfangs. Sechs Monate später hockt er in einem alten knarzenden Schaukelstuhl, speziell entwickelt für gewisse sexuelle Praktiken – muß ich auch noch 'n Konstruktionsplan zeichnen? – hockt bloß da und schaukelt ...

»Warum gehst du nicht wohin?«

»Kann sonst nirgends hin, Massa. Kann nur da sein zu deinem Vergnügen ...« Knarz, knarz, knarz.

Drei Monate später ... »Schau her, ich geb dir deine Freiheit wieder ...«

»Kann nicht Freiheit von dir geben lassen, Massa. So wenig, wie du Freiheit nehmen kannst.« Knarz, knarz, knarz ...

Drei Monate später ... »Ich geb dir jeden Cent, den ich habe, und lebe mit meiner alten Mutter, der heiligmäßigen Fotze, wenn du nur *gehst.*«

»Brauch kein Geld, Massa.« Knarz, knarz, knarz ...

»Was willst du denn von mir?«

»Du bist der, der was will, Massa.« Knarz, knarz, knarz ...

Erinnerst du dich an meinen Traum von den Arabern, die mit Benzin übergossen und angezündet werden? In der Zwischenzeit habe ich eine Fortsetzung geträumt, die noch unheimlicher ist. Ich bin in einem Café. Am Eingang erscheint ein alter Mann, klein, graues Gesicht, grauer Bart. Er steht einfach da und sagt kein Wort. Ich halte einen Krug voll Säure in der Hand. Von einem unwiderstehlichen Drang gepackt, in einer Mischung aus Haß und Angst, schütte ich ihm die Säure ins Gesicht . . . Und du hast sicher gelesen von diesem Idioten Telvi, der Reisel das Gesicht mit Säure entstellt hat. Und du erinnerst dich an meinen Traum von dem Heiligen, der finstere telepathische Botschaften ausstrahlt? Tel-Vi. Da steckt dieser Heilige dahinter. Ich arbeite jetzt so einen Heiligen in *Interzone* ein. Neueste Vorstellungen in Sachen Kontrolle: Wer Telepathie als Druckmittel einsetzt, muß sich von allen Protoplasma-Kontakten trennen. Er muß immer senden und darf nie auf Empfang gehen . . . Er wird zu einem Automaten, zu einer Bauchrednerpuppe, und er siecht in einer orgonlosen Vorhölle dahin. Aber ich habe nicht die Zeit, um näher einzugehen auf meine Vorstellungen von Kontrolle, Schizophrenie, Junk, Krebs . . . Eine meiner Theorien besagt, daß ein Schizophrener nie Krebs bekommt, weil die beiden Dinge stoffwechselmäßig unvereinbar sind. Wenn du einen Weißkittel kennst und dazu kommst, sag ihm mal, er soll die Todesursachen von Schizos untersuchen . . . Das muß alles warten, bis wir uns sehen. Also wenn du zu weiteren $500 kommen kannst, dann mach das unbedingt. Ein Trip mit Schlafsack? Also ich weiß nicht. Ich bin gegen diese Rußlandreise. Sie würden dich nicht einfach so herumreisen lassen. Entweder per Intourist oder gar nicht, und das kostet mindestens $20 pro Tag. Scheiß drauf. Sieh zu, daß du ein Schiff nach Gibraltar oder Barcelona kriegst. Am besten U.S. Export nach Gibraltar. Falls es hier brenzlig wird, können wir uns auch in Spanien treffen.

Wo ist Jack? Grüße ihn von mir, auch Neal und wer sonst noch da ist. Reichlich da, könnte man sagen. Whalens Kommentar zu meiner Arbeit hat mich angenehm überrascht . . .

Also, komm nach Europa, Allen, und amüsiere dich mit den Boys. Ich kann warten. Aber denk dran, ich werde immer da sein, wenn du mich willst ... knarz, knarz, knarz ...

Herzlich,
Bill

P. S. Mystische Erfahrungen in letzter Zeit. Nichtverbal. Unmöglich zu erläutern, aber richtig abgefahren. Du weißt, ich würde nichtmal eine Codeintablette oder einen Goofball anrühren. Der bloße Gedanke an Junk ist mir schon zuwider. Sexy wie ein 18jähriger. Wenn ichs nicht jeden zweiten Tag treibe, fühle ich mich körperlich unwohl. In Tanger onaniert man natürlich nicht. Deine Abstinenz-Kicks kannst du mir gerne schildern. Ich werde sie nachempfinden, sozusagen per Fernkontakt.

Typische Tanger-Konversation: Ein paar von den Boys brechen zu einem Ausflug mit Picknick auf ... »Wir müssen damit rechnen, daß wir von Arabern überfallen und vergewaltigt werden. Vergiß also nicht, deine Vaseline mitzunehmen, Darling.«

Emmett, der redet und aussieht wie der typische amerikanische Geschäftsmann im Ruhestand, sagt in seinem trockenen Midwest-Akzent: »Wenn sie mich noch vergewaltigen wollen, müssen sie sich aber ranhalten ...«

Ein charmanter junger schwuler Engländer von der Oxford University war gerade hier. Ich denke, mit meinem Urteil über England war ich vielleicht etwas voreilig. Hmmmm ...

Ich werde Carl einige Zeilen schreiben ... Halte mich mit deinen Plänen auf dem laufenden. Ja, die $70 habe ich in Venedig bekommen ... danke.

Adresse hier ist: c/o U.S. Consulate
Tanger, Marokko

Die Botschaft ist nach Rabat umgezogen.

Ich kann dir den Sohn eines lokalen *Caid* für 10 Cents besorgen. Wie's in dem Song so schön heißt: »Er tut es jederzeit« usw.

16. Sept. 1956
Tanger

Lieber Allen,

Deinen Brief gerade erhalten. Werde dich samt Entourage also im Januar erwarten. Ich werde hier sein, ob Sonne oder Regen, wie's in dem Lied heißt (es sei denn, du gibst mir den Laufpaß). Eine Stadt wie Tanger gibts nicht nochmal. Sie macht mich so locker und gelöst, daß ich mich demnächst in Luft auflöse. Ich kann drei Stunden dasitzen und über die Bucht schauen, mit offenem Mund, wie ein Kentucky Mountain Boy. Mann, ich *brauch* keinen Junk. Und da wir gerade davon sprechen – ich fühle nie auch nur die leiseste Versuchung. Ich glaube, Junkies werden rückfällig, weil ihr Stoffwechsel mit den üblichen Behandlungsmethoden nicht kuriert wird. Dents Apomorphin-Methode könnte das ganze Problem beseitigen.

Das muß du hören: In der Stadt gibts einen Heiligen, der sich in seiner Freizeit als Wahrsager betätigt. Eine Engländerin konsultiert den alten Wichser, und er sagt: »Lady, meine übersinnlichen Kräfte kann man direkt an der Quelle anzapfen.« Und prompt holt er sein Ding raus. »Fang an zu schlemmen, Schwester, und tu dir was Gutes. Ich geb dir die Chance deines Lebens.« Was sich manche Bürger so alles einfallen lassen . . .

Ich war in meinem Leben noch nie so spitz wie in letzter Zeit. Gestern hatte ich z. B. eine zweistündige Balgerei mit Nimón, meinem neuesten Herzensbuben (tja, so kann mans auch nennen). So daß ich heute eigentlich an Höheres denken sollte. Und was mach ich den ganzen Nachmittag? Liege in meinem weinroten tschechischen Popelin-Schlafanzug faul da und denke mir Sexapparate à la Rube Goldberg aus, z. B. ein ingeniöses Arrangement von Schaukelstühlen und Sofas, die nicht nur vor und zurück sondern auch seitwärts wippen; ganz zu schweigen von Ma Lee's Special: ein Dreh- und Schaukelstuhl, der den angesäuselten Klappentunten der Samstagnacht mit Sicherheit herbe Verluste bescheren wird; Vibrationsmatratzen, interessante Hängematten, Installationen in Gondelbahnen und Akrobatik-Doppeldeckern ... im Moment arbeite ich an einer Kombination aus Taucheranzug und Schwimmbecken mit körperwarmem Wasser und künstlichen Wellen.

Hatte Ärger mit der Hauswirtin. Sie hat etwas gegen das ständige Kommen und Gehen meiner arabischen Besucher. Daraufhin habe ich mit Dave, dem Walter Winchell von Tanger, ein Quartier aufgetan, in dem alles läuft. Gehört einer ehemaligen Puffmutter aus Saigon. Wir teilen uns das Erdgeschoß mit Eric, dem Public School Man (Eton '26), der sich mit einem Strichjungen zwecks Fälschung eines gestohlenen Travellerschecks zusammengetan hat. Der Boy kam damit zuerst zu mir, aber ich sagte: »Wegen 25 Dollar soll ich kriminell werden? Denkst du, ich bin ein Gauner? Geh damit zu Eric.« Ich hoffe, sie kommen damit durch. Man kann nie wissen. Die Mühlen von American Express mahlen langsam, aber äußerst fein. Ein Mann in einem grauen Flanellanzug (die Bastarde treten neuerdings elegant auf; ihre Gehälter sind so hoch) wird Eric vielleicht demnächst auf die Schulter klopfen und sagen: »Sind Sie Eric Trevor-Orme-Smith-Creighton alias ›El Chinche‹ (Die Filzlaus)?« Jedenfalls, wir drei haben das Erdgeschoß, mit eigenem Eingang, und unsere Zimmer liegen zum Garten hin. »Sie haben hier alle Freiheiten, verstehn Sie?« sagt die alte Hure und knufft mich in die Rippen. Der Hausboy ist ein schwuler Spanier, gutaussehend auf eine verderbte Art. Ich benutze das Wort nicht oft, aber hier gehts nicht anders: Der Boy hat eine der degeneriertesten Visagen, die mir je begegnet sind. Wenn du eine von den Nutten schreien hörst: »Joselito! Joselito!«, dann weißt du, daß Joselito mal wieder einen ihrer Kunden pimpert. Eric fickt ihn ab und zu in den Arsch, wenn er knapp dran ist. Also ein ganz lustiges Völkchen hier, könnte man sagen.

Heute morgen ist mir was Merkwürdiges passiert. Ich machte meine spezielle Unterleibsgymnastik, die ich in London von einem Menschen namens Hornibrook gelernt habe – und der hat sie, soweit ich feststellen kann, von den Fidschi-Insulanern. Und bei meiner Ehre, plötzlich schwappt eine Welle von Lust über mich weg und ich habe einen spontanen Orgasmus. Dabei ist ein spontaner Orgasmus im Wachzustand selbst in der Pubertät ein seltenes Vorkommnis. Ich hatte bisher nur einen einzigen, und zwar in dem Orgonakkumulator, den ich mir in Texas gebaut hatte. Und noch etwas – ich entwickle ein Interesse für das schöne Geschlecht. (Es ist der neue *frisson*, Schätzchen ... Frauen sind echt *pikant* ...) Man hört von alten Typen, die mit fünfzig merken, daß sie schwul sind. Tja, vielleicht bin ich jetzt drauf und dran, einen Schlenker in die andere Richtung zu machen. Woher diese seltsamen Gefühle, die mich überkommen, wenn ich eine junge Ische ansehe, deren Titten so niedlich vorstehen? Könnte es das sein?? Nein! Nein! Entsetzt wies er den Gedanken von sich ... Er taumelte auf die Straße, in seinen Ohren noch immer das spöttische Lachen des Mädchens, das zu sagen schien: »Wen willst du eigentlich drankriegen mit deiner schwulen Tour? Ich kenn dich, Baby.« Je nun, wenn es Allahs Wille ist, dann sei's drum.

Ich schreibe jetzt an einem fortlaufend erzählten Teil von *Interzone*. Wenn du noch eine Weile dort bist, schicke ich dir Kapitel II, sobald ich es fertig habe (was sehr bald sein wird). Vielleicht kann ich bei Obelisk Press in Paris veröffentlichen. Alan hat nichts erwähnt von dieser Idee, *Naked Lunch* in Paris erscheinen zu lassen. Nun ja, *a ver, a ver* ... Wenn du ein Exemplar von *Time* mit dem Artikel über *Howl* hast, würde ich es gern sehen. Welches Heft? Wir bekommen es hier, mit Verzögerung, in der amerikanischen Bibliothek...

Meine besten Grüße an Jack, Neal, Corso. Ich werde Jack nach Mexiko schreiben.

Sie haben hier sowas Ähnliches wie Gondeln, und ich rudere jeden Tag. Körperliches Training, das Anspannen und Relaxen von Muskeln, ist für mich ein exquisites sinnliches Vergnügen ... So viele Dinge machen mir jetzt Spaß – durch die Stadt gehen, in einem Café sitzen ... Ich verspüre keinen Drang zu schreiben oder sonstwas zu tun, außer wenn ich von Routines überwältigt werde, was jederzeit passieren kann. Die meiste Zeit sitze ich unbeteiligt und narkotisiert da und lasse Eindrücke auf mich wirken. Ich habe ein Gefühl, als würde ich mich demnächst auflösen oder in einen anderen verwandeln. In letzter Zeit, wenn ich leicht angesäuselt bin und an Miss Greens unnatürlicher Titte nuckle, bilde ich mir immer ein, es sei noch jemand im Zimmer. Zum Beispiel, als ich es das letzte Mal mit Achmed machte (er ist der »ehrlichste« – Werbefritzen-Slang für einen bedingungslosen Anschaffer – Strichjunge in Tanger und Umgebung und macht einen sensationell hemmungslosen Sex; die Sachen, die dieser Junge sich ausdenkt!) – also ich habe das Gefühl, daß ein Dritter Mann im Zimmer ist. Nicht mißbilligend oder sowas. Einfach da. Manchmal habe ich den Eindruck, daß gleich etwas Unglaubliches geschehen wird, z. B. daß ich beim Rausgehen mir selbst begegne. Dieser Kick mit der unsichtbaren Person ist schon einige Male passiert. Und Miss Green habe ich eigentlich gar nicht mehr nötig ...

Der englische Boy sprach von Selbstmord und daß das Leben nicht mehr lebenswert sei. Das finde ich unvorstellbar. Ich muß wohl ein sehr glücklicher Mensch sein. Es ist wie eine Offenbarung, die ich mit Worten nicht ausdrücken kann. Laß mich wissen, wann du fährst, usw.

Herzlich,
Bill

P. S. Adresse: c/o U.S. Consulate
Tanger, Marokko
Die Botschaft ist nach Rabat umgezogen.

13. Okt. 1956

Lieber Allen,

Ich sehe unsere Rollen nicht vertauscht, sondern eher auf beiden Seiten erweitert und verändert. Ich befinde mich in einer Phase der Veränderung, die drastischer ist als Kindheit oder Jugendjahre. Ich lebe permanent in einem Zustand von Routines. Es trägt mich so weit hinaus, daß ich eines Tages nicht mehr zurückkommen werde. Ich habe nicht die Zeit, um auf all die mystischen Erfahrungen einzugehen, die ich habe, sobald ich hier aus der Tür gehe. Tanger hat irgendwas Besonderes. Es ist der einzige Ort, wo ich das Gefühl habe, nirgendwo anders sein zu wollen. Kein Horror hier, von wegen festsitzen und nicht rauskönnen. Das Schöne an dieser Stadt sind die ständig wechselnden Kombinationen, in denen sie sich präsentiert. (Venedig ist wunderbar, aber es verändert sich nie. Es ist ein steingewordener Traum. Und es ist der Traum eines anderen, so daß es bei mir letzten Endes einen alptraumhaften Eindruck hinterläßt.) Beispiel: Überschall-orgonblauer Himmel, warmer Wind, eine Steintreppe, die hinauf zur Altstadt führt, und auf der Treppe kommt mir ein sehr dunkelhäutiger Araberjunge entgegen, der ein violettes Hemd trägt ...

Jeden Tag werden mir durchschnittlich zehn sehr attraktive Anträge gemacht. Meine neueste Eroberung ist ein 16jähriger Spanier mit einem Lächeln, das dich glatt bei den Eiern packt. Ich meine, dieser reine, unverfälschte Typ von Boy, diese junge maskuline Unschuld ... amerikanische Boys sind nicht unschuldig, weil sie keine Erfahrung haben. Unschuld ist nicht zu trennen von Verdorbenheit. Du kannst ihn haben, wenn du herkommst. Alle haben es schon mit ihm gemacht ... Diese kindliche Unschuld, aber was für eine Technik und Virtuosität. O la la ... Jetzt habe ich mich so in Erregung versetzt, daß ich ihn schon heute haben muß, statt erst morgen ... Übrigens, der Grund für die zahlreichen Anträge ist, daß ich der begehrteste Schwule in ganz Tanger bin. Alle wissen, wie großzügig ich zu Kiki war. Und ich genieße den Ruf, in jeder Beziehung der perfekte Gentleman zu sein.

Ich arbeite, wenn ich lange genug stillsitzen kann, bzw. so oft die Fickerei mir die Zeit dazu läßt. *Interzone* habe ich inzwischen voll auf der Reihe. Wenn ich ein Tonbandgerät hätte, könnte ich es in einem Monat fertig haben. Anbei einige Auszüge, aus denen du ersehen kannst, wie weit ich bin. Das Ende ist, daß sie beim Feuerwerk am 4. Juli eine Atombombe zünden und die Erde zerstören ... Mit Paul Bowles habe ich mich ganz gut angefreundet. Er ist wirklich ein ganz reizender Mensch ... Das neue Quartier ist ideal. Mein Zimmer hat einen Ausgang zum Garten, und es gibt keine Dienstmädchen, die mich stören ... eigener Eingang in einer ruhigen Seitenstraße ... ich kann mir nicht vorstellen, daß jemand glücklicher sein könnte, als ich es jetzt bin ... Ich meine, wirklich das Wahre ... Ich spare mir nichts für später auf ... Hoffentlich muß ich hier nie weg ... Natürlich ist auch Südspanien ganz fabelhaft ... Sie sind alle Republikaner, sogar die Polente ... Die Alten hocken in der Küche und trinken Wein, während du im Schlafzimmer ihren Boy pimperst. Nette, zwanglose Atmosphäre, verstehst du ... Ich meine, ich müßte nicht verkümmern, falls ich hier doch mal weg muß ... Aber Tanger ist meine Traumstadt. Vor zehn Jahren hatte ich mal einen Traum, in dem ich in einen Hafen kam und sofort wußte, daß es die Stadt war, in der ich leben wollte ... Und als ich vor ein paar Tagen im Hafen herumruderte, wurde mir plötzlich bewußt, daß es die Bucht ist, von der ich geträumt hatte.

Ich wollte, du würdest herkommen, bevor du dein Geld restlos vergeudet hast. Bring Jack und Peter unbedingt mit. Ich versichere dir, daß ich nicht eifersüchtig sein werde ... Tatsache ist, Eifersucht ist eine der Emotionen, zu denen ich gar nicht mehr fähig bin. Selbstmitleid genauso. Soll ich dir sagen, was daran verkehrt ist? Selbstmitleid ist symptomatisch für ein gespaltenes Ich; eine leidende Hälfte und eine, die das Mitleid besorgt. Wenn dein Ich intakt ist, *kannst* du dich nicht bemitleiden ... Das wurde mir vor einigen Tagen in einem Zustand tiefster Verzweiflung klar. Ich wachte morgens auf und stellte fest, daß mein Arsch puterrot war – meine Nemesis hatte mich sozusagen eingeholt ... Nach einer Sitzung beim Roten Kreuz, wo ich medizinische Fachbücher wälzte, war ich *überzeugt*, daß es *Lymphogranuloma inguinale* ist, diese schauderhafte Virus-Geschlechtskrankheit, wo der Arsch violett wird und dichtmacht und sich nur noch zu einer gelegentlichen eitrigen Ausscheidung herabläßt ... Ich ging nach Hause und stopfte mich mit Antibiotika voll – das Leiden ist schwer zu heilen, aber Aureomycin hat sich in manchen Fällen als wirksam erwiesen. Dann fing ich an zu heulen, wälzte mich hin und her und biß mir aus Verzweiflung die Fingerknöchel wund. Bei Verzweiflung reißt sich das Ich am Riemen, und Selbstmitleid wird unmöglich ... Hast du gewußt, daß mit Tränen – genau wie mit Schweiß oder Urin – giftige Stoffwechselprodukte ausgeschieden werden? Bei einer Gelbsucht werden deine Tränen quittengelb. Kurzum, bei Kummer oder Verzweiflung sammeln sich Stoffwechselgifte an. Die alte Vorstellung, daß ein schwer Leidender entweder weinen oder sterben muß, beruht auf einer richtigen Einschätzung von Stoffwechselvorgängen. Jedenfalls, ich hatte noch nie erlebt, daß jemand so außer sich gerät wie ich. Es ging stundenlang und ich sagte immer wieder: »Verschon mich damit, verschon mich damit.« Am nächsten Tag geh ich zu einem Arzt, der sieht sich das an, spitzt die Lippen und sagt: »Tja, das ist ein ernster Fall von Dermatophytose ... Pilzflechte ...« Dann schaute er mich über den Rand seiner Brille an und lächelte diskret ... »Scheint mir auch reichlich öh wundgescheuert zu sein.« Also nahm ich Mycoctin, und mein Arsch ist nicht mehr puterrot . . . Ich würde sagen, ich habe meine Einsichten in punkto Verzweiflung zum Vorzugspreis bekommen. Ich meine, das mit Selbstmitleid war nur ein Teil. Denn außerdem ist mir auch noch klargeworden, wie sehr ich Diebstahl und sonstige kriminelle Handlungen ablehne . . . kriminelle, meine ich, nicht illegale . . . ganz gleich, ob sie von Kriminellen, von der Polizei oder sonstwem begangen werden . . . d. h. Verbrechen gegen das Eigentum oder die Person eines anderen: Gehirnwäsche, Gedankenkontrolle, usw. sind das Verbrecherischste, was man einem antun kann. Es gibt nichts, was so katastrophal ist wie die Ablösung von ethischen Prinzipien durch gesetzlichen Zwang. Es ist der Fluch der westlichen Welt, daß sie das instinktive Gefühl für andere ersetzt hat durch gesetzliche Vorschriften, d. h. Zwang. Plötzlich ist alles in Ordnung, was legal ist, und solche Monstrositäten wie Nazismus und Kommunismus werden auf die Welt losgelassen. Andererseits ist auch alles in Ordnung, was man dir nicht nachweisen kann, d. h. das geringere Übel der gewöhnlichen Kriminalität. Nur in Amerika konnte die pervertierte Vorstellung aufkommen, daß die Guten langweilig sind und die Bösen charmant. Al Capp sagt: »Das Gute ist besser als das Böse, weil es netter ist.« Ich sage, es ist besser, weil es interessanter ist. Das Böse ist langweilig, es hat ungefähr so viel Glamour wie Krebs. Und Finsterlinge sind langweilig – ich bin überzeugt, daß Himmler eine öde Type war. Aber ich bezweifle, daß ich zu dieser Einsicht jemals in den Staaten hätte kommen können. Wenn ich daran denke, daß ich Gangster einmal bewundert habe. Großer Gott. Ich erinnere mich an das Zeitungsfoto von den Gangstern, die Reisel das Gesicht mit Säure ruinierten, und ich weiß noch, wie ich ganz spontan dachte: »Was für widerliche Scheißtypen.«

Well, ich war noch nie einer, der herumdruckst. Ich meine, Schluß mit diesem lächerlichen Rumgebumse und Klamotten runter . . . Al, ich bin ein gottverdammter Heiliger, d. h. der Hl. Geist hat mich gepimpert, und jetzt geh ich schwanger mit dem Unbefleckten Wort . . . ich komm schon das zweite Mal, und ich weiß nicht, ob ichs nochmal bringe . . . Also stell die Lauscher auf, ich laß jetzt die Verkündigung los:

Christus? Dieser Amateur, dieser billige Marktschreier. Denkt ihr, ich würde mich so erniedrigen, daß ich ein Wunder vollbringe? *Das* hätte er am Kreuz sagen sollen, als die Leute sagten: »Tu ein Wunder und rette deinen Arsch.« Er hätte sagen sollen: »Ich denk nicht dran, so tief zu sinken. Die Show muß weitergehn.« Er war halt schon immer schwer von Begriff . . .

Das erinnert mich an unsere Travestie-Nummer in Sodom, und das ist wirklich ein runtergekommenes Kaff, absolut verheerend . . . Jedenfalls, da kommt dieser verschissene Philister aus Baal oder sonst'm Scheißkaff an und sagt mir doch glatt ins Gesicht, ich wär 'ne Schwuchtel . . . Und ich sag zu ihm: »Ich bin seit dreitausend Jahren im Showgeschäft, und ich hab noch nie Dreck am Stecken gehabt . . . Außerdem, von 'nem unbeschnittenen Schwanzlutscher wie dir brauch ich mir nichts gefallen zu lassen.« Wie gesagt, Wunder sind der billigste Trick in der Branche. Manche Leute haben einfach kein Format. Den hätten sie auf dem Rummelplatz ausstellen sollen. »Hereinspaziert, Macker und Schnepfen, und bringt auch die kleinen Macker mit, gut für jung und alt, Mensch und Tier – hier seht ihr den originalen Menschensohn, wie er einem Jungen den Tripper heilt, durch bloßes Handauflegen, Herrschaften, während er mit der andern Hand 'ne Ladung Marihuana herbeizaubert, und dazu wandelt er auf dem Wasser und spritzt Wein aus dem Arsch . . . Aber immer schön Abstand halten, sonst verstrahlt er euch . . . Der Kerl ist unheimlich geladen . . .«

Buddha? Ein notorischer Stoffwechsel-Junkie. Macht sich seinen Stoff selber, versteht ihr. In Indien, wo sie überhaupt kein Gefühl für Zeit haben, kommt Der Mann oft einen ganzen Monat zu spät. »Tja, mal sehn ... haben wir jetzt den zweiten Monsun oder schon den dritten? Hab nämlich so um die Zeit 'n Termin in Ketchipur.«

Also die ganzen Junkies hocken in voller Meditationshaltung da und warten auf den Mann.

Da sagt der Buddha: »Nee, Leute, nicht mit mir. Bei Gott, da mach ich mir doch meinen Junk gleich selber.«

»Das kannst du nicht machen, Mann. Da steigen dir doch die Steuerfahnder aufs Dach.«

»Nicht bei mir. Ich hab mir nämlich 'n Trick einfallen lassen. Ich bin ab sofort ein gottverdammter Heiliger.«

»Mensch, Boss, das nenn ich raffiniert.«

»So. Da gibts aber nun welche, die mit der Neuen Religion gleich voll aufdrehen ... Haben einfach kein Format ... Außerdem riskieren sie, daß man sie lyncht. Wer will schon jemand um sich rum haben, der sich für was Besseres hält? ›Sag mal, Jack, willst du uns hier nerven, oder wie seh ich das?‹ Also müssen wir das Ding ganz cool aufziehen, verstehst du, ganz cool ... Wir machen euch hier 'n reelles Angebot, Herrschaften. Wir jubeln euch nichts unter, im Gegensatz zu gewissen billigen Typen, von denen wir erst gar nicht zu reden brauchen, weil sie eh nichts auf dem Kasten haben. Diese raffgierigen Bürger haben keine Ahnung, wie man sowas richtig verkauft.«

Mohammed? Soll das ein Witz sein? Den hat doch die Handelskammer von Mekka erfunden. Und seine Texte hat ihm ein ägyptischer Werbefritze geschrieben, der sich um den Verstand gesoffen hatte ...

»Dasselbe nochmal, Gus. Und dann, bei Gott, geh ich nach Haus und laß mir 'ne Sure verkünden ... Warte mal, bis die Morgenausgabe auf dem Markt ist, da mach ich Amalgamated zur Schnecke.«

»Gibs ihnen, Kid, ich bin in deiner Ecke.«

»Gus, wenn sie im Jenseits die Nummern aufrufen, wirst du dabeisein ... Ich vergeß dich nicht, Gus ...

Ich werd dir nie vergessen, was du alles für mich getan hast . . .«

»Moment mal, *Moment!* Das macht zehn Lappen . . . und zwar bar . . .«

Konfuzius? . . . Wer is'n das?

Lao-tse . . . Schon längst abserviert . . .

So. Jetzt wo wir die Platte ein bißchen abgeräumt haben, werd ich loslegen mit dem Lebendigen Wort . . .

Jeder in diesem krummen Universum – und wer behauptet, daß es nicht gekrümmt ist, lästert den Unbefleckten Fakt und den ersten Propheten des Fakt, Einstein – einer von meinen Handlangern, verstehst du . . . Jeder und alles in diesem Universum hängt zusammen. Wenn einer explodiert, fliegen wir alle in die Luft . . . Diese thermodynamische Scheiße bringt uns alle auf Null . . . Fick deinen Nachbarn . . . Macht ihm vielleicht sogar Spaß . . . Und ich will, daß ihr Burschen euren elementaren Instinkt zügelt – den Drang, einen anderen mit allen Mitteln körperlich oder seelisch besetzen, gefügig machen, kontrollieren und vernichten zu wollen . . . Wer in einen anderen einsteigen und ihn übernehmen will, ist nicht besser als ein gottverdammter Kontroll-Junkie. Er sollte seine beschissene Sucht abstellen, statt mit raushängendem Arsch rumzuhängen und das Universum zu verpesten . . . Diese namenlosen Arschlöcher sollen sich gesagt sein lassen, daß sie ein qualvolles Ende nehmen werden. Und denkt dran, wenn euch die Kontrollsucht wie ein gewaltiger schwarzer Wind durch die Knochen fegt, dann habt ihr das Böse in Reinkultur am Hals . . . Nicht das glamouröse Luder, sondern den verkrebsten und verfaulten Hundsknochen, der sagt: »Ich hab nichts zu bieten als meine Furunkel.« Also, Bruder, wenn du diesen Drang spürst, und jeder in der Branche muß ihn spüren, und sagst: »Wie soll ichs ohne den Stoff schaffen?« dann sag ich: »Mach die *Tür* auf, und das ganze Universum rauscht mit dem Unbefleckten Fix rein« . . . Und du wirst Dem Mann in die Scheiben schauen – Machtpusher brauchen keine Augen – und sagen: »Gimpy, nimm deinen Shit und wandle.« Geh auf Tran und träum von einem quadratischen Universum, ich versteife mich auf DIE FAKTEN.

Ich meine, genug von diesen schmierigen Heiligen mit ihrem weinerlichen Blick, als würden sie gepimpert und wollten sich nichts anmerken lassen. Wer sich selbst verleugnet, wird todsicher auch andere verleugnen ... Verschont uns mit spießigen Heiligen ... Besorgt euch 'ne Schreibmaschine, ja? Dieser Brief ist wie ein Codex der Mayas. Kann eure Klaue nicht lesen. Sieht aus, als wärs vom Besoffenen Nachrichtensprecher ... erinnert ihr euch? ... endlich ein Satz, den ich entziffern kann ... Ja, Peter, ich wohne auf einem Berg mit Blick auf die Bucht, in der schönsten Stadt der Welt, jedenfalls ist sie für mich immer jung und knackig ... So, du hast also Kakerlaken ... Na, ich bin heute morgen aufgewacht und hatte Rattenscheiße auf der Bettdecke ... Dauernd machen sich Ratten bei mir breit ... Im anderen Haus hatte ich regelmäßig meinen Frühsport im Patio, wo ich Ratten mit einem Spazierstock erledigte ... Die Mistviecher fressen Babies, verstehst du, deshalb lasse ich sie über die Klinge springen ... diesen ungläubigen Wichsern wird kein Pardon gegeben ... Also eine Sure zum Thema Kakerlaken habe ich noch nicht verkündet, weil es hier keine gibt ... Ihr Jungs müßt also sehn, wie ihr ohne Das Letzte Wort in Sachen Kakerlaken zurechtkommt ... Ich will dir was zu deinem Aufenthalt in der Klapsmühle sagen – Schizophrenie ist gewissermaßen ein Hobby von mir, und ich habe dazu meine Theorien wie zu praktisch allem anderen. Das mit dem Verantwortungsbewußtsein schmink dir mal ab, Peter ... Das liest sich, als würdest du dich irgendwo bewerben ... Du kennst doch die Floskeln, die da so aufgetischt werden ... »Ich bin ein junger Mann ohne schlechte Gewohnheiten. Ich besauf mich nicht und hau mir auch nichts in die Vene.« Wenn dir das durch den Kopf geistert, was ich denke, dann mußt du arg einfältig sein ... Falls ja, bist du bei mir richtig ... Und schau mal, wegen meiner Empfindlichkeit brauchst du dir keine Gedanken zu machen ... Du hast hier keinen indischen Seiltrick zu gewärtigen ... In Tanger verschwindet niemand ... Paß auf, jetzt überkommt mich eine Sure zum Thema Kakerlaken ... Ich meine, alles hat seine Grenzen. Wenn ich einen roten Arsch habe, soll ich da nicht das Bedürfnis haben, die niedliche kleine Pilzflechte zu killen? Sie hat das unaussprechliche Verbrechen begangen, meine Person zu verunstalten, ohne auch nur zu fragen ... Bakterien haben einfach keine Klasse. Und am schlimmsten sind die Viren ... So stinkfaul, daß sie nichtmal richtig leben ... dieses beschissene latente Gesocks ... Ich sage also: Kakerlaken können meinetwegen leben, aber nicht in meinem Quartier. Ich habe keine bestellt ... sie dringen in meine Privatsphäre ein, und bei Gott, das laß ich mir nicht bieten ... Der Prophet hat gequasselt ... Ich geh jetzt in dieses Restaurant, wo der Koch und sämtliche Kellner arabische Schwuchteln sind, die der Kundschaft den Arsch abfummeln ... Schild über der Bar: »Alle Angestellten müssen sich nach Abfummeln der Gäste die Hände waschen.«

Anbei ein paar Proben von *Interzone* ... Alles noch Rohfassung ... Ich habe etwa fünfzig Seiten geschrieben ... Hatte gestern abend einen Boy und heute mittag wieder einen ... Ich erkläre jetzt ein zweitägiges Sex-Moratorium.

Meinen Segen, Kinder und alles Gute von
Pop Lee, eurem Freundlichen Propheten,
Bill

GEHT NICHT NACH MEXIKO ... KOMMT STRACKS HIERHER, SOLANGE IHR NOCH DIE KNETE DAZU HABT. TANGER IST DAS EINZIG WAHRE ... WOZU ALSO WARTEN ...??

29. Okt. 1956
Tanger

Lieber Allen,

Such für die *Cambridge Review* etwas aus, und bring das Manuskript mit, wenn du kommst. Mit *Interzone* bin ich voll drauf und werde es bis Weihnachten fertig haben. Ich arbeite mindestens vier Stunden pro Tag. Mögliches Finale: Analfixierter Techniker drückt auf den roten Knopf und jagt die Erde in die Luft: »Den Furz wird man noch auf dem Jupiter hören.«

Diese Stadt hat wirklich die Jihad-Motten – Jihad nennen die Moslems das summarische Abschlachten von Ungläubigen. Gestern sitze ich im Socco, und plötzlich rennt alles durcheinander, und die Ladenbesitzer lassen die Rolläden runterrasseln – ich habe vor, einen automatischen Ladenschließer auf den Markt zu bringen, wo auf Knopfdruck dein Rolladen wie eine Guillotine runtersaust – und in den Cafés lassen sie die Gläser fallen und hechten in Deckung und die Kellner sperren die Türen ab. Und was kommt draußen? Etwa dreißig kleine Kinder, die mit der marokkanischen Fahne durch den Souk marschieren ... Vor ein paar Tagen hatten wir einen Generalstreik. Restaurants, Apotheken, alles machte zu, und auf den Straßen durfte kein Auto fahren. Gegen vier Uhr nachmittags geh ich mit meinem spanischen Boy los, um mir eine Flasche Cognac zu besorgen, und jeder sagt »Nein! Gehn Sie weg! Wissen Sie nicht, daß gestreikt wird?« und schlägt mir die Tür vor der Nase zu. Etwa um die Zeit geht ein Krawall los, wie ich noch keinen gehört habe, und ich sehe Tausende von Arabern, die brüllend auf dem Boulevard anmarschiert kommen. Ich mach also einen Schlenker am Polizeipräsidium vorbei, wo ungefähr hundert junge Araber zu den Bullen reinbrüllen, die sich im Gebäude verbarrikadiert haben. Und weshalb das alles? Ein dämlicher Franzose war auf einen Baum geklettert und hatte die Menge angemotzt: »Wie könnt ihr es wagen, etwas gegen La

France zu sagen?« Die Polizei hatte ihn zum Glück retten können und hielt ihn jetzt drinnen unter Verschluß. Auf dem Boulevard sehe ich etwa 20 000 Araber, die »Fuera Français!« schreien (›Franzosen raus!‹). Sie hüpfen rum und lachen . . . also nichts passiert. Sag Jack, er braucht sich keine Sorgen zu machen.

Was mein Quartier angeht: Ein Zimmer mit einem Bett, in dem sich gewöhnlich spanische Boys tummeln. Die Sitten sind hier so locker, das kannst du dir nicht vorstellen. Solange ich mit spanischen Boys gehe, ist es, als hätte ich in den USA eine Freundin am Arm. Ich meine, man fühlt sich mit der Umgebung ganz im reinen. Dagegen wäre es im Moment undenkbar, mit einem Araberjungen durch die Stadt zu schlendern. Man würde dich anstarren, beleidigen und anspucken, und der Boy wäre Repressalien ausgesetzt. Verstehst du, was die Ungläubigen unter sich tun, das kümmert keinen. Ich habe hier das merkwürdige Gefühl, außerhalb jedes sozialen Kontexts zu sein. Habe noch nirgends eine so entspannende Atmosphäre erlebt. Die Möglichkeit, daß jederzeit ein Volksaufstand ausbrechen kann, ist wie ein Tonikum, wie Ozon in der Luft: »Here surely is a song for men like wind in an iron tree« (*Anabasis*, mehr oder weniger). Ich habe keine Sehnsucht nach den alten Zeiten in Marokko, die ich eh nie gekannt habe. Für mich gibt es nur jetzt.

Meine Mißachtung gesellschaftlicher Umgangsformen wird allmählich psychotisch. Auf einer Jacht, wo ich mit ein paar äußerst etepeteten Engländern am Trinken bin, sagt jemand was von einem, den man an eine Boje gefesselt hat, und da sag ich: »An einen Boy gefesselt? So ein Glückspilz«, und ich hocke da und schütte mich vor Lachen aus, völlig überwältigt von meiner Schlagfertigkeit. Ich kann dir versichern, keiner von denen fand es im geringsten witzig. Wenn ich ihnen jetzt begegne, kriegen sie einen gehetzten Blick – *sauve qui peut* – machen schleunigst kehrt und denken wahrscheinlich:

»Da kommt dieser unzurechnungsfähige alte Schwule.« Vor ungefähr zwei Wochen war ich bei Paul Bowles zum Tee, und er hatte eine reiche Amerikanerin zu Besuch. Ich erzähle was von Yage, und sie sagt: »Wie lange dauert es, bis man davon verfault?« und ich sage: »Lady, so lange sollten Sie mal leben«, und sie verließ den Raum. Tja, dachte ich, jetzt hab ich es bei Bowles verschissen. Aber nichts dergleichen. Habe mich seither zweimal mit ihm getroffen und finde ihn einfach fabelhaft. Habe noch nie jemand so auf Anhieb sympathisch gefunden. Wir haben ähnliche Vorstellungen, und Telepathie fließt wie Wasser hin und her. Ich meine, er kommt mir eigenartig vertraut vor, es ist wie eine Offenbarung. Habe mir auch sein Buch ausgeliehen und es gelesen, und ich finde es sehr gut ... Leider reist er in ein paar Tagen nach Ceylon. Aber ich denke, er wird im Februar wieder hier sein, so daß du ihn wahrscheinlich antreffen wirst.

Ja, ich habe eine Schreibmaschine gewonnen, und auch noch eine gute dazu ... Diese Typen von Black Mountain scheinen ein ziemlich lästiger Verein zu sein. Du solltest dich von derart kindischen Taktiken nicht aus der Fassung bringen lassen. Es ist einer der ältesten Tricks in der Branche. Mit der einen Hand lenkt er dich ab, und mit der anderen verpaßt er dir eine. Der Konter? Ich könnte dir ein Dutzend vorschlagen. Du sagst z. B.: »Das einzige Lesenswerte heutzutage steht in wissenschaftlichen Zeitschriften« und liest ihm was vor über die Anwendung von Antihämoglobin bei der Behandlung des multiplen degenerativen Granuloms. Weitere Regeln: Gib ihm nie eine direkte Antwort; frag ihn nie, wie er etwas meint; nicke einfach mit dem Kopf, als wäre alles, was er sagt, sehr platt und ermüdend; sprich immer mit jemand, der neben oder hinter ihm ist, und laß lange Pausen entstehen, als würdest du dieser anderen Person zuhören, verstehst du; und in Abständen nickst du und wirfst so etwas ein wie: »Na ja, soweit würde ich nicht gehen. Wenigstens im Moment noch nicht.« Oder: »Das können Sie laut sagen, aber es ist eigentlich gar nicht nötig.« Verstehst du? Du unterhältst dich über ihn mit diesem Phantom, das ihm anscheinend auf Schritt und Tritt folgt ... Ich kann das jetzt nicht alles erklären ... Ich finde es erregend, wenn jemand paranoid vor Haß oder kurz vor dem Ausklinken ist. Ich will sehen, was passiert, wenn sie endgültig durchdrehen. Ich will sie knacken und mich mästen an dem herrlich sahnigen Zeug, das herausquillt. Wenn ein Araber mich wahnsinnig haßerfüllt ansieht, hoffe ich immer, daß er vielleicht aus dem Leim geht und ich die nackten Knochen des menschlichen Uhrwerks sehen kann, wie sie unterm blauen Himmel Marokkos durcheinanderpurzeln ... Verstehst du, ein Paranoiker muß eine zweite Hälfte haben, d. h. Angst oder Haß als Ergänzung. Wenn ich ihn dazu kriegen könnte, daß er sich auf mich stürzt, ohne daß er bei mir die komplementäre Haß- oder Angstreaktion findet, würde er vielleicht platzen – und der Himmel weiß, was da rauskriechen könnte ... Kicks, Mann, Kicks ... Ich meine, es ist wie ein innerer Drang ... Jack braucht vor den Arabern keine Angst zu haben. Ich kann ihm sozusagen offiziell jede Angst nehmen.

Das Chaos in Marokko ist fabelhaft. In Casablanca gibt es inzwischen arabische Hipster und eine ausgedehnte Unterwelt. Die Bullen fahren in Jeeps herum und beharken einander mit Maschinenpistolen ... Was regt sich Rexroth so darüber auf, daß er von ein paar Halbstarken in einer Limonadenbude angegriffen wurde? Hört sich an wie die Story von einer alten Jungfer.

Dieser Brief geht an dich und sozusagen gleichzeitig an Jack und Peter. Jetzt paß auf. Ich habe den Prolog von *Interzone* – etwa fünfzig Seiten – in ein paar Wochen fertig. Soll ich dir einen Durchschlag schicken? Und falls ja, wohin? Was ich derzeit schreibe, läßt alles verblassen, was ich bisher zu Papier gebracht habe.

Gib mir Bescheid. Ich schreibe jetzt nicht mehr über Interzone, ich *schreibe* Interzone wirklich und wahrhaftig . . .

Hier ein Foto von dem spanischen Boy, der seinen Job gekündigt hat und zu mir gezogen ist. Nicht unbedingt ein Segen, mein Lieber. Der Chor von Fremdenführern und Schwuchteln im Socco summt eine Warnung wie ein Bienenstock: »Sagt Willy the Junk, daß er das Schicksal herausfordert, wenn er diesen spanischen Kid bei sich einquartiert, der ständig Ärger mit der Polente hat.« Der Junge ist schon einige Male verhaftet worden. Mal hat er auf der Straße Fußball gespielt oder mit seiner Schleuder eine Fensterscheibe kaputtgemacht, oder er hat in aller Öffentlichkeit seiner Freundin zwei Zähne ausgeschlagen, die sowieso schon locker waren, und sie schlägt bloß Kapital aus ihrer Parodontose, vier von fünfen kriegen es, bevor sie vierzig sind, wie der sinnige Werbespruch lautet . . . Ich meine, ich bin ein kreativer Mensch und muß ein bißchen Privatsphäre haben, statt dessen krabbeln ständig irgendwelche Boys über mich weg.

Da kommt mir eine glänzende Idee. Eine Nummer, die sich »Die Jihad-Motten« nennt . . . Am Anfang hört man in der Ferne den Lärm eines Aufruhrs . . . schon mal gehört? Sagenhaft . . . Du würdest nicht glauben, daß Menschen solche Laute von sich geben können . . . so ein schrilles Jappen . . . Dann hört man, wie die Rolläden runterrasseln . . . Dann die Songs . . . Diverse Typen, verstehst du, die die Jihad-Motten haben . . . Als erstes ein Homo:

»Von der Istiqlal werd ich gehaßt
Und von den Fremdenführern geschaßt
Ich bin bei allen unten durch . . .
Ich hab die Jihad-Motten
Ich fürchte, diese Hottentotten
Sind drauf und dran, mich zu kastrieren.«

Dann tritt ein Engländer auf, der mit Schmuggelware handelt:

»Ich will bloß 'n paar Scheine ziehn
Und jetzt soll ich in Deckung gehn
Und mein Zaster modert in der Bank
vor sich hin?
Ich mach mein Geschäft nicht dicht
Ich zock die Scheißer weiter ab
Jihad, mich entnervst du nicht ...«

Jetzt ein Oberst a. D.:

»Ich kenne diese Tour
Von Belfast bis Singapur
Dieses Gesindel muß man richtig erziehn
Setzt man ihnen nur ordentlich zu
Dann parieren die Eingeborenen im Nu
Drum sag ich: Raus mit den 69ern der Queen!«

Und jetzt ein syrischer Grieche, der in den Souks gebrauchte Präser verhökert und nebenbei zotige Tätowierungen macht:

»Ihr kennt mich alle, Kumpels
Ich bin der nette Onkel
Der euch vorm Tripper bewahrt.
Ohne Gummi würdet ihr alt aussehn
Oder wollt ihr der Ische ans Leben gehn?
Habt ihr nicht schon alle Hände voll zu tun?«

Na, und noch allerhand weitere Typen, verstehst du. Muß es mir noch durch den Kopf gehen lassen. Am Ende schreien sie alle durcheinander, umtost von Lärm und Krawall:

»Sehn Sie denn nicht, daß die Lady das Messer nicht *haben* will? Warte hier, Schatz, ich werde den Manager holen.«

»Roy! Der alte Nigger starrt mich so dreckig an!«

»Wie können Sie es wagen, mich mit Benzin zu übergießen? Ich werde die Polizei alarmieren!« (Alternative: »Was fällt Ihnen ein, mir ein Messer in den Arsch zu stecken? Ich, ich ... also da ruf ich doch glatt die Polizei!«)

»Also, diese Kanaken sehn mir aber nicht wie Klubmitglieder aus ...«

Dazu arabische Musik, Jazz, die schmetternden Klänge der alten Marseillaise, Lieder der alten Berber, usw. So ein Aufstand muß wirklich eine tolle Sache sein. Echt, WOW. Es war schon ein Erlebnis, diese Araber zu sehen, die auf und nieder hüpften und brüllten und lachten – sie lachen selbst bei einem ernstgemeinten Krawall. Man lacht, wenn man Angst hat und sie wird einem schlagartig genommen ... Und ein Aufstand ist für die Beteiligten eine klassische Angstsituation, d. h. man gibt jede Selbstbeherrschung auf und überläßt sich dem Unbewußten ... aber das wird rundum akzeptiert – daher befreiendes Lachen.

Habe *Against the Law* gelesen, dieses Buch über Wildblood. Tja, diese Engländer ... Er war einer von den Leuten, die zusammen mit Lord Montague wegen homosexueller Praktiken verurteilt wurden ... Der Ankläger sagt immer wieder: »Diese Bürger pflegten Umgang mit Angehörigen der Unterschicht. Ich habe den Verdacht, daß sie Homos sind.« Ich seh es richtig vor mir – ein Engländer der Oberschicht läuft mit einer Laterne rum und sagt: »Ich suche einen von da unten ... bißchen einen draufmachen, wissen Sie ...«

Ich habe eine Machete angeschafft. Wenn sie einen Jihad machen, drapiere ich mich in ein dreckiges Bettlaken, renne auf die Straße und ziehe meinen eigenen Jihad ab: »Ich komme, Luigi! Ich mach sie alle!« Ein Jihad, der sich nur auf Ungläubige beschränkt – also wirklich. Bloß keine halben Sachen. »Let petty kings the names of parties know; where'er I come I kill both friend and foe!« Es gibt hier einen schauderhaften schwulen

Fremdenführer namens Charly, der den armen Dave W. ständig auf offener Straße beleidigt: »Warte nur ab! Euch amerikanischen Scheißtunten machen wir auch noch fertig!« Wenn der Jihad ausbricht, werde ich mit dem Ruf »Tod den Tunten!« angerannt kommen und Charly den Kopf abschlagen. Und mit Sicherheit werde ich den nächsten Jihad dazu nutzen, um mir den Hund der Nachbarn vom Hals zu schaffen, diesen Bastard, der die ganze Nacht bellt. Ich würde sagen, die selbstmordsüchtigen Jungs von Black Mountain müßten eigentlich auf Islam richtig abfahren. Sich von Arabern in Stücke reißen zu lassen, ist doch wirklich 'ne fabelhafte Art, Selbstmord zu begehen. Echt, WOW. Ein paar Anregungen: Du rennst in eine Moschee, kippst einen Eimer Abfälle auf den Boden und stößt den Lockruf der Schweinehirten aus – unisono mit dem Gebetsruf, versteht sich – worauf eine Schweineherde, die du in der Nähe postiert hast, grunzend und quiekend die Moschee stürmt. Oder du gehst nach Mekka und pißt auf den Schwarzen Stein. Ziehst den Muezzin aus dem Verkehr – das ist der Knilch, der zum Gebet ruft – stülpst dir einen Schweineschädel aus Pappmaché über und quiekst lauthals den Gebetsruf . . . Tja, die Möglichkeiten sind unbegrenzt.

Ich rufe hiermit zum allgemeinen Massaker auf, jeder gegen jeden. Ich meine, es sollte einmal pro Jahr einen Jihad-Tag geben. Die Polizei bleibt weltweit von der Straße . . . sämtliche Grenzen offen . . . keine Feuerwaffen, nur Messer, Knüppel, Schlagringe und ähnliches Zeug.

Möglicherweise werde ich mich beim Jihad genötigt sehen, »Tod den amerikanischen Tunten!« zu schreien und Dave W. den Kopf abzuschlagen. Ist 'ne billige Pavian-Masche. Wenn ein Pavian von einem stärkeren angegriffen wird, organisiert er eine Attacke auf noch schwächere Artgenossen – und wer bin ich, daß ich unser glorreiches äffisches Erbe verleugne?

Ich arbeite zur Zeit an einer himmlischen Erfindung: Ein Boy, der sich in Luft auflöst, wenn es mir kommt, und zurück bleibt nichts als der Duft von schwelendem Herbstlaub, und dazu hört man aus weiter Ferne den Pfiff einer Lokomotive ...

Eine neue Figur für *Interzone*: Ein international berüchtigter Langweiler, der mit dem Spruch hausiert: »Das einzig Lesenswerte heutzutage steht in wissenschaftlichen und technischen Zeitschriften«, und seinen Gästen liest er endlose Artikel vor. Natürlich denkt er sich das Zeug selber aus, und es ergibt überhaupt keinen Sinn ... Well, nach einer Weile hat ers in der ganzen Stadt verschissen und reist nun auf der Suche nach Opfern um die Welt ... latscht durch die Salons von Ozeanriesen und durch eine Hotelhalle nach der anderen mit seiner Aktentasche voll Zeitschriften und Journalen und Berichten von Konferenzen, die nie stattgefunden haben ...

Heute morgen mußte ich mit meinem Boy ein Vater-Sohn-Gespräch führen. Verstehst du: »Hock dich hin, Sohn, ich muß mal mit dir reden ... Also ich hatte in letzter Zeit 'ne Menge Ausgaben ... Natürlich habe ich immer versucht, dir alles so angenehm wie möglich zu machen ... aber es wird Zeit, daß du dich selber mal 'n bißchen kümmerst ... ich bin schließlich kein Goldesel ...« Da läßt er den Kopf hängen und sagt: *»Tu es tan enfadado conmigo?«* (›So zornig bist du auf mich?‹)

Paar alte Tunten erzählen sich, was für niedliche Sachen ihre Boys so von sich geben ... »Da sagt meiner, er könnte Amerikaner werden, weil er blonde Haare hat.« »Als ich meinen pimpern wollte, rief er: ›Marokko den Marokkanern!‹«

Herzlich,
Bill

20. Dez. 1956
Tanger

Lieber Allen,

Anscheinend hast du meinen letzten Brief nicht bekommen, den ich dir nach Mexico City schickte mit dem Foto von Paco, dem spanischen Jungen, der mich am Ende so genervt hat, daß ich ihn rausschmeißen mußte . . . Eins mag ich an den Arabern – wenn die Sache gelaufen ist, brechen sie ihre Zelte ab und machen sich still davon. Im Gegensatz zu gewissen Spaniern, die ihre Jacke ausziehen und in die Ecke werfen und die ganze Nacht und noch ein bißchen länger bleiben wollen.

Was, Jack hat Angst??? Wenn du fällig bist, bist du fällig, und es ist Allahs Wille. Vielleicht solltest du ihm lieber nichts von den drei Arabern erzählen, die mir vor ein paar Abenden bis nach Hause folgten, wo der eine eine Messer mit einer mindestens 30 cm langen Klinge zückte, bei dessen Anblick ich entweder spontan in Ohnmacht fallen oder vor Schreck abspritzen sollte . . . Na, ich zieh also mein eigenes – es geht mit einer Serie von ominösen Klicks auf, und die Klinge ist 18 cm lang, Gertie – rücke in geduckter Messerkämpferhaltung vor, wie im Handbuch für Stoßtruppunternehmen abgebildet – die linke Hand zur Abwehr vorgestreckt – und die Angreifer geben Fersengeld . . . Sie rennen etwa fünfzehn Meter weg, bis ihnen klar wird, daß ich ihnen nicht die Bullen auf den Hals schreie – es war eh nirgends ein Bulle zu sehen – und da brechen sie in Gelächter aus, und einer kommt zurück und schnorrt bei mir zehn Cents, die ich ihm mit langem Arm gebe – so zuvorkommend, wie es einem möglich ist, wenn man ein Messer in der Hand hat . . . Ich bin jedoch weit davon entfernt, mich aus Tanger vertreiben zu lassen, und ich denke, du wirst diesen Ort ideal finden, um auszuspannen und an einem Manuskript zu arbeiten. Das Leben ist billig, es gibt allerhand interessante Typen und jede Menge Boys . . .

Ich schlage vor, du bleibst bis zum Frühjahr, und dann können wir uns Paris anschauen – im Moment ist es dort elend kalt, außerdem teuer; Brennstoffknappheit, verstehst du. Habe mit einem schwarzen Hipster gesprochen, der im Village jeden kennt; ich glaube, er hat sich als Pusher betätigt und ist jetzt ziemlich saniert; jedenfalls, der war grade in Paris und sagt: »Mann, das ist 'ne einzige Pleite . . .« Also laß uns erst das Ms. auf die Reihe bringen und dann nach Paris . . . Marokko ist einfach großartig, und ich weiß, daß es dir gefallen wird, und die Marokkaner sind längst nicht so fies wie ihre amerikanischen Pendants, man müßte schon ein astreiner Provinzler sein, um vor ihnen Angst zu haben, als ginge es hier besonders finster und östlich und unamerikanisch zu – ich habe in Tripolis Amerikaner getroffen, die schon seit zwei Jahren dort leben und sich immer noch nicht ins Eingeborenenviertel trauen – ich ging jeden Abend hin.

Der Sultan ermahnt seine Untertanen immer wieder, sie sollen das Leben und Eigentum der hier ansässigen Ausländer respektieren . . . Und den Anstiftern der Ausschreitungen in Meknes wird z. Zt. vor einem Militärgericht der Prozeß gemacht . . . es wurden schon mehrere Todesstrafen verhängt . . . So sehr ich gegen die Todesstrafe bin, muß ich doch sagen, daß man der Praxis, Passanten mit Benzin zu übergießen und anzuzünden, ganz entschieden entgegentreten sollte. Meknes war schon immer ein Unruheherd und ist von Tanger in jeder Hinsicht meilenweit entfernt . . . Trotzdem würde ich nicht zögern hinzugehen – oder sonstwohin in Marokko – wenn ich Lust dazu hätte . . .

Garvers *ménage* hört sich absolut grauenhaft an. An seiner Stelle würde ich nach England gehen, wo man H auf Rezept bekommt . . . Sie sagen sich, daß einem Süchtigen sein Junk genauso zusteht wie einem Diabetiker sein Insulin . . . Undenkbar, daß ich je wieder Junk nehme . . .

Was ist los mit dir? Bist du plemplem, daß du jetzt schon vor Publikum einen Striptease machst??? Um gotteswillen, bring mir bloß diesen billigen Knatterchargen G. nicht mit. Wenn mich eins nervt, dann diese Zeitgenossen, die sich über die sanitären Verhältnisse beschweren . . . Dieses Volk sollte man nach Schweden verbannen.

Dr. Dent veröffentlicht im Januarheft des British Journal Of Addiction einen Artikel von mir . . . Er ist einer der beiden wahrhaft großartigen Menschen, die ich in den letzten drei Jahren kennengelernt habe. Der andere ist Paul Bowles . . . Kann mich nicht erinnern, daß ich je einen getroffen habe, der mir auf Anhieb so sympathisch war wie Bowles . . . Er ist jetzt in Ceylon, wird aber im Juni zurückkommen . . . Grüße an Lucien, Jack, Peter und das ganze Village . . .

Porter Tuck, der Stierkämpfer und Hipster, ist gerade hier durchgekommen, *en route* nach N.Y. Vielleicht schaust du mal nach ihm. Er wird in Pablo's Spanish Restaurant in den East Fifties oder Sixties als Kellner arbeiten und sicher auch im San Remo oder Joe's Lunch Room auftauchen. Er nimmt keinen Junk, zieht aber gern einen Joint durch und ist ein Freund von Stanley Gould . . . Seine letzte *cornada* hat ihm den Stierkampf verleidet . . . das Horn ging ihm durch die Lunge, und er wäre fast auf der Strecke geblieben . . .

Ich werde etwa 100 Seiten von *Interzone* schicken . . . es fliegt mir derart zu, daß ich kaum mitschreiben kann; es beutelt mich und fährt mir durch die Knochen wie ein gewaltiger schwarzer Wind . . .

Natürlich können wir auch einen Trip nach Spanien machen, wenn du von Tanger genug hast, aber ich denke, du wirst hier nicht so bald wieder weg wollen . . . Oder wir könnten uns den Süden von Marokko reinziehen, wo es im Winter sehr angenehm ist; oder Portugal, das ich noch nicht kenne . . . Aber ich sage es noch einmal: Jede Angst vor den Arabern ist völlig unbegründet . . . Bestimmt sind sie lange nicht so finster wie die Mexikaner . . .

Ich bekomme das Ms. nicht auf die Reihe, um es dir noch rechtzeitig schicken zu können, und es hat keinen Sinn, dir Fragmente zu schicken – es hängt alles zusammen und muß als Ganzes gelesen werden . . . Bis du hier ankommst, müßte ich es halb fertig haben . . . keine Ahnung, wie lang es wird . . . das weiß ich erst, wenn ich fertig bin . . . es kommt, als würde es mir diktiert . . . Heute weitere Todesurteile wegen Meknes . . . Die Istiqlal meint: »Die Ordnung muß wiederhergestellt werden. Kooperation mit den europäischen Kolonialmächten ist für Marokko eine Frage von Leben und Tod. Den hier ansässigen Ausländern versprechen wir jeglichen Schutz. Diejenigen, die Marokko aus Furcht verlassen, begehen einen schweren Irrtum.« Und das von der Nationalistischen Partei . . .

Frohe Weihnachten.
Herzlich,
Bill

Laß mich wissen, wann du abfährst. Für Tanger braucht man im Moment noch kein Visum, nur für den südlichen Teil von Marokko.

5. Jan. 1957

Lieber Allen,

Ich habe vergessen, die Yage-Fotos mitzuschicken. Sie könnten den Verkauf des Artikels an *True* oder *Argosy* erleichtern. Mir ist auch der Gedanke gekommen, daß man möglicherweise Geld bekommen könnte von einer Stiftung, die daran interessiert ist, eine ausführliche Studie zu diesem Thema zu finanzieren. Falls ja, läßt sich aus dem Artikel und den Fotos ersehen, was ich herausgefunden habe und was noch zu tun wäre. Für Rhine läge es jedenfalls nahe, mit Yage in Sachen außersinnliche Wahrnehmung zu experimentieren. Die Pflanze, die bei der Zubereitung des Yage-Suds noch verwendet wird, ist eine sehr wichtige Entdeckung; soweit ich weiß, bin ich der erste, der sie eindeutig identifiziert hat. Ohne sie läßt sich die volle Wirkung von Yage nicht erreichen.

Na gut, ich muß jetzt mit *Interzone* weitermachen.

Herzlich,
Bill

P. S. Eigenartig, wie manche Fotos die Anwesenheit der abgebildeten Person so stark projizieren, als hätte sich der Geist des Betreffenden in dem Bild einquartiert; während andere nur eine leblose Abbildung sind. Es hat nichts mit Klarheit oder Detailgenauigkeit zu tun. Es ist, als hätte das Foto die Intensität, das Wesen der Person eingefangen und bewahrt. Beim Stöbern nach meinen Yage-Fotos stieß ich auf das von dir, wo die linke Hälfte deines Gesichts im Licht ist und die rechte im Schatten (– die unbewußte, unbekannte Seite; hast du gewußt, daß es ein Zeichen von Gewalttätigkeit und gefährlichen Neigungen ist, wenn einer auf der rechten Seite lächelt, während die, die links lächeln, immer umgänglich sind? . . . eine Lesbe sagte mir mal, die rechte Hälfte meines Gesichts sei heimtückisch und die linke unschuldig). Das Foto wirkt betörend auf eine unheimliche, rätselhafte Weise. Ich spüre deine Gegenwart ganz unmittelbar, als könnte ich durchs Zimmer gehen und mich auf die Armlehne des Sessels auf dem Foto setzen.

Also, um es kurz zu machen: Hier sind einige Yage-Fotos. In zwei Umschlägen. Sie könnten nützlich sein, wenn du versuchst, den Artikel an eine Zeitschrift wie *Argosy* zu verkaufen, falls es dazu kommt.

(Auf der Rückseite ist jeweils angegeben, wann und wo das Foto gemacht wurde.)

14. Jan. 1957
Der Dollar steigt wie ein
sagenhafter Vogel

Lieber Allen,

Dein Brief war undatiert – was ist los? Interzone 150 Seiten, alles neu, kommt wie ein Diktat. Mir bleibt kaum noch Zeit für essen und ficken ... Tanger ist heute der Ort, wo der Traum zum Durchbruch kommt ... Ich versuchte heute morgen, mich an Einzelheiten eines Traums zu erinnern, in dem du in einer roten Robe erscheinst ... statt dessen sehe ich eine genauso traumhafte Szene, die sich gestern abend wirklich ereignet hat ... Ein wunderschöner Araberjunge liegt im Nebenzimmer des Restaurants auf einer Couch ... Ich trinke Cognac mit zwei englischen Schwulen, der Boy macht seinen Hosenlatz auf und holt einen perfekt geformten, mittelgroßen, erigierten Schwanz raus, und ich gebe ihm einen Klaps auf den Hintern und sage: »Ein andermal ...« Am Nachmittag hatte ich zwei Boys bei mir im Zimmer, ich wollte sie gerade rausschmeißen, weil sie das Große Werk aufhalten, da sagt der eine: »Wie wärs mit'm Dreier?« Also gut, Pepe fickt mich, ich ficke Pepe und kriege es gleichzeitig von Poco besorgt, es ist fabelhaft so in der Mitte, du entspannst dich und läßt dich vom Hintermann in den Arsch des Vordermanns rammen ... Tja, das ist Afrika, mein Sohn ...

Verschiebst du deine Abreise – falls ja: das solltest du nicht – und soll ich das Interzone-Ms. noch schicken? Es ist obszöner als Genet – Hände runter und Schwänze hoch und kein Loch bleibt zu ... In den USA unmöglich, aber vielleicht kannst du bei Laughlin was erreichen ... und ich möchte gern Kopien bei verschiedenen Leuten haben ... wenn ich meine Durchschläge verliere, könnte ich es nie mehr rekonstruieren. Oft erinnere ich mich überhaupt nicht mehr, was ich am Tag zuvor geschrieben habe, bis ich es nochmal durchlese. Es ist praktisch automatisches Schreiben ... SCHREIB MIR SOFORT ...

Herzlich,
Bill

P. S. Die Situation hier war noch nie besser ... Die Istiqlal – Partei der extremen Nationalisten – sagt: »Die Ausländer, die Marokko aus Furcht verlassen, begehen einen schweren Irrtum.« Das bezieht sich auf die Franzosen, die das Land nach den Krawallen von Meknes verlassen haben. Aus Tanger geht niemand weg ... Seit '52, als es einen Schweizer erwischte, ist hier nichts mehr passiert ... Eine Anzahl Krawallmacher aus Meknes wurde bereits verurteilt und füsiliert ...

Der Sultan ist einer der besten Leute, die man im öffentlichen Leben heute findet ... Dies ist ein astreines Land in jeder Beziehung ...

Habe im Garten gerade einen Joint durchgezogen und mir den Sonnenuntergang angesehen – Auf dem Dach des Nachbarhauses hockte ein Araberjunge und sang »Auld Lang Syne« ...

Wie ein Orgiast zum anderen sagte: »Warte nicht, bis es dir kommt, sondern *komm sofort.*«

Kein Moslem oder sonst jemand, der die Wahrheit Gottes geschaut hat, kann je wieder Selbstmitleid empfinden, egal unter welchen Umständen. Es gibt nur ein Mißgeschick: Keinen Gott zu kennen.

23. Jan. 1957

Lieber Allen,

Freue mich, endlich von dir zu hören. Ich sage es nochmal: In Tanger ist man so sicher wie in jeder anderen Stadt, in der ich mich bisher aufgehalten habe. Ich verspüre einen eisigen Schauder beim Gedanken an die willkürliche Gewalt, die einem in den Straßen und Bars und Parks und U-Bahnen von Amerika droht. Tanger ist so sicher, daß man es mit Mexico City gar nicht vergleichen kann. Die Araber sind nicht gewalttätig ... In meiner ganzen Zeit hier sind nur drei Leute überfallen worden – in betrunkenem Zustand und spät nachts ... und in keinem dieser Fälle haben die Araber mehr getan, als ihnen das Geld abzunehmen ... Im Gegensatz zu Amerikanern fallen sie nicht wegen des puren Nervenkitzels über jemanden her oder fangen eine Schlägerei an ... Was sich in Krawallen Luft macht, ist die angestaute und berechtigte Empörung eines Volkes über die abartige Brutalität der französischen Polizei, die es gewohnt ist, ganze Straßenzüge in der südlichen Zone mit Blut und Tod zu überziehen ... In Tanger hat es seit 1952, als ein Europäer ums Leben kam, keinen Krawall mehr gegeben. Zur Zeit ist es sehr unwahrscheinlich, daß irgendwo in Marokko etwas passiert, und schon gar nicht hier in der Stadt ... Der Sultan hat mit der Aburteilung der Rädelsführer von Meknes exemplarische Strenge bewiesen und damit deutlich gemacht, daß der Staat derartiges Verhalten weder billigt noch duldet ... Also sag Jack um gotteswillen, er soll mit diesem Unfug aufhören ...

Interzone kommt wie ein Diktat, so daß ich kaum mithalten kann. Ich schicke dir, was ich bis jetzt habe ... Macht keinen Unterschied, in welcher Reihenfolge man es liest ... Meine religiöse Bekehrung ist jetzt endgültig. Ich bin weder Moslem noch Christ, aber ich verdanke dem Islam sehr viel, und einen Zugang zu Gott hätte ich niemals an einem anderen Ort als diesem finden können ... Und ich merke, wieviel vom Islam ich durch Osmose absorbiert habe, ohne ein einziges Wort ihrer schauderhaften Sprache zu beherrschen. Ich werde darauf näher eingehen, wenn ich, ahm, einen freien Augenblick habe. Im Moment finde ich kaum Zeit zum Essen und Ficken ... Nie hatte ich auch nur eine Ahnung von innerem Frieden, bis ich die wahre Bedeutung von »Es geschieht, wie Allah es will« begriffen habe: Bleib gelassen und nimm es, wie es kommt. Seit mir das klar ist, kommt alles wie von selbst ... Wenn ich einen Boy will, klopft er auch schon bei mir an die Tür, usw. Ich kann jetzt nicht auf alles eingehen; auch nicht auf das, was im Ms. steht. Was ist mit Lucien? Er könnte mehr Islam gebrauchen. Gilt für uns alle, und für Jack ganz besonders. Wie einer der Meknes-Rädelsführer sagte, bevor sie ihn erschossen: *Skikut* (Es steht geschrieben). Und denk dran: »Gott ist dir so nah wie die Schlagader in deinem Hals« (Koran) ... Jetzt muß ich das Ms. einigermaßen in Ordnung bringen, ehe ich es abschicke ... Wenn es geht, mach bitte Kopien und bring eine mit, aber lasse mindestens eine in N.Y. Es wäre katastrophal, wenn es verloren ginge, denn es läßt sich unmöglich rekonstruieren – oft weiß ich nicht mehr, was ich letzte Nacht geschrieben habe, bis ich es nochmal durchlese – es ist alles wie ein Traum ... und nebenbei das Obszönste, was mir je begegnet ist. Ich schicke dir hier einiges mit und den Rest separat. Bis du hier eintriffst, werde ich wahrscheinlich weitere hundert Seiten geschrieben haben ... Beste Grüße an alle, und besonders an dich.

Das Neueste ist, daß für Tanger ein Visum verlangt wird. Falls sie es sich nicht wieder anders überlegen. Laß dir vom marokkanischen Konsulat in N.Y. eins ausstellen. Zweifellos würde man dich auch ohne eines reinlassen, aber wenn möglich, besorg dir eins ... (Falls dein Schiff hier nicht anlegt: Du nimmst die Fähre von Gib. nach Tanger, und ich hole dich hier ab).

Herzlich,
Bill

Adresse hier, falls wir
uns an der Fähre verpassen:
Villa Mouniria
1 Calle Magallanes
(Ecke Cook und Magallanes).

Lieber Allen,

Muß mich entschuldigen für den Zustand dieses Ms. Keine Zeit, um es durchzusehen ... Ich werde versuchen, den Rest morgen abzuschicken ... Ich schätze, du wirst dir ein ungefähres Bild machen können. Muß weitermachen und kann mir nicht die Zeit nehmen, etwas zu überarbeiten ... Ich weiß nicht, wie oder wann ich damit zu Ende komme; vielleicht muß ich es einfach willkürlich irgendwo abbrechen lassen ... Bitte schreib mir, wenn du das Ms. erhalten hast, und gib mir Bescheid, wann dein Schiff geht ... Ich werde dich hier in Tanger an der Fähre abholen ... Ich nehme an, du wirst in Gibraltar von Bord gehen, denn Passagierschiffe legen hier nur selten an ... Vergiß nicht, dich beim marokkanischen Konsulat in N.Y. wegen des Visums zu erkundigen ...

Grüße an alle,
Bill

28. Jan. 1957

Lieber Allen,

Was ich dir bis jetzt geschickt habe – in vier separaten Sendungen – ist nur Vorgeplänkel. Ich komme jetzt erst richtig in Fahrt, und es kann passieren, daß ich etwas wahrhaft Schmutziges schreibe ... Ich baue mir einen Orgon-Akkumulator, in dem ich ausspannen und mich wieder aufladen kann ... Achte auch darauf, jeden Tag zu rudern ... Ein Mann meines Kalibers muß sich vorsehen ...

Das Neueste ist, daß du *kein* Visum brauchst – mal so, dann wieder anders ... Na ja, erkundige dich mal beim marokkanischen Konsulat, falls es in New York eins gibt; wenn nicht, kümmer dich nicht weiter darum ... Hör dich mal im Village um, ob jemand diesen Rocky kennt – das ist ein großer Schwarzer, der hier in Tanger gestrandet ist, und es hätte keinem netteren Kerl passieren können. Interpol hat ihn als internationalen Pusher des weißen Shit in den Akten. Wir haben hier einen redseligen Sicherheitschef, der erzählt solche Sachen streng vertraulich dem lokalen Walter Winchell, der eine Klatschspalte für *The Minaret* schreibt und hier gleich nebenan wohnt. So etwas kann nur in Tanger passieren. Sag Jack, daß Paul Bowles, der Gewalt wie den Teufel fürchtet, seit zwanzig Jahren in Marokko ist und nirgendwo anders leben möchte; und Mexiko, wo er ein Jahr zugebracht hat, macht ihm angst. Ich bin wirklich begeistert von Tanger, und so ein Gefühl hatte ich bis jetzt noch an keinem anderen Ort. Soviel Schönes hier, aber noch mehr als das: Es ist, als würde der Traum die andere Dimension ständig durchbrechen. Es gibt hier z. B. einen ganz spießig normalen amerikanischen Jungen, der sagt: »Ich hatte gehört, es wäre hier gefährlich, aber ich habe mich noch nirgends so sicher gefühlt . . . Irgendwie gefällt es mir hier besser als sonstwo.« Tatsache ist, wir haben inzwischen eine ganz beachtliche Kolonie von Amerikanern, die geflüchtet sind vor jenen schwarzen Tornados, die über das Land der Freien hinwegfegen und dem Leben jeden Sinn und alle Schönheit aussaugen – die beiden sind synonym, und was Schönheit ist, weiß man erst, wenn man die Wahrheit Gottes kennt . . . Wir haben z. B. einen ehemaligen Bullen, eine frühere Lehrerin, die hier die Affäre ihres Lebens hat mit einem schauderhaften arabischen Zuhälter, den alle verabscheuen, die ihn kennen: »Etwas Übleres als den alten Ali gibts in der ganzen Zone nicht nochmal.« Und einen Flüchtling aus Südafrika – Johannesburg muß einer der verfluchtesten Orte des Universums sein. Und einen Hipster aus Frisco, und Rocky – kurzum, die Stadt ist recht abwechslungsreich geworden. Im März wird Alan Ansen hier sein. Paul Bowles kommt im Mai zurück, soviel ich weiß . . . (Ja, ich kenne Jane Bowles).

Also, Allen, zögere es nicht länger hinaus und komm stracks hierher. Es ist wichtig. Ich erwarte dich an der

Gibraltar-Fähre, der Mons Culpa, und werde dir die beschissenen Fremdenführer mit Stockschlägen vom Leib halten. Sie sind der Fluch von Tanger. Reden den Touristen ein, es wäre hier so gefährlich, daß man ohne Führer nirgends hin kann ... Aber sie haben eine Gewerkschaft, und es ist nicht gesund, sie zum Feind zu haben. Selbst das *Minaret* hat Schiß und wagt es nicht, die widerwärtigen Machenschaften dieses Gelichters in einem Leitartikel anzuprangern. Meine Adresse hier, falls wir uns an der Fähre verpassen: Hotel Mouniria, Calle Magallanes Nr. 1, Ecke Cook und Magallanes.

Herzlich,
Bill

1. Feb.

Warte ungeduldig auf deine Ankunft. ›Stirb mir jetzt bloß nicht weg‹, wie die Nutte zu ihrem Herzpatienten sagte, ha ha ...

31. Jan. 1957

Lieber Allen,

Das dürfte der letzte Brief sein, der dich noch erreicht, falls du vorhast, um den 8. herum abzureisen ... Das Ms. habe ich bereits geschickt. Stelle fest, daß ich fast von allem einen Durchschlag habe – wenn dir also die Zeit nicht reicht, um Kopien zu machen, und du es bei jemand hinterlegen kannst, tu es unbedingt. Ich schreibe weiter drauflos und habe schon wieder dreißig oder vierzig Seiten ... Ich meine, was ich dir geschickt habe, ist ganz entschieden noch unfertig.

Wunderbares Wetter hier ... Übrigens habe ich in letzter Zeit recht stark dem Majoun gefrönt – Haschischplätzchen, zu denen man heißen Tee trinkt. Die ganze Ätiologie meines Homosex und so gut wie aller anderen Sachen fließt nur so aus mir raus ... Ich zitiere aus dem letzten Majoun-High: »Also, was bremst ihn? – Homosex-Orientierung. Irgendeine abgeschlaffte alte Synapse, die aus der Reihe tanzt und nicht mehr will, wie sie soll . . . auch dafür muß es eine Antwort geben . . . ich brauch 'n Antwortdienst . . . läßt sich machen, denke ich, wird aber einiges kosten . . . Moderner Ödipus.« Das öffnet mir bereits eine Hintertür, ich kann die alte Hure abhängen und eine junge kretische Ische nageln, die mir die Toga in Brand setzt wie die Klamotten des Nexus – der hatte gewissermaßen seine Tage, könnte man sagen . . . die Liz fickt also diesen Boy, und dessen Scherzartikel-Schwanz explodiert, so daß ihm die Gedärme aus dem Nabel flutschen, und die Liz wälzt sich vor Lachen auf dem Boden: »Oh! OH! Gib mir Rippen aus Stahl!«

Und so ein Fiesling steckt dir seinen Rüssel in die Nase, während du schläfst, und saugt dir das Gehirn raus, jeden Morgen wachst du auf und hast ein Zentrum weniger . . . Mit dir und einer Kanne Paregoric unter der Sumpfzypresse in East Texas . . . das liebliche Gebrüll eines brennenden Niggers driftet mit dem linden Frühlingswind heran und fächelt unsere heißen Leiber wie ein nubischer Sklave. Kann man entgegenkommender sein?

Der Sheriff hat mit üblen Tricks sämtliche gutaussehenden Jungs im Bezirk hinter Schloß und Riegel gebracht und sagt: »Schätze, für das neue Gefängnis muß ich 'ne Fotze baumeln lassen . . .« Also knüpft er dieses niedliche kleine maisgemästete Ding auf, und ihre Titten stehen stramm und spritzen ihm Milch in die Augen wie zwei geifernde Kobras . . . »Ach herrjeh«, sagt der Sheriff, »man soll halt nie 'ne Frau aufhängen. Ein Mann kann nur den Kürzeren ziehn, wenn er sich mit 'ner Tussie anlegt . . . Well, ich schätze, von jetzt an seh ich einfach mit dem Mund . . . heh heh . . .«

Ihre Fut schnappt auf wie ein Klappmesser . . . Komm uns nicht mit der unschuldigen Tour, du brauchst Life Boy Seife, damit du wieder nach Leben riechst – dieser widerliche Duft, der jedem anständigen amerikanischen Weib in der Nase stinkt ...

Nach der Entlausung kannst du wieder reinkommen ... Häng den Engeln keinen Heiligenschein aus Filzläusen um ...

Also bis bald. Paß auf, wenn du nach Gibraltar kommst, nimm am besten das Flugzeug. Kostet nicht viel mehr als die Fähre, weniger Trouble beim Zoll, und es erspart mir den Ärger mit den Fremdenführern, die fürchterliche Szenen machen würden, weil sie denken, ich will ihnen einen Kunden abjagen ... Hm, eigentlich keine schlechte Idee ...

Herzlich,
Bill

14. Feb. 1957

Lieber Allen,

Ich bin enttäuscht, daß du die Abreise verschoben hast. Bitte verpasse nicht das Schiff am 22. Feb. Seit ich dir das Ms. schickte, habe ich weitere fünfzig Seiten geschrieben – noch wüster als das, was du hast ... Jetzt ist es beinahe automatisches Schreiben. Oft sitze ich, von Hasch benebelt, bis zu sechs Stunden an der Maschine und tippe mit fliegenden Fingern drauflos.

Ich bin in eine peinliche Affäre verwickelt worden, die meinem Ruf den Rest gegeben hat. In der Stadt gelte ich jetzt ausgerechnet als unbeherrschter Schreihals ... Passiert ist folgendes ... Blende, Somerset Maugham übernimmt ...:

»Five no trump« und ähnliche Bridge-Sprüche ... Foyer in der ersten Etage des Hotel Cecil ... Zum Bridge versammelt hat sich ein Quartett der übelsten Figuren, die von britischen Internaten je ausgespien wurden ... Tony G., zwei Verurteilungen wegen Urkundenfälschung; Colonel P., der immer in einer Aura von Verdächtigungen verschwindet, bevor seine frisierte

Buchführung ruchbar wird; Bob B., eine altgediente Schwuchtel; und Lester ...

Der Colonel läßt sich in einem verschlossenen Umschlag sein Geld bringen, entnimmt einige Scheine und gibt den Umschlag dem Kellner, damit er ihn Bob B. (Geschäftsführer des Hotels) zur Verwahrung aushändigt ... Bob legt den Umschlag auf den Kaminsims, direkt hinter ihm, um ihn später zurück in den Safe zu tun ... als er schließlich die Zeit dazu findet, ist der Umschlag nicht mehr da ... Jeder am Tisch hätte es gewesen sein können, aber der Kellner (dessen Nationalität uns unbekannt blieb) wurde wegen Diebstahl gefeuert ... Das Hotel lehnte jede Verantwortung ab ... Der Umschlag enthielt angeblich $500 ...

Ein paar Wochen danach nehme ich einige Drinks mit dem Colonel und Paul L., dem englischen Gangster, und Tony G. – er sagt, sein Ruf habe gelitten, als wäre das überhaupt noch möglich – und eins kommt zum anderen:

»Das können sie unserem alten Freund, dem Colonel, nicht antun.«

»Bande von elenden Tunten.«

»Gehn wir doch hin und nehmen den Laden auseinander ... damit sie sehen, was passiert, wenn sie nicht zahlen ...«

»Drinks und Dinner auf meine Rechnung, Boys«, sagt der Colonel ...

Ich lasse also den Schmierendarsteller voll raushängen und übertreffe alle anderen, und sie zerren mich an den Rockschößen – »Um gotteswillen, Bill, beherrsch dich ...« Und ich brülle quer durch die Bar: »Hey, Gertie! Noch ne Runde!« Sehr witzig, wie ich fand, doch der Sicherheitschef interpretierte diesen fröhlichen Scherz von Spaßvögeln in reifem Alter als glatte Erpressung. Den Colonel hat man bereits aufgefordert, aus Tanger zu verschwinden ... Wie sich herausstellt, ist er überall in Verruf und wurde als international berüchtigter Heterosexueller aus dem Tanger Country Club geschaßt, weil er junge Damen in den Hintern kniff ... Man hat uns alle im Verdacht, und keiner will es gewesen sein: »Ich wollte doch gar nichts. Hab nur was getrunken, das ist alles.« Und Tony G., dieser falsche Fuffziger, ließ sich von Bob B. schriftlich bestätigen, er hätte »ganz zufällig vorbeigeschaut« (dabei war es seine Idee), und ging damit zum Chef der C.R.S.

Gottseidank reist der Colonel übermorgen ab ... Aber er hat ein Manifest verfaßt – über »gewisse unaussprechliche Zustände im Hotel Cecil ... wo ein riesiger Käfer über mein Bett galoppierte und ich überdies Zeuge wurde, wie der Geschäftsführer im Korridor den norwegischen Barmixer abküßte, was ich persönlich ekelhaft fand.« Hektographierte Exemplare will er arabischen Gassenjungen in die Hand drücken, die es in den Cafés von ganz Tanger verteilen sollen. Ich habe nicht vor, in der Nähe zu sein, wenn das passiert.

Meine Beziehungen zu Paul L. & Co. friere ich ein. Wird mir langsam zuviel ... Und was den Colonel angeht: »Old man I know thee not«, um mit dem Unsterblichen Barden zu sprechen.

Bitte, Allen, laß mich nicht länger warten ... Daß du vor einem Monat nicht gekommen bist, macht eigentlich nichts, denn ich mußte meine Methode erst mal allein austüfteln. Aber jetzt brauche ich dringend deinen Rat als Lektor und Mitarbeiter. Weißt du, Alan hat nämlich meinen Prolog jemand in Paris gezeigt. Olympia Press scheint interessiert zu sein ... sie wollen alles sehen, was ich ihnen in fertiger Form schicken kann, aber ich werde vor Anfang April nicht dazu kommen, die Endfassung zu machen ... Es fällt mir schwer, das Material zu beurteilen ... Manches müßte sicherlich raus, und das Ganze muß auf die Reihe gebracht werden, aber ich schreibe immer noch mehr und habe keine Zeit zum Überarbeiten ... Ich frage mich, wie es wäre, wenn wir die Arbeit gemeinsam machen ... Ich denke, es könnte fabelhaft klappen . . . Wie du siehst, gehe ich zunehmend in Richtung Prosagedicht und habe seit mehr als einem Monat keine erzählende Prosa mehr geschrieben . . . Ich muß es nehmen, wie es kommt . . . Also paß auf, wenn du ankommst, und ich bin noch nicht am Kai – diese Jugoslawen kennen keine festen Ankunftszeiten – dann nimm dir ein Taxi, aber OHNE Fremdenführer (Mistkerle! Drecksäcke!) und laß dich zum HOTEL MOUNIRIA fahren, Ecke Calle Cook und Magallanes.

Herzlich,
Bill

15. Juni 1957

Lieber Allen,

Anbei einige Briefe, die für dich angekommen sind. Mit dem Ms. sind wir jetzt durch, und es sieht gut aus. Alan fährt in den nächsten Tagen nach Venedig zurück . . . In der Stadt hat sich nicht viel getan . . . Ein Toter von unbestimmter Nationalität wurde aus der Bucht gefischt, mit einer Revolverkugel im Hinterkopf . . . Man hat die Leiche unberührt und intakt nach Paris geschickt . . . Wenigstens ist es mir gelungen, die Operation Milchzucker abzuwenden . . . Abreise definitiv Ende des Monats . . . Kann keinen Tropfen Alkohol trinken . . . total auf dem Trockenen . . . ansonsten geht es mir gut . . . Heute las ich in der Zeitung die unheimlichste Meldung, die mir je unter die Augen gekommen ist: Die einzigen Formen von Leben, die unter Strahleneinwirkung eine günstige Mutation durchmachen, sind die kleinsten, nämlich die Viren . . . Flash: Viren so groß wie Bettwanzen fressen sich durch 30 Meter lange Tausendfüßler unter einem grauen verstrahlten Himmel . . .

Beste Grüße an Peter . . . Bis bald in Barcelona. . .

Herzlich,
Bill

P. S. Adressen von Schwulenpinten bzw. bedienten Bars in Madrid:
Rincón Cordobez . . . Calle Huertas
Le Panuelita . . . Calle Jardines
Bar Tanger . . . Calle Echegarraz
Zahlreiche weitere Bars in der
Calle Echegarraz . . .
Bar Calle Jardines . . . *Echacaráy*
U-Bahn-Station Plaza Mayor – wegen Pot
wendet man sich an die Dicke Frau . . .

18. Juli 1957
London

Lieber Alan (Ansen),

Für den Prado hat es mir kurz gereicht, eine halbe Stunde . . . Die meiste Zeit in Madrid verbrachte ich in einem Zimmer mit zugezogenen Vorhängen . . . Ich bin eindeutig krank . . . Weiß noch nicht, was es ist . . . Muß eine Reihe von Tests abwarten . . . Kann z. Zt. nichtmal ein Glas Wein trinken . . . London so öde wie eh und je. Habe noch keine weiteren Pläne. Erst mal rausfinden, um was für eine Krankheit es sich handelt.

Ich wünschte, jemand würde sich fünf Minuten Zeit nehmen und das Ms. abschicken – zunächst mal ohne *Word*, so daß es mit dem Kapitel über den *Markt* endet. Dauert schließlich lange genug, bis man einen Verleger gefunden hat, auch ohne solche unnötigen Verzögerungen. Ich schicke dir eine überarbeitete Version von *Word*, auf 30 Seiten gekürzt . . . Aber ich denke, ich werde es wahrscheinlich auf die anderen Kapitel verteilen . . . Auf jeden Fall kann das übrige Ms. größtenteils so abgeschickt werden, wie es ist . . . Für zusätzliche Änderungen ist dann immer noch Zeit . . .

Daß Peggy Guggenheim in Peter und Allen verwandte Seelen entdecken sollte, stand wohl nicht gerade in den Sternen ... Ich finde es aber unvernünftig von ihr, daß sie den Umgang mit Bohemiens sucht und gleichzeitig von ihnen erwartet, daß sie sich wie brave Bürger aufführen ...

London natürlich so langweilig wie immer ... Mache vielleicht einen Abstecher nach Kopenhagen – je nachdem, was Kells von dort berichtet und wie sich mein Gesundheitszustand entwickelt. Kells wird in ein paar Tagen hier eintreffen ...

Wie immer,
Bill

18. Juli 1957
London

Lieber Allen und Peter,

Krank und wie üblich zu Tode gelangweilt in London ... Nicht besonders beeindruckt von Spanien ... Tanger ist mir lieber ... Von Polizeistaat war nichts zu spüren ... Meinungsfreiheit, künstlerische Freiheit usw. nichts nennenswert eingeschränkt, nur politische Betätigung ... Spanien war nie für sein intellektuelles Leben bekannt, und nach meinem Eindruck spielt sich da ungefähr dasselbe ab wie immer ...

Daß mit dem Ms. noch nichts geschehen ist, macht mir einigen Kummer. Ein Ms. braucht weiß Gott schon lange genug, um die Runde zu machen, auch ohne völlig unnötige Verzögerungen. Kostet einen schließlich nur fünf Minuten, es in einen Umschlag zu stecken ... Anbei eine überarbeitete Version von *Word*, gekürzt auf dreißig Seiten ... Ich würde empfehlen, das Manuskript ohne *Word* abzuschicken, so daß es mit dem Kapitel *Markt* endet. Keine Ahnung, was ich als nächstes tun werde; hängt ab von meinem Gesundheitszustand und anderen, noch unbekannten Faktoren ... Wenn ich hier einen Verlag finde, für den ich ein Buch über Rauschgift schreiben kann, werde ich es tun ... Vor meiner Abreise will ich noch Elks und andere aufsuchen, die mit LSD-6 arbeiten.

Wir sehen uns also wahrscheinlich in Paris . . .

Wie immer . . .
Herzlich,
Bill

Lieber Peter: Ich bin sicher, wir werden uns gut verstehen in Paris . . . Bis bald.

30. Juli 1957
Kopenhagen

Lieber Alan (Ansen),

Bin gestern hier in Freeland angekommen, und am Abend geh ich in eine Bar, wo mir ein gutaussehender Boy schöne Augen macht . . . Wir trinken also was, und ich sage etwas von wegen »in mein Hotel gehen«. Da sagt er: »Du meinst, wir beide?« Und ich sage: »So ist es gedacht, ja . . .« Sagt er: »Willst du?« Und ich sage: »Ja.« Darauf er: »Nein, ich kann nicht.« Lange Pause . . . »Ich hab eine Frau.« Das versteh ich ja nun gar nicht . . . Warum macht er mich erst an, und dann sagt er nein und lügt mir was vor? »Dr. Benway, bitte in die Abteilung für Reconditioning . . .«

Sandwich-Bars, Arbeiter in Overalls, die sich klassische Musik aus dem Radio anhören . . . Keiner sagt etwas . . . Andererseits, keiner kann so ausdauernd und sinnlos daherreden wie ein Däne, wenn man ihn erst mal dazu kriegt . . .

London ist bei weitem der schlimmste Ort, der mir je untergekommen ist – ein riesiges Kafka-Labyrinth aus entnervenden Behörden. Eine Londoner Sauna schlägt alles, was ich bisher an grausigem Horror erlebt habe, um Längen . . . Wie eines der ungemütlicheren Viertel des Infernos, mein Lieber . . . Übrigens, mit meiner Leber ist nichts . . . Es war eine leichte atypische Hepatitis, wie ich gleich zu Anfang vermutet hatte ... Hätte mir also diesen kleinen Aufenthalt in der Hölle ersparen können ... Von Dent habe ich einige nützliche Dinge erfahren. Die LSD-6-Leute schweigen sich aus ... Ich glaube nicht, daß ihre Briefe verloren gingen. Wahrscheinlicher ist, daß sie nie geantwortet haben. Sie wollen nicht einmal mit Dent reden ... Ich kenne ein oder zwei Tricks, mit denen man diesen Typen rasch die Zunge lösen könnte ... »Sie werrden jetzt meine Frrage beantworten, Doktor Elk« (starker russischer Akzent).

Nein, also für deine Probleme mit Boys kannst du von mir kaum Mitgefühl erwarten, schließlich komme ich aus dem Land der 15-Dollar-Nutten, und ich habe das Gefühl, daß es hier auch nicht gerade aufregend wird ... Hatte seit Tanger kein Stück Arsch mehr ... Und da ich mich weigere zu onanieren, ist es nicht mehr zum Aushalten ... Wie es scheint, kann ich keinen Tag verbringen, ohne daß mich die Gier umtreibt. Na, mal sehen, was sich hier und in Hamburg machen läßt ... Ich schätze, daß ich Anfang Oktober in Paris sein werde ...

Grüße an alle, und gib der Guggenheim einen Kuß von mir, du weißt schon wohin ...

Allen, Peter: Tut mir leid, daß ihr *chez* Guggenheim nicht auf Gegenliebe gestoßen seid. Sie ist eben eine typische Bienenkönigin. Ich dachte, es wäre vielleicht sinnvoll, eine Kopie des Ms. – oder wenigstens *Benway* und *Markt* – an den amerikanischen Agenten zu schicken, damit er es New Directions oder New Writing anbieten kann ... Bis demnächst in Paris – das hoffentlich mehr zu bieten hat als die bisherigen Stationen meiner Reise.

Herzlich,
Bill

P. S. Schreib mir c/o American Express ... Weitere Recherchen haben meinen ersten Eindruck bestätigt, daß Kopenhagen nicht das gelobte Land ist . . . Tatsache ist, ich habe bis jetzt noch rein gar nichts erreicht . . . Sitze hier fest, bis weiteres Geld eintrifft . . . Sehr teuer hier . . . Habe wirklich nicht die leiseste Ahnung, was ich als nächstes tun werde . . . Vielleicht in zwei Wochen nach Paris, und wenn es dort genauso öde ist wie überall sonst auf diesem Trip, gehe ich zurück nach Tanger . . . Scheint der einzige Ort zu sein, wo man was fürs Bett kriegt . . . Jedenfalls, alles noch sehr unsicher . . . Zwei Wochen sind eine lange Zeit, da kann alles mögliche passieren . . . Allerhand Jazz hier, der aber unglaublich platt und tot klingt, abgeschnitten von den Spannungen und grauenhaften Zuständen, aus denen er mal entstanden ist.

August 1957

Lieber Allen,

Habe deinen Brief in Sachen Manuskript usw. erhalten. Ich teile deine Meinung, daß es am besten sein wird, wenn du es persönlich in Paris übergibst. Trotzdem, einen Teil des Materials könnte man dem amerikanischen Agenten schicken. (Mir ist allerdings nicht recht klar, wer er ist – gibt es ihn überhaupt?) Zum Beispiel *Benway* und *Markt*, damit man sieht, was er davon hält und ob er vielleicht noch mehr sehen will . . . Das ist im Moment mein einziger Vorschlag. Natürlich, wenn du es für ratsam hältst, etwas an eine Zeitschrift oder einen Mittelsmann zu schicken, dann nur zu.

Was meine Pläne angeht, so hängt alles noch sehr in der Luft . . . Kann mir hier anscheinend nichts auftun . . . Tatsache ist, ich habe seit Tanger nichts Attraktives zu sehen bekommen und würde am liebsten schleunigst wieder zurückfahren . . . An deiner Stelle würde ich Angeboten von G. mit größtem Mißtrauen begegnen und es mir zweimal überlegen, ob ich mich mit jemand unter so dubiosen Vorzeichen treffen will . . . Ich würde sagen, laß dir von deinem Bruder einen ordentlichen Batzen Geld vorstrecken und fahr nach Paris ... Ich höre übrigens immer wieder, daß dort alles sündhaft teuer ist und man kaum ein Zimmer kriegt ... Falls sich nichts Unerwartetes tut – ein Boy, ein Fachmann in Sachen LSD-6 oder sonst etwas, das mich interessiert – gehe ich vielleicht direkt nach Tanger zurück und wir treffen uns dann später in Paris – sagen wir Mitte Oktober ...

Dr. Tait – von Dumfries – hat mir endlich geantwortet ... Ich hatte ihn nicht ausdrücklich nach LSD-6 gefragt ... Er sagt nur, daß seine Leute zur Zeit nicht mit *Harmalin* experimentieren, sondern »ihre Energien in eine andere Richtung lenken ...« Ausweichender gehts wohl nicht, hm?

Was läuft mit Gilmore? Kells vergnügt sich mit einer wunderschönen Dänin und hat vor, ein Haus zu mieten und hier ein Jahr zu bleiben ... Ich glaube nicht, daß das hier etwas für mich ist. Ich finde die Leute mit ihrer seichten und stocknormal vernünftigen Art abschreckend ... Grüße an alle ...

Herzlich,
Bill

P. S. Mal sehen, wie sich das Tanger-Drehbuch entwickelt ... Bis jetzt habe ich nur ein Stück Dokumentarspiel mit dem Sicherheitschef und seinen Interpol-Akten:

»Ja, hier in Tanger können wir mit allerhand aufwarten ...« Greift zu einer Akte. »Da hatten wir zum Beispiel Sidi O'Leary, der einmal als Samuel Greeson in Detroit geboren wurde ... Wir wußten natürlich alles von ihm ... d. h. alles, was einen Sicherheitsbeamten interessieren könnte, und davon gab es eine ganze Menge.« Er blättert die Akte durch und rezitiert verschiedene Straftaten. »Aber die Geschichte, die ich Ihnen erzählen wollte, handelt nicht von Verbrechen und ihrer Aufklärung, sondern von einem Mann, der mit seinem ganzen bisherigen Leben brach, und der Bruch war so radikal, daß er nicht mehr zurückfand . . .« usw. usw.

Im Augenblick arbeite ich an einem straight erzählten Roman über eine homosexuelle Verschwörerbande, die die Weltherrschaft anstrebt. Ich denke, ich werde mich mehr oder weniger an der Sodom-Geschichte orientieren, und am Ende wird eine Atomexplosion das »Reconditioning Center« pulverisieren, wo sie im Fließbandverfahren jeden zum Homo machen; und der Chef-Inquisitor, der einem launischen Gott so nahekommt, wie's auf Erden geht, jagt das Ding schließlich in die Luft . . . Diese Idee entstand aus meinem Frust des vergangenen Monats, seit ich Tanger verlassen habe, und der Einsicht in gewisse schauderhafte Facetten des homosexuellen Mechanismus . . .

20. August 1957
Kopenhagen

Lieber Allen,

Ehe ich Tanger aufgebe, müßte ich erst etwas Besseres finden. Bis jetzt habe ich aber noch nichts gesehen, was sich auch nur entfernt damit vergleichen ließe . . . Und eins ist mir ganz klar geworden: *Ich will nicht mehr herumreisen*. Ich habe es restlos satt, aus dem Koffer zu leben, eine Bar nach der anderen abzuklappern, ohne daß mehr als langweilige Konversation dabei herauskommt, und für enttäuschende Nummern im Bett exorbitante Preise zu zahlen. Das einzig mögliche Verfahren ist, daß man sich einen Ort aussucht, hinfährt und mindestens drei Monate bleibt . . . d. h. man arbeitet sich durch fortgesetztes Eliminieren langsam heran . . . Wenigstens kann ich nach diesem Trip nun Skandinavien von der Liste streichen, wie ich es bei meiner letzten unbequemen, teuren und völlig unersprießlichen Tour schon mit Libyen und dem ganzen Vorderen Orient getan habe ...

Allerdings muß ich sagen, daß der jetzige Trip für einen *connaisseur d'horreur* durchaus aufschlußreich war ... Skandinavien übertrifft meine grausigsten Vorstellungen. Die Schilderung von Freeland im Benway-Kapitel war noch untertrieben ... Seltsam – ohne je hiergewesen zu sein, wußte ich schon im voraus, daß Kopenhagen nichts als eine Reihe von Bars an einem Kanal ist ... (Du hast diesen Teil nicht gesehen, weil ich ihn wieder rausgenommen habe) ... Und das R. C. läuft hier tatsächlich auf Hochtouren und produziert jede Menge öde Spinner und nicht wenige irreversible Nervenschäden ... Das hier *ist* der ›Polizeistaat ohne Polizei‹, Ort der Handlung meines neuesten Opus, von dem ich dir bald das erste Kapitel schicken werde. Die Dänen sind nicht nur stinklangweilig, sie sind gleichzeitig auch astreine klinische Fälle ...

Bei Durchsicht des Benway-Kapitels fällt mir auf, daß ein wichtiger Satz unter den Tisch gefallen ist. Seite 14, sechzehnte Zeile von oben: »Mir fiel auf, daß alle meine homosexuellen Patienten einen starken unbewußten Hang zur Heterosexualität zeigten ...« Dieser Satz fehlt, ist aber die eigentliche Pointe und der Grund für Benways weitere Experimente, die darauf abzielen, ›Normale‹ auf homosexuell umzupolen: »Und meine heterosexuellen Patienten zeigten alle einen starken unbewußten Hang zu homosexuellem Verhalten.«

Was meine Pläne angeht ... Wie gesagt, ich habe keine Lust, unter erheblichen Kosten quer durch Europa nach Wien zu reisen. Man kommt dort nicht billig über die Runden, die Stadt ist im Sommer überlaufen, und mit Boys sieht es sehr unsicher aus.

Und geh bloß nicht nach Istanbul. Hoffnungslos. Ich weiß es von Leuten, die schon dort waren. Teuer, strikte Überwachung durch Polizei – sie mögen keine Fremden, und für alles braucht man eine Genehmigung ... Kein

Stück Arsch, ob männlich oder weiblich ... Übrigens ist die beschissene Stadt eine einzige Baustelle: Preßlufthämmer rattern, Bulldozer schieben sich kreuz und quer, Abrißbirnen legen fixende Junkies frei ... Ein Alptraum, sag ich dir ... und wenn es in Europa einen Ort gibt, der keine Bohemiens in seinen Mauern sehen will, dann Istanbul ... Also du bist gewarnt ... Athen dagegen wäre eine Möglichkeit; wenigstens billig; und, soviel ich weiß, gut versorgt mit Boys. Könnte sein, daß es dir für einen längeren Aufenthalt besser geeignet scheint als Paris. Von den Preisen in Paris höre ich immer wieder haarsträubende Geschichten ... Keine Zimmer, usw. Möglich, daß du dort schwer etwas finden würdest ... Ich fände es am besten, wenn du dir was suchst, wo du bleiben willst, und dort besuche ich dich dann später. Ich habe eine Menge Arbeit vor mir, und dazu brauche ich einen festen Standort. Und ich wüßte keinen billigeren und angenehmeren Ort als Tanger. Meine finanzielle Situation ist finster. Ich habe in letzter Zeit über meine Verhältnisse gelebt, und das bringe ich nur wieder auf die Reihe, wenn ich an einem Ort bleibe. Paris wäre dafür denkbar schlecht geeignet. Ich würde dir also sehr empfehlen, daß du dir mal Griechenland anschaust ... Auf den griechischen Inseln lebt man so billig wie kaum irgendwo auf der Welt ... Aber vielleicht kannst du auch in Paris etwas finden ... Ich weiß nicht ... Wahrscheinlich werde ich hier in fünf oder sechs Tagen abreisen ... Nach Paris, mich kurz umsehen, dann zurück nach Tanger ... Wir könnten uns dort treffen, aber dann würdest du dir Griechenland entgehen lassen – was du nicht tun solltest – wer weiß, vielleicht würdest du dort eine Weile bleiben wollen ... Peter käme mit seinen $50 nirgends so gut aus wie dort ... Also wenn du dich dort oder in Paris niedergelassen hast, komme ich dich für ein paar Monate besuchen oder ziehe vielleicht sogar hin. Der springende Punkt ist, daß ich vorerst keine Reisen mehr machen will. Ich habe genug Geld vertan und bin an genug Orten gewesen, die ich schleunigst wieder verlassen wollte ... Laß mich wissen, wie du die Sache siehst ...

Herzlich,
Bill

24. August 1957
Kopenhagen

Lieber Allen,

Habe deinen Brief mit der traurigen Nachricht, daß dein Bruder nichts mehr mit dir zu tun haben will ... Tja, so gehts eben in der Welt ... Wenn du Mitte Sept. in Paris sein kannst, werde ich versuchen, hier noch solange abzuwarten ... oder vor Ort, d. h. in Paris ... Ich will nicht den Schwarzseher mimen, Allen, aber Paris ist ein hartes Pflaster für jemand ohne Geld. Ich meine, so viel Gedränge, so viele Leute, die bei jemand auf dem Fußboden pennen wollen, Wohnungen sind nicht zu kriegen, und die Franzosen sind ausgemachte Drecksäcke ... Also für mich hat Paris überhaupt keinen Reiz. Wie gesagt, ich mag die Franzosen nicht, und ich habe auch nichts übrig für die anachronistische Bohème von St. Germain des Prés ... Ich meine, das kann man sich auch in der San-Remo-Bar reinziehen ... Aber vielleicht stellst du fest, daß es ganz nach deinem Geschmack ist ... Ich weiß nicht ...

Kopenhagen macht sich ein bißchen. Ich habe eine höchst merkwürdige Affäre mit einem jungen Mann, dessen Gesicht bei einem Unfall ruiniert und durch plastische Chirurgie wiederhergestellt wurde. Auf Fotos vor dem Unfall ist er der schönste Kerl, den ich je gesehen habe, und heute sieht er aus wie eine exakte *Kopie* ... nur daß jetzt in seinem Gesicht kein Leben mehr ist. Genauer gesagt, ich habe das Gefühl, daß er bei dem Unfall gestorben ist. Er will mir nicht sagen, wo er wohnt, er erscheint in willkürlichen Abständen und zu völlig unerwarteten Zeiten – z. B. um 6 Uhr früh – und verschwindet wieder ... Hält selten eine Verabredung ein, aber mir scheint, daß ich ihn herbeiwünschen kann wie einen Junk-Pusher ... Habe auch die örtlichen Strichjungen durchprobiert ... Teuer, aber nett ... Eigentlich lebt es sich hier sehr billig ... Einen Dollar für ein Zimmer – wo alles geht (bzw. kommt, he he ...) – dreißig Cents für ein Essen ... Aber Drinks und Boys sind teuer ...

Sah einen dänischen Film über einen Jungen, der sich einen Schwulen aufgabelt; dann stürzen zwei Komplizen rein und rauben die beiden aus ... Die Schwulen sind sehr sympathisch dargestellt, und die Räuber werden schließlich von großen fleischigen nordischen Kripoleuten gefaßt ... Aber der Film kommt weder dokumentarisch echt noch sonstwie rüber; sämtliche Effekte und Einstellungen sind altbacken und die Personen schablonenhaft ... hoffnungslos ...

Mir kommen ständig Ideen für Filme, z. B. eine Reise um die Welt, jeder Ort gesehen durch die Augen von jemand, der ein bestimmtes süchtiges Verlangen hat: Junkie, Homo ... Verstehst du, mal zwinkert einem ein dänischer Stricher in Lederjacke zu – »Lederjacken« nennen sie hier die Halbstarken – dann ein sehniger junger Buddhistenmönch in Tibet ... Kontraste und Ähnlichkeiten ... Oder dasselbe mit Junk ... Wär ne tolle Sache ...

Außerdem habe ich diese Benway-Homo-Verschwörung in Arbeit – es soll ein zusammenhängender Roman werden, der sich verkaufen läßt ... Ich muß mich irgendwo festsetzen und arbeiten, kann mir also *la vie de bohème* in Paris nicht gut vorstellen ... Trotzdem, ich werde mirs mit dir ansehen, sage aber gleich dazu, daß es für mich ein kurzer Aufenthalt sein wird, sofern mir nicht was Liebreizendes in die Quere kommt ... Habe wirklich Heimweh nach Tanger ... Grüße an alle ...

Herzlich,
Bill

P. S. Mein Boy hat mich gestern versetzt, aber als ich spät in der Nacht reinkam, fand ich eine Notiz, daß er heute mittag vorbeikommt . . . Er ist der gleichgültigste Mensch, der mir je begegnet ist . . . Hat so einen schwachen Hauch von Verwesung an sich, wie von ausgetrocknetem Kot in einem Blumenbeet . . . Soll demnächst in einem Kurzfilm mitspielen . . . Sowas wie Tod in Venedig, verstehst du . . . Er ist der Tod . . . Letzte Nacht habe ich von ihm geträumt – Es geht um so einen kleinen rothaarigen Stricher, von dem ich weiß, daß er tot ist . . . da sagt er: »Nein, ich hab ihn grade erst gesehen.« Und ich sage: »Ja, jede Wette. Über dich weiß ich Bescheid, Baby . . .« Aber ich lasse mich mal wieder von meinen Phantasien davontragen . . . Er existiert. Kells hat ihn gesehen. Ich muß mir diese simplen Geistergeschichten verkneifen, wo ich jemand in einer Bar sein Foto zeige, und er sagt: »Oh ja, das ist Johnny . . . Kam vor drei Jahren bei einem Verkehrsunfall um . . . War eine fürchterliche Kokotte . . .« Was er auch ist . . . Hat mich in zwei Wochen nur einmal rangelassen.

28. August 1957
Kopenhagen

Lieber Allen,

Ich kann in diesem Brief die Entwicklungen der letzten Woche nur knapp skizzieren . . . Ich hatte immer das Gefühl, daß das bisherige Ms. nur Notizen für einen Roman darstellt und nicht der Roman selbst ist . . . Inzwischen nimmt der Roman schneller Gestalt an, als ich schreiben kann . . . Es war doch kein Fehler, daß ich hierher gekommen bin . . . Nur Skandinavien konnte das Große Werk auf den Punkt bringen, und keine andere Gegend könnte den Hintergrund abgeben . . . Kurz gesagt, der Roman handelt jetzt von Sucht und einem süchtigmachenden Virus, das bei sexuellem Kontakt übertragen wird, aber nur von Mann zu Mann oder Frau zu Frau, und das ist der Grund, weshalb *Benway* Homosexuelle im Fließbandverfahren produziert . . . Das eigentliche Thema des Romans ist die Entweihung des Menschenbilds durch Kontrollsüchtige, die das Virus in Umlauf bringen . . . Wie Lola la Chata, die Pusherin in Mexico City, zu sagen pflegte: »Pushen ist eine größere Sucht als Fixen.« Ich kann jetzt nicht mehr ins Detail gehen, bin zu beschäftigt . . . Es ist, als würden Vorstellungen, die ich in larvenhafter Form seit Jahren mit mir herumschleppe, plötzlich zu einem Muster gerinnen . . . Genau wie mit meinen aktuellen Erfahrungen hier . . . Jedesmal, wenn es nicht mehr weiterzugehen scheint, passiert etwas, das mir den Weg zeigt . . . Neulich mit Boy geschlafen und auf einen ganz neuen Dreh gekommen – ausgerechnet einer dänischen Kokotte verdanke ich nun eine wichtige Romanfigur . . .

Meine Pläne also wieder ganz in der Luft . . . Ich zögere, diese Quelle der Inspiration zu verlassen . . . Ich will die Nordlichter sehen und jenen vermaledeiten Ort in Schweden, der Urjohn hervorgebracht hat . . . Ist dir aufgefallen, wie sehr er nach Junk aussah? Das abgerissene Äußere, die körperliche Vernachlässigung, diese graue unsichtbare Erscheinung, die Unterdrückung der Sexualität . . .

Andererseits ist mir das Pot ausgegangen und ich möchte wieder in Tanger sein . . . und mein Geld ist knapp. Kurzum, ich weiß nicht . . . Aber ich kann mir nicht vorstellen, daß Paris mir zu diesem Zeitpunkt etwas geben könnte . . . In Tanger habe ich Kif, kann billig leben und mich auf die Arbeit konzentrieren . . . und in Sachen Arbeit ist noch viel zu tun . . . ganze Abschnitte von *Word* und andere Teile des bisherigen Manuskripts müssen in den neuen Text integriert werden . . . Was aber nichts ändert an dem Vorhaben, einen Verlag für das Ms. in seiner derzeitigen Form zu suchen . . . Der neue Roman wird mindestens drei, vier oder sechs Monate intensive Arbeit kosten . . . Bei

Durchsicht des alten Ms. finde ich, daß viele Kapitel schon in der jetzigen Form veröffentlichungsreif sind – *Benway*, *Markt*, *Stimmen*, *Bezirkssekretär* – aber daß es insgesamt noch zu unzusammenhängend ist . . . Also ich würde so sagen: Wenn ich mich in ein oder zwei Wochen in Paris mit dir treffe, werde ich sehr wahrscheinlich nur kurz bleiben . . . Ich bin komplett in der Hand von Allah oder wie immer man es nennen will . . . Paris ist das letzte, was ich für diese Arbeit gebrauchen kann . . . Wenn du in Paris für länger Quartier nimmst, könnte ich dort zu dir stoßen, nachdem ich mindestens die Rohfassung fertig habe . . . sagen wir, so um Weihnachten herum . . . Also vorläufiges Programm für die nächsten zwei Wochen: Arbeiten und noch was von Skandinavien sehen, dann via Paris zurück nach Tanger . . . Würde mich freuen, dich dort zu sehen, werde aber nur auf Durchreise sein. Möglich wäre auch, daß es mich hier noch länger hält, ich weiß nicht; aber so siehts im Moment aus . . .

P. S. Mit den Boys läuft es ganz gut, aber sie sind teuer und im Bett nicht gerade berauschend . . . Beste Grüße an alle . . . Bitte schreib mir sofort.

Herzlich,
Bill

P. S. Am besten, du schickst das Geld telegraphisch c/o Bland Line, American Express, Tanger.

Marokko war von 1912 bis zur Unabhängigkeit 1956 in ein spanisches und ein französisches Protektorat geteilt; Tanger war ›Internationale Zone‹ unter der Verwaltung von sieben europäischen Nationen.

21. Dez. 1953

Ansen – Alan Ansen, Altphilologe, Freund von Ginsberg; hatte damals ein Haus auf Long Island geerbt, das er an den Schriftsteller William Gaddis vermietete, um von dem Geld in Europa zu leben; lernte Burroughs im Spätherst 1953 durch Vermittlung von Ginsberg in New York kennen und überredete ihn zu einer gemeinsamen Reise nach Europa.
Kells – Kells Elvins, Jugendfreund von Burroughs aus St. Louis; erscheint in *Homo* und *Junkie* unter dem Namen »Rollins«.

20. Jan. 1954

P. G. – Paregoric (Opiumtinktur).

Bowles – Paul Bowles, am. Komponist und Schriftsteller (*Himmel über der Wüste*; *Das Haus der Spinne*); ließ sich 1948 mit seiner Frau Jane in Tanger nieder, wo er bis heute lebt. Jane Bowles, bekannt geworden durch ihren Roman *Two Serious Ladies*, erlitt 1957 einen Schlaganfall und starb 1973 in einer Heilanstalt in Malaga.

9. Feb. 1954

Carl – Carl Solomon, Schriftsteller, Freund von Allen Ginsberg (der ihm 1956 sein berühmtes Gedicht »Howl« widmete); 1953 hatte Solomon als Lektor im New Yorker Verlag Ace Books, der seinem Onkel gehörte, Burroughs' Roman *Junkie* herausgebracht.

1. März 1954

Dollies – Dolophin, synthetisches Opiat; entspricht etwa der Substitutionsdroge Methadon.

12. März 1954

Neal – Neal Cassady, Hauptfigur in den Kerouac-Romanen *On the Road* und *Visions of Cody*; starb 1968, wenige Tage vor seinem 42. Geburtstag, an einer Mischung aus Alkohol und Drogen.

Jack – Jack Kerouac. Im Oktober 1953 hatte Kerouac in drei Tagen und Nächten seinen Roman *The Subterraneans* geschrieben; 1954 beschäftigte er sich vorwiegend mit buddhistischen Texten.

8. Mai 1954

Holmes – John Clellon Holmes, Schriftsteller, Freund von Kerouac; sein Roman *Go* (1952) gilt als das erste literarische Dokument der Beat Generation.

Cowley – Malcom Cowley, damals Cheflektor des Verlags Viking Press, der 1957 Kerouacs Roman *On the Road* veröffentlichte.

Cobblestone Gardens – Antiquitäten- und Kunstgewerbeladen von Burroughs' Eltern in Palm Beach, Florida.

12. Nov. 1954

Rexroth – Kenneth Rexroth, Dichter, Essayist und Kritiker; war in den fünfziger Jahren die zentrale Figur der literarischen Szene in San Francisco.

13. Dez. 1954

Interzone – Das Material von *Interzone* hat Burroughs zum Teil in *Naked Lunch* übernommen. Einige der Artikel und Stories, die er in den Briefen an Ginsberg erwähnt, sowie eine 60-Seiten-Version von *Word*, sind erschienen in dem Band *Interzone*, Viking/Penguin, New York 1989 (dt. Ausgabe in Vorbereitung bei Limes/Ullstein).

20. April 1955

Lexington – Narcotics Hospital in Lexington, Kentucky; staatl. Spezialklinik für Suchtkrankheiten; im Februar 1948 hatte Burroughs dort schon einmal eine (erfolglose) Entziehungskur versucht.

1. August 1955

Peter – Peter Orlovsky, Ginsbergs Lebensgefährte und Lover.

23. Okt. 1955

Trilling – Lionel Trilling, Ginsbergs ehemaliger Literaturprofessor an der Columbia University.

10. Dez. 1955

Goofballs – Nembutal (Barbiturat).

13. Sept. 1956

Whalen – Philip Whalen; gehörte in den fünfziger Jahren mit Gary Snyder, Lew Welch u. a. zu den Dichtern der »San Francisco Renaissance«, die sich mit Zen-Buddhismus beschäftigten.

14. Jan. 1957

Laughlin – James Laughlin, Inhaber des Verlags New Directions, New York.

C. W.

Inhalt